MARIE MERBURG

Strandkorbzauber

Weitere Titel der Autorin:

Wellenglitzern
Inselleuchten
Sommerflimmern
Ostseeträume
Ostseefunkeln

Titel auch als E-Book und Hörbuch erhältlich

Über die Autorin:

Marie Merburg wurde am 7.7.1977 in Mühlacker in Süddeutschland geboren. Nach dem Studium in Stuttgart zog sie mit ihrer Familie in die Nähe von Heilbronn, wo sie auch heute noch lebt. Für ihre Romane hat sie sich die deutsche Ostseeküste als Schauplatz ausgesucht, weil sie von der Landschaft und den Menschen dort fasziniert ist.

Marie Merburg

Strandkorbzauber

Ostsee-Roman

lübbe

Dieser Titel ist auch als E-Book erschienen

Die Bastei Lübbe AG verfolgt eine nachhaltige Buchproduktion.
Wir verwenden Papiere aus nachhaltiger Forstwirtschaft und verzichten darauf, Bücher einzeln in Folie zu verpacken. Wir stellen unsere Bücher in Deutschland und Europa (EU) her und arbeiten mit den Druckereien kontinuierlich an einer positiven Ökobilanz.

FSC
www.fsc.org
MIX
Papier aus verantwortungsvollen Quellen
FSC® C014496

Originalausgabe

Dieses Werk wurde vermittelt durch die Michael Meller
Literary Agency GmbH, München

Textredaktion: Dr. Ulrike Brandt-Schwarze, Mindhouse
Titelillustration: © shutterstock/Eisfrei; © Irina Fischer/Shutterstock;
© Michael Leidel/Shutterstock; © Sergey Sidelnikov/Shutterstock
Umschlaggestaltung: Kirstin Osenau
Satz: two-up, Düsseldorf
Gesetzt aus der Garamond
Druck und Verarbeitung: GGP Media GmbH, Pößneck
Printed in Germany
ISBN 978-3-404-18482-8

3 5 4

Sie finden uns im Internet unter luebbe.de
Bitte beachten Sie auch: lesejury.de

Für meine Schwiegermutter Uschi,
weil sie so ein herzensguter Mensch ist, immer
hilft und mich stets mit dem hausgemachten
Frischkäse versorgt, den ich so sehr mag

Prolog

Fünfzehn Jahre zuvor

Halbinsel Fischland-Darß-Zingst

Unsere Hände waren fest ineinander verschlungen, und Finn zog mich hinter sich her durch die Augustnacht. Die Wellen brandeten leise und träge ans Ufer, als würde die Ostsee bereits in tiefem Schlummer liegen – genau wie der Rest des Dorfes. Wir schienen die einzigen Menschen zu sein, die um diese Uhrzeit noch unterwegs waren. Der Lichtstrahl von Finns Taschenlampe tanzte fröhlich vor uns durch die Dunkelheit und erhellte einen Teil des Strandes.

»Nicht so schnell!«, rief ich lachend. Meine Flip-Flops baumelten in meiner Hand, und der feine Sand, der noch die Wärme des Tages in sich trug, bohrte sich zwischen meine Zehen. Ich hatte immer noch nur ein Top und kurze Jeansshorts an, und der Nachtwind strich kühl um meine nackten Arme und Beine. Finn und ich waren den ganzen Tag auf dem oder im Meer gewesen, da wir einen Ausflug mit dem Zeesboot seines Onkels gemacht hatten. Finn liebte diese traditionellen Fischerboote mit den typischen braunen Segeln. Unsere Haut verströmte den Duft des Sommers – ein letzter Hauch Sonnencreme, eine Prise Meersalz und der Duft der grenzenlosen Freiheit. Und nun schwebte ich an Finns Hand am Strand von Liebwitz durch die Nacht. Leicht und unbeschwert, getragen vom Augenblick.

»Jetzt verrate mir endlich, wo du mit mir hinwillst!«, quengelte ich. Geduld war noch nie meine Stärke gewesen, und ich platzte fast vor Neugier.

Finn lachte und blickte, ohne innezuhalten, über die Schulter zu mir. Obwohl sein Gesicht im Dunkeln lag, wusste ich genau, dass er mir gerade zuzwinkerte. Seit Kindertagen waren wir miteinander befreundet, und manchmal hatte ich das Gefühl, dass ich Finn besser kannte als mich selbst.

»Wir sind gleich da«, versprach er und lachte. »Du musst es nicht mehr lange aushalten.«

Finn wandte sich vom Strand ab, und wir kletterten eine steile Düne hinauf. Keuchend erreichten wir einen Trampelpfad, der rechts und links von hohen Gräsern gesäumt war. Mittlerweile hatten wir uns schon so weit vom Dorf entfernt, dass die Lichter kaum noch zu sehen waren.

Endlich blieb Finn stehen. Seine Taschenlampe wanderte über das verfallene Reetdachhaus, das sich vor uns erhob. Der Fassadenputz war abgebröckelt, die Fensterläden hingen schief in den Angeln, und das Dach war verrottet. Früher hatte der alte Herr Olafson hier gewohnt, aber seit er gestorben war, kümmerte sich niemand mehr um das Godewind-Haus und den Garten. Man hatte lediglich einen Bauzaun um das Grundstück aufgestellt, um spielende Kinder fernzuhalten. Hier war ich schon seit Jahren nicht mehr gewesen.

»Was willst du denn bei dieser Bruchbude?«, entfuhr es mir perplex.

»Hey, beleidige nicht unser zukünftiges Haus!«, entgegnete Finn mit gespielter Empörung.

»Unser zukünftiges Haus?« Ich schüttelte grinsend den Kopf. Da er seine Ausbildung zum Schiffsbauer noch nicht abgeschlossen und ich gerade erst mein Abitur gemacht hatte, war für uns ein Hauskauf ungefähr so realistisch wie ein Flug zum Mond.

Finn schien meine Gedanken erraten zu haben. »Natürlich

wird das noch etwas dauern«, erklärte er, ohne sich in seinem Optimismus bremsen zu lassen. »Aber ich habe es im Gefühl, Hannah! Das ist das Haus, in dem wir glücklich werden.«

Ehe ich etwas erwidern konnte, zog er mich wieder mit sich. »Komm, ich zeig es dir!«

Er wollte doch nicht etwa in das verlassene Haus hineingehen? Mit einem mulmigen Gefühl in der Magengrube folgte ich Finn zum hinteren Teil des Grundstücks. Dort schob er einen der Bauzäune zur Seite, sodass eine Lücke entstand und wir hindurchschlüpfen konnten. Die Verbindungsschellen, die die beiden Zaunteile miteinander verbunden hatten, waren offensichtlich schon vorher entfernt worden. Ob ich überhaupt wissen wollte, wer dafür verantwortlich war?

»Das ist Einbruch, Finn!«, flüsterte ich. »Das können wir nicht machen.«

Er winkte ab. »Ach, das interessiert doch niemanden«, antwortete er unbekümmert. »Um diese Uhrzeit taucht hier garantiert kein Polizist auf.«

Vor der Polizei hatte ich auch keine Angst – vor meiner Mutter allerdings schon. Wenn uns irgendjemand aus dem Dorf beobachtete und meinen Eltern davon erzählte, war ich geliefert. Mir war quasi mit der Muttermilch eingeflößt worden, stets alle Regeln zu befolgen und bloß nicht unangenehm aufzufallen. Das Motto meiner Mutter lautete: »Wir mögen arm sein, aber unseren guten Ruf kann uns keiner nehmen!« Seltsamerweise musste ich auf den guten Ruf der Familie Bradhering etwas mehr achten als mein jüngerer Bruder Bastian. Bei ihm würde meine Mutter das unbefugte Betreten eines verlassenen Hauses mitten in der Nacht wohl als Lausbubenstreich abtun. Bei mir dagegen wäre es sicherlich ein Grund zu großer Sorge wegen meiner kriminellen Tendenzen und ein Zeichen für den anstehenden Verfall meiner moralischen Werte.

Finn schien mein Zögern zu bemerken. Er hielt inne und strich liebevoll über meine Wange. »Ich pass auf dich auf, Hannah!«, versprach er und küsste mich herzzerreißend sanft. Noch Sekunden später spürte ich den Nachhall dieser zärtlichen Berührung als leichtes Kribbeln in meinem Körper. Finns Küsse hatten immer diese Wirkung auf mich.

»Und falls wir – wider Erwarten – erwischt werden, nehme ich alle Schuld auf mich. Ich behaupte einfach, ich hätte dich über die Schulter geworfen und gegen deinen Willen hierhergeschleppt.«

Ich schnaubte amüsiert. »Als ob dir das jemand glauben würde! Das ganze Dorf weiß mittlerweile, dass wir zusammen sind.«

Tatsächlich waren wir noch nicht lange ein Paar. Allerdings war ich vorher zwei Jahre lang heimlich in Finn verliebt gewesen. Noch nicht einmal meiner besten Freundin Ella hatte ich meine Gefühle anvertraut. Stattdessen hatte ich jedes Mal in Finns Nähe stille Seelenqualen erlitten und versucht, mir nichts anmerken zu lassen. In der Hoffnung, meine heimliche Liebe würde vorüberziehen wie ein plötzlich auftretender Seenebel im Frühling. Mein Herzklopfen und meine zittrigen Knie waren mir einfach nicht richtig vorgekommen. Immerhin waren Finn, Ella und ich schon seit der Grundschule miteinander befreundet. Mit jeder Faser meines Körpers hatte ich mich in den letzten Jahren nach einem Kuss von Finn gesehnt, aber gleichzeitig hatte mich dieser Gedanke auch mit Angst erfüllt: Womöglich bildete ich mir meine Gefühle für ihn nur ein? Was wusste ich denn schon großartig von der Liebe? Wollte ich dafür wirklich unsere Freundschaft riskieren? Dummerweise hatten sich meine Gefühle nicht verflüchtigt, im Gegenteil – es war mir immer schwerer gefallen, mich zu verstellen. Ich hatte mir sogar überlegt, ein Freiwilliges Soziales Jahr zu machen und die Insel zu verlassen, nur um nicht mehr ständig in Finns Nähe sein zu müssen.

Doch dann hatte er mich vor einigen Wochen am Abend meines achtzehnten Geburtstags am Strand zum ersten Mal geküsst. Und es hatte sich angefühlt, als würden die Sterne über dem Meer auf uns herabregnen und uns in ihr funkelndes Licht hüllen. Unser Kuss war wie ein erster Atemzug, der erste Schlag eines Herzens gewesen. Als wäre ich in diesem Moment erst richtig zum Leben erwacht. Seit diesem Moment waren wir unzertrennlich. Fast alle im Dorf hatten sich für uns gefreut und gemeint, dass das schon längst überfällig gewesen war. Nur Finns Mutter war über unsere Beziehung nicht sonderlich begeistert. Und auch meine beste Freundin Ella benahm sich seither eigenartig.

»Sieh mal!«, sagte Finn in diesem Augenblick.

Das Licht seiner Taschenlampe streifte eine kunstvoll geschnitzte Holztafel, die über der Tür hing und dem Haus seinen Namen gegeben hatte: *Godewind*, guter Wind. Die Tafel war von der Sonne schon so ausgebleicht, dass die ursprüngliche Farbe nicht mehr zu erkennen war. Die Tür hing schief in den Angeln und war in ebenso schlimmem Zustand wie der Rest des Hauses.

Finn drückte mir die Taschenlampe in die Hand. »Übernimmst du mal bitte das Leuchten?«

»Aber wieso …«, wollte ich gerade fragen, als Finn mich auch schon hochhob und mühelos auf seinen Armen hielt.

»Was wird denn das?«, keuchte ich überrascht.

»Na, wonach sieht es denn aus?«, erwiderte er grinsend. »Ich trage die Dame des Hauses natürlich über die Schwelle.«

»Du verrückter Knallkopf!«, rief ich lachend.

Er ließ sich von seinem Vorhaben jedoch nicht abbringen: Feierlich trug Finn mich über die Schwelle. Danach setzte er mich wieder ab, legte die Hände an meine Taille und zog mich an sich. »Wie hast du mich eben noch gleich genannt?«

»Einen Knallkopf«, wiederholte ich und verschränkte die Arme in seinem Nacken. Das führte dazu, dass die Taschenlampe nicht mehr uns, sondern einen Balken schräg über uns beleuchtete. »Du bist ein Träumer und ein Knallkopf – weil du dauernd wundervoll verrückte Ideen hast.«

Sanft hob er mit seinen Fingern mein Kinn an. »Ich bin kein Träumer, Hannah«, widersprach er mit ernster Stimme und senkte den Kopf, »denn ich weiß genau, was ich will.«

Finns Kuss ließ meine Knie weich werden und nahm mir den Atem. Wie hatte ich es nur geschafft, ohne diese Küsse auszukommen? Sie raubten mir den Verstand, machten mich süchtig und weckten ein Verlangen in mir, das ich nie zuvor gefühlt hatte. Doch offenbar hatte Finn anderes im Sinn. Viel zu schnell löste er sich wieder von mir und nahm mir die Taschenlampe ab, um mit der Führung fortzufahren.

»Du musst vorsichtig sein!«, ermahnte er mich. »Am besten du bleibst dicht hinter mir.«

»Okay.«

Mit klopfendem Herzen folgte ich ihm. Es befanden sich kaum noch Möbel in den Räumen, dafür gab es überall Staub, Schutt und Sandverwehungen, die sich wie kleine Wanderdünen in den Zimmern verteilten. Auch wenn nichts mehr an den früheren Bewohner Herrn Olafson erinnerte, fand ich es trotzdem unheimlich, bei Nacht durch ein verlassenes Haus zu streifen. Mit angehaltenem Atem schlich ich hinter Finn her.

»Schau mal, das ist die Küche!« Finn blieb stehen und beleuchtete eine Nische. Dort stand ein alter Herd, den man noch mit Holz beheizen musste. Er war wohl zu schwer gewesen, um ihn wegzuschaffen.

»Wieso begeistert dich dieses Haus eigentlich so sehr?« Ich schlang die Arme um meinen Oberkörper, weil mich fröstelte. »Das ist doch abbruchreif.«

»Seine Schönheit erkennt man erst auf den zweiten Blick.« Finn kniete sich hin und schob den Schutt beiseite. Darunter kamen dunkle Holzdielen zum Vorschein.

»Das sind keine normalen Dielen«, erklärte er. »Das sind alte Schiffsplanken. Kannst du dir das vorstellen?« Ehrfürchtig strich er über den Boden. »Dieses Holz war mal Teil eines Schiffs, das die Weltmeere besegelt hat. Es hat gefährliche Stürme überstanden und abenteuerliche Reisen hinter sich.«

Er stand auf und richtete das Licht der Taschenlampe nach oben. »Und sieh dir mal diesen Gebälkfries an! Er zeigt Schiffe, Fische und Meereswellen.«

Staunend betrachtete ich die kunstvollen Schnitzereien. Hier hatte sich jemand unglaublich viel Mühe gemacht und Liebe hineingesteckt. Finn hatte recht: Das Haus war bei genauerem Hinsehen ein Schatz, aber es würde viel Arbeit erfordern, um es wieder bewohnbar zu machen. Das wurde besonders deutlich, als ich Finn ins nächste Zimmer folgte.

»Ach, du meine Güte!« Ich schaute direkt in den Sternenhimmel über uns.

»Da fehlt ein Teil des Dachs, Finn«, wies ich ihn auf das Offensichtliche hin, obwohl ihm das bestimmt nicht entgangen war.

»Das kann man alles reparieren«, entgegnete er schulterzuckend, als handele es sich lediglich um ein loses Tapetenstück. Zielsicher marschierte er in eine Zimmerecke zu einem Picknickkorb. Da dieser staubfrei war und völlig intakt zu sein schien, wirkte er in dieser Umgebung wie ein Fremdkörper.

»Ist das die Überraschung?«, jauchzte ich.

Finn nickte. »Ein nächtliches Picknick unter dem Sternenhimmel«, erklärte er. »In unserem zukünftigen Haus.«

Also war er vorher schon mindestens einmal hier gewesen, um alles vorzubereiten. Erst jetzt fiel mir auf, dass dieses Zimmer auch bedeutend sauberer war als der Rest des Hauses.

Finn breitete eine Decke aus, mit der der Korb abgedeckt gewesen war. Dann zauberte er eine Flasche Sekt, zwei Gläser und eine Schüssel Erdbeeren daraus hervor. Zum Abschluss entzündete er ein paar Teelichter, die er zur Sicherheit in alte Marmeladengläser steckte.

»Wir wollen doch nicht, dass unser Traumhaus abbrennt«, erklärte er.

»Natürlich nicht«, bestätigte ich überaus ernsthaft.

Während Finn alles vorbereitete, warf ich einen kurzen Blick auf mein Handy. Ich seufzte. Meine Freundin Ella hatte immer noch nicht geantwortet – dabei hatte ich ihr seit gestern Abend schon vier Nachrichten geschickt und sie drei Mal erfolglos angerufen. Das war absolut untypisch für sie. Seit dem Tag, an dem Finn und ich ein Paar geworden waren, verhielt sie sich seltsam und ging mir aus dem Weg. Hätte ich nicht gewusst, dass sie sich nicht im Mindesten für Männer interessierte, hätte ich wohl vermutet, dass sie heimlich in Finn verliebt war. Aber auch in meinem Fall kam Eifersucht nicht infrage – meine beste Freundin hatte mir schon vor Jahren glaubhaft versichert, dass ich als Frau nicht ihr Typ und außerdem wie eine Schwester für sie wäre. Deshalb verstand ich einfach nicht, was mit ihr los war.

Finn umschlang mich von hinten und küsste mich auf die empfindliche Stelle direkt unter meinem Ohr. »Was ist los? Gefällt dir die Überraschung nicht?«

»Doch, natürlich, sehr sogar! Es ist nur wegen Ella. Es herrscht mal wieder absolute Funkstille von ihrer Seite.« Wieder seufzte ich tief. Ich drehte mich in seinen Armen um und sah zu ihm auf. »Wieso zieht sie sich plötzlich zurück, Finn? Sie ist doch meine beste Freundin.«

Er dachte kurz nach, ehe er antwortete. Im flackernden Kerzenschein erinnerten mich seine dunkelgrünen Augen noch mehr als sonst an das dichte Blätterdach des Darßwaldes. Bei uns auf der Insel galt der Wald als ein geheimnisvoller Ort voller Legenden. Und von all diesen mystischen Geschichten schienen Finns Augen zu erzählen. Sein karamellfarbenes Haar fiel ihm in die Stirn, denn es war wie immer etwas zu lang. Reflexartig hob ich die Hand, um eine Strähne zurückzustreichen. Meine Fingerspitzen glitten durch sein seidiges Haar und verharrten in seinem Nacken. Ich konnte einfach nicht genug davon bekommen, ihn zu berühren.

»Vielleicht ist Ella mit der neuen Situation einfach überfordert«, sagte er schließlich. »Wir drei sind ja schon miteinander befreundet, seit wir Kinder waren. Womöglich fühlt sie sich jetzt überflüssig.«

Ich schüttelte stumm den Kopf. Das konnte ich mir nicht vorstellen. Denn selbstverständlich waren Finn und ich keine unsensiblen Vollpfosten. Bei den wenigen Malen, in denen wir in den vergangenen Wochen mit Ella zusammen unterwegs gewesen waren, hatten wir uns wohlweislich zurückgenommen und in ihrer Anwesenheit nicht mal Händchen gehalten. Wir hatten uns allergrößte Mühe gegeben, uns ganz normal zu benehmen.

»Vielleicht redest du mal mit ihr darüber?«, schlug er mit einem aufmunternden Lächeln vor. »Frag sie offen und direkt, ob sie ein Problem mit unserer Beziehung hat. Dann muss sie dir eine ehrliche Antwort geben.«

Da ich ein harmonieliebender Mensch war, vermied ich normalerweise offene Konfrontationen. Doch in diesem Fall würde mir wohl keine andere Wahl bleiben. »Das wird wohl das Beste sein«, murmelte ich.

Mein Blick glitt zur Seite. Der Sekt perlte schon verlockend in den Gläsern. Verflixt! Finn hatte sich so viel Mühe gegeben, und ich dankte es ihm, indem ich uns die Stimmung verdarb. Ich griff nach seiner Hand und zog ihn zur Picknickdecke. »Lass uns anstoßen!«

Wir setzten uns im Schneidersitz einander gegenüber. Finn hob feierlich sein Glas. »Auf uns!«, verkündete er und fügte augenzwinkernd hinzu: »Und unser zukünftiges Haus!«

Als ich einen Schluck trank und dabei den Kopf hob, sah ich unweigerlich durch das Loch im Dach. Es war eine klare Nacht, und ein Meer aus Sternen funkelte am Firmament. »Du denkst wirklich, dass wir mal in dieser Bruchbude leben werden?«, fragte ich skeptisch.

»Irgendwann ja! Dann wirst du eine berühmte Malerin sein, und ich werde als Schiffsbauer eine eigene kleine Werft besitzen«, prophezeite Finn.

Das klang traumhaft! Und leider auch zu schön, um wahr zu sein. »Das würde deinem Vater bestimmt nicht gefallen«, erwiderte ich.

Finn liebte die Ostsee, und ganz besonders liebte er es, mit dem Zeesboot hinauszufahren. Schon vor seiner Ausbildung hatte er an dem Kahn seines Onkels in jeder freien Minute herumgewerkelt und ihn instand gehalten. Finns Vater war über diese Leidenschaft alles andere als glücklich. Für ihn stand fest, dass seine beiden Söhne irgendwann seine Firma übernehmen würden. Deshalb hatte Finns Entschluss, eine Ausbildung als Schiffsbauer zu machen, auch zu einem riesigen Eklat geführt. Bisher hoffte sein Vater jedoch noch, dass Finn irgendwann wieder »zur Vernunft« kommen würde.

»Ich bin nicht dazu geboren worden, meinen Vater glücklich zu machen«, meinte Finn selbstbewusst. »Das ist *mein* Leben, Hannah. Darüber entscheide ich selbst. Außerdem gibt es auch noch Noah. Mein Bruder wird ein ganz hervorragender Geschäftsführer sein.«

Ich bewunderte Finn für seinen Mut und seine Entschlossenheit. Denn auch meine Eltern hatten eine klare Vorstellung von meiner Zukunft – und sie wollten, dass ich nach dem Schulabschluss eine handfeste Berufsausbildung machte. Ein Kunststudium war für sie völlig indiskutabel. Nur wenn ich mit Finn zusammen war, schienen meine Wünsche und Träume plötzlich in greifbare Nähe zu rücken – als müsste ich lediglich die Hand danach ausstrecken und zugreifen. Bei ihm konnte ich für einen kurzen Moment daran glauben, dass uns eine ganz wundervolle Zukunft erwartete. Allein Finns Begeisterung für dieses heruntergekommene Gemäuer konnte ich nicht ganz teilen. Erneut glitt mein Blick durch das Zimmer. Selbst der sanfte Kerzenschein konnte den Zerfall nicht kaschieren.

»Du musst dir das alles hier renoviert vorstellen«, meinte Finn. »Als Künstlerin hast du doch jede Menge kreative Ideen. Wie könnte das fertige Haus denn aussehen?«

»Okay.« Ich trank noch einen Schluck Sekt und ließ meine Fantasie spielen. »Der alte Herd in der Küche darf bleiben. Der hat etwas Nostalgisches. Und die Schiffsplanken müssen auf Hochglanz poliert sein. Dazu passt eine helle sommerliche Landhausküche.«

So langsam machte mir die Sache Spaß! Begeistert fuhr ich fort: »Und an den Sprossenfenstern sollen Scheibengardinen mit Häkelborte hängen. Obwohl … Nein, ich will keine Gardinen! Man soll ungehindert nach draußen aufs Meer und den Garten blicken können. Dann möchte ich Blumen im Garten, jede Menge bunte Blumen.«

Finn lächelte. »Und welche Farbe soll das Haus haben?«

»Pastellblau – wie der Himmel über dem Meer kurz vor Sonnenaufgang«, gab ich wie aus der Pistole geschossen zurück. Und grinsend ergänzte ich: »Mit Fensterläden in Pastellrosa.«

»Rosa?« Finn verzog angewidert das Gesicht. »Igitt! Du kannst doch von einem gestandenen, vor Testosteron strotzenden Mann nicht erwarten, dass er in einem Haus mit rosafarbenen Fensterläden wohnt.«

Ich lachte, beugte mich zu ihm und gab ihm einen zärtlichen Kuss. »Und wenn ich dich ganz lieb darum bitte?«, hauchte ich an seine Lippen.

Blitzartig schlang Finn seine Arme um mich, zog mich an seine Brust und drückte mich mit seinem Körper zu Boden. Sofort beschleunigte sich mein Herzschlag, und mich durchlief ein verheißungsvolles Prickeln.

Finns Haare fielen ihm in die Stirn, als er mich für einen Moment fast ehrfürchtig betrachtete. »Du bist wunderschön, Hannah!«

Ich wusste, dass ich nicht gerade hässlich war, aber als »wunderschön« hätte ich mich sicher nicht bezeichnet. Ich war eben der typisch nordische Typ: für eine Frau recht groß, etwas zu wenig Busen, etwas zu wenig Hintern, im Gesicht zahlreiche Sommersprossen und natürlich blond. Doch Finn gab mir das Gefühl, die schönste Frau auf der Welt zu sein. Jedenfalls für ihn. Und das war alles, was zählte.

Er neigte den Kopf zur Seite und setzte eine Spur aus federleichten Küssen meine Schläfe hinab bis zu der empfindlichen Stelle in meinem Nacken. Es kitzelte so sehr, dass ich quiekte.

»Keine Chance, du wirst mich nicht umstimmen!«, kicherte ich. »Ich bleibe bei Rosa für die Fensterläden.«

»Ich will dich gar nicht umstimmen«, raunte Finn mir ins Ohr. »Dein Wunsch ist mir Befehl. Du wirst deine rosafarbenen Fensterläden bekommen.«

Er intensivierte seine Küsse – nun waren sie intensiv, heiß und hungrig. Dieses Mal kitzelte es nicht, und Finns Leidenschaft schien direkt auf mich überzuspringen. Wie von selbst bog sich ihm mein Oberkörper entgegen, und ich stöhnte leise auf. Finn verschloss meinen Mund mit seinen Lippen. Ich ließ mich in diesen Kuss fallen, umschlang Finn mit meinen Armen und genoss das warme Glücksgefühl, das mich durchströmte.

Schließlich legte er seine Stirn auf meine, und unser Atem verschmolz miteinander. »Ich liebe dich, Hannah – und werde dich immer lieben!«

»Das kannst du doch jetzt noch gar nicht wissen«, flüsterte ich überwältigt.

»Doch, das kann ich«, beharrte er. Er beugte sich ein Stück zurück, sodass wir uns in die Augen sehen konnten. Der flackernde Kerzenschein ließ unruhige Schatten über sein Gesicht tanzen. Die Ernsthaftigkeit, die plötzlich in seinen Zügen lag, wirkte dadurch noch bedeutungsvoller. »Und ich verspreche dir, dass ich alles dafür tun werde, um dich glücklich zu machen.«

»Wirklich alles?«, fragte ich mit heiserer Stimme.

»Ich würde mein Leben für dich geben, Hannah. Du hast einen Mann verdient, der für dich durchs Feuer geht.«

Mein Herz zog sich vor Freude zusammen. Mit den Fingerspitzen strich ich zärtlich seine Haare aus der Stirn. »Ich liebe dich auch«, flüsterte ich und hob den Kopf, um ihn zu küssen.

Ich schmeckte das Salz auf seiner Haut, den Sommer, die Liebe und die Freiheit. In diesem Moment wollte ich Finn so sehr, dass es über rein körperliches Verlangen weit hinausging. Ich wollte mit ihm verschmelzen, ihn in mich aufnehmen, in seinen Küssen ertrinken und seine Seele berühren. Ich wünschte mir sehnlichst, dass dieser Augenblick niemals, niemals endete.

1. Kapitel

Fünfzehn Jahre später

»Ich kann nicht«, jammerte ich und klammerte mich am Lenkrad fest. »Ich kann das nicht, Oliver.«

»Du kannst schon – du willst nur nicht«, tönte die Stimme meines besten Freundes aus der Freisprechanlage.

Ich stand mit laufendem Motor mitten auf der Straße und starrte auf das gelbe Ortsschild: Liebwitz. Das Dorf auf der Halbinsel Fischland-Darß-Zingst, in dem ich geboren und aufgewachsen war. Das Dorf, in das ich seit fünf Jahren keinen Fuß mehr gesetzt hatte.

»Nur Mut, Süße! Es wird bestimmt nicht so schlimm, wie du befürchtest«, sagte Oliver.

Ich ließ den Kopf gegen das Lenkrad sinken. »Du hast leicht reden«, hauchte ich. Oliver saß schließlich gerade in seiner Galerie in Berlin und schlürfte in aller Seelenruhe eine Tasse Grüntee. »Wieso hab ich mich bloß darauf eingelassen?«

Heute früh in Berlin war ich noch überzeugt gewesen, alldem gewachsen zu sein. Dummerweise hatte ich nicht mit den intensiven Gefühlen gerechnet, die der Anblick meines Heimatdorfes in mir auslösen würde. Leider waren die meisten Erinnerungen, die mir gerade im Kopf herumschwirrten, nicht positiver Natur. Dabei lag Liebwitz an diesem Junimorgen unschuldig und malerisch im strahlenden Sonnenschein vor mir: ein Dorf zwischen Ostsee und Saaler Bodden, umgeben von Salzwiesen, Schilfrohrgürteln, einem herrlichen Sandstrand und dem mystischen Darßwald. Das Einzige, was die ländliche Idylle momentan ein wenig störte, war ein jugendlicher Tramper am Straßenrand. Er war von Kopf bis Fuß in Schwarz gekleidet und gehörte wohl der Gothic-Bewegung an. In der Hand hielt er ein Pappschild, und neben ihm lag ein vollbepackter Seesack. Der junge Mann sah immer wieder neugierig zu mir herüber. Dabei blitzten seine zahlreichen Gesichtspiercings im Sonnenlicht.

»Du hast dich darauf eingelassen, weil du das Geld brauchst, Hannah. Dringend«, erinnerte mich Oliver.

»Schon. Aber jetzt frage ich mich, ob ein Haufen Geld es wert ist, dass ich das alles auf mich nehme«, erwiderte ich störrisch. »Ich will nicht zurück!«

Wäre ich nicht hier aufgewachsen, hätte ich das Dorf wahrscheinlich bezaubernd gefunden, aber ich kannte jeden Baum, jedes Haus und die dazugehörigen Bewohner. Die Männer in Liebwitz hatten tiefe durchdringende Stimmen und trugen Anzüge nur zu besonderen Gelegenheiten. Die Frauen buken Kuchen für das Sommerfest der Grundschule und trafen sich einmal pro Woche im Heimatverein oder zum Zumba-Kurs in der Sporthalle. In Liebwitz stellte Tratsch eine eigene Währung dar, man pflegte sein Häuschen und liebte das Meer. Außerdem hielt man es für moralisch bedenklich, wenn jemand allzu oft zur Beichte in die Kirche ging. Ein Mensch, der sich nichts zuschulden kommen ließ und anständig lebte, hatte nämlich weder etwas zu beichten noch Gott zu fürchten.

Doch man kämpfte im Dorf auch ums finanzielle Überleben. Liebwitz war klein, es gab nur ein einziges Hotel, keine Sehenswürdigkeiten und nur wenige Touristen. Dass ich heute von Bürgermeister Dirk Jansen hierherbeordert worden war, ließ mich vermuten, dass er momentan wieder an einer Idee tüftelte, um Geld in die leere Gemeindekasse zu spülen. Die Details würde ich jedoch erst am Nachmittag erfahren.

»Ich könnte einfach umkehren und zurück nach Berlin fahren«, sagte ich mehr zu mir selbst als zu Oliver. Dann wäre ich am Nachmittag wieder zu Hause.

Eine Überlegung, die – meiner Meinung nach – absolut nachvollziehbar war. Denn ich fühlte mich elend. Plötzlich spürte ich wieder den stechenden Schmerz in meinem Herzen, der selbst nach fünf Jahren so intensiv war, dass es mir den Atem raubte. Er vermischte sich mit Wut und einer kleinen Prise Rachedurst. Allerdings waren da auch Neugierde, Sehnsucht, Freude und Herzklopfen. Gekrönt wurde mein emotionales Chaos von Schuldgefühlen und einer ordentlichen Portion Scham – vor allem meiner Familie gegenüber. Kein Wunder, dass ich kurz vor einem seelischen Kollaps stand. Müsste ein Mann so viele Empfindungen auf einmal ertragen, würde er bestimmt wie ein gefällter Baum bewusstlos umkippen.

»Du könntest natürlich umkehren«, meinte Oliver. »Aber dann würde ich dich für eine schrecklich feige Pissnelke halten. Und das willst du doch nicht, oder?«

Ehe ich mich über die Betitelung »feige Pissnelke« beschweren konnte, fuhr er auch schon fort: »Ich bin überzeugt, dass es nicht so schlimm wird, wie du es dir ausmalst. Es ist doch nur für zwei, drei Tage, Hannah! Und deine Familie freut sich bestimmt, dich wiederzusehen. Wahrscheinlich haben sie deinen Lieblingskuchen gebacken und erwarten dich schon voller Aufregung.«

Tatsächlich war es der Gedanke an meine Eltern und meinen Bruder, der mich bisher vom Umkehren abgehalten hatte. Nur waren sie leider nicht die einzigen Einwohner in Liebwitz. Seufzend fuhr ich mir mit den Händen übers Gesicht.

»Alles in mir sträubt sich dagegen weiterzufahren«, versuchte ich, Oliver mein Dilemma zu erklären. Obwohl er mich nicht sehen konnte, deutete ich vom Ortsschild quer über die Fahrbahn. »Das ist wie eine magische Grenze, die ich nicht überqueren kann.«

»Wieso? Landest du dann in Hogwarts?« Er kicherte.

»Haha.« Ich verzog das Gesicht. »Hier geht es um sehr viel mehr. Du weißt genau, dass ich einige Geheimnisse im Gepäck habe, von denen niemand weiß.«

»Dann sorg einfach dafür, dass es so bleibt!«, meinte mein Freund pragmatisch. Er und sein Ehemann Thomas wussten über jedes Detail meines Lebens Bescheid. Trotzdem liebten sie mich und begleiteten mich seit Jahren durch dick und dünn.

Aus den Augenwinkeln nahm ich eine Bewegung wahr. Der Gothic-Typ kam auf mein Auto zumarschiert und klopfte an mein Fenster. Wahnsinn, für einen Teenager hatte er wirklich beeindruckend viele Piercings im Gesicht!

Ich beendete kurzerhand mein Telefonat mit Oliver und versprach ihm, mich heute Abend noch mal zu melden.

»Ja bitte?«, fragte ich den Tramper, nachdem ich das Fenster heruntergelassen hatte. Ich betrachtete sein weißes Gesicht mit den schwarz bemalten Augen. Irgendwie kam er mir bekannt vor.

»Entschuldige, ich möchte nicht aufdringlich sein«, erwiderte er erstaunlich höflich. »Aber brauchst du vielleicht Hilfe? Hast du dich verfahren?«

Peinlich berührt schüttelte ich den Kopf. Dass ich hier mit laufendem Motor mitten auf der Straße stand und brütend auf das Ortsschild starrte, mutete sicherlich recht merkwürdig an.

»Nein, danke! Es ist alles in Ordnung. Aber ich finde es sehr nett von dir, dass du mir helfen …« Mitten im Satz verlor ich den Faden. Verflixt, ich kannte diesen Jungen! Ganz bestimmt sogar. Nachdenklich wanderte mein Blick über sein Gesicht. Doch die Schminke und die Piercings machten es mir nicht leicht.

Plötzlich entgleisten die Gesichtszüge des Teenagers, und er riss die Augen auf. »Hannah?«, stieß er überrascht aus. »Hannah Bradhering aus dem Distelweg?«

»Äh, ja«, bestätigte ich mit zaghaftem Lächeln.

»Ich halts nicht aus!« Er klatschte in die Hände und grinste bis über beide Ohren – was nicht ganz zu seiner düsteren Aufmachung passte. »Dass ich dich hier treffe, hätte ich echt nicht gedacht.«

Mit Nachdruck forderte ich mein Hirn auf, mir jetzt endlich eine Information zu liefern – aber da kam nichts. Es entstand eine unangenehme Gesprächspause, und ich biss mir auf die Unterlippe.

Er legte den Kopf schräg. »Du hast keine Ahnung, wer ich bin, oder?«

»Hilf mir mal auf die Sprünge!«, bat ich ihn.

»Ich geb dir einen Tipp: Du warst bis vor sieben, acht Jahren noch meine Babysitterin«, sagte er und ließ amüsiert die gepiercten Augenbrauen hüpfen.

Das schränkte die Auswahl ein. Schon während meiner Schulzeit hatte ich mir als Babysitterin im Dorf etwas dazuverdient. Nachdem ich meine Ausbildung zur Hotelfachfrau beendet hatte, war dafür jedoch leider kaum noch Zeit geblieben. Zum Schluss hatte ich nur noch ab und zu zwei aufgeweckte und unglaublich liebenswerte Geschwister betreut. Endlich fiel bei mir der Groschen.

»Sören?«, fragte ich ungläubig. »Du bist Sören Winkler?«

»Spike«, korrigierte er mich umgehend. »Ich ziehe mittlerweile den Namen Spike vor.«

Auf meine fragende Miene hin erklärte er in rebellischem Tonfall: »Ich bin der Stachel im Auge meiner Eltern.«

Ich schmunzelte. Das konnte ich mir gut vorstellen. Mit seinen Piercings, der Schminke und den schwarzen Klamotten eckte Spike im Dorf sicherlich an.

Als ich Liebwitz verlassen hatte, war Sören alias Spike noch ein pummeliger Zwölfjähriger gewesen. In den vergangenen fünf Jahren war er in die Höhe geschossen und hatte die Metamorphose zu einem jungen Mann durchlaufen.

Ich schüttelte ungläubig den Kopf. »Als wir uns das letzte Mal gesehen haben, warst du noch ein kleiner Junge und hast deiner Schwester Tine Juckpulver ins Bett gestreut.«

»Ja, aus mir ist ein attraktiver Mann geworden.« Er warf seine schwarzen Haare zurück und grinste frech. »Aber das mit dem Juckpulver mache ich heute noch gern. Tine regt sich jedes Mal so schön auf.«

Mein Blick fiel auf das Pappschild in seiner Hand. Dort stand in großen Lettern der Zielort: *EINFACH WEG*. Mir schwante Übles.

»Wolltest du gerade abhauen?«, fragte ich alarmiert. »Oder wie darf man dein Schild und den Seesack verstehen?«

Er winkte ab. »Ach, ungefähr einmal im Monat halte ich es in dem Kaff nicht mehr aus und setze mich für ein paar Tage ab. Meine Eltern sind daran gewöhnt. Nur die Schule macht immer Theater.«

Ich verzog das Gesicht. Spike war gerade erst siebzehn und eindeutig zu jung, um allein auf Tour zu gehen. Trotzdem konnte ich ihn verstehen. Wahrscheinlich besser, als er ahnte.

»Es ist nicht leicht, in Liebwitz ein Außenseiter zu sein«, sagte ich mitfühlend. Zwar hatte ich nie außergewöhnliche Klamotten getragen wie Spike, aber in Gedanken hatte ich stets gegen das konservative Leben rebelliert und mich nach der großen weiten Welt gesehnt.

»Aber permanent abzuhauen ist keine Lösung«, fügte ich mahnend hinzu.

Spike zuckte nur gleichgültig mit den Schultern. »Es wird die Leute umhauen, dass du zurück bist!«

»Es hat noch nicht die Runde gemacht, dass ich heute komme?«, entgegnete ich überrascht. Normalerweise verbreiteten sich Neuigkeiten im Dorf rasend schnell.

Spike spielte nachdenklich mit der Zunge an seinem Lippenpiercing. »Nicht, dass ich wüsste.«

Seltsam! Das konnte nur bedeuten, dass meine Eltern niemanden über meine Rückkehr informiert hatten. Aber wieso? Ich rief mir das letzte Telefonat mit meiner Mutter in Erinnerung. Tatsächlich hatte sie auf meine Ankündigung, dass ich zu Besuch kommen würde, recht verhalten reagiert. Als hätte sie nicht recht glauben können, dass ich mein Vorhaben wirklich in die Tat umsetzen würde. Aber vielleicht war ihr meine Rückkehr auch nicht wichtig genug gewesen, um jemandem im Dorf davon zu erzählen? Kein schöner Gedanke.

Spike stützte sich mit den Ellbogen am Fenster ab. »Stimmt es, dass du jetzt eine berühmte Künstlerin bist?«

Geistesabwesend sah ich auf. »Eine berühmte Künstlerin?« Verlegen kratzte ich mich am Hals. Na toll! Ich hatte noch nicht mal das Ortsschild passiert, da holte mich auch schon mein erstes Geheimnis ein. »Nun ja, *relativ* berühmt.«

»Relativ« war schließlich ein dehnbarer Begriff. Oft drückte man damit negative Sachverhalte in positiver Weise aus: relativ dünn, relativ schön oder relativ intelligent. Ich war als Künstlerin eben relativ berühmt – im Vergleich zu einem malenden Gorilla im Zoo. Zum Glück war Spike auf solche sprachlichen Spitzfindigkeiten noch nicht gepolt.

»Wow! Das ist echt cool«, meinte er begeistert. »Ich fand deine Bilder schon immer toll. Meine Eltern haben noch heute ein Gemälde von dir im Wohnzimmer hängen. Wie war noch mal der Titel?« Er tippte sich nachdenklich an die Lippen.

»Der mystische Darßwald«, murmelte ich beschämt, denn ich erinnerte mich nur ungern an das Bild.

Nachdem ich vor fünf Jahren meinen Job im Hotel aufgegeben und Liebwitz verlassen hatte, war ich nach Berlin gezogen und hatte an der Kunstakademie studiert. Das Studium hatte meine Art zu malen natürlich verändert. Früher als Hobbymalerin hatte ich einen deutlich naiveren Stil verfolgt. Okay, man könnte auch sagen, dass die Bilder ziemlich kitschig waren. Das Gemälde der Familie Winkler zeigte auf den ersten Blick zwar nur einen erwachenden Wald im Morgengrauen, doch bei genauerem Hinsehen konnte man sogar eine Fee entdecken, die ich zwischen den Blättern eines Farns versteckt hatte. Eine Fee! War das zu fassen? Für eine ernsthafte Künstlerin ein absolutes No-Go. Nur ein Einhorn wäre noch schlimmer gewesen. Meine früheren Werke waren mir heute abgrundtief peinlich. Abgesehen von den Motiven war auch meine Technik damals nicht ansatzweise ausgereift gewesen.

»Als Kind habe ich das Bild manchmal stundenlang angeschaut«, meinte Spike versonnen. »Es steckt voller Details. Ein Kaninchen, das gerade in seinen Bau hoppelt. Mystische Runen auf einer Buche. Das Geweih eines Hirsches, das über den Büschen hervorlugt. Käfer, Ameisen und Würmer, die sich über einen kleinen Kadaver hermachen.« Er beugte sich vertraulich zu mir ins Auto. »Ich habe ewig gebraucht, um die Fee zu entdecken.«

Auch wenn mein Kunstprofessor sich vermutlich für das frühe Werk seiner Schülerin geschämt hätte, rührte mich Spikes ehrliche Begeisterung. »Schön, dass es dir gefällt!«

Ohne ein weiteres Wort schulterte Spike seinen Seesack und ging ums Auto herum, wobei der lange schwarze Mantel um seine schlaksigen Beine schwang. Wie selbstverständlich öffnete er die Tür, ließ sich neben mir auf den Beifahrersitz fallen und verstaute sein Gepäck zwischen den Beinen.

Überrascht sah ich ihn an. »Du willst nicht mehr weg? Ich fahre nämlich nach Liebwitz.« Vielsagend deutete ich auf das Ortsschild.

»Ich hab's mir anders überlegt«, erklärte er. »Deine Rückkehr wird bestimmt für Aufregung im Dorf sorgen. Das will ich nicht verpassen.«

Ich schnaubte. »Na, danke!«

Eigentlich widerstrebte es mir, den Moralapostel zu spielen, doch ich konnte mit meiner Meinung nicht hinterm Berg halten. »Allerdings finde ich es gut, dass du hierbleiben willst. Ich weiß, für einen jungen Mann zählt das Hier und Jetzt. Und momentan findest du es richtig doof, in Liebwitz festzusitzen. Aber schon bald bist du mit der Schule fertig, kannst hier weg und raus in die Welt. Du musst nur noch ein bisschen Geduld haben«, ließ ich Spike an meiner Lebensweisheit teilhaben und betonte erneut: »Immer wieder abzuhauen ist keine Lösung.«

»Du bist nach Berlin abgehauen«, stellte er trocken fest.

»Ich bin nicht abgehauen«, korrigierte ich ihn, obwohl man darüber wahrscheinlich streiten konnte. »Ich habe angefangen zu studieren. *Nachdem* ich die Schule und meine Ausbildung abgeschlossen hatte. Und wenn ich es geschafft habe, so lange durchzuhalten, wirst du das wohl auch hinkriegen.«

Diesem Argument konnte Spike nicht viel entgegensetzen. Er starrte einen Moment brütend aus dem Fenster. Dann stieß er die Luft aus und hob ergeben die Hände. »Okay, okay! Botschaft angekommen. Ich werde versuchen, mich zusammenzureißen. Auch wenn mein Berufswunsch schon feststeht und ich dafür kein Abi brauche.«

Ich sah ihn fragend an, und er erklärte: »Ich will ein Tattoo-Studio eröffnen. Das ist mein großer Traum. Ich stehe total auf Körperkunst – meine Piercings habe ich auch alle selbst gemacht.« Er sah mich hoffnungsvoll an. »Willst du auch eins? Für zwanzig Euro verpasse ich dir ein tolles Augenbrauen-Piercing.«

»Nein, danke, auf gar keinen Fall!«, wehrte ich eilig ab. Da Spike ziemlich enttäuscht wirkte, fügte ich hinzu: »Ich mag grundsätzlich keine Spritzen und spitzen Nadeln. Besonders nicht in der Nähe meines Gesichts.«

Durch das geöffnete Fenster nahm ich ein Motorengeräusch wahr. Ich blickte in den Rückspiegel und sah einen Traktor näher kommen. Dass ich mit dem Auto bis jetzt unbehelligt mitten auf der Straße hatte stehen bleiben können, war nicht ungewöhnlich. Richtung Liebwitz gab es nicht viel Verkehr. Die meisten Touristen fuhren die L 21 in Richtung Prerow und Zingst und bemerkten die Abzweigung nach Liebwitz nicht einmal. Dass der Traktor hinter mir einen Bootsanhänger zog, machte mich allerdings stutzig. Wie paralysiert starrte ich in den Rückspiegel. Das würde doch nicht ausgerechnet *er* sein? So viel Pech konnte nicht mal ich haben! Je näher der Traktor kam, desto besser konnte ich die Gestalt darauf erkennen: breite Schultern, attraktive männliche Gesichtszüge, braun gebrannt, karamellfarbene zerzauste Haare, dunkelgrüne Augen. Zugegeben, die markante Augenfarbe hatte ich nicht über den Rückspiegel erkannt. Aber dass mein Ex-Freund diese verhängnisvoll schönen Augen besaß, wusste ich leider nur allzu gut. Viel zu oft hatte mich dieses intensive Grün in der Vergangenheit gefangen genommen und verzaubert.

Mittlerweile war der Traktor schon so nahe, dass Finn die Hupe betätigte und ärgerlich auf das Hindernis vor ihm starrte. Wenn ich weiter hier stehenblieb, war die Wahrscheinlichkeit groß, dass er haltmachte und herkam, um mich zum Weiterfahren aufzufordern. Nein, für ein Zusammentreffen war ich eindeutig noch nicht bereit! Vielleicht nach weiteren fünf Jahren, aber noch nicht jetzt. Als wäre der Teufel höchstpersönlich hinter mir her, trat ich das Gaspedal durch. Mit quietschenden Reifen fuhr ich über die »magische Grenze«, von der ich noch vor wenigen Minuten behauptet hatte, sie nicht überqueren zu können. Bedauerlicherweise landete ich jedoch nicht in Hogwarts, sondern in meiner Vergangenheit.

2. Kapitel

Ich setzte Spike am anderen Ende des Dorfes vor dem Haus seiner Eltern ab. Meine Panikreaktion bei Finns Anblick war mir mittlerweile überaus peinlich. Ich musste mir überlegen, wie ich meinem Ex-Freund in den nächsten Tagen am besten aus dem Weg gehen konnte. Eine Möglichkeit war, ab sofort in einem Spiderman-Anzug mit Gesichtsmaske herumzulaufen, damit er mich nicht erkennen konnte. Die Idee war natürlich absurd, aber bedauerlicherweise meine bisher beste.

Bis zu meinem Treffen mit dem Bürgermeister blieb mir noch etwas Zeit, sodass ich erst mal zu meinen Eltern fuhr. Obwohl es mich fast genauso stark an den Strand und das Meer zog. Ich liebte die Ostsee. Und wenigstens versprach das Wiedersehen mit dem Meer, an dem ich aufgewachsen war, unproblematisch zu werden. Da war ich mir bei meiner Familie nicht so sicher.

Im Schritttempo fuhr ich den Distelweg zum Haus meiner Eltern entlang. Als kleine Nebenstraße war es ein reiner Sandweg und nicht asphaltiert. Das war mir – und dem Auto – allerdings lieber als das holprige Kopfsteinpflaster der Hauptstraße. Auf den ersten Blick hatte sich in der Nachbarschaft meiner Eltern kaum etwas verändert. Selbst das Schlagloch vor dem Haus der Jahnkes war immer noch da. Es tarnte sich schon seit vielen Jahren als unscheinbare kleine Pfütze, doch seinem Wagen zuliebe musste man das Loch unbedingt meiden. Vorsichtig umfuhr ich es, schließlich wollte ich Olivers Auto nicht beschädigen.

Mein bester Freund hatte sich den gebrauchten Kastenwagen zugelegt, um Gemälde für seine Galerie zu transportieren. Genau deshalb hatte ich ihn mir für meinen Trip nach Liebwitz auch von ihm ausgeliehen, denn ich hatte eine Auswahl meiner besten Arbeiten mitgebracht. Sobald ich zwei der Bilder an den Bürgermeister verkauft hätte, würde ich Oliver das Auto spätestens übermorgen ohne den kleinsten Kratzer zurückbringen.

Am Ende des Distelwegs suchte ich mir einen Parkplatz. Meine Eltern wohnten in einem hellblauen kleinen Holzhaus mit Reetdach. Sofort fiel mir das Moos auf, das sich unterhalb des Dachfirsts großflächig ausgebreitet hatte. Das verlieh dem Haus zwar eine mystische Note, aber eigentlich war das Moos schlecht fürs Dach. Es sah meinen Eltern überhaupt nicht ähnlich, sich nicht darum zu kümmern. Meine Mutter achtete normalerweise penibel auf solche Dinge – schon allein wegen der Nachbarn. Seit ich denken konnte, machte sich meine Mutter darüber Sorgen, dass im Dorf schlecht über uns geredet wurde.

Ich stieg aus und atmete die frische salzhaltige Luft ein. Die Dahlien, Kartoffelrosen und Hortensien im Vorgarten standen in voller Blüte, und das Pampasgras wiegte sich sanft im Wind. Gleich hinter meinem Elternhaus erhob sich der Deich. Er verhinderte zwar den freien Blick aufs Meer, aber das Rauschen der Brandung und das Möwengeschrei waren allgegenwärtig. Ich war wieder zurück. *Zu Hause*. Es war wie ein Aufatmen der Seele. Erst jetzt wurde mir bewusst, wie sehr ich all das vermisst hatte.

Ich zog meinen Rollkoffer hinter mir her und ging unseren Gartenweg entlang. In den Fugen der Pflastersteine wucherte das Unkraut, und eine Rolle meines Koffers blieb an einem besonders üppigen Löwenzahn hängen. Das ungute Gefühl, dass bei meiner Familie etwas nicht stimmte, verstärkte sich. Was war hier nur los? Ich konnte mich noch gut daran erinnern, wie meine Mutter mich früher die Fugen mit dem Gartenmesser hatte säubern lassen. Das war eine wirklich mühselige Arbeit gewesen. Mein

Bruder Bastian, die faule Socke, hatte höchstens mal den Rasen mähen müssen.

Seufzend zupfte ich ein Löwenzahnblatt aus der Rolle meines Koffers und ging weiter. Wie auf Darß-Fischland-Zingst üblich war unsere Haustür mit bunten Schnitzereien verziert: ein graubemalter Kranich, ein bunter Tulpenstrauß und eine gelbe halbe Sonne. Sie stellte eine aufgehende Morgensonne am Horizont dar und galt als Symbol für das Leben. Das gezackte Schuppenmuster, das die anderen Schnitzereien einfasste, sollte das Haus vor einem Blitzeinschlag schützen. Selbst in so etwas Alltäglichem wie einer Haustür wurde der Aberglaube der Insulaner spürbar. Doch ich liebte diese Tradition.

Unschlüssig blieb ich auf der Fußmatte stehen. Zwar hatte ich einen Schlüssel, aber nach meiner langen Abwesenheit hielt ich es für unangebracht, einfach ins Haus zu spazieren. Ich hob die Hand und klingelte. Jetzt gab es kein Zurück mehr!

Während ich wartete, hörte ich vom Nachbargrundstück aufgeregtes Geschrei. Ein Mann und eine Frau keiften sich im Garten wutentbrannt an. Ich konnte mir ein amüsiertes Schmunzeln nicht verkneifen, denn die Stimmen gehörten unseren Nachbarn Else und Heinz Jahnke. Seit ich zurückdenken konnte, stritten sich die beiden wie die Kesselflicker. Das kauzige alte Ehepaar war wie Feuer und Wasser. Trotz ihres hohen Alters von fast hundert Jahren waren sie geistig fit. Was vermutlich eher ein Nachteil war. Denn so vergaßen sie nicht versehentlich, wie groß ihre gegenseitige Abneigung war. Früher war ich von dem permanenten Unfrieden, der vom Nachbargrundstück zu uns herüberschwappte, oft genervt gewesen. Vor allem, da ich sowohl Else als auch Heinz mochte. Aber nach fünf Jahren der Abwesenheit fand ich es auf merkwürdige Weise tröstlich, dass sich manche Dinge offenbar niemals änderten – selbst wenn es sich dabei um ein zänkisches Ehepaar handelte.

Ich klingelte noch einmal bei meinen Eltern. War niemand zu Hause? Ich trat einen Schritt zurück und ließ meinen Blick über die Fassade gleiten. Alles wirkte ruhig. Die einzigen Augenpaare, die sich hinter den Fenstern auf mich richteten, gehörten den Porzellanhunden meiner Mutter. Schon seit meiner Kindheit sammelte sie englische Kaminhunde, die immer paarweise verkauft wurden. Auch das war eine alte Seefahrertradition auf der Insel. Leider war Mutters Hundesammlung anscheinend mein einziges Empfangskommando. So viel zu Olivers Theorie, dass meine Familie mich sehnlichst erwartete …

»Hannah?«, ertönte in diesem Moment eine Stimme. »Bist du das etwa?« Unsere Nachbarin Else Jahnke stand mit hellblauen Lockenwicklern im Haar am Zaun und musterte mich mit zusammengekniffenen Augen. Anscheinend hatte sie Probleme, mich auf die Entfernung sicher zu identifizieren.

»Hallo, Else!«, begrüßte ich sie. Ich ließ meinen Koffer neben der Haustür stehen und ging zu ihr. »Wie schön, dich zu sehen.«

Ein strahlendes Lächeln erhellte das runzlige Gesicht der alten Frau. »Du bist es wirklich! Und ich dachte schon, meine trüben Augen täuschen mich.« Sie breitete die Arme aus und zog mich – trotz des Zauns zwischen uns – in eine innige Umarmung. »Ich hab dich vermisst, mien Diern.«

Else war fünfundneunzig Jahre alt, eine begnadete Köchin und liebte Kinder. Somit war es nur logisch, dass ich mich früher häufig in der Küche unserer Nachbarin aufgehalten und mir den Bauch mit Leckereien vollgeschlagen hatte. Elses rosige Pausbäckchen und ihre füllige Figur verrieten, dass sie ebenfalls gern dem Essen zusprach. Außerdem konnte niemand so gut Geschichten über unsere Insel erzählen wie sie.

Als Kinder hatten Finn, Ella und ich davon geträumt, einen versunkenen Schiffsschatz zu finden. Geweckt hatte diese Fantasien Else, die von zahlreichen gekenterten Schiffen und ihrer angeschwemmten Ladung zu berichten wusste. Vor unserer Küste waren angeblich außergewöhnlich viele Schiffe untergegangen. Else meinte, unsere Urahnen hätten in stürmischen Nächten einer Kuh eine Laterne an den Schwanz gebunden und sie am Strand herumgeführt, um die Kapitäne zu verwirren und die Schiffe zum Kentern zu bringen. Manche waren aber auch von selbst gesunken. Zum Beispiel war im Jahr 1931 an Weihnachten die *Helene* vor unserer Insel auf ein Riff gelaufen. Die gesamte Ladung war an Land gespült worden: Mehrere Kilometer des Ufers waren von Kisten mit 250 Zentnern Margarine bedeckt gewesen. Dazu kamen noch Konserven und Fässer mit Wein und Rum. Der Weststrand, der sonst immer so verlassen und friedlich dalag, hatte in dieser Nacht ein völlig anderes Bild geboten. An diesem Weihnachtsabend jubelten und tanzten dort die Insulaner und feierten die reiche Bescherung. Der Fund war so gewaltig, dass die Badegäste damals fast zwei Jahre lang mit der sogenannten »Helenenbutter« bekocht werden konnten. Noch heute war das Ereignis als »dat Boddergriepen« bekannt. Elses Erzählung war so eindrücklich gewesen, dass ich damals als Kind zu meinen Stiften gegriffen hatte, um ein Bild von dieser Nacht zu malen.

»Wie geht es dir, Else?«, fragte ich. »Was macht die Gesundheit?«

Sie wiegte den Kopf. »Ach, manchmal ziept und zwackt es, aber im Grunde kann ich mich nicht beschweren. Du weißt ja, meine Familie hat gute Gene! Meine Cousine Trudi ist erst kürzlich hundert Jahre alt geworden. Ich habe sie zum Geburtstag sogar auf Rügen besucht«, erzählte sie. »Leider haben wir uns etwas in die Wolle gekriegt, weil Trudi behauptet hat, dass ihr Strand in Glowe der schönste der Ostsee wäre. Das stimmt aber natürlich nicht! Jeder, der Augen im Kopf hat, kann sehen, dass wir die schönsten Strände haben.«

Ich versuchte, mir das Lachen zu verkneifen. »Aber selbstverständlich!«

»Hannah, du warst viel zu lange weg«, rügte mich die alte Frau. »Lass dich mal ansehen!« Sie trat einen Schritt zurück und musterte mich eingehend. »Meine Güte, du bist noch hübscher geworden! Und dein Haar trägst du jetzt kürzer als früher.«

Ich strich mir eine Strähne hinters Ohr. »Ja, es ist einfach praktischer.«

Als ich vor fünf Jahren mit gebrochenem Herzen in Berlin angekommen war, hatte ich mir meine langen Haare bis knapp unter die Schultern abschneiden lassen. Eine geradezu klassische weibliche Verhaltensweise nach einer unglücklichen Trennung.

»Wie ich gehört habe, bist du jetzt eine berühmte Malerin«, meinte Else mit sichtlichem Stolz. Zum Glück wartete sie nicht auf eine Antwort und redete gleich weiter: »Ich wusste schon immer, dass aus dir was wird! Du bist nämlich sonntags in einer Vollmondnacht geboren. Diese Menschen haben immer eine besondere Begabung. Das Schicksal hatte von Anfang an Großes mit dir vor.«

Ach, wie hatte ich Elses abergläubische Anwandlungen vermisst! Der Gedanke, dass das Schicksal für alles die Verantwortung trug, hatte etwas Befreiendes. Dann war es nämlich auch nicht meine Schuld, dass meine Berühmtheit nur von kurzer Dauer gewesen war.

Ich zuckte zusammen, denn aus dem Schuppen der Jahnkes ertönte plötzlich das ohrenbetäubende Kreischen einer Stichsäge. Laut Else war der Schuppen Heinz' zweites Zuhause, in dem er einen Großteil seiner Zeit verbrachte.

»Heinz!«, rief Else wütend. Sie wandte sich an mich. »Das macht er mit Absicht. Weil ich ihm gerade gesagt habe, dass ich mich kurz hinlegen will. Meine neuen Blutdruckmedikamente machen mich so müde.«

Ich seufzte. »Streitet ihr etwa immer noch von morgens bis abends?«

Die Frage war eigentlich überflüssig. Ich hatte die beiden schließlich eben noch herumzanken hören.

»An mir liegt das nicht!«, verteidigte sich Else. »Der alte Sturkopp legt es Tag für Tag darauf an, mich zur Weißglut zu treiben.«

Sie wandte sich in Richtung Schuppen und brüllte in eine kurze Kreischpause der Säge hinein: »Dein Lärm stört mich überhaupt nicht! Ich bin nämlich wach. Aber hoffentlich sägst du dir in den Daumen, du Düwel!«

Einen Moment später erstarb das Rattern der Maschine. Heinz tauchte mit wutentbrannter Miene an der Schuppentür auf. Wie immer hatte er seine schlohweißen schütteren Haare wie Cary Grant zu einem gepflegten Seitenscheitel gekämmt. Er trug eine dunkle Cordhose, ein kariertes Hemd und eine braune Strickweste. Zwar brauchte er zum Laufen einen Gehstock, und seine Stirn war von Altersflecken überzogen, doch seine dunkelgrünen Augen wirkten immer noch aufmerksam und hellwach.

Ich winkte ihm grüßend zu. »Hallo, Heinz!«

Er entdeckte mich. Schlagartig wurde seine Miene weich, und ein Lächeln umspielte seine Lippen. »Hannah, wieder mal im Land? Du glaubst gar nicht, wie schön es ist, ein freundliches Gesicht zu sehen.« Er warf seiner Ehefrau einen bitteren Seitenblick zu. »Den Rest des Tages hab ich nämlich eine grässliche alte Hex vor mir.«

Else winkte genervt ab. Offenbar hatte sie nicht vor, diese Gemeinheit mit einer Antwort zu würdigen.

Das schien Heinz jedoch nicht milder zu stimmen, im Gegenteil. »Du bist das Schlimmste, was mir in meinem Leben widerfahren ist – und dabei war ich sogar im Krieg!«

Er wandte sich an mich. »Weißt du, Hannah, damals wurde ich als blutjunger Mann nach Russland geschickt. Ich wollte da nicht hin, und ich wollte auch nicht kämpfen, aber ich hatte keine andere Wahl. Sie hätten mich sonst erschossen. Eines Nachts hatten wir uns auf einem Feld zum Schutz in Erdlöcher eingebuddelt und haben geschlafen. Aber dann sind plötzlich die russischen Panzer gekommen. Sie sind direkt auf uns zugerollt. Ich dachte, mein letztes Stündlein hätte geschlagen und jetzt bin ich gleich tot ...«

Heinz erzählte diese Geschichte unglaublich gern, und obwohl ich sie schon unzählige Male gehört hatte, lauschte ich ihm aufmerksam. In diesem Alter war das Wiederholen der immer gleichen Geschichten schließlich normal. Wahrscheinlich würde es mir selbst irgendwann genauso ergehen. Dann würde ich mir auch wünschen, dass mir die jüngere Generation zuhört und ich nicht kaltherzig angeschnauzt wurde, dass ich »diesen Mist schon tausend Mal erzählt« hätte. Sobald man die siebzig überschritten hatte, schien einem – abgesehen von den neuesten Krankheiten – nichts mehr Interessantes zu passieren. Als wären dem Schicksal die Ideen ausgegangen, was es noch mit einem anstellen sollte. Kein Wunder also, dass die alten Leute so gern über ihre Vergangenheit sprachen. Doch Heinz kam mit seiner Story nicht weiter, denn Else fiel ihm rüde ins Wort.

»Wenn du noch einmal die Geschichte von den russischen Panzern erzählst, drehe ich durch!«, unterbrach sie ihn mit hochrotem Kopf. »Seit fünfundsiebzig Jahren erzählst du sie jedem, der dir über den Weg läuft. Weil es das einzig Spannende ist, was dir jemals passiert ist. Hannah kennt deine ollen Kamellen sicher auch schon in- und auswendig.« Sie fixierte ihren Mann mit wild entschlossenem Blick. »Wenn ich mir diese Geschichte noch *ein einziges Mal* anhören muss, wirst du das bitterlich bereuen, das schwöre ich dir!«

»Ach, wirklich?«, erwiderte er unbeeindruckt.

Er tat mir leid, weil er seine Geschichte nicht zu Ende hatte erzählen dürfen. Auf der anderen Seite konnte ich auch Else verstehen. Über so eine immens lange Zeitspanne hinweg konnte einem das als Ehepartner schon gewaltig auf die Nerven gehen.

»Ja, wirklich«, wiederholte Else ihre Drohung und hob ihren Zeigefinger. »Noch ein Mal – und ich vergesse mich!«

Ihr schien es bitterernst zu sein. Heinz öffnete den Mund, überlegte es sich dann jedoch anders und zuckte mit den Schultern. Er wandte sich wieder in Richtung Schuppen. »Ich hab vorhin übrigens deine Küchenschürze in den Müll geschmissen!«, informierte er seine Frau im Weggehen, »weil ich das hässliche Ding einfach nicht mehr sehen konnte.«

Er winkte mir zum Abschied zu, ehe er wieder im Schuppen verschwand. »Mach's gut, Hannah!«

»Tschüss, Heinz!«

Else knirschte mit den Zähnen und drehte sich zu mir um. »Dafür brat ich ihm zum Abendessen ein richtig sehniges Schnitzel, das zäh wie Gummi ist.«

Ich sparte mir einen Kommentar. Es half ja doch nichts. Die beiden würden sich niemals ändern. Ich wechselte lieber das Thema. »Weißt du zufällig, ob meine Eltern zu Hause sind?«

»Also deine Eltern sind unterwegs, glaub ich. Aber dein Bruder müsste da sein. Seit er arbeitslos ist und wieder bei deinen Eltern wohnt, sieht man nicht mehr viel von ihm. Er ist ein richtiger Stubenhocker geworden.«

Das waren gleich mehrere Informationen, die mich völlig unerwartet trafen. Bastian hatte seinen Job in der Bank verloren? Und war wieder bei unseren Eltern eingezogen? Das hatte meine Mutter am Telefon mit keinem Wort erwähnt.

»Dann haben sich Bastian und Silke getrennt?«, fragte ich überrascht.

Else nickte mit ernster Miene. »Vor ungefähr zwei Monaten. Es hat den Armen schwer getroffen.«

Das konnte ich mir vorstellen. Ich war fest davon ausgegangen, dass die beiden bald heiraten würden. Wieso ihre Beziehung wohl in die Brüche gegangen war? Spontan hätte ich vermutet, dass der Egoismus meines Bruders etwas damit zu tun hatte. Aber im Grunde hatte ich keine Ahnung. Wieso hatte meine Mutter mir nichts davon erzählt?

»Guten Tag, Renate!«

Elses Gruß riss mich aus meinen Gedanken. Sie hob die Hand und winkte unserer Nachbarin von schräg gegenüber. Renate nickte uns zu und lief mit schmerzverzerrtem Gesicht weiter die Straße entlang.

»Ist sie krank?«, fragte ich Else.

»Schlimme Arthrose«, antwortete sie mit gesenkter Stimme. »Aber sie will nicht auf meine Ratschläge hören. Ich hab ihr gesagt, dass ihr eine Krupeiche helfen würde.«

»Eine Krupeiche?« Mein Hirn hatte etwas Mühe, mit dem Themenwechsel mitzuhalten. In Gedanken beschäftigte mich noch mein Bruder.

»Eine Eiche, die im Stamm ein Loch hat, durch das man kriechen kann«, erklärte Else seufzend. Offenbar hielt sie das für Allgemeinwissen. »Solche Bäume haben große Heilkraft und können Menschen wieder gesund machen. Besonders wenn man in der Dämmerung durchkriecht. Ohne einen Laut von sich zu geben.« Sie blickte nachdenklich in den Himmel. »Der beste Tag dafür ist der Freitag.«

»Aha.« Manchmal fragte ich mich, ob Else sich dieses abergläubische Zeug einfach ausdachte, um uns für dumm zu verkaufen.

»Guck nicht so skeptisch!«, rügte sie mich prompt. »Das weiß ich von meiner Uroma. Man sollte danach auch unbedingt etwas Geld zurücklassen, um sich bei der Krupeiche für die Heilung zu bedanken. Aber kein Münzgeld! Nur Scheine.«

»Geld? Für einen Baum?« Mir leuchtete nicht ganz ein, was die Eiche damit anfangen sollte. Etwa eine Ladung Dünger kaufen? Da fiel mir etwas ein. »Dieser alte Baum bei euch hinter dem Haus ist nicht zufällig eine Krupeiche, oder?«

Verlegen kratzte sich Else am Hals. »Ja, zufällig«, sagte sie. »Sie wächst nämlich gern in der Nähe von gläubigen Menschen. Renate hat großes Glück, dass sie jemanden wie mich kennt.«

Ich schüttelte schmunzelnd den Kopf. Dass Renate mit ihrer Arthrose sich nicht durch ein Loch im Baum quetschen wollte, konnte ich absolut nachvollziehen.

»Entschuldige, Else, ich hab gleich einen Termin und muss weiter! Vorher klingele ich noch mal bei uns. Vielleicht macht Basti mir jetzt die Tür auf.«

Sie schloss mich zum Abschied in die Arme. »Morgen Nachmittag halb vier kommst du zum Kaffee!«, befahl sie. »Ich backe für dich Eisenbahnschienen.«

»Mein Lieblingsgebäck!«, rief ich begeistert. »Du weißt genau, dass ich da nicht widerstehen kann.«

»Natürlich.« Sie lächelte verschmitzt. »Dann bis morgen!«

Ich ging zurück zu unserem Haus. Als ich dieses Mal klingelte, wurde mir kurz darauf geöffnet. Vor mir stand mein Bruder Bastian – groß, durchtrainiert und mit dichten dunkelblonden Haaren. Er hatte die gleichen braunen Augen wie ich, aber bei ihm zeichneten sich nun darunter dunkle Augenringe ab. Außerdem hatte er eine erschreckend missmutige Miene aufgesetzt, die bar jeder Lebensfreude wirkte. Hätte ich ihn nicht besser gekannt, hätte ich vermutet, dass er depressiv wäre.

»Dach uk«, grüßte er mich wenig enthusiastisch.

Bastian war fünf Jahre jünger als ich und würde in zwei Monaten achtundzwanzig. Beim Anblick meines kleinen Bruders überrollte mich eine warme Welle der Zuneigung. Zum letzten Mal hatten wir uns vergangenen Herbst gesehen, als er mich zusammen mit seiner Freundin Silke in Berlin besucht hatte. Mein Bruder konnte eine Nervensäge sein, aber ich hatte ihn vermisst.

»Hallo, Bastian! Wie schön, dich zu sehen.«

Er erwiderte mein Lächeln nicht. »Mhm«, brummte er, wandte sich ab und schlurfte zurück ins Haus.

Was für ein warmes Willkommen! Ich ließ meinen Koffer neben der Treppe stehen und folgte meinem Bruder in die Küche. Mein Blick glitt durch den Raum. Bis auf die neuen gelben Vorhänge mit den aufgedruckten Kirschen hatte sich nicht viel verändert. Auch die Eckbank aus Kiefernholz war noch dieselbe. Meine Eltern hatten nie viel Geld besessen, doch für mich strahlte dieser Raum pure Gemütlichkeit aus. Auf der Fensterbank standen Küchenkräuter, der Duft der letzten Mahlzeit lag noch in der Luft, und auf dem Herd wartete einsatzbereit der Teekessel. Für einen Moment fühlte es sich so an, als wäre ich nie weg gewesen.

»Ich hab schon mal geklingelt, aber es hat niemand aufgemacht«, sagte ich.

»Aha«, gab Bastian knapp zurück. Er öffnete den Kühlschrank und studierte den Inhalt mit so konzentriertem Gesichtsausdruck, als würde er einen Kreditvertrag prüfen. Als Freizeitsportler war Ernährung für ihn ein wichtiges Thema. Wenn ich früher Chips oder Schokolade futterte, hatte er mir so lange einen Vortrag über meine schlechten Ernährungsgewohnheiten gehalten, bis mir der Appetit vergangen war.

Er nahm einen Naturjoghurt aus dem Kühlschrank und begann, ihn im Stehen zu löffeln.

»Wo sind denn Mama und Papa?«, fragte ich.

»Weg.«

»Und wo ist das genau?«, bohrte ich weiter.

Er schnaufte genervt. »Mama arbeitet, und Papa ist im Vereinsheim. Der Anglerverein renoviert gerade.«

Ich nickte. Von der Renovierung hatte mir meine Mutter am Telefon erzählt. Meine Eltern schienen somit ihrem normalen Alltag nachzugehen. Kein Kuchen, kein Empfangskomitee.

»Kein Problem, ich sehe sie ja später«, entgegnete ich gespielt fröhlich.

»Mhm«, machte er zwischen zwei Löffeln.

Zaghaft ging ich auf ihn zu. »Basti, wie geht es dir?«

»Bestens«, knurrte er.

Er hatte noch nie zu den redseligen Typen gehört. Er zockte gern mit seinen Kumpels, guckte Fußball und liebte es, seinen Körper beim Sport zu quälen. Über Gefühle zu reden war nicht sein Ding.

»Nein, ernsthaft!«, hakte ich deshalb nach. »Ich möchte wissen, wie es dir geht und was in deinem Leben gerade passiert.«

»Das hat dich in den letzten Monaten doch auch nicht interessiert«, gab er gereizt zurück.

»Hat es wohl!«, widersprach ich heftig. »*Du* hast doch nicht auf meine Nachrichten reagiert. Und zurückgerufen hast du auch nie. Außerdem hat Mama mir überhaupt nicht erzählt, dass du arbeitslos bist und mit Silke …« Ich stockte. Bastians Gesichtsausdruck machte deutlich, dass ich gerade eine Spur zu direkt gewesen war.

»Nun, jetzt bist du aber offenbar schon bestens im Bilde!« Er knallte den Joghurtbecher samt Löffel auf die Spüle und marschierte mit wütender Miene aus der Küche.

Sein Verhalten traf mich unvorbereitet. So hatte ich meinen Bruder noch nie erlebt. Es war überhaupt nicht seine Art, derart gereizt und niedergeschlagen zu sein. Bastian musste es wirklich schlecht gehen. Aber das war auch kein Wunder, wenn er kurz hintereinander seinen Job verloren hatte und seine Beziehung in die Brüche gegangen war. Ich hatte keine Ahnung, wie ich damit umgehen sollte. Es wäre schön gewesen, wenn meine Mutter etwas gesagt und mich vorgewarnt hätte! Sollte ich Bastian hinterhergehen? Oder ihn erst mal in Ruhe lassen?

Unschlüssig blieb ich stehen. Nur das Ticken der alten Küchenuhr mit den aufgedruckten Fischmotiven durchbrach die Stille. Ich rieb meine Schläfen, da sich bei mir Kopfschmerzen ankündigten. So reagierte mein Körper jedes Mal, wenn ich unter innerer Anspannung stand.

Prompt erinnerte mich der Signalton meines Handys daran, dass ich zum Treffen mit dem Bürgermeister fahren musste. Eigentlich stand mir danach jetzt überhaupt nicht der Sinn. Aber Oliver hatte leider recht: Ich brauchte das Geld dringend. Bis jetzt wusste ich nur, dass Dirk zwei Gemälde für ein öffentliches Gebäude kaufen wollte. Seltsamerweise wollte er mich jedoch nicht im Rathaus, sondern beim alten Leuchtturm treffen.

Zurück im Flur fiel mein Blick auf die Familienfotos, die meine Mutter über die Jahre hinweg gerahmt und aufgehängt hatte. Jahrzehnte unseres gemeinsamen Lebens, festgehalten in besonderen Schnappschüssen. Es gab zwar auch Fotos unserer verstorbenen Großeltern, doch auf den meisten waren meine Eltern, Bastian und ich zu sehen. Und natürlich unser fünftes Familienmitglied: das Meer. Mit einem Anflug von Sentimentalität betrachtete ich die Bilder. Auf einem älteren Foto standen wir aufgereiht wie die Orgelpfeifen vor dem neuen Fischkutter von Heiner, einem Kumpel meines Vaters, der gerade demonstrativ mit einer Sektflasche ausholte. Es war die erste Schiffstaufe gewesen, an der ich teilgenommen hatte, und ich wusste noch, wie aufgeregt ich gewesen war. Die Sektflasche hatte sich jedoch als besonders bruchsicher erwiesen. Nach mehreren gescheiterten Versuchen hatte Heiner aufgegeben. Eigentlich galt dies als schlechtes Omen, aber zum Glück hatte Heiner dem keine Bedeutung beigemessen. Er hatte erzählt, dass bei den allerersten Schiffstaufen sogar Menschenopfer dargebracht worden waren, um das Schiff vor Unheil zu schützen – und wenn man auf diese Tradition folgenlos hatte verzichten können, dann machte der fehlende Sekt auch keinen Unterschied. Also hatten die Erwachsenen den Sekt selbst getrunken. Meines Wissens hatte Heiners Kutter auf See bis heute keinen Schaden erlitten.

Ein anderes Foto zeigte uns an Bastians Geburtstag bei einem Picknick am Strand. An diesen Tag konnte ich mich noch lebhaft erinnern, weil ich einen heftigen Sonnenbrand bekommen hatte. Abends hatte meine Mutter meinen krebsroten Rücken dick mit Quark eingeschmiert. Mein Vater hatte bei meinem Anblick amüsiert gemeint, dass ich mich von seiner »kleinen Labertasche« jetzt wohl zu einer »Quarktasche« gewandelt hätte. Die ganze Familie hatte daraufhin Tränen gelacht. Natürlich war der etwas eigenwillige Kosename liebevoll gemeint gewesen. Ich war nur deshalb »Papas kleine Labertasche« geworden, weil ich bei unseren gemeinsamen Angelausflügen permanent gequasselt und es nicht fertiggebracht hatte, auch nur fünf Minuten den Mund zu halten. Mein Vater dagegen war ein eher stiller Typ, der gern meiner Mutter das Reden überließ.

Prompt wanderte mein Blick zu dem Foto, auf dem er stolz einen Hering in die Kamera hielt. Ich selbst hatte das Foto geschossen. Dieses Prachtexemplar hatte er nämlich gefangen, während ich neben ihm im Boot gesessen und die »heilige Anglerstille« durch meine unentwegte Gesprächigkeit entweiht hatte. Anscheinend waren Fische doch nicht so geräuschempfindlich wie behauptet.

Es gab noch weitere Fotos an der Wand, und zu jedem Schnappschuss tauchte eine schöne Erinnerung in meinem Kopf auf. Mir wurde klar, dass es richtig gewesen war heimzukommen. Es gab so viele Dinge in Liebwitz, die mir am Herzen lagen – und ich war lange genug davongelaufen.

3. Kapitel

Der Leuchtturm von Liebwitz stand auf einer grün bewachsenen Landzunge am Rande des Dorfes. Er war schon vor Ewigkeiten stillgelegt und dem Verfall überlassen worden. Doch als ich nun auf dem frischgeschotterten Vorplatz ankam, erstrahlte der Leuchtturm zu meiner Überraschung in einem neuen weißroten Anstrich. Kaum hatte ich das Auto abgestellt, trat der Bürgermeister Dirk Jansen aus der Tür und kam mit ausgebreiteten Armen auf mich zu. »Hannah Bradhering, willkommen zurück in Liebwitz!«

»Hallo, Dirk!«

Der korpulente Mittvierziger schüttelte mir die Hand und fragte stirnrunzelnd: »Oder muss ich dich jetzt Hannah Hanke nennen?«

Bei der Erwähnung meines Künstlernamens verzog ich das Gesicht. »Nein, natürlich nicht!«, wehrte ich peinlich berührt ab. »Ich musste mir leider einen Künstlernamen zulegen. In manchen Dingen ist die Kunstwelt schrecklich oberflächlich, und der Name Bradhering versprüht nicht gerade natürlichen Glamour.«

Oliver hatte mir zu dem Künstlernamen geraten. Trotzdem war es mir wie ein Verrat an meiner Familie vorgekommen – als hätte ich meine Wurzeln verleugnet. Mein Vater hatte uns stets eingebläut, stolz auf unseren Namen zu sein, denn auf der Insel wies er uns als alteingesessene Familie aus.

Mir fiel auf, dass Dirks hellblondes Haar sich deutlich gelichtet hatte. Dafür war sein Bauchumfang in den vergangenen

Jahren unübersehbar gewachsen. Das konnte auch sein gut geschnittener Anzug nicht kaschieren.

»Was sagst du zu unserem neuen Standesamt?« Er stemmte die Hände in die Hüften und blickte stolz zum Leuchtturm. »Wir haben das alte Ding ziemlich aufgemöbelt, was?«

Ein neues Standesamt? Das erklärte immerhin auch, wozu er die Gemälde brauchte. »Der Leuchtturm ist kaum wiederzuerkennen«, sagte ich. »Richtig hübsch!«

»Wir planen hier auch noch ein Café«, erklärte er und deutete mit der Hand zum Fuß des Leuchtturms. »Es soll schon bald gebaut werden. Zur Bewirtung der Hochzeitsgäste, aber natürlich auch für die Touristen, die raufsteigen wollen.«

»Wow!«, sagte ich beeindruckt. »Du hast an alles gedacht.«

Er beugte sich zu mir und legte mir vertraulich die Hand auf den Arm. »Es war nicht einfach, den Gemeinderat von meinem Konzept zu überzeugen! Aber die Heiratswilligen sind heutzutage scharf auf solche romantischen Locations«, erklärte er eifrig. »Für den schönsten Tag im Leben wollen sie etwas Besonderes. Und das wird ihnen Liebwitz jetzt bieten! Ein Leuchtturm als Zeichen der Beständigkeit – dazu Strand, Meer, Natur und Liebe.« Er sah wieder zum Turm und rieb sich die Hände. »Dieses Standesamt wird dem Dorf jede Menge Gäste und Einkünfte bescheren.«

Seine Profitgier machte Dirk zwar nicht unbedingt sympathischer, trotzdem hoffte ich für Liebwitz, dass er recht behielt. Die Touristen überfluteten während der Saison hauptsächlich die berühmten Nachbardörfer: Prerow besaß den schönsten Strand, Zingst hatte die besten Einkaufsmöglichkeiten, und Ahrenshoop war als Künstlerdorf bekannt. Doch nach Liebwitz kam niemand, denn hier gab es nichts. Ein Museum, eine Galerie oder einen Souvenirladen suchte man vergebens. Wir hatten auch nur ein Restaurant, nämlich das »Fischhus« direkt neben dem Rathaus.

Und das einzige Hotel stammte aus den Achtzigerjahren und war bisher nur einmal renoviert worden.

»Komm rein, Hannah!«, forderte Dirk mich auf und lief zielstrebig voran. »Ich zeige dir das Trauzimmer, in dem deine Gemälde hängen sollen. Wenn Liebwitz schon der Geburtsort einer so berühmten Malerin ist, sollten wir das auch nutzen! Ich möchte allerdings, dass deine Bilder am Tag der Eröffnung eine Überraschung für die Einwohner werden.«

»Keine Sorge, ich kann ein Geheimnis bewahren!«, beruhigte ich ihn.

Das war keine Lüge. Geheimnisse waren bei mir bombensicher aufgehoben. Selbst wenn sie mich innerlich aufzufressen drohten.

Ich lief hinter Dirk die zahlreichen Treppen des Leuchtturms nach oben und kam schnell ins Keuchen. Für seine Körperfülle war der Bürgermeister erstaunlich gut in Form. Oben angekommen, ließ er mir mit einer einladenden Handbewegung den Vortritt. »Nur herein in die gute Stube!«

Neugierig trat ich ein. Ich war noch nie im Inneren des Turms gewesen, da er aus Sicherheitsgründen für die Öffentlichkeit gesperrt gewesen war. Hier oben gab es zwei Ebenen. Die untere, die früher vermutlich als Technikraum gedient hatte, war zum Empfangsbereich umgebaut worden – mit Tischen und einem cremefarbenen Sofa, das sich über das halbe Rund des Turms erstreckte. Sicherlich eine Spezialanfertigung. Mit der indirekten Beleuchtung sah der Raum richtig schick aus. Allerdings stieg mir ein ziemlich unangenehmer Brandgeruch in die Nase, den ich nicht näher verorten konnte.

Ich deutete zur Treppe. »Und da geht es zum Trauzimmer?«

Dirks Lächeln wurde eine Spur schmaler. »Ähm, ja.« Er räusperte sich. »Leider gab es dort letzte Woche ein kleines Missgeschick mit den Handwerkern.«

Er führte mich nach oben. Der Brandgeruch war in diesem Raum unerträglich, obwohl die Tür zur Aussichtsplattform offenstand. In einer Ecke schien kürzlich ein Feuer ausgebrochen zu sein, denn die Wand und der Fußboden waren rußgeschwärzt.

»Auweia!«, entfuhr es mir mitfühlend.

»Wegen des Gestanks mussten wir die komplette Einrichtung wegwerfen«, erklärte Dirk seufzend. »Natürlich müssen wir jetzt auch noch mal streichen und den Fußboden austauschen. Eigentlich hätte das Standesamt schon kommendes Wochenende zum Leuchtturmfest eingeweiht werden sollen. Aber so, wie es aussieht, müssen wir die Eröffnung verschieben.«

Ich hatte keine Ahnung, von welchem Fest er sprach, aber ich verzog bedauernd das Gesicht. »Das ist natürlich schade.«

Ich drehte mich einmal im Kreis. Da wir uns in einem Leuchtturm befanden, war das Trauzimmer recht klein. »Wie viele Leute passen hier eigentlich rein?«

»Neben dem Standesbeamten und dem Brautpaar dürfen aus Sicherheitsgründen maximal sechs Leute an der Trauung teilnehmen.« Für Dirk schien das allerdings kein Problem darzustellen, denn er fügte schulterzuckend hinzu: »Der Rest kann ja unten warten.«

Ich trat durch die Tür auf die Aussichtsplattform. Der Wind wirbelte meine Haare durcheinander, und die frische Brise jagte mir eine Gänsehaut über den Rücken. Aber der Ausblick war einfach herrlich! Mit einer Hand am Geländer umrundete ich den Turm. Wahrscheinlich würde das funkelnde Blau der Ostsee die meisten Besucher in seinen Bann ziehen, doch ich fand das weite Grün der Insel mindestens genauso schön. Zu unseren Füßen lagen der Strand, das pittoreske Dorf und die Baumkronen des Darßwaldes. Und hinter den sanften Erhebungen der Insel schimmerte das Graublau des Boddens. Von hier oben wirkte alles so friedlich. Für den Bruchteil einer Sekunde verspürte ich den

Wunsch, genau dieses Bild zu malen und das Gefühl von Weite und Freiheit festzuhalten.

»Ein schöner Ort zum Heiraten«, sagte ich, ehrlich begeistert. »Man fühlt sich dem Himmel hier oben noch näher.«

Dirk hatte die Hände hinter dem Rücken verschränkt und wippte stolz vor und zurück. »Stimmt! Das war auch alles nicht ganz billig. Deine Gemälde könnte sich das Dorf gar nicht mehr leisten, wenn wir vom Land nicht einen Zuschuss für Kunstobjekte in öffentlichen Gebäuden erhalten würden. Der ist übrigens erstaunlich hoch.«

»Das hätte ich dir sagen können«, entgegnete ich trocken.

Ich sparte mir den Hinweis, dass man als Künstler oft nur ein, zwei Bilder pro Jahr verkaufte. Mit diesen vermeintlich hohen Einnahmen musste man dann den Rest des Jahres auskommen und seinen kompletten Lebensunterhalt bestreiten.

»Das glaube ich!« Er grinste jovial. »Immer dreht sich alles um das schnöde Geld, nicht wahr? Aber bald muss sich unser Dorf über finanzielle Dinge nicht mehr den Kopf zerbrechen.« Er hob den Zeigefinger. »Das Beste an meiner Idee habe ich dir nämlich noch gar nicht erzählt: unser neues Marketingkonzept. Liebwitz wird sich in Zukunft als das ›Dorf der Liebe‹ präsentieren. Schließlich ist das Wort ›Liebe‹ schon im Namen zu finden.«

Ich verkniff mir die Bemerkung, dass im Dorfnamen auch das Wort »Witz« steckte. Nach Dirks Logik hätte er in Liebwitz somit auch Comedy-Festivals veranstalten können. Ich erinnerte mich dunkel, dass meine Mutter vor ein paar Monaten am Telefon mal ein »hanebüchenes Marketingkonzept« des Bürgermeisters erwähnt hatte. Leider hatte ich mich nicht nach den Details erkundigt. Damals hatte ich ja nicht ahnen können, dass diese Sache mal auch mich betreffen würde.

»Dabei ist es nicht nur eine haltlose Behauptung, dass in unserem Dorf die Liebe zu Hause ist«, fuhr Dirk fort. »Nein, dafür gibt es Beweise! Denn bei uns wohnt, lebt und liebt das älteste Ehepaar Deutschlands.« Er holte tief Luft und verkündete strahlend: »Else und Heinz Jahnke.«

Ich spürte, wie meine Gesichtszüge entgleisten. »Else und Heinz? Die Nachbarn meiner Eltern?«

»Genau die!«, bestätigte er, während er wieder zurück in das Trauzimmer ging. »Und alles passt absolut perfekt zusammen. In ein paar Tagen feiern die beiden nämlich ihren fünfundsiebzigsten Hochzeitstag, wusstest du das?«

Ich folgte ihm ins Innere. »Nein, wusste ich nicht.«

»Das älteste Ehepaar Deutschlands!« Er seufzte selig. »Das ist für unser Dorf wie ein Sechser im Lotto. Vor vier Monaten war noch ein Ehepaar aus Niedersachsen länger verheiratet als die Jahnkes, aber dann ist der Mann zum Glück gestorben.«

Mir entfuhr ein Ächzen. »Ja, was für ein Glück«, murmelte ich.

Mein Sarkasmus prallte an Dirk unbemerkt ab. »Das Leuchtturmfest zu ihrem fünfundsiebzigsten Hochzeitstag wird das erste Event im Rahmen unseres neuen Marketingkonzepts«, erzählte er. »Mit Presse und allem Pipapo. Uns stehen aufregende Wochen bevor, Hannah! Das wird einschlagen wie eine Bombe.«

»Wenn du meinst«, sagte ich skeptisch.

Dirk musste doch wissen, dass Else und Heinz sich von morgens bis abends stritten! Die beiden waren absolut nicht dazu geeignet, vor versammelter Presse die Institution Ehe zu bewerben. Im Gegenteil: Fünf Minuten mit Else und Heinz ließen einen zu der Überzeugung gelangen, dass eine Heirat das schlimmste Unglück war, das einem zustoßen konnte. Davon abgesehen waren sie typische Insulaner und hassten es, im Mittelpunkt zu stehen.

Ich räusperte mich. »Wissen die beiden eigentlich von deinen Plänen?«

Dirks Lächeln erlosch. »Es war nicht ganz leicht, sie davon zu überzeugen«, gab er zu. »Aber im Endeffekt haben sie sich durch fundierte Argumente dazu überreden lassen.«

Fundierte Argumente? Es hätte mich brennend interessiert, was genau er damit meinte. Ich ahnte, dass Dirk mir etwas verschwieg, doch ich ließ das Thema erst mal auf sich beruhen und wandte meine Aufmerksamkeit wieder dem rußgeschwärzten Raum zu. Plötzlich kam mir ein unangenehmer Gedanke. »Sollen meine Bilder eigentlich im Trauzimmer hängen?«

Dirk nickte mir lächelnd zu. »Rechts und links neben dem Standesbeamten. Die zwei besten Plätze im Turm für die berühmteste Malerin von Liebwitz.«

Mir schwante Übles. Dirk meine Werke zu verkaufen würde wohl schwieriger werden, als ich gedacht hatte.

Seit über zwanzig Minuten redete ich mit Engelszungen auf Dirk ein, doch seine Zweifel standen ihm ins Gesicht geschrieben. Mein Stresspegel hatte mittlerweile den Maximallevel erreicht, und Schweißperlen rannen meinen Rücken hinab. Wir standen am Fuß des Turms neben Olivers Kastenwagen, und ich hatte Dirk alle Gemälde präsentiert, die ich zur Auswahl mitgebracht hatte, aber keines davon traf offenbar seinen Geschmack.

»Ich habe mir wirklich etwas ganz anderes vorgestellt«, sagte er zum wiederholten Mal. »Das ist so … so deprimierend. So grau.«

Mein Freund Oliver hatte mir beigebracht, selbstbewusst meinen künstlerischen Standpunkt zu vertreten. Und als Galerist musste er wissen, wie man Bilder verkaufte. Ich atmete tief durch und schaffte es irgendwie, meine aufsteigende Panik zu unterdrücken. »Das ist abstrakte Kunst, Dirk! Ich habe einen Abschluss der Kunstakademie und war Meisterschülerin von Wilfried Kirchner. Meine Bilder hingen schon in Galerien in Berlin, Hamburg und Frankfurt. Die *Art* hat sogar einen zweiseitigen Bericht über mich gebracht.«

Er sah mich verständnislos an. »Die was?«

»Eine der wichtigsten Kunstzeitschriften in Deutschland.« Ich zog mein Smartphone hervor, suchte die gespeicherte Datei und reichte Dirk mein Handy. »In diesem Artikel werde ich als aufgehender Stern der deutschen Kunstszene bezeichnet. Eine junge Kunststudentin mit einer einzigartigen Pinselführung und dem Gespür, Tradition und Moderne zu vereinen. Du kannst also sicher sein, dass meine Werke künstlerisch wertvoll sind. Der Journalist hat geschrieben, ich sei eine Malerin, von der man noch viel hören werde.«

Dirk scrollte durch den Artikel. Dummerweise las er den Bericht aufmerksamer, als ich gedacht hatte.

»Der Artikel ist schon drei Jahre alt«, bemerkte er mit gerunzelter Stirn. »Und seither ist keiner mehr erschienen?«

Ich fuhr mir mit der Zunge über meine trockenen Lippen. »Nun ja, ich war eben mit meinem Kunststudium beschäftigt«, flüchtete ich mich in eine Ausrede. »Es war sowieso ungewöhnlich, dass ich schon vor meinem Abschluss so großen Erfolg hatte.«

Das war im Prinzip korrekt. Nur eben nicht die ganze Wahrheit. Vor drei Jahren war »Hannah Hanke« als aufgehender Stern der deutschen Kunstszene gehandelt worden, und mir schien eine große Zukunft bevorzustehen. Natürlich hatte ich damals meinen Eltern voller Stolz davon berichtet, und sie waren sogar zu meiner ersten Vernissage gekommen. Bedauerlicherweise war mein Stern schneller verglüht, als ein Shitstorm im Internet abflaute. Kaum, dass ich meinen neugewonnenen Ruhm richtig realisiert hatte, war er auch schon wieder dahin gewesen. Heute interessierte sich kein Mensch mehr für mich. Egal, wie sehr ich mich auch abstrampelte. Was in Musikerkreisen als *One-Hit-Wonder* bezeichnet wurde, galt für mich entsprechend in der Kunstszene.

Leider hatte ich irgendwie die Gelegenheit verpasst, meinen

Eltern gegenüber diesen unerfreulichen Umstand zu erwähnen. Wer outete sich vor der Familie schon gern als Loser? Außerdem war meine Mutter vehement gegen meine Laufbahn als Künstlerin gewesen. Deshalb gingen immer noch alle davon aus, dass ich den Durchbruch geschafft hatte und mit meinen Bildern ein Heidengeld verdiente.

Um Dirk abzulenken, griff ich nach einem Bild und hielt es in die Höhe. »Das hier heißt *Novembertag* und ist ein schönes Beispiel meines Malstils.« Ich deutete auf die nur schemenhaft dargestellten Bäume und die verschwommene Silhouette der Großstadt. »Auf den ersten Blick erinnert es an Werke von Monet oder van Gogh, allerdings in einer abstrakten Interpretation.«

»Aha«, sagte Dirk matt.

»Allein bei diesem Bild habe ich vierzig verschiedene Schattierungen der Farbe Grau benutzt«, erklärte ich, während ich in meinem Kopf Olivers mahnende Stimme hörte, dass ein Künstler niemals – absolut niemals – sein Werk erklären dürfe. Dabei konnte man nur verlieren. Aber das war mir jetzt egal!

Mittlerweile schwitzte ich so stark, dass meine Bluse wie eine zweite Haut an meinem Rücken klebte. »Dadurch habe ich dem Bild Tiefe, Bewegung und Ausdruck verliehen. Alles scheint zu zerfließen. Es ist gerade noch existent, aber gleichzeitig schon im Verfall begriffen. Diesen Malstil habe ich erfunden. Er nennt sich *Grey Depression.*«

Dirk ächzte. »Graue Depression?«

»Genau! Damit hatte ich meinen Durchbruch«, erklärte ich, nun zum ersten Mal mit einem Anflug von Stolz. Immerhin hatten das nicht viele in meinem Alter geschafft. Keiner meiner ehemaligen Kommilitonen war bisher in einem Artikel in der *Art* erwähnt worden. Die Kunstszene war nun mal leider gnadenlos, wankelmütig und hart umkämpft. Früher hatte ich mir das auch anders vorgestellt.

Dirks unglücklichem Gesichtsausdruck nach zu urteilen, war er nicht weit von einer ganz realen Depression entfernt. »Aber sämtliche Bilder, die du mitgebracht hast, sind in diesem Stil gemalt. Alle sind grau.« Er deutete auf die Gemälde, die ich an den Kastenwagen gelehnt hatte. »Ich will gar nicht bestreiten, dass du dein Handwerk beherrschst. Aber diese Bilder passen nicht in ein Trauzimmer, Hannah! Eine Hochzeit ist ein fröhlicher, positiver Anlass.«

Meine Schultern sackten herab. Dirk würde mir meine Bilder nicht abkaufen, so viel stand fest. Insgeheim musste ich ihm sogar zustimmen. Meine Werke hätten weitaus besser in einer Einsegnungshalle Platz gefunden. Ich fragte mich nur, wieso Dirk mich überhaupt hergeholt hatte. Ein einziger Blick auf meine Homepage hätte ihm sofort verraten, dass eine Zusammenarbeit in diesem Fall nicht infrage kam. Ich war völlig umsonst nach Liebwitz gefahren.

Als hätte er meine Gedanken erraten, erklärte Dirk: »Ich bin davon ausgegangen, dass du noch solche Bilder malst wie früher. Deshalb habe ich meiner Sekretärin gesagt, sie soll dir per Mail gleich ein Angebot machen. Deine Werke von damals waren so anders als …«, er stockte und wedelte mit der Hand in Richtung meiner Bilder, »… das hier.«

»Mhm«, machte ich.

Ich ließ mich auf die Ladefläche des Kastenwagens sinken. Vom vielen Reden war mein Mund wie ausgetrocknet, und meine Zunge klebte unangenehm am Gaumen. Auch meine Kopfschmerzen drohten mit Wucht zurückzukehren.

Dirk fuhr sich durch sein schütteres Haar. Die Situation war ihm sichtlich unangenehm. »Deine Landschaftsbilder früher waren so positiv und kraftvoll. Solche Gemälde wollte ich für unser Trauzimmer haben.«

Er sah mit entrückter Miene aufs Meer hinaus. »Besonders

deine Sturmbilder sind einzigartig«, meinte er. »Sie entfalten einen regelrechten Sog, und man hat das Gefühl, in die Leinwand und das Unwetter hineingezogen zu werden. Verstehst du, was ich meine?«

Ich nickte. Natürlich kannte ich dieses Gefühl – allerdings nicht bei meinen Werken. Dafür fehlte einem Künstler der Abstand zur eigenen Arbeit. Aber ich hatte diese besondere Faszination schon bei anderen Bildern erlebt. Zuletzt bei einem Gemälde von Caspar David Friedrich: Das Bild *Felsenriff am Meeresstrand* hatte mich im Museum sofort magisch angezogen. Dabei war es das kleinste Bild der Ausstellung gewesen. Doch die raue dunkle Küste, das leuchtende Blau des Abendhimmels und das silberne Mondlicht, das sich auf den Meereswellen spiegelte, hatten einen Zauber verströmt, dem ich mich nicht hatte entziehen können. Begeistert hatte ich mir danach einen Druck des Gemäldes gekauft, aber das Blau auf dem Kunstdruck hatte nicht einmal annähernd das mystische Leuchten des Originals erreicht.

»Wusstest du, dass die Leute auf der Insel deine Bilder lieben?«, fragte Dirk. »Wer damals kein Bild von Hannah Bradhering erstanden hat, will heute unbedingt eins haben. Die Preise dafür steigen unaufhörlich.«

Ich konnte gerade noch ein gequältes Stöhnen unterdrücken. Es kam mir vor, als wollte mich das Schicksal verhöhnen: Meine kitschigen Pinseleien von früher waren heiß begehrt, während ich heute als ausgebildete Künstlerin nicht mal mehr die Miete für mein Berliner Gemeinschaftsatelier bezahlen konnte.

»Dann ist es doch gut, dass ich nicht mehr in diesem Stil male«, sagte ich seufzend. »Wenn ich plötzlich wieder Nachschub liefern würde, würden die Preise für meine Bilder auf der Insel im Nu einbrechen.«

Dirk stutzte. »Hannah, das ist die Lösung!« Er klatschte begeistert in die Hände, als hätte er gerade einen genialen Geistesblitz gehabt. »Du bleibst noch ein paar Tage länger in Liebwitz, greifst zum Pinsel und malst für das Standesamt einfach noch mal zwei Hannah-Bradhering-Bilder. Genau wie früher. Dann kommen wir ins Geschäft!«

Entgeistert riss ich die Augen auf. »Ich soll *was?*«

Das konnte doch nicht sein Ernst sein! Ich sollte wieder kitschige Wälder mit versteckten Feen malen?

In diesem Augenblick klingelte Dirks Handy. »Oh, das ist das Rathaus! Da muss ich rangehen.«

»Aber … aber …«, stammelte ich.

Er warf mir einen flüchtigen Blick zu. »Mal zwei Bilder in deinem alten Stil. Dann kaufe ich sie dir ab, und du bekommst die zehntausend Euro Fördergelder!« Ehe ich etwas erwidern konnte, nahm er auch schon den Anruf entgegen. »Tanja? … Ja, mein Termin hat länger gedauert als gedacht … Sag ihm, ich bin auf dem Weg!« Dirk marschierte auf seine dunkelblaue Limousine zu. »Weil ich der Bürgermeister bin und nicht irgendein Dorfdepp! … Nein, das sollst du ihm natürlich nicht ausrichten!« Er stieg ein und ließ den Motor an.

Endlich riss ich mich aus meiner Erstarrung. »Dirk? Dirk, warte mal!«

Er ließ das Fenster herunter. »Wie abgemacht, Hannah! In spätestens zwei Wochen solltest du fertig sein.«

Damit gab er auch schon Gas und fuhr los. Der Fahrtwind trug nur noch seine gerufene Ermahnung zu mir: »Und benutz bloß kein Grau, verstanden?«

4. Kapitel

Stöhnend massierte ich mir die pochenden Schläfen. Wieso hatte ich Dirk nicht widersprochen? Warum hatte ich ihm nicht klipp und klar gesagt, dass ich in diesem Stil nicht mehr malte? Ich verstand mich selbst nicht mehr.

Mit geschlossenen Augen atmete ich tief ein und konzentrierte mich auf die Geräusche um mich herum: das Geschrei der Möwen, das Zwitschern der Vögel in den Bäumen. Die Wellen, die träge an die mit Steinen befestigte Landzunge klatschten. Das Nebelhorn eines vorbeifahrenden Schiffs. Das entfernte Stimmengewirr der Strandgäste.

Nach und nach wurde meine Atmung ruhiger, und meine Muskeln lockerten sich. Wie sehr hatte ich all das vermisst! Wenn ich auf meinem winzigen Balkon in Berlin saß, hörte ich nur den Sound der Großstadt: hupende Autos, streitende Nachbarn, Radiomusik, Kindergeschrei, Müllabfuhr, bellende Hunde. Eine Kakofonie, die nur wenig zur Entspannung beitrug. Vielleicht war und blieb ich in meinem Herzen nun mal ein Mädchen vom Land?

Ich verstaute meine Bilder wieder im Auto. Wahrscheinlich hätte ich sie auch gleich an Ort und Stelle verbrennen können, denn die Werke von »Hanna Hanke« schienen niemandem mehr zu gefallen. Nicht mal mir selbst, wenn ich ehrlich war. Das letzte Bild hatte ich vor über einem Jahr verkauft. Meinen Lebensunterhalt verdiente ich als Kellnerin und mit einem Aushilfsjob bei Oliver in der Galerie. Manchmal gab ich auch privaten Zeichenunterricht, doch das kam leider eher selten vor. Finanziell kam ich nur mit Ach und Krach über die Runden. Einen Notgroschen anzusparen war in den letzten Jahren unmöglich gewesen. Das hatte sich vor ein paar Monaten gerächt, als mich eine schwere Grippe erwischt hatte. Da ich sie auch noch verschleppt hatte, war ich am Ende wochenlang ausgefallen und hatte keinen einzigen Cent verdient. Das Geld fehlte mir nun an allen Ecken und Enden, obwohl ich in der Kneipe eine Extraschicht nach der anderen schob. Meine Mietschulden fürs Gemeinschaftsatelier waren der größte Posten. Zwar hatte Oliver angeboten, mir finanziell auszuhelfen, aber das hatte ich abgelehnt. Geld und Freundschaft sollte man voneinander trennen – das hatte mir schon meine Mutter beigebracht. Von meiner katastrophalen Finanzlage wussten meine Eltern natürlich genauso wenig wie von meiner gescheiterten Karriere. Ich wollte nicht, dass sie sich um mich sorgten oder das Gefühl hatten, mich mit ihrem Ersparten unterstützen zu müssen. Deshalb war mir Dirks Auftrag auch wie ein Wink des Himmels erschienen.

Gerade als ich das letzte Bild eingeladen hatte, trudelte auf meinem Handy eine Nachricht von Ella ein.

Hast du Zeit vorbeizukommen? Ich kann es kaum erwarten, dich zu sehen!

Danach folgten ungefähr ein Dutzend Smileys. Unwillkürlich lächelte ich. Ella und ich waren schon im Sandkasten unzertrennlich gewesen, und auch mein Umzug nach Berlin hatte daran nichts geändert. Meine Freundin war auch diejenige gewesen, dich mich vor fünf Jahren dazu gedrängt hatte, mich an der Kunstakademie zu bewerben. Ohne sie hätte ich niemals den Mut dazu aufgebracht.

Augenblicklich hob sich meine Stimmung. Schnell schrieb ich zurück:

Bin auf dem Weg. Setz schon mal den Tee auf!

Gutgelaunt stieg ich ins Auto, drehte das Radio auf und fuhr zu Ellas Bauernhof, der außerhalb des Dorfes lag. Eigentlich war es der Hof ihrer Eltern, doch Ella hatte ihn vor zwei Jahren übernommen und völlig umgekrempelt. Meine Freundin hatte mir immer wieder Fotos gezeigt, um mich über die Veränderungen auf dem Laufenden zu halten. Deshalb hätte mich der Anblick ihres neu eröffneten Bio-Hofladens eigentlich nicht überraschen dürfen. Ich parkte auf dem Kundenparkplatz neben einem blauen Pick-up, stieg aus und betrachtete die alte Scheune, die nicht mehr wiederzuerkennen war. Als Kinder hatten wir dort drinnen Verstecken gespielt, uns lachend mit Stroh beworfen oder nach Schätzen gesucht. Jetzt sorgten die restaurierten Fachwerkelemente für einen rustikalen Charme, und der neue Eingangsbereich mit den elektrischen Glastüren wirkte einladend und freundlich. Darüber hing ein großes Holzschild mit der farbenfrohen Aufschrift: *Ellas Bio-Hofladen.* Blühende Sonnenblumen neben dem Eingang und ein alter Handkarren mit ausgelegten Waren luden zum Näherkommen ein. Wow! Ella hatte hier Unglaubliches geleistet.

Weil das Obst so verlockend aussah, trugen meine Beine mich zielstrebig zum Handkarren. Mein Magen knurrte. Seit dem Frühstück hatte ich nichts mehr gegessen, und die rotbackigen Bio-Äpfel schienen regelrecht nach mir zu rufen. Ob Ella etwas dagegen hatte, wenn ich mir einen stibitzte? Ich konnte ihn ja später bezahlen. Kurzerhand nahm ich mir ein besonders schönes Exemplar und biss beherzt zu. In diesem Augenblick tippte mir jemand von hinten auf die Schulter. Arglos drehte ich mich mit dem Apfel im Mund um – und erstarrte. Finn!

Um Himmels willen, was machte er denn hier? Wieso arbeitete er um diese Uhrzeit nicht, wie andere Menschen auch? Und was hatte ich dem Schicksal eigentlich getan, dass mir dieser Mann heute schon zum zweiten Mal innerhalb kürzester Zeit begegnete? Wie in Trance sah ich ihn an. Sofort wurde mein Blick von seinen außergewöhnlich dunkelgrünen Augen gefangen genommen. In ihnen erkannte ich alles, was Finn ausmachte: Stärke, Wärme, Humor, Loyalität, einen unerschütterlichen Optimismus und Liebe – jedenfalls hatte ich früher all diese Dinge darin gesehen. Mittlerweile hatte mich die Realität eines Besseren belehrt.

»Hannah, du bist zurück«, sagte er mit seiner tiefen warmen Stimme, deren Vibrationen sich kribbelnd unter meine Haut schoben, mein Hirn lahmlegten und meinen Herzschlag beschleunigten.

Offenbar reichten nicht einmal ein gebrochenes Herz und eine hässliche Trennung aus, um meine Schwäche für diesen Mann loszuwerden. Ich spürte, wie mir Fruchtsaft übers Kinn lief und auf meine Bluse tropfte. Verflixt, ich hatte ja noch immer den Apfel im Mund! Ohne abzubeißen, zwang ich meine Zähne aus dem Fruchtfleisch, ließ den Apfel sinken und fuhr mir mit dem Handrücken übers Kinn.

Ich räusperte mich. »Ähm … Hallo, Finn!«

»Was für ein Zufall!« Sein Lächeln mit dem süßen Grübchen auf der linken Wange war mir so vertraut, dass es mir einen Stich ins Herz versetzte. »Seit wann bist du denn wieder in Liebwitz?«

»Gerade erst angekommen.« Irgendwie brachte ich ein unverbindliches Lächeln zustande.

Mir fiel auf, dass er sich verändert hatte. Feine wettergegerbte Lachfältchen zeichneten sich deutlich sichtbar um seine Augen ab. Seine Kinnpartie war markanter geworden, seine Schulterpartie breiter. Insgesamt wirkte er deutlich muskulöser. Finn strahlte so viel Männlichkeit aus, dass es mir fast den Atem raubte.

»Dann habe ich ja Glück, dass wir uns hier gleich in die Arme laufen!«, sagte er mit einem verschmitzten Grinsen.

Ich nickte knapp. »So könnte man sagen.«

Auf der Suche nach einer Fluchtmöglichkeit wanderte mein Blick sehnsüchtig zum Eingang des Hofladens. Hundert Mal hatte ich mir unser Wiedersehen in der Fantasie ausgemalt, und ich hatte mir fest vorgenommen, Finn bei meiner Rückkehr meine volle Verachtung spüren zu lassen. Doch meine Gefühle machten mir einen Strich durch die Rechnung. Es war alles wieder da – genau wie früher. Das Herzklopfen, die Sehnsucht und das Bedürfnis, ihn sofort berühren zu wollen. Als wären seit dem Tag unserer Trennung nicht fünf Jahre vergangen.

»Ich finde es schade, dass du so lange nicht zurückgekommen bist. Wir haben dich hier vermisst.« Er machte einen Schritt auf mich zu und stand mit einem Mal so nah vor mir, dass ich seinen typischen herben Duft nach Seife, Holz und Meer wahrnehmen konnte. Er erinnerte mich an herrlich faule Sonntage im Bett, wenn ich mich mit einem zufriedenen Lächeln in seine Arme geschmiegt hatte. Hastig schob ich diesen Gedanken beiseite. Besser, ich rief mir die negativen Momente unserer Beziehung ins Gedächtnis: dass er mich damals kaltherzig abserviert hatte, war eine Sache. Aber Finn hatte mich in einer Art und Weise im Stich gelassen, die ich nie für möglich gehalten hätte. Es war mir unerklärlich, wie ich mich in diesem Mann derart hatte täuschen können.

»Ich war sehr beschäftigt«, gab ich kühl zurück.

Wie konnte er einfach so tun, als wären wir zwei alte Bekannte, die sich lediglich ein paar Jahre aus den Augen verloren hatten? Ganz sicher würde ich nicht auf seine freundschaftliche Masche eingehen.

Offenbar bemerkte Finn, dass sich meine Wiedersehensfreude in Grenzen hielt. Seine Miene wurde ernst. »Hannah, ich bin froh, dass wir uns endlich wiedersehen! Schon seit langer Zeit möchte ich mit dir reden. Ich verstehe natürlich, dass du wütend auf mich bist. Das, was damals zwischen uns vorgefallen ist, war absolut …«

In mir regte sich Widerstand. Ich wollte nicht hören, was er zu sagen hatte! Nicht hier und nicht jetzt.

»Das ist Schnee von gestern«, schnitt ich ihm das Wort ab und verschränkte die Arme vor der Brust. Ich wollte keine Aussprache. Er hatte damals eine mehr als eindeutige Entscheidung getroffen. Ich hatte gelernt, sie zu akzeptieren und damit zu leben, aber ich würde ihm bestimmt keine Absolution erteilen! Ich wollte nur noch so schnell wie möglich dieser Situation entfliehen – weg von Finn und all diesen verstörenden Erinnerungen.

»Entschuldige, ich bin mit Ella verabredet«, erklärte ich. »Sie wartet bestimmt schon auf mich.« Ich versuchte, mich an ihm vorbeizudrängen, doch er legte mir die Hand auf den Arm.

»*Bitte*, Hannah!«, sagte er eindringlich. Eine Strähne seines dunkelblonden Haares fiel ihm in die Stirn. Beinahe hätte ich reflexartig die Hand gehoben, um sie ihm wie früher aus dem Gesicht zu streichen. »Es ist seither viel Zeit vergangen«, fuhr er fort. »Und es liegt mir wirklich viel daran. Es gibt einige Dinge, über die wir sprechen sollten.«

Tja, dann hatte er Pech! Wenn er Vergebung suchte, musste er sich an den Dalai Lama oder den Papst wenden. Bei mir war er jedenfalls an der falschen Adresse.

»Lass mich sofort los!«, fuhr ich ihn an. Obwohl seine Hand nur locker auf meinem Arm lag, konnte ich seine Berührung keine Sekunde länger ertragen. »Und halte dich in Zukunft von mir fern. Sonst kann ich für nichts garantieren.«

Mit betroffener Miene zog er seine Hand genau in dem Moment zurück, als hinter uns ein gellender Freudenschrei ertönte.

»Hannah«, jauchzte Ella. »Du bist da!«

Ich atmete tief durch und wandte mich unserer Freundin zu, die strahlend auf uns zukam. Wie früher trug Ella auf dem Hof ausgewaschene Jeans, ein weißes Tanktop und darüber ein kariertes Baumwollhemd. Fröhliche pinkfarbene Gummistiefel mit aufgedruckten Blümchen ergänzten ihr Outfit.

»Du hast dich also tatsächlich nach Liebwitz getraut!«, meinte sie grinsend. »Und ich dachte schon, ich muss dich kurz vor dem Ortsschild einsammeln und mit Gewalt rüberziehen.«

Ellas natürliche Haarfarbe war blond, doch die fand sie aus mir unerfindlichen Gründen langweilig. Deshalb arbeitete sie sich mit unermüdlichem Eifer quer durch die ganze Farbpalette – momentan war Pastellviolett angesagt.

Einen Augenblick lang grinsten wir uns wortlos an, dann fielen wir uns in die Arme. Himmel, war das schön! Zwar hatten wir uns erst vor einem Monat in Berlin gesehen, aber trotzdem war dieses Wiedersehen in unserer alten Heimat etwas Besonderes.

»Du zerquetschst mich«, ächzte ich.

»Du bist ja auch nur Haut und Knochen.« Wie zum Beweis drückte sie mich noch ein letztes Mal, ehe sie mich losließ. »Und ganz blass bist du auch. Du solltest mehr an die frische Luft. Sieh mich an!« Sie deutete auf ihre rosigen Wangen.

Mit gespielt zerknirschter Miene nickte ich. »Ist gut, *Mama!* Danke für die Gesundheitstipps.«

»Ich helfe immer, wo ich kann«, meinte Ella edelmütig.

Leider konnte ich unser Wiedersehen nur bedingt genießen, da ich Finns Blick unverwandt auf mir spürte. Aber ich war fest entschlossen, ihn zu ignorieren. Zugegeben, unser Wiedersehen hatte mich anfangs kurz aus dem Konzept gebracht – doch jetzt war wieder mein Selbsterhaltungstrieb erwacht.

Nun schien auch Ella die angespannte Stimmung zwischen Finn und mir aufzufallen. Nervös sah sie zwischen uns hin und her. Natürlich wusste sie von unserer schwierigen Vergangenheit. Jedenfalls größtenteils. Nicht mal meiner besten Freundin hatte ich die volle Wahrheit erzählt.

»Wie ich sehe, habt ihr euch schon begrüßt«, meinte sie betont fröhlich. »Finn, hast du Hannah schon erzählt, wie gut es mit deiner Werft läuft?« Ohne seine Antwort abzuwarten, wandte sie sich an mich. »Mittlerweile gilt Finn als *der* Fachmann für Zeesboote. Aus der ganzen Umgebung kommen Leute, um ihre Boote von ihm restaurieren zu lassen. Er hat so viele Aufträge, dass er gar nicht mehr hinterherkommt.«

Ich lauschte ihr nur mit halbem Ohr. Denn während sie sprach, fixierte ich Finn und versuchte, ihn per Gedankenkraft qualvoll niederzustrecken. Das hatte er zweifellos verdient. Ich glaubte, erste Erfolge zu erzielen, als er die Hand hob und kurz in seine Faust hustete. Na bitte! Noch ein bisschen Übung – und er wäre geliefert.

»Finns kleine Werft in Wustrow muss dringend erweitert werden«, berichtete Ella. »Aber am Hafen ist schon alles bebaut und kein Platz mehr. Deshalb will er hier in Liebwitz eine Art Zweigstelle errichten. Auf einem Grundstück hier gleich in der Nähe. Es muss vom Gemeinderat nur noch genehmigt werden. Stimmt's, Finn?«

Er schwieg einen langen Moment. »Ja, stimmt«, sagte er dann.

»Ist es nicht toll, dass wir jetzt alle wieder zusammen sind?«, bemühte sich Ella, eine Unterhaltung in Gang zu bringen. »Drei Freunde, wiedervereint. Fast wie früher. Nur dass wir natürlich älter geworden sind und ihr beide nicht mehr …« Ihre Stimme erstarb, als ihr klar wurde, dass sie diesen Satz besser nicht beenden sollte. Sie nestelte nervös an ihrem Baumwollhemd herum. Ihr verkrampftes Lächeln weckte mein schlechtes Gewissen.

Ich wusste, dass wir sie in eine unangenehme Situation gebracht hatten. Seit unserer Kindheit war sie mit uns beiden befreundet, und so saß sie nun zwischen den Stühlen. Ihr zuliebe beschloss ich, mich zusammenzureißen.

Seufzend wandte ich mich meinem Ex-Freund zu. »Und? Wie geht es dir sonst so, Finn?«

Während ich auf seine Antwort wartete, fühlte ich mich seltsam zwiegespalten. Wie Goethes *Faust* schon sagte: *Zwei Seelen wohnen, ach! in meiner Brust.* Ein Teil von mir wünschte sich, dass es Finn richtig dreckig ging: vereinsamt, kurz vor dem Burnout, mit einem akuten Alkoholproblem und einer besonders hartnäckigen Form von Fußpilz. Ein anderer, weitaus kleinerer Teil wünschte sich allerdings, dass das Leben es gut mit ihm gemeint hatte. Denn fast zwanzig Jahre lang war er für mich einer der wichtigsten Menschen gewesen. Er war mein bester Freund, meine erste große Liebe und mein erster Liebhaber gewesen. Mein Kopf und mein Herz waren angefüllt mit wundervollen Erinnerungen, die alle mit ihm zu tun hatten. Dennoch genügte die eine schlechte Erinnerung, um das alles zunichtezumachen.

»Es geht mir ganz wunderbar, Hannah«, gab er bissig zurück. »Es ist doch immer wieder schön, alte Freunde zu treffen und sich mit ihnen auszutauschen, nicht wahr?« Sein Blick war fest auf mich gerichtet, und ein Muskel in seinem Kiefer zuckte.

Ein Knoten bildete sich in meinem Magen. War ich ihm gegenüber unfair gewesen? Hätte ich mir wenigstens anhören sollen, was er mir zu sagen hatte? Nur fiel mir nicht eine Erklärung ein, die sein Verhalten von damals hätte rechtfertigen können. Wirklich keine einzige.

Oh Gott, ich kam mit all diesen widersprüchlichen Emotionen in meinem Inneren nicht mehr klar! Ich fühlte mich wie auf einem Karussell, das sich zu schnell drehte. Eigentlich war ich doch ein friedliebender Mensch und hielt nichts davon, gegen andere Menschen einen lebenslangen Groll zu hegen. Damit schadete man sich im Endeffekt nur selbst.

Zum Glück rettete Ella die Situation. »Also, Finn, ich werde die Bestellung deiner Mutter nachher ausliefern lassen«, wechselte sie wenig elegant das Thema. »Sie bekommt die Bio-Kartoffeln und restlichen Sachen noch heute. Das nächste Mal kannst du mir die Bestellung auch gern telefonisch durchgeben und erst später bezahlen.«

Finns Augen lösten sich von mir – und plötzlich schien er wieder ganz der Alte zu sein. Er schenkte Ella dieses schiefe jungenhafte Lächeln, das früher bei mir immer für Schmetterlinge im Bauch gesorgt hatte. »Kein Ding, ich war ohnehin unterwegs«, gab er schulterzuckend zurück. »Und bis zur nächsten Großbestellung wird's wohl noch etwas dauern. Ich hab wirklich keinen Schimmer, was meine Mutter mit vierzig Kilo Kartoffeln anfangen will.«

»Die sind schneller weg, als du denkst«, meinte meine Freundin.

Finn zog seinen Autoschlüssel aus der Hosentasche und ging zu dem dunkelblauen Pick-up, der neben Olivers Kastenwagen stand. Er hatte sich seit unserer Trennung offenbar ein neues Auto zugelegt. Schließlich war er nicht ständig mit Traktor und Bootsanhänger unterwegs. Er tippte sich zum Abschied an die Schläfe. »Viel Spaß noch!«

»Danke, werden wir haben.« Ella winkte ihm lachend zu. »Tschüssing!«

Finn stieg ein und fuhr davon. Unser Wiedersehen war völlig anders abgelaufen, als ich es mir ausgemalt hatte. Ich hasste es, dass er immer noch so unfassbar attraktiv war. Und ich hasste es, dass mein Herz in seiner Gegenwart immer noch schneller schlug.

5. Kapitel

Ich saß am Tisch bei Ella in der Küche, während sie uns eine Kanne Holunderblütentee kochte. Da ihr Vater unterwegs war und ihre Mutter im Hofladen die Stellung hielt, hatten wir uns in ihr Elternhaus zurückgezogen. In der Küche des Bauernhofs hatte sich kaum etwas verändert. Es gab immer noch die selbst gehäkelten Vorhänge, das alte Küchenbuffet, die Wandfliesen mit einem dezenten hellblauen Blumenmuster und die wuchtige Natursteinspüle, in der man ein Kleinkind hätte baden können.

»Ich soll dir übrigens einen schönen Gruß von Jacky ausrichten«, sagte ich und beobachtete dabei gespannt Ellas Reaktion.

Jacky und sie hatten sich zu meinem Bedauern vor einem Monat einvernehmlich getrennt. Als Ella mich vor drei Jahren in Berlin besucht hatte, hatten sich die beiden bei einer Studentenparty kennengelernt und sofort ineinander verliebt. Für mich hatte das den schönen Nebeneffekt, dass Ella in den letzten drei Jahren so oft wie möglich nach Berlin gekommen war. Das Ende ihrer Beziehung war völlig unerwartet gekommen – jedenfalls für mich. Doch Ella hatte steif und fest behauptet, dass es besser so wäre.

»Oh, danke!« Sie wirkte leider nicht sonderlich emotional berührt. »Wie geht es ihr?«

»Gut«, brummte ich wahrheitsgemäß.

Meine Freundin lachte auf, als sie mein enttäuschtes Gesicht sah. »Hannah, jetzt sei nicht traurig! Jacky und ich wollten einfach unterschiedliche Dinge: Sie will in Berlin leben, ich in Liebwitz. Sie will heiraten, mir ist eine lockere Beziehung lieber. Jacky denkt sogar schon an Kinder, die für mich absolut noch kein Thema sind. Ich bin mit dem Hof ausgelastet genug. Es hatte einfach keinen Sinn mehr mit uns.«

Ich seufzte. »Okay, ich seh es ja ein«, ergab ich mich. »Aber ich darf es trotzdem schade finden, oder?«

Ella nickte. »Ja, darfst du! Denn ich finde es auch schade. Ich hatte mit Jacky eine tolle Zeit. Es wird noch dauern, bis ich mich auf jemand Neues einlassen kann.«

So etwas Ähnliches hatte auch Jacky gesagt. Offenbar waren sich die beiden einig – und es gab für mich nichts zu vermitteln oder zu kitten.

»So, fertig!« Ella schenkte mir eine große Tasse Holunderblütentee ein und setzte sich neben mich. »Das Wiedersehen mit Finn hat dir zugesetzt, oder?«

»Es war ein bisschen unangenehm«, antwortete ich diplomatisch. Ella zuliebe wollte ich das Thema nicht vertiefen. Die Situation war für sie schon schwierig genug gewesen. »Mein Treffen mit dem Bürgermeister war allerdings schlimmer.«

Leider ignorierte Ella den Köder, den ich ihr gerade hingeworfen hatte. »Du kannst mit mir ganz offen über Finn reden!«, sagte sie mit Nachdruck. »Schon seit fünf Jahren blockst du ab, sobald es um ihn geht. Ich hasse es, dass du bei diesem Thema immer so verschlossen bist. Bin ich nun deine beste Freundin oder nicht?«

»Natürlich bist du das!«, beteuerte ich.

Ich wich ihrem entrüsteten Blick aus. Sie hatte ja recht. Da sie sowohl mit mir als auch Finn befreundet war, hatte ich ihr über die Gründe unserer Trennung nur wenig erzählt. Sie sollte nicht für einen ihrer Freunde Partei ergreifen müssen. Und jedes Mal, wenn sie mir in den letzten Jahren etwas von Finn erzählen wollte, hatte ich sofort dichtgemacht. Deshalb hatte ich bis heute nicht gewusst, dass es bei ihm beruflich so gut lief. Bei unserer Trennung hatte es für Finns kleine Werft noch nicht so gut ausgesehen. Ob sich mittlerweile auch andere Dinge in seinem Leben geändert hatten? Mit einem Mal packte mich die Neugier.

Ich nippte am Tee. »Wow, ist der lecker!«

»Selbst gepflückt und getrocknet.« Ella trank ebenfalls einen Schluck.

»Hat Finn eigentlich eine Freundin?«, fragte ich betont beiläufig. »Oder ist er verheiratet?«

Gespannt hielt ich die Luft an. Da er mir damals selbst nach zehn Jahren Beziehung keinen Heiratsantrag gemacht hatte, wäre es schmerzlich gewesen, wenn eine andere Frau ihn inzwischen dazu gebracht hätte, vor den Traualtar zu treten.

Ella hob erstaunt die Augenbrauen. Nachdem ich bei diesem Thema jahrelang gemauert hatte, überraschte sie natürlich mein plötzliches Interesse.

»Nein«, antwortete sie nach einer kurzen Pause. »Nein, *eine* Freundin hat er nicht.«

Die Art, wie sie das gesagt hatte, ließ mich stutzig werden. »Was soll das denn heißen?«, hakte ich nach.

Sie fuhr mit dem Finger gedankenverloren das Blumenmuster der Wachstischdecke nach. »Nun, wie dir vielleicht aufgefallen ist, sieht er ziemlich gut aus«, erwiderte sie ausweichend.

»Ja«, gab ich in sarkastischem Tonfall zurück. »Das ist mir durchaus aufgefallen.«

Obwohl es auch eine Zeit gegeben hatte, in der mir Finns Aussehen völlig gleichgültig gewesen war: als wir noch Staudämme im Dorfbach gebaut hatten, auf Bäume geklettert waren und am Strand einen Tunnel bis zum Erdmittelpunkt graben wollten. Erst mit zwölf oder dreizehn Jahren hatte ich begonnen, mich ernsthaft für Jungs zu interessieren. Aber auch damals hatte mein bester Freund nicht unbedingt meine Aufmerksamkeit erregt, denn Finn hatte sich gerade in einer recht ungünstigen Phase der Pubertät befunden: mitten im Stimmbruch, dünn wie ein Handtuch im Wind, ungelenke Extremitäten und seltsame Gesichtsproportionen, weil die Nase und die Ohren schneller gewachsen waren als der Rest. Dazu hatte er noch einen hellblonden Flaum über der Oberlippe, von dem er stets behauptet hatte, es sei ein »Bart«. Ella und ich hatten mit Engelszungen auf ihn eingeredet, dass er sich dieses peinliche Etwas endlich abrasieren solle, aber er hatte an diesem »Zeichen seiner Männlichkeit« stur festgehalten. Doch irgendwann hatte sich das alles ausgewachsen, und aus ihm war ein Mann geworden. Auch mit dem Bartwuchs hatte es endlich geklappt. Der raue Dreitagebart hatte Finns männliche Ausstrahlung zusätzlich verstärkt. Urplötzlich hatte ich in seiner Gegenwart Herzklopfen bekommen und ein merkwürdiges Kribbeln im Magen verspürt …

»Ich finde, Finn hat ein bisschen was von einem Wikinger«, meinte Ella und riss mich damit aus meinen Erinnerungen. »Hab ich dir eigentlich schon erzählt, dass ich mir gerade alle Staffeln von *Vikings* ansehe? Ich liebe es, Serien zu streamen. Da kann man richtig schön in eine andere Welt abtauchen«, plapperte sie weiter. »So einen Serien-Marathon nennt man jetzt übrigens *Binge-Watching*. Obwohl Koma-Glotzen es wahrscheinlich eher …«

»Ella!«, unterbrach ich sie. »Jetzt rück endlich mit der Sprache raus! Wieso hast du so seltsam betont, dass Finn nicht *eine* Freundin hat?«

»Na schön!« Sie stieß einen Seufzer aus.

Ich lehnte mich zurück und nickte ihr auffordernd zu.

»Nachdem du nach Berlin gegangen bist, hat Finn sich ein Haus gekauft. Dort lebt er seither mit seinem Bruder Noah in einer Art Männer-WG zusammen.« Bedeutungsvoll fügte sie hinzu: »Einer ziemlich berüchtigten Männer-WG.«

»Berüchtigt?«, fragte ich irritiert.

»Nun, du kennst ja die Jahnke-Brüder! Sie sind zwei gut aussehende Kerle. Und wie man sich im Dorf erzählt, lassen die beiden nichts anbrennen. Also … frauentechnisch gesehen.« Ella machte eine Pause und schlürfte geräuschvoll ihren Tee.

»Und was erzählt man sich genau?«, bohrte ich weiter.

»Die beiden haben eben ab und zu ein bisschen Spaß. So was führt im Dorf schnell zu Gerede. Jemand hat ihr Haus sogar mal als ›Drachenburg‹ bezeichnet.« Sie verdrehte demonstrativ die Augen. »Weil dort angeblich so viele holde Jungfern ihre Unschuld verlieren.«

»Drachenburg?«, hauchte ich entsetzt. Wohl keine Frau hörte es gern, dass ihr Ex-Freund zum Womanizer mutiert war.

Ella beugte sich vor und tätschelte meine Hand. »Hannah, du weißt doch, dass in Liebwitz alles aufgebauscht und übertrieben wird. Außerdem habe ich persönlich die Vermutung, dass Noah derjenige ist, der den hohen Frauenverschleiß hat.«

Ich rieb mir die Stirn. »Mir kann das ohnehin egal sein«, erwiderte ich eine Spur zu schnippisch. »Finns Leben ist allein seine Angelegenheit, und ich bin schon lange kein Teil mehr davon.«

Ella sah mich skeptisch an, sagte jedoch nichts dazu. »Du hast vorhin erwähnt, dass das Treffen mit Dirk nicht gut gelaufen ist?«, wechselte sie das Thema.

Betrübt nickte ich und berichtete ihr in knappen Worten von dem Termin. »… und jetzt stehe ich vor der Wahl, entweder für Dirk in aller Eile zwei kitschige Landschaftsbilder zu malen oder meine Mietschulden nicht begleichen zu können.«

»Tut mir leid, aber das liegt doch auf der Hand«, meinte sie trocken. Wie immer nahm meine Freundin kein Blatt vor den Mund. »Du brauchst das Geld. Außerdem kannst du dank deiner Ausbildung sicher auch Landschaftsbilder malen, die deutlich besser sind als früher.«

»Schon«, gab ich widerstrebend zu. »Aber der Stil könnte sich kaum mehr von *Grey Depression* unterscheiden. Die Malerin ›Hannah Hanke‹ steht nun mal nicht für naive Malerei.«

Ella musterte mich eindringlich. Ich ahnte, dass sie gleich etwas ansprechen würde, das mir nicht gefiel.

»Wieso malst du eigentlich noch in diesem Stil?«, fragte sie. »Du hast selbst gesagt, dass du dieses – ich zitiere – *graue Geschmiere* leid bist.«

»Weil … ähm …«, stammelte ich überrumpelt. »Ich bin eben mit *Grey Depression* bekannt geworden. Das ist mein Markenzeichen. Wiedererkennung ist das A und O.« Ich nickte zur Bekräftigung.

Ella wiegte den Kopf. »Du willst also partout an einem Malstil festhalten, der dich selbst anödet und mit dem du inzwischen überhaupt keinen Erfolg mehr hast?« Sie beugte sich zu mir. »Oder anders gefragt: Du willst weiterhin versuchen, einen Acker mit schlechtem Boden immer wieder neu zu bestellen, obwohl nichts darauf wächst?«

Eine gute Frage. Wollte ich wirklich ewig so weitermachen? Nur weil ich vor Jahren zufällig auf diesen Malstil gekommen war?

Ich erinnerte mich noch gut an jenen Tag. Es war mir hundsmiserabel gegangen, und der kalte graue Regentag in Berlin hatte mir an jenem Morgen den Rest gegeben. Ich hatte zum Pinsel gegriffen und all mein Leid auf die Leinwand gebannt. Es war mein eigenes trauriges Gesicht gewesen, das sich in einer Regenpfütze auf einem verdreckten Gehsteig in der Stadt gespiegelt hatte. Das Grau hatte meine Gefühlslage perfekt transportiert. Mein Professor war von dem Bild begeistert gewesen. Er hatte es unglaublich ausdrucksstark genannt und ein hervorragendes Beispiel für *Urban Art.* Kurzerhand hatte er mich einem befreundeten Galeristen vorgestellt. So hatte ich Oliver kennengelernt. Wir waren uns auf Anhieb sympathisch gewesen, und auch nachdem das Interesse an meinen Gemälden nachgelassen hatte, war Oliver mir als Freund erhalten geblieben.

Ella zuckte mit den Schultern. »Dann ist es eben in der Szene unüblich, dass ein Maler seinen Stil verändert. Pfeif drauf!« Sie legte mir die Hand auf den Arm. »Vielleicht ist es an der Zeit, dir einen neuen Malstil zu suchen? Dich als Künstlerin neu zu erfinden?«

Mein Herzschlag beschleunigte sich. Das klang gut! Aufregend und verlockend. Aber auch ungewöhnlich und neu. Wenn ich es mir recht überlegte, machte mir der Gedanke sogar ein wenig Angst.

»Aber was soll ich denn sonst malen?«, fragte ich Ella ratlos.

Sie lächelte nachsichtig. »Hannah, ich kann dir offen meine Meinung sagen. Was ich hiermit getan habe. Aber was du malen willst, musst du schon selbst herausfinden. Du bist schließlich die Künstlerin, nicht ich.«

»Sorry, du hast natürlich recht!«

Ich starrte einen Moment schweigend ins Leere. Mit ihrer nüchternen Art zu denken hatte Ella mich auf etwas gestoßen, das mir selbst schon hätte auffallen müssen: Auf beruflicher Ebene hatte ich mich in eine Sackgasse manövriert. Sowohl in finanzieller als auch kreativer Hinsicht. Was hatte ich zu verlieren, wenn ich etwas Neues wagte? Im Grunde nichts. Da ich meine wichtigsten Malutensilien nach Liebwitz mitgenommen hatte, konnte ich sogar sofort loslegen.

»Ich könnte die Bilder für den Bürgermeister als Auftragswerke betrachten«, überlegte ich laut. »Dabei würde ich mal wieder etwas komplett anderes als *Grey Depression* malen – und sogar Geld dafür bekommen. Das wäre ein passender Startpunkt für eine Neuorientierung.«

Denn aus falschem Stolz den Auftrag abzulehnen und auf das Geld zu verzichten wäre schlichtweg dumm gewesen. Wahrscheinlich hatte ich Dirk deshalb am Leuchtturm nicht gleich widersprochen. Mein Unterbewusstsein war in dem Moment wieder einmal klüger gewesen als mein Verstand.

»Also bleibst du länger in Liebwitz?«, fragte Ella.

Ich nickte. »Sieht ganz so aus!«

Natürlich musste ich mein Vorhaben noch mit Oliver abklären. Immerhin hatte er mir sein Auto geliehen. Aber da mein Freund mir ohnehin ans Herz gelegt hatte, länger bei meiner Familie zu bleiben, war das sicherlich kein Problem.

Ella strahlte. »Das freut mich! Und das neue Standesamt wird mit deinen Bildern bestimmt großartig aussehen.«

»Das Standesamt?« Ich spürte, wie mir das Blut aus den Wangen wich. »Woher … Ich meine, wieso …?«

Hatte ich mich während unseres Gesprächs verplappert, ohne es zu merken? Nervös fuhr ich mir mit der Zunge über die Lippen.

Ella lachte. »Meine Güte, Hannah, ich kann durchaus eins und eins zusammenzählen! Wozu hätte Dirk dich sonst herholen sollen? So viele neue öffentliche Gebäude, die Dekorationsmaterial benötigen, gibt es im Dorf nicht.«

Dass sie meine Bilder gerade als »Dekorationsmaterial« bezeichnet hatte, überhörte ich großzügig. Hoffentlich gab Dirk nicht mir die Schuld, wenn seine Überraschung im Dorf die Runde machte.

Ich atmete tief durch und sah zu Ella. »Wir haben bisher eindeutig zu viel über mich geredet«, stellte ich fest. »Jetzt bist du an der Reihe! Und den neuen Hofladen will ich mir auch unbedingt genauer ansehen.« Ich nahm eine Strähne ihres pastellvioletten Haars zwischen die Finger. »Die Farbe steht dir übrigens! Du solltest sie behalten.«

»Du weißt doch, ich liebe Abwechslung. Ich habe schon die nächste Tönung in der Farbe ›Flammendes Inferno‹ gekauft.« Sie grinste und erhob sich. »Bist du bereit für eine große Führung?«

»Jederzeit.« Ich stand ebenfalls auf. »Kommt der Hofladen bei den Leuten eigentlich gut an?«

»Ich kann nicht klagen!« Stolz zeichnete sich auf Ellas Gesicht ab. »Der ganze Stress mit dem Umbau der Scheune scheint sich gelohnt zu haben. Leider hat er auch einiges gekostet. Wenn Dirks Marketingidee mit dem ›Dorf der Liebe‹ funktioniert und tatsächlich mehr Touristen herkommen, würde ich mich nicht beschweren.«

»Das glaube ich gern! Ich drücke euch jedenfalls die Daumen.«

Das »Dorf der Liebe« konnte für viele in Liebwitz einen wirtschaftlichen Aufschwung bedeuten. Nicht nur für Ella hoffte ich, dass sich das finanzielle Risiko, das Dirk eingegangen war, auszahlen würde. Das Leben auf der Insel war nicht leicht, und viele kämpften hart für ihre Existenz.

»Sei ehrlich, Ella«, sagte ich, während wir zur Tür gingen. »Hast du mal darüber nachgedacht, das Dorf zu verlassen und zu Jacky nach Berlin zu ziehen?«

»Ganz ehrlich?« Ella blieb mitten im Flur stehen und drehte sich zu mir um. »Nicht eine Sekunde! Du hast dich schon früher nach der großen weiten Welt gesehnt, aber für mich war Liebwitz immer der perfekte Ort. Meine Heimat. Was kann es Schöneres geben als unsere Insel, diese Idylle, diesen Frieden? So was hätte mir Berlin nicht bieten können. Ich gehöre hierher – zu meiner Familie und meinen Freunden.«

So wie sie das sagte, hörte es sich an, als spräche sie vom Paradies. Und ein klein wenig beneidete ich sie. Denn im Gegensatz zu ihr fehlte mir wie den meisten Menschen das Gespür für so ein zurückhaltendes, unaufdringliches Gefühl wie das alltägliche Glück. Ella war schon immer tatkräftig gewesen, stand für ihre Überzeugungen ein und folgte unbeirrbar ihrem Weg. Ich war wirklich glücklich, sie als Freundin zu haben. Manchmal fand man die bemerkenswertesten Menschen eben nicht in der Großstadt, sondern auf dem Land mitten im Nirgendwo.

6. Kapitel

Nach Ellas beeindruckender Führung verabschiedeten wir uns voneinander, und ich fuhr zum Haus meiner Eltern zurück. So langsam machten sich die Anstrengungen des Tages bei mir bemerkbar. War ich wirklich erst heute Morgen in Berlin losgefahren? In der Zwischenzeit hatte ich so viel erlebt, und es war so vieles auf mich eingeprasselt, dass mir der Kopf schwirrte. Von dem emotionalen Chaos, das das Wiedersehen mit Finn hinterlassen hatte, gar nicht zu reden. Dass ich in Ellas Küche auch noch nebenbei beschlossen hatte, mich als Künstlerin neu zu erfinden, war ebenfalls ein gewaltiger Schritt für mich. Plötzlich hatte ich das dringende Bedürfnis, ein paar Minuten allein zu sein.

Nachdem ich Olivers Auto am Ende des Distelwegs abgestellt hatte, ging ich an meinem Elternhaus vorbei in Richtung des Trampelpfads zum Meer. Windflüchter säumten den Weg. Durch den Meereswind zu kunstvollen Baumskulpturen geformt, neigten sie sich dem Land zu. Darunter blühten Gänsedisteln, Grasnelken und duftende Kartoffelrosen. Das Schreien der Möwen wurde lauter, und das Rauschen der Brandung lockte mich wie eine liebliche Melodie. Wie immer, wenn der Durchgang in den Dünen vor mir auftauchte, lief ich schneller. Ich erreichte die Kuppe, und da war es endlich – das Meer. In einem sanften Pastellblau lag es vor mir. Friedlich und ruhig, als könnte die Ostsee meine Aufregung überhaupt nicht nachvollziehen. Die Sonne näherte sich bereits dem Horizont und zauberte goldene Lichtreflexe auf die Wasseroberfläche. Ich schloss die Augen und sog die frische Luft ein, während der Wind sanft mit meinen Haaren spielte. Wie Balsam legte sich der Moment um meine Seele.

Ich zog meine Schuhe aus und lief zum Wasser. Angespültes Seegras verteilte sich in grünbraunen Büscheln am Strand – es sah aus, als hätten die Meerjungfrauen kürzlich ihre alten Perücken ausgemustert. Wenn man Glück hatte, versteckte sich nach einem Sturm in solchen Büscheln ein schöner Bernstein. Als Kinder hatten wir ständig den Strand nach solchen Schätzen abgesucht. Immer wieder hatte ich Muscheln, Hühnergötter – die faszinierenden Lochsteine – oder obskur geformtes Treibholz nach Hause gebracht. Doch wenn ich die Strandfunde in meinem Zimmer auf die Fensterbank gelegt hatte, hatten die meisten Schätze schon nach wenigen Tagen ihren Zauber verloren. Als hätte allein die Nähe zum Meer sie zu etwas Besonderem gemacht.

Am Wassersaum blieb ich stehen und grub meine Zehen in den nassen Sand. Ich blickte in die unendliche Weite, und eine Weile beobachtete ich die Fähren und Containerschiffe am Horizont. Die friedvolle Ruhe beruhigte mein Herz. Zum ersten Mal seit langer Zeit hatte ich das Gefühl, wieder bei mir selbst zu sein.

Ich setzte mich in Bewegung und lief an der Wasserlinie entlang. Wie von selbst führten mich meine Schritte weg vom Dorf. Bis auf ein paar Spaziergänger mit Hund hatte ich den Strand für mich allein.

Es dauerte nicht lange, bis ich die Stelle erreichte, an der direkt hinter den Buhnen ein Findling im Wasser lag. Der Stein war mit Flechten bewachsen, und die Wellen brandeten träge gegen das Hindernis. Sein Anblick versetzte mir einen schmerzhaften Stich.

Dies war immer »unsere Stelle« gewesen. Vor unzähligen Jahren, als wir noch Kinder gewesen waren, hatte hier die Freundschaft zwischen Finn, Ella und mir begonnen. Und am Abend meines achtzehnten Geburtstags hatten Finn und ich uns von der

Feier hierhergeschlichen und zum ersten Mal geküsst. Ironischerweise hatte Finn mir auch an diesem Ort genau zehn Jahre später das Herz gebrochen. Die Erinnerung an jenen Tag war so frisch, als wäre es erst gestern geschehen …

★

»Gibst du es mir?« Mein Bruder stülpte die Unterlippe vor und blinzelte mich so flehentlich an wie ein verlassener Welpe.

Wir standen im Garten auf unserer Terrasse und sollten den Tisch fürs Essen decken. Es war früher Abend, die Luft war noch warm, und Insekten schwirrten emsig umher.

»Bitte, bitte!«, bettelte Bastian. »Du hast mich doch lieb, oder, Hannah?«

»Lieb habe ich dich natürlich, aber die Antwort lautet trotzdem nein.«

»Du bist die gemeinste große Schwester auf der ganzen Insel«, stellte er eingeschnappt fest.

Ungerührt erwiderte ich seinen Blick. »Weil ich dir mein Auto nicht leihe? Nachdem du deins zu Schrott gefahren hast?« Ich schnaubte. »So was nenne ich clever und vorausschauend.«

Während ich weiter den Tisch deckte, blieb er tatenlos neben mir stehen und hielt das Besteck fest umklammert.

»Ich bin ein guter Autofahrer«, verteidigte er sich nach kurzem Zögern. Diese Lüge war wohl selbst ihm schwergefallen.

Ich hob die Augenbrauen. »Das war schon dein zweiter Unfall dieses Jahr, Basti! Du bist am helllichten Tag auf schnurgerader Strecke von der Straße abgekommen und im Graben gelandet.«

»Ich musste niesen! Außerdem«, er stieß einen dramatischen Seufzer aus, »bin ich schwer verliebt. Da kann man mit seinen Gedanken schon mal woanders sein. Deshalb brauche ich auch unbedingt dein Auto! Ich muss morgen zu Angie fahren.«

Ich nahm ihm das Besteck ab, weil er offenbar nicht vorhatte, irgendetwas damit anzustellen. »Faule Socke!«, murmelte ich.

Den Vorwurf überhörte er geflissentlich. Stattdessen fasste er sich pathetisch an die Brust. »Vielleicht ist Angie die Eine? Die Liebe meines Lebens? Womöglich sind unsere Seelen dazu bestimmt zueinanderzufinden. Aber junge Liebe ist zerbrechlich, Hannah! Sie benötigt Zuwendung, Zeit und Unterstützung. Unterstützung, die du, liebloses Weib …«, wie ein Theaterschauspieler deutete er mit zittrigem Finger auf mich, »uns versagst, indem du mir dein motorisiertes Gefährt nicht leihst. Du allein wirst die Schuld daran tragen, wenn unsere wundervolle Romanze dem Untergang geweiht ist, o du kaltherzige Schwester eines Liebenden!«

Leider konnte ich mir ein amüsiertes Lachen nicht verkneifen. Bastian witterte seine Chance.

»Bitte, Hannah! Gib mir eine Chance, und leih mir deinen Wagen. Ich schwöre, ich passe gut darauf auf!«, beteuerte er.

Geschlagen seufzte ich auf. »Na schön! Im Namen der Liebe. Du bekommst mein Auto.«

»Du bist die Beste!« Bastian strahlte und machte Anstalten, mich zu umarmen, doch ich hielt ihn mit erhobenem Zeigefinger zurück. »Aber wenn mein Auto auch nur einen Kratzer hat, wirst du dafür büßen, kleiner Bruder!«

Er grinste. »Hui, jetzt habe ich aber Angst!«

Ehe ich ihn darauf hinweisen konnte, dass er meinen Autoschlüssel noch nicht in Händen hielt, rief meine Mutter durch das geöffnete Küchenfenster: »Hannah, hilfst du mir mit dem Salat?«

»Jaaa«, gab ich zurück.

Obwohl ich achtundzwanzig war und mit Finn zusammen in einer kleinen Zweizimmerwohnung am anderen Ende des Dorfs lebte, hatte sich an der üblichen Rollenverteilung im Hause Bradhering nichts geändert. Ich warf Bastian einen vielsagenden Blick zu. »Du musst hier nie was machen«, murrte ich.

»Hey, ich hab erst vor ein paar Tagen den Rasen gemäht«, verteidigte er sich. Er setzte sich in den Gartenstuhl und verschränkte die Arme hinter dem Kopf. »Das reicht für diese Woche an Hausarbeit. Viel Spaß beim Kochen!«

Meine Mutter hatte ihre geblümte Kochschürze umgebunden und trug wie immer ihre weißen Gesundheitsschuhe, weil ihre Füße nach der Arbeit schmerzten.

»Mach mal den Gurkensalat!«, wies sie mich an. »Aber richtig! Nicht mit Schale wie beim letzten Mal.«

»Ist gut«, gab ich zurück und verzichtete auf die Bemerkung, dass man Salatgurken wegen der Vitamine und Mineralstoffe eigentlich mit Schale essen sollte. Widerspruch war bei meiner Mutter sinnlos. Genauso gut hätte ich mit einem Hurrikan diskutieren können, ob er nicht einen anderen Ort auf der Welt verwüsten wollte.

»Heute ist also der große Tag, hm?« Meine Mutter öffnete den Backofen. Ein Schwall warmer Luft breitete sich in der Küche aus – zusammen mit dem Duft nach gebrutzeltem Hackbraten.

Ich nahm das Gemüsemesser und schälte die Gurke. »Womöglich«, antwortete ich, während mein Magen einen unangenehmen Salto schlug. Schon den ganzen Tag war ich das reinste Nervenbündel. »Ich hoffe es jedenfalls«, fügte ich etwas leiser hinzu.

Meine Mutter schloss mit einem Schwung ihrer Hüfte den Backofen. »Es wird Zeit, dass Finn Nägel mit Köpfen macht. Immerhin seid ihr jetzt zehn Jahre zusammen. Wenn das kein Anlass für einen Heiratsantrag ist, weiß ich auch nicht.«

Insgeheim teilte ich ihre Meinung. Doch welche moderne und unabhängige Frau gab schon gern zu, dass sie sehnsüchtig auf einen Antrag wartete? Und zwar schon seit Jahren. Meine Geduld war so langsam aufgebraucht. Ich hatte sogar schon mit dem Gedanken gespielt, die Sache selbst in die Hand zu nehmen, aber mein Stolz hatte mich davon abgehalten. Ich wollte Finn nicht zu etwas drängen, das er eigentlich nicht wollte. Nein, er sollte gefälligst selbst zu dem Schluss kommen, dass er ohne mich nicht mehr leben konnte!

Meine Mutter machte sich daran, die gekochten Kartoffeln zu stampfen. »Wann wollt ihr euch nachher treffen?«

»Nach dem Essen«, gab ich zurück und konnte nicht verhindern, dass meine Stimme sich vor Aufregung überschlug. »Finn meldet sich bis dahin noch mal bei mir. Wahrscheinlich hat er wieder eine Überraschung geplant.«

Bisher hatte er sich zu jedem Jahrestag etwas Besonderes einfallen lassen: eine romantische Schnitzeljagd, ein Ausflug mit dem ersten, vom ihm restaurierten Zeesboot oder ein selbst geschnitztes Brettspiel, bei dem wir uns gegenseitig unsere Träume und geheimen Wünsche verraten hatten. Einige der Fragen waren nicht ganz jugendfrei gewesen und hatten zu einem äußerst prickelnden Ende des Abends geführt.

Ich war überzeugt, dass Finn auch dieses Jahr etwas Besonderes geplant hatte. Schon seit Tagen hatte er sich seltsam verhalten und war oft nachdenklich gewesen – was mich in meiner Vermutung nur noch bestärkte. Meine Güte, ich war so aufgeregt!

»Wenn ihr verlobt seid, kann Finn schon kommenden Freitag zum Essen kommen.« Meine Mutter lächelte zufrieden und gab Sahne, Muskat, Butter und Salz zu den gestampften Kartoffeln. »Dann koche ich sein Lieblingsessen. Was hältst du davon?«

Ich nickte. »Das wäre schön.«

Die Freitagabende waren allein der Familie Bradhering vorbehalten, und zwar ohne Anhang – darauf bestand meine Mutter. Doch sobald Finn mir einen Verlobungsring an den Finger gesteckt hätte, würde auch er am wöchentlichen Familienessen teilnehmen dürfen. Keine Ahnung, ob meine Mutter ihn damit motivieren oder abschrecken wollte.

»Im Dorf redet man schon darüber, dass er dir noch keinen Antrag gemacht hat«, beschwerte sie sich. »Die Leute fragen sich, ob

Finn dich überhaupt je heiraten wird oder du nur eine Lückenbüßerin für ihn bist, bis er die Richtige findet. Du weißt, dass ich dieses Getratsche nicht mag.«

Nur mit Mühe unterdrückte ich ein Seufzen. Schlechtes Gerede über unsere Familie war meiner Mutter ein Graus. Dabei war sie kein oberflächlicher Mensch. Dass sie so viel Wert auf unseren guten Ruf legte, lag allein in ihrer Vergangenheit begründet. Die zahlreichen negativen Erlebnisse in ihrer Kindheit hatten sie geprägt und Wunden hinterlassen, die nie ganz verheilt waren. Aber dieses Wissen machte mein Leben nicht leichter. Manchmal hatte ich das Gefühl, dass ich den Ansprüchen meiner Mutter niemals genügen würde.

»An mir liegt es nicht, dass wir noch nicht verheiratet sind«, verteidigte ich mich. Mir persönlich war es gleichgültig, was im Dorf über Finn und mich getratscht wurde. Ich wusste, dass wir uns liebten und füreinander bestimmt waren.

Nachdem ich den Salat zubereitet hatte, schickte meine Mutter mich in den Vorgarten, um meinen Vater zum Essen zu holen. Während ich nach draußen lief, kam mir wieder einmal die Zusage für den Studienplatz der Kunstakademie in den Sinn. Meinen Eltern hatte ich nichts davon erzählt. Vor ein paar Monaten hatte ich mich von Ella dazu überreden lassen, die Bewerbung samt meinem künstlerischen Portfolio abzuschicken. Einfach um zu sehen, was passieren würde. Kurze Zeit später hatte ich die Nachricht erhalten, dass ich zur Zugangsprüfung eingeladen worden war. Dabei hatte ich drei Tage Zeit, eine kreative Aufgabe künstlerisch umzusetzen. Dem Internet sei Dank war dies auch digital möglich gewesen. Und dann war das Wunder geschehen: Die Kunstakademie hatte mir einen Studienplatz angeboten. Mir, Hannah Bradhering! Ich hätte vor Glück die ganze Welt umarmen können.

Aber selbstverständlich würde ich den Platz nicht annehmen. Immerhin hatte ich hier im Dorf meinen festen Job im Hotel mit geregeltem Einkommen – und natürlich mein Leben mit Finn. Für mich kam es nicht infrage, das alles aufzugeben. Obwohl Finn mich immer wieder zu dem Studium drängte und mir versicherte, dass eine Fernbeziehung für ihn kein Problem wäre. Tja, für mich allerdings schon! Dennoch trug ich die Zusage schon seit Wochen in meiner Handtasche auf Schritt und Tritt mit mir herum. Obwohl ich mir fest vorgenommen hatte, sie wegzuwerfen, hatte ich es bis jetzt nicht über mich gebracht. Da die Einschreibefrist jedoch schon in wenigen Tagen ablief, spielte das ohnehin keine Rolle mehr. Trotzdem war die Zusage eine wundervolle Bestätigung, dass ich als Malerin Talent hatte.

Im Vorgarten reparierte mein Vater gerade den Holzzaun, der seit dem letzten Sturm etwas Schlagseite bekommen hatte. Mein Vater besaß den kräftigen Körper eines Mannes, der sein Lebtag körperlich hart gearbeitet hatte, allerdings auch gern dem Essen zusprach. Am liebsten trug er ein altes T-Shirt und seine Arbeitshose, deren Seitentaschen mit Schrauben, Metermaß, Werkzeug und anderem Krimskrams gefüllt waren. Im Haus war er immer mit einer kleineren oder größeren Baustelle beschäftigt. In dieser Hinsicht war er unglaublich kreativ. Immer wenn man dachte, dass er jetzt wirklich alles Erdenkliche renoviert hatte, hob er im Garten wieder ein Loch aus, fällte einen Baum, hämmerte einen Anbau ans Haus oder verlegte neue Elektrokabel. Manchmal trieb er uns damit fast in den Wahnsinn. Dass mein Vater von Beruf Hausmeister im Rathaus war, kam ihm bei seiner Leidenschaft fürs Reparieren natürlich entgegen.

Ich eiste ihn von seinem aktuellen Zaunprojekt los und ging mit ihm zusammen um das Haus herum auf die Terrasse. Dabei hielt er mir – ohne speziellen Anlass – einen Vortrag über die derzeit besten Winkelschleifer auf dem Markt. Die Worte »Finn« und »Heiratsantrag« fielen bei ihm kein einziges Mal. Man konnte mit meinem Vater wunderbare Gespräche über Bauprojekte und das Angeln führen, auch die Bundesliga und das Wetter waren grundsätzlich okay.

Zwischenmenschliche Probleme oder gar emotionale Dinge waren bei ihm jedoch tabu. Dafür war meine Mutter zuständig.

Nachdem wir alle am Tisch Platz genommen hatten, stürzten die Männer sich heißhungrig auf das Essen. Vor Nervosität bekam ich kaum einen Bissen herunter. Permanent fragte ich mich, was Finn wohl vorbereitet hatte. Ob er nachher ganz klassisch vor mir auf die Knie gehen würde? Wie sah wohl der Verlobungsring aus? Bestimmt hatte Finn nichts Protziges ausgesucht. Dafür fehlte ihm auch das Geld, da seine Werft bisher kaum etwas abwarf. Aber von mir aus brauchte es gar keinen Verlobungsring! Allein die Aussicht, Finns Frau zu werden, würde mich schon überglücklich machen.

Endlich traf die versprochene Nachricht von Finn ein. Sie bestand nur aus einer einzigen Frage:

Treffen wir uns nachher an unserem Platz?

Im ersten Augenblick war ich etwas enttäuscht. Der Strand erschien mir wenig glamourös für einen Heiratsantrag. Dort würden mich wohl eher nicht unzählige Freunde, ein Flashmob oder eine Blaskapelle erwarten. Aber dann wurde mir klar, dass dieser Ort perfekt war. Der Platz mit dem Findling stand für unsere gemeinsame Vergangenheit, die Gegenwart und nun auch für unsere Zukunft. Ich lächelte glücklich. Mit Schmetterlingen im Bauch schrieb ich zurück.

Gern, ich freue mich!

Seine Antwort kam prompt.

Ich geh schon mal los. Komm einfach nach, sobald du kannst.

Am liebsten hätte ich mich sofort auf den Weg gemacht. Doch ich saß pflichtschuldig meine Zeit bei meiner Familie ab und half mei-

ner Mutter danach noch mit dem schmutzigen Geschirr. Sobald wir fertig waren, hastete ich aus dem Haus zu dem Trampelpfad, der ans Meer führte.

Die Ostsee war heute unruhig, und in der Ferne brauten sich dunkle Wolken zusammen. Ob das ein schlechtes Omen war? Quatsch! Verärgert über mich selbst schüttelte ich den Kopf. Offensichtlich hatte Elses Aberglaube schon auf mich abgefärbt.

Wie immer streifte ich meine Schuhe ab und ging barfuß am Ufer entlang in Richtung unseres Treffpunktes. Das Wasser war überraschend kühl, und als eine Welle zum ersten Mal meine Füße bis zu den Knöcheln umspülte, schnappte ich nach Luft. Für einige Sekunden spürte ich nur noch, wie die Kälte meinen Körper hochkroch – und vergaß meine Nervosität und die Aufregung wegen des Heiratsantrags. Die Welle zog sich wieder zurück, und die Strömung zerrte kräftig an meinen Knöcheln. Als wolle sie mich mit sich in die Ferne locken, um mir die Welt zu zeigen.

Doch mein persönliches Abenteuer befand sich direkt vor mir – und zwar in Gestalt eines großen Mannes mit breiten Schultern, dunkelgrünen Augen und kräftigen Händen, die überraschend zärtlich sein konnten. Schon von Weitem entdeckte ich Finn an unserem Treffpunkt. Er starrte aufs Meer hinaus, die Arme vor der Brust verschränkt. Keine Spur von einem Flashmob oder einem romantischen Candle-Light-Dinner unter freiem Himmel. Vielleicht hatte er den Champagner zum Anstoßen irgendwo in den Dünen versteckt?

Finn bemerkte mich und wandte sich in meine Richtung. Auch noch nach zehn Jahren Beziehung brachte er mein Herz dazu, schneller zu schlagen. Als ich näher kam, fielen mir jedoch seine verkrampfte Schulterpartie und seine angespannte Miene auf. War er etwa nervös? Natürlich war das bei einem Heiratsantrag nicht ungewöhnlich. Aber Finn musste sich über eine Ablehnung keine Sorgen machen. Selbstverständlich hatten wir in der Vergangenheit schon über dieses Thema gesprochen, und ich hatte ihm deutlich meine Be-

reitschaft signalisiert. Bei jedem dieser Gespräche hatte er sich vor allem wegen unserer Finanzen besorgt gezeigt. Eine Hochzeit war nun mal teuer, und von unseren Eltern konnten wir keine Unterstützung erwarten. Meine Eltern besaßen bei ihrem eher geringen Einkommen dazu einfach nicht die Mittel, und Finns Eltern waren über seine Wahl … nicht besonders glücklich. Insbesondere seine Mutter hätte sich wohl eine Schwiegertochter aus besserem Hause gewünscht. Aber für die Finanzierung der Hochzeit würden wir sicherlich eine Lösung finden.

»Hannah! Das ging aber schnell«, meinte Finn. »So früh habe ich nicht mit dir gerechnet.«

Oh Mist! Hatte ich etwa die Überraschung kaputtgemacht? Würden unsere Freunde erst noch kommen? Oder ein Streichquartett, das My Heart Will Go On *anstimmte?*

Entschuldigend hob ich die Schultern. »Soll ich später wiederkommen?«

»Nein, natürlich nicht. Es ist nur … Puh, das ist wirklich nicht leicht!« Eine Haarsträhne fiel ihm vor die Augen und wurde von einer Windböe umhergewirbelt. Er strich sie sich fahrig aus dem Gesicht. »Ich muss etwas Wichtiges mit dir besprechen.«

Das Herz klopfte mir bis zum Hals. Es kostete mich fast übermenschliche Anstrengung, meine neutrale Miene beizubehalten. Ich spürte, wie das glückliche Lächeln schon um meine Mundwinkel zuckte.

Finns Ansprache kam ins Stocken, und er schwieg mit brütender Miene.

»Heute sind wir auf den Tag genau zehn Jahre zusammen«, gab ich ihm eine kleine Starthilfe.

»Wie?« Er runzelte zerstreut die Stirn, als hätte ich ihn aus einem tiefsinnigen Gedankengang gerissen. »Ach so, ja! Zehn Jahre. Eine lange Zeit.« Er räusperte sich und fügte hinzu: »Für mich etwas zu lang.«

»Wie bitte?«, entfuhr es mir irritiert.

»In den letzten Wochen sind mir ziemlich viele Dinge durch den Kopf gegangen. Ich schätze, wir haben uns in verschiedene Richtungen entwickelt. Wir beide wollen völlig unterschiedliche Dinge.«

»Wie bitte?«, fragte ich erneut. Ein klammes Gefühl der Angst breitete sich in meinem Inneren aus. Meine Muskeln verkrampften sich, und meine Zehen bohrten sich tief in den Sand.

Finn seufzte tief. »Ich fühle mich zu jung, um mich für immer zu binden, Hannah«, erklärte er. »Meine Arbeit hat für mich im Moment absolute Priorität. Schließlich habe ich mich gerade erst selbstständig gemacht. Ich möchte einfach nicht das, was du willst.«

Nach und nach sickerte die Erkenntnis zu mir durch, dass dieses Gespräch eine andere Richtung nahm, als ich erwartet hatte: Finn und ich würden nicht zusammen vor den Altar treten und uns das Jawort geben. Das Bild, das ich mir ausgemalt hatte, zerfloss vor meinem inneren Auge, die Farben verliefen ineinander und landeten als braune Pfütze unter meiner imaginären Leinwand.

»Und was genau möchtest du?«, fragte ich mit erstickter Stimme.

»Mein Leben genießen.« Er steckte die Hände in die Hosentaschen und zuckte mit den Schultern. »Du verstehst schon: Ich will frei und ungebunden sein, Spaß haben und mich vor niemandem dafür rechtfertigen müssen, was ich tue. Deshalb wollte ich dich in den letzten Wochen auch zu dem Studium überreden. Eine Fernbeziehung hätte mir etwas Luft verschafft – von dir und dieser … Enge. Als wir damals zusammengekommen sind, waren wir so unglaublich jung, Hannah. Im Grunde noch Kinder. Natürlich weiß ich, dass du auf einen Antrag wartest. Aber …«, er stieß hart die Luft aus, »ich kann das einfach nicht. Sonst hätte ich das Gefühl, etwas verpasst zu haben. Verstehst du?«

Nein, das verstand ich nicht. Ich konnte einfach nicht glauben, dass Finn so empfand! Er hatte gesagt, dass ich »die Eine« für ihn war. Und jetzt fühlte er sich in unserer Beziehung plötzlich einge-

engt? Und sehnte sich nach »Spaß«? Finn hatte noch nie eine Andeutung in diese Richtung gemacht. Niemals!

Der Wind nahm zu und peitschte mir die Haare ins Gesicht. Mir kam ein schrecklicher Gedanke. »Gibt es eine andere Frau?« Die Angst, die in meiner Frage mitschwang, ließ meine Stimme schrill klingen.

Finn zögerte einen Moment, dann schüttelte er den Kopf. »Nein, nichts Konkretes. Ich war dir nicht untreu, wenn du das meinst.«

Seine Worte überzeugten mich nicht so sehr, wie es mir lieb gewesen wäre, aber ich beschloss, ihm zu glauben. Weil mir gar keine andere Wahl blieb.

»Gut«, sagte ich schließlich. »Das ist doch gut, oder? Es ist noch nichts Schlimmes passiert.« Ich bemühte mich trotz der Situation um ein Lächeln. »Darauf können wir aufbauen.«

Die Wellen brandeten mit lautem Getöse an den Strand. Fieberhaft versuchte ich, meine Gedanken zu ordnen und etwas zu finden, an dem ich mich festhalten konnte. Unsere Beziehung war bis jetzt fast immer harmonisch verlaufen. Zugegeben, in letzter Zeit hatten wir uns etwas öfter gestritten. Aber gab es nicht in jeder Beziehung irgendwann mal Probleme? War das nicht normal? In solch einem Fall war es wichtig, niemandem Vorwürfe zu machen und gemeinsam Lösungen zu finden.

»Das mit dem Antrag ist nicht so schlimm«, lenkte ich ein. »Wenn du noch nicht heiraten willst, kann ich auch warten. Du musst dich nicht unter Druck gesetzt fühlen.«

Meiner Mutter würde ich das schon irgendwie erklären. Wahrscheinlich würde sie mir vorhalten, dass Finn nur mit mir spielte und ich mich für dumm verkaufen ließ – aber das war mir gleichgültig.

»Eigentlich brauchen wir überhaupt nicht zu heiraten«, fügte ich hastig hinzu. »Heutzutage ist das doch nicht mehr notwendig. Wir sind schließlich keine Spießer, oder?«

Verzweifelt suchte ich in seiner reglosen Miene irgendetwas, das mir Hoffnung geben konnte.

»Du hättest mir sagen sollen, dass du nicht glücklich bist! Aber jetzt können wir zusammen an unseren Problemen arbeiten. Du kannst nämlich auch mit mir Spaß haben und Neues ausprobieren. Wir sollten …«

»Hannah!«, stoppte Finn meinen Redefluss mit energischer Stimme. »Ich habe nicht mit dir darüber gesprochen, weil es an dem Grundproblem nichts geändert hätte.«

Meine Eingeweide zogen sich zusammen, und Tränen brannten in meinen Augen. »Und was ist das Grundproblem?«, wisperte ich, obwohl ich die Antwort überhaupt nicht hören wollte.

Finn starrte einen langen Moment auf das aufgewühlte Meer, dann wandte er sich mir mit kalter Miene zu. »Ich liebe dich nicht mehr. Zwischen uns ist es endgültig aus.«

7. Kapitel

Als ich nach meinem Spaziergang am Strand bei meinen Eltern klingelte, verfolgte mich in Gedanken immer noch die Vergangenheit. Es wäre leichter gewesen, auf Finns heutige Bitte einzugehen, wenn er lediglich mit mir Schluss gemacht hätte. Dann hätte ich jetzt kein Problem damit, mich mit ihm zu einem klärenden Gespräch zu treffen. Aber so …

Meine Mutter öffnete die Tür. »Hannah!«, rief sie erfreut. In ihre Augen trat ein liebevoller Ausdruck, und ein Lächeln erhellte ihre sonst so strenge Miene. Das nordische Aussehen hatte ich von ihr geerbt, nur waren ihre blonden Haare mittlerweile von zarten weißen Strähnen durchzogen. »Du bist wirklich gekommen.«

Am liebsten hätte ich mich in ihre Arme gestürzt, doch meine Mutter war nicht der Typ für herzliche Umarmungen. Die gab es nur wohldosiert und zu speziellen Anlässen wie beispielsweise Geburtstagen oder schweren Schicksalsschlägen. Als Finn mich damals abserviert hatte und ich tränenüberströmt zu Hause aufgetaucht war, hatte sie mich wortlos in die Arme geschlossen und getröstet.

Sie hob die Hand und strich mir eine verirrte Haarsträhne aus dem Gesicht. »Du siehst ganz zerzaust aus, Mädchen!«, tadelte sie mich.

»Das war der Wind«, verteidigte ich mich. »Ich war kurz am Strand.«

Zum letzten Mal hatten wir uns vergangenen Sommer gesehen, als wir alle gemeinsam übers Wochenende zum fünfzigsten Geburtstag meiner Tante nach Döbern gefahren waren. Und das

Erste, was ich jetzt von meiner Mutter zu hören bekam, war eine Rüge.

Sie trat zur Seite und winkte mich herein. »Leider dauert es noch ein Weilchen mit dem Abendessen. Ich bin eben erst von der Arbeit gekommen.«

Sie trug eine schwarze Stoffhose und eine schicke weiße Bluse, an der ein goldenes Namensschild befestigt war. Außerdem hatte sie Make-up aufgelegt, und ihr Nagellack passte farblich zu ihrem roten Lippenstift. Für ein Zimmermädchen wirkte sie ziemlich overdressed.

»Hast du nicht gesagt, dass du jetzt im Hotel arbeitest?«, fragte ich irritiert.

»Das tue ich auch«, erwiderte sie. Lächelnd fügte sie hinzu: »Im Büro.«

»Im Büro?« Erstaunt blieb ich neben ihr im Flur stehen. Zeit ihres Lebens hatte meine Mutter sich von einem miesen Job zum nächsten durchgeschlagen: Erntehelferin, Kassiererin im Supermarkt, Saisonkraft auf dem Campingplatz, Putzfrau. Für ihre Familie war sie sich für nichts zu schade gewesen.

»Ich habe eine Fortbildung gemacht«, erzählte sie stolz. »Büroorganisation und Office-Management. Vieles ging übers Internet, das hat es einfacher gemacht. Und stell dir vor, ich habe bestanden!« Ihre Wangen röteten sich vor Stolz. »Ehrlich gesagt, hätte ich mir das niemals zugetraut, aber Claudia hat mich dazu ermutigt. Sie hat mir auch die Stelle im Büro gegeben, nachdem ich bestanden hatte.«

Claudia gehörte das Hotel in Liebwitz, und sie war meine ehemalige Chefin. Meine Mutter und sie hatten schon immer einen guten Draht zueinander gehabt.

»Das ist großartig, Mama!«, sagte ich lächelnd. »Ich bin unglaublich stolz auf dich. Wieso hast du mir am Telefon denn nichts davon erzählt?«

»Anfangs hatte ich Sorge, dass ich mich völlig überschätzen und scheitern würde«, gab sie zu. »Und als ich bestanden hatte, wollte ich nicht angeben. Im Vergleich zu dir und deiner Karriere ist es ja auch nichts Besonderes.« Sie winkte ab, doch ihre glückliche Miene strafte sie Lügen. Für sie war dieser Job sehr wohl etwas Besonderes.

Ihre Bemerkung über meine Karriere überging ich fürs Erste. Dieses Thema würde ich später in Ruhe mit meinen Eltern besprechen. Das hatte ich mir für unser Wiedersehen fest vorgenommen: Schluss mit den Lügen!

Nun tauchte auch mein Vater im Flur auf. »Hannah!«, rief er überrascht.

Mir fiel sofort auf, dass er seit unserer letzten Begegnung ziemlich an Gewicht zugelegt hatte. Auch war sein Haaransatz deutlich zurückgewichen. Er lächelte bei meinem Anblick, und Fältchen zeichneten sich in seinen Augenwinkeln ab.

»Hallo, Papa!«, sagte ich. »Schön, dich zu sehen.«

Meine Mutter legte mir die Hand auf den Arm. »Entschuldige, ich muss nach dem Abendessen sehen!«

»Ja, natürlich!« Immer noch erstaunt über die Wandlung meiner Mutter sah ich ihr hinterher, wie sie in Richtung Küche verschwand.

Mein Vater steckte die Hände in die Taschen und nickte mir zu. »Du bist tatsächlich gekommen.«

Anscheinend hatte niemand in der Familie ernsthaft mit meinem Erscheinen gerechnet.

»Du hast dich viel zu lange nicht mehr zu Hause blicken lassen«, meinte mein Vater wie aufs Stichwort.

»Es tut mir leid, Papa. Es war nicht wegen euch«, sagte ich.

Er nickte schweigend und räusperte sich dann. »Nun, jetzt bist du ja da. Lass dich mal ansehen!« Mit großen Schritten kam er auf mich zu. Seine schwieligen Fingerspitzen schoben sich unter mein Kinn, und er zwang mich, den Kopf zu heben. Er musterte mich, und eine Falte bildete sich zwischen seinen buschigen Augenbrauen. »Wie geht es dir? Du siehst erschöpft aus.«

»Ich arbeite viel«, antwortete ich wahrheitsgemäß.

»Als berühmte Künstlerin bist du wahrscheinlich oft im Stress.« Er nickte verständnisvoll. »Immer kreativ sein zu müssen ist sicher nicht leicht.«

Ich schaute angestrengt zur Decke, weil ich ihm beim besten Willen nicht in die Augen schauen konnte.

»Und wie läuft's bei euch?«, wechselte ich schnell das Thema.

Mein Vater wiegte den Kopf. »Wir können nicht klagen. Der neue Job tut deiner Mutter gut. Sie blüht dort richtig auf, trotz der vielen Überstunden. Ich versuche dafür, ihr etwas mehr im Haushalt zu helfen. Nur kochen lässt sie mich nicht.«

Ich grinste. Die Kochkünste meines Vaters waren berühmt-berüchtigt. Er schaffte es immer, das Essen jedes Mal so zuzubereiten, dass es von außen verbrannt und innen noch roh war. Was Bastian gelegentlich auf den Tisch brachte, konnte man dagegen nur als scheußlich bezeichnen. Er kochte das typische Essen von Fitnessfreaks: salzarm, vitamin- und proteinreich, fettreduziert und geschmacklos.

»Nur mit deinem Bruder ist es momentan schwer«, fuhr mein Vater fort. »Das Zusammenleben mit ihm ist kein Spaß. Ich kann ihn ja verstehen – immerhin ist sein ganzes Leben unter ihm weggebrochen. Und er bemüht sich wirklich um eine neue Arbeitsstelle.« Er seufzte. »Trotzdem benimmt er sich leider allzu oft wie ein Kotzbrocken.«

»Äh …« Sein Redefluss überforderte mich einen Moment. Normalerweise unterhielten wir uns nur über belanglose Sachen wie Werkzeuge oder Angelköder. Ein richtiges Gespräch hatten wir in der Vergangenheit selten geführt. Unsere Beziehung hatte immer etwas seltsam Unbeholfenes gehabt. Wir hatten uns lieb, waren uns aber gleichzeitig auch fremd. Doch nun erzählte er mir freiwillig von meiner Mutter, Bastians Problemen und dessen nervenaufreibendem Verhalten. Anscheinend hatte sich nicht nur meine Mutter seit unserem letzten Treffen verändert.

»Komm, wir gehen schon mal raus und decken den Tisch!«, forderte er mich auf und winkte mich mit sich.

»Ja, natürlich!« Ich setzte mich in Bewegung – froh, etwas zu tun zu haben, um all die neuen Eindrücke erst einmal zu verarbeiten.

Wenig später saßen wir zu viert draußen auf der Terrasse beim Abendessen. Die Vögel im Garten zwitscherten, und aus dem Nachbarhaus drangen die wütenden Stimmen der Jahnkes: Heinz beschwerte sich lautstark über ein absolut ungenießbares, zähes Schnitzel. Ich musste grinsen.

Es wäre fast wie früher gewesen, aber die Stimmung an unserem Tisch war seltsam. Mein Bruder starrte auf seinen Teller und schob lustlos seine Spaghetti mit Tomatensauce herum. Normalerweise hätte er die Unterhaltung am Tisch quasi allein übernommen – mit Berichten über seine Trainingserfolge, seinen Job, den nächsten Triathlon oder seine Freundin. Früher hatte mich das manchmal genervt. Jetzt wäre ich jedoch dankbar gewesen für einen seiner Vorträge über das beste Hochintensitäts-Intervalltraining oder die ausreichende Proteinzufuhr beim Muskelaufbau.

Auch ich war schweigsam. Durch ihre Besuche in Berlin hatte ich meine Eltern und Bastian zwar regelmäßig gesehen, aber hier am Familientisch fühlte ich mich nach fünfjähriger Abwesenheit trotzdem wie ein Fremdkörper. Deshalb schob ich – genau wie Bastian – niedergeschlagen meine Nudeln auf dem Teller herum.

»Tut mir leid, dass ich nichts Besseres gekocht habe«, entschuldigte sich meine Mutter. »In der Hochsaison bin ich abends zu geschafft, um lange in der Küche zu stehen. Und andere Leute in diesem Haushalt sind sich anscheinend zu fein, mit anzupacken«, setzte sie hinzu und warf Bastian einen anklagenden Blick zu.

War das etwa ein versteckter Vorwurf gewesen? Wenn ja, hatte mein Bruder ihn nicht wahrgenommen. Dennoch fand ich das höchst ungewöhnlich.

»Ist doch schön, dass wir vier wieder mal hier beim Abendessen zusammensitzen«, versuchte meine Mutter gute Stimmung zu verbreiten. »Richtig schön! Wie früher freitags bei unseren Familienessen. Schön, oder?«

»Ja, echt *schön!*«, erwiderte Bastian in ätzendem Ton. »Oder was meinst du, Hannah?«

So leicht ließ ich mich von seiner miesen Laune nicht provozieren. »Ja, es ist wirklich schön«, bestätigte ich mit einem nachdrücklichen Nicken. Ich räusperte mich. »Und … wie läuft es mit der Renovierung des Vereinsheims, Papa?«

»Nicht so gut.« Er zog die Mundwinkel nach unten. »Wenn ich richtig mitarbeiten könnte, kämen wir besser voran.«

»Du kannst nicht richtig mitarbeiten?«, fragte ich und sah ihn verständnislos an.

»Dein Vater hatte es vor einiger Zeit am Rücken«, antwortete meine Mutter an seiner Stelle. Ihre Wangen nahmen einen tiefen Rotton an. »Wir wollten nicht, dass du dir Sorgen machst. Deshalb habe ich dir nichts davon erzählt.«

»Oh, das tut mir leid, Papa!«, sagte ich betroffen.

All die Jahre hatte ich geglaubt, nur ich hätte bei unseren Treffen und Telefonaten mein Leben beschönigt, um meine Eltern nicht zu belasten. Es war mir nicht ein einziges Mal in den Sinn gekommen, dass meine Mutter es ebenso gemacht hatte.

»Was genau hast du denn?«, bohrte ich nach.

Mein Vater lächelte traurig. »Ein ganzes Leben harter Arbeit hinterlässt seine Spuren. Mein Rücken scheint mir das übel zu nehmen. Letzten Herbst hat es angefangen, als ich einen Gullydeckel hochheben wollte. Dann ist es rasant schlimmer geworden.«

Ich verzichtete auf die Frage, wieso um Himmels willen er einen Gullydeckel hatte hochheben wollen. Mein Vater war nun mal ein Macher. »Warst du denn beim Arzt?«

Er nickte. »Sogar im Krankenhaus. Und danach in Kur«, erzählte er und schüttelte schmunzelnd den Kopf. »Jetzt mach nicht so ein erschrockenes Gesicht, Hannah! Mittlerweile geht es mir schon viel besser, keine Sorge. Und dein Bruder hat mir Rückenübungen gezeigt, die mir helfen. Aber ich muss eben langsam machen«, er seufzte, »sonst bekomme ich dafür sofort die Quittung.«

»Nachts war es am schlimmsten«, fügte meine Mutter leise hinzu. »Manchmal ist er die halbe Nacht durchs Haus gelaufen, weil er die Schmerzen im Liegen kaum ertragen hat.«

Mein Herz zog sich zusammen. »Papa, wenn ich das gewusst hätte …«, flüsterte ich.

»Was dann?«, fragte mein Bruder angriffslustig. »Wärst du dann etwa gekommen?«

»Natürlich!«, fauchte ich. »Ich hatte doch keine Ahnung, wie es Papa geht! Wenn ihr mich informiert hättet, hätte ich sofort alles stehen und liegen lassen.«

Das war nicht gelogen. All meine Gründe, die mich davon abgehalten hatten, nach Liebwitz zurückzukehren, wären unwichtig gewesen, wenn es um die Gesundheit meines Vaters ging.

Bastian lehnte sich zurück und verschränkte die Arme vor der Brust. »Ach, dann muss man also erst im Krankenhaus landen, damit die Frau Künstlerin nach Hause kommt?«, stichelte er weiter. »Gibt es da zufällig eine Prioritätenliste? Wäre ein gebrochener Arm für dich auch schon wichtig genug gewesen, um hier aufzutauchen?«

Schweigend blickte ich auf meinen Teller. Zwar war Bastian

im Augenblick nicht er selbst, aber seine Worte trafen mich hart. Er hatte nämlich nicht ganz unrecht.

»Bitte, Kinder«, schaltete sich mein Vater ein. »Streitet euch nicht! Es war mein ausdrücklicher Wunsch, dass eure Mutter kein Aufhebens darum macht. Schließlich war es nichts Lebensbedrohliches. Es ging nur um einen kleinen Routineeingriff am Rücken. Ich wollte, dass Hannah nicht abgelenkt wird und sich in Ruhe ihrer Kunst widmen kann. Sie hat immerhin eine große Karriere vor sich.« Er sah mich voller Stolz an und zitierte: »Unsere Hannah ist ein ›aufgehender Stern der deutschen Kunstszene‹.«

Oh Gott! Ich fühlte mich hundeelend, und mein schlechtes Gewissen nahm völlig neue Ausmaße an. Wie hätte ich auch ahnen sollen, dass meine Schwindelei solche Konsequenzen nach sich ziehen würde? Jetzt wurde mir auch klar, weshalb mein Vater sich nicht um das Moos auf dem Dach gekümmert hatte. Und wieso er derart zugenommen hatte. Sein Körper war es gewohnt, dass er sich viel bewegte und hart arbeitete.

»Was ist denn dann mit deinem Job als Hausmeister?«, fragte ich vorsichtig.

Die Miene meines Vaters verdüsterte sich. »Im Augenblick kann ich nur Teilzeit arbeiten«, räumte er ein. »Die schweren Arbeiten übernimmt ein jüngerer Kollege. Deine Mutter möchte eigentlich, dass ich Frührente beantrage. Aber dafür fühle ich mich zu jung. Außerdem ist meine Rente sowieso nicht sonderlich üppig.«

»Und da Bastian seit Monaten arbeitslos ist und wieder bei uns lebt, hängt momentan fast alles an meinem Gehalt.« Erneut warf meine Mutter Bastian einen scharfen Blick zu.

Ich hatte mich vorhin also nicht getäuscht: Das früher so harmonische Verhältnis zwischen Mutter und Sohn schien sich merklich abgekühlt zu haben. Doch im Augenblick bereitete mir etwas anderes Kopfzerbrechen, denn mir dämmerte, dass meine

Eltern mit nur einem vollen Gehalt wahrscheinlich in finanziellen Schwierigkeiten steckten. Schließlich mussten sie noch einen Kredit abzahlen, da vor einigen Jahren die Heizungsanlage im Haus erneuert worden war.

»Ich kann nichts dafür, dass ich keinen neuen Job finde!«, verteidigte sich Bastian. Dieses Mal schien er ihre verbale Attacke mitbekommen zu haben. »Es gibt ein Sterben der Bankfilialen, das habe ich euch schon x-mal erklärt«, sagte er gereizt. »Im Jahr 2030 wird es in Deutschland 78 Prozent weniger Filialen geben als noch Mitte der Neunziger.« Er fuhr sich mit der Hand durchs Haar. »Wie soll ich denn da eine neue Stelle finden? Und das auch noch auf dem Land?«

Seine Verzweiflung war unüberhörbar. Die Arbeitslosigkeit setzte ihm gewaltig zu. Gerade als ich ihn trösten wollte, ging er in die Gegenoffensive.

»Aber eure tolle Hannah kann euch finanziell bestimmt unter die Arme greifen«, schlug er in bitterem Ton vor. »Immerhin bekommt sie für den Verkauf ihrer Gemälde ein Heidengeld. Sie erzählt uns doch immer, dass sie das alles für schlechte Zeiten anspart.«

Vor Schreck rutschte mir fast das Herz in die Hose. Schließlich verdiente ich kaum genug, um mich selbst über Wasser zu halten! Und natürlich war auch meiner Familie bei ihren Besuchen in Berlin aufgefallen, dass ich nicht im Geld schwamm. Deshalb hatte ich in meiner Not behauptet, dass mir Luxus nicht wichtig sei und ich meine Einkünfte gewinnbringend angelegt hätte – anstatt das Geld für eine größere Wohnung oder ein teures Auto aus dem Fenster zu werfen. Meine angebliche Bescheidenheit hatte meinen Eltern natürlich imponiert und ausnehmend gut gefallen. Sie hatten gemeint, dass ich ein Paradeexemplar einer bodenständigen Insulanerin sei.

Leider interpretierte Bastian mein schockiertes Gesicht völlig falsch. »Aber vielleicht bist du ja deshalb so lange nicht zurückgekommen? Weil du Angst hattest, dass wir dir das Geld aus der Tasche ziehen?« Er beugte sich vor. »Oder ist dir deine einfache Herkunft mittlerweile peinlich, *Hannah Hanke?* Los, sag schon!«

»Es reicht, Bastian!« Mein Vater hieb mit der flachen Hand auf den Tisch, sodass sein Wasserglas bedenklich schwankte. »Rede nicht so mit deiner Schwester! Du weißt genau, wieso Hannah nach Berlin gegangen ist. Finn hat ihr das Herz gebrochen – darüber musste sie erst mal hinwegkommen.«

Bastian schnaubte. »Aber dazu braucht man doch keine fünf Jahre! Selbst wenn er ihre große Liebe war, muss man das irgendwann mal abhaken.«

»Du hast doch gar keine Ahnung, was Liebe ist«, stieß ich bitter aus.

Bastian stand auf, ohne den Blick von mir abzuwenden. »Du anscheinend auch nicht, Schwesterherz«, gab er kaum hörbar zurück. Er pfefferte seine Serviette auf den Tisch und stapfte ins Haus.

8. Kapitel

In der ersten Nacht in meinem alten Kinderzimmer machte ich kaum ein Auge zu. Zu viele Dinge hielten mich wach: Die Erkrankung meines Vaters, die finanziellen Probleme meiner Eltern und mein offensichtlich depressiver Bruder raubten mir den Schlaf. Stundenlang zerbrach ich mir den Kopf darüber, wie ich meiner Familie helfen könnte. Meinem Vater schien es immerhin schon besser zu gehen, aber einen Job für Bastian konnte ich leider nicht aus dem Hut zaubern. Da ich jedoch den Auftrag des Bürgermeisters übernommen hatte, könnte ich meinen Eltern vielleicht einen Teil des Honorars anbieten? Hätte Ella mich nicht ohnehin schon überredet, mich von meinem Malstil *Grey Depression* zu verabschieden, hätte ich mich spätestens jetzt dazu entschlossen. Ich musste Dirk unbedingt zwei gute Bilder liefern, die zum neuen Standesamt passten! Nur … was genau sollte ich malen?

Darüber grübelte ich so lange nach, dass sogar mein Zusammentreffen mit Finn in den Hintergrund rückte. Zugegeben, die Begegnung mit ihm hatte mich kurzzeitig emotional aufgewühlt. Aber eigentlich hatte ich mich gar nicht so schlecht geschlagen. Immerhin hatte ich mich ihm nicht sehnsuchtsvoll an den Hals geworfen. Oder ihm die Augen ausgekratzt. Beides wäre theoretisch möglich gewesen. Seit unserer Trennung hatte es in meinem Leben natürlich noch ein, zwei andere Männer gegeben. Allerdings hatte mich keiner von ihnen so tief im Inneren berührt wie Finn. Er war mein Seelenverwandter gewesen, mein Fels in der Brandung, und nur mit ihm hatte ich mich vollständig gefühlt. Aber war die erste große Liebe nicht immer etwas ganz Besonderes? Wahrscheinlich war es völlig normal, dass Finn in meinem Herzen eine Sonderstellung einnahm.

*

Als ich am nächsten Morgen erwachte, fiel mein Blick als Erstes auf einen Berg aus Kartons und allerlei Krimskrams. Meine Familie hatte mein Zimmer in meiner Abwesenheit zur Abstellkammer umfunktioniert. Das zeigte mir einmal mehr, dass sie mich bis gestern komplett aus ihrem Leben gestrichen hatten. Doch auch heute Morgen war ich immer noch fest entschlossen, die verlorene Zeit nachzuholen. Nun war ich froh, dass ich länger in Liebwitz bleiben würde. Denn mir war klar, dass ich mehr als ein oder zwei Tage brauchen würde, um mich wieder in meine Familie zu integrieren.

Mit meinem Kulturbeutel marschierte ich in das winzige Badezimmer, das ich mir seit meiner Kindheit mit Bastian teilte. Mein Vater hatte damals unser großes Kinderzimmer in einer aufwendigen Umbauaktion in zwei Räume unterteilt und dazwischen ein winziges Bad eingebaut. Kaum war ich eingetreten, verzog ich angewidert das Gesicht. Der Spiegel war von Zahnpasta-Sprenkeln übersät, im Waschbecken lagen abrasierte Barthaare, und auf dem Boden sammelten sich haufenweise getragene Klamotten. Es roch nach alten Sportsocken und schimmeligen Handtüchern.

»Igitt, Basti!«, entfuhr es mir laut.

»Klappe, Nervensäge!«, tönte seine verschlafene Stimme aus dem Nebenzimmer. Die Wände waren so dünn, dass man jedes Geräusch hören konnte.

Ich trat mit dem Fuß auf etwas, das sich verdächtig nach einem abgeschnittenen Zehennagel anfühlte.

»Iiiih!«, quiekte ich und schüttelte mich angeekelt. »Wann

hast du hier denn das letzte Mal sauber gemacht? So schweinisch hast du dich bestimmt nicht verhalten, als du noch mit Silke zusammen warst.« Ich biss mir auf die Zunge.

Oh verdammt! Diese Bemerkung hätte ich mir besser verkniffen. Einen Moment lang herrschte Schweigen.

»Ja, aber jetzt bin ich wieder solo und kann machen, was ich will. Oder siehst du Silke hier irgendwo?«, gab Bastian unwirsch zurück.

Ich stellte meinen Kulturbeutel neben dem Waschbecken ab und schaute in den Spiegel. Hatte ich mir nicht vorgenommen, alles zu tun, um das Verhältnis zu meiner Familie zu verbessern? Dann war jetzt wohl der perfekte Moment, um damit anzufangen. Ich fasste mir ein Herz und ging aus dem Bad zu seinem Zimmer.

Leise klopfte ich an. »Basti? Kann ich bitte kurz mit dir reden?«

»Hau ab!«

Trotz dieser eindeutigen Ansage öffnete ich die Tür. In letzter Sekunde ging ich in Deckung, weil ein Kissen angeflogen kam und haarscharf an meinem Kopf vorbeisauste.

»Guter Wurf!«, lobte ich.

»Nicht gut genug«, murrte Bastian. Er lag noch im Bett, jetzt allerdings ohne sein Kopfkissen.

Ich sah mich um. Die Sonnenstrahlen fielen gitterartig durch die Jalousien, und Staubflocken tanzten im Morgenlicht. Seit ich weggegangen war, hatte sich hier drin kaum etwas verändert. Ich schob eine Jeans zur Seite und ließ mich aufs Sofa fallen.

»Schön hast du es hier«, bemerkte ich. »So ganz ohne Kartons, aufblasbares Schwimmbecken und einen angestaubten künstlichen Ficus.«

Ein Ächzen ertönte vom Bett, das sich verdächtig nach einem unterdrückten Lacher anhörte. »Ja, im Gegensatz zu dir kann ich mich in meinem Zimmer frei bewegen.« Bastian setzte sich im Bett auf und knipste das Licht an. Seine Haare standen wirr in alle Richtungen ab, und sein T-Shirt hatte ein eindrucksvolles Loch an der Schulter.

»Meine Bemerkung von gerade eben tut mir leid«, sagte ich. »Das war absolut unpassend. Ich weiß, du bist momentan in einer schwierigen Situation und hast es nicht leicht.« Ich beugte mich vor und stützte die Ellbogen auf die Knie. »Erzählst du mir, wieso du deinen Job verloren hast? Rüdiger war doch immer zufrieden mit dir. Er hat sogar davon gesprochen, dass du mal sein Nachfolger werden und die Leitung der Zweigstelle übernehmen würdest. Ich verstehe nicht, wieso er dir gekündigt hat.«

Augenblicklich verschloss sich Bastians Miene. Das hatte ich leider erwartet. Die Stille im Raum fühlte sich derart unbehaglich an, dass ich die Luft anhielt.

»Er hat mir nicht gekündigt«, gab er schließlich halb trotzig, halb verbittert zurück. »Ich habe den Job hingeschmissen. Deshalb bekomme ich auch kein Arbeitslosengeld.«

Verständnislos sah ich ihn an. »Aber wieso denn? Ich hab immer gedacht, dass dein Job dir gefällt.«

Mein Bruder mochte den Umgang mit Zahlen und konnte gut mit Geld umgehen. Für Geschwister waren wir wohl ziemlich gegensätzlich: er der rationale Banker und Sportfreak und ich die verträumte Künstlerin. Aber selbst ich wäre vernünftig genug gewesen, erst dann meinen Job aufzugeben, wenn ich eine neue Stelle in Aussicht hätte.

»Ich hatte meine Gründe«, antwortete er ausweichend. »Und bevor du fragst: Silke hat mit mir Schluss gemacht, weil sie meinen Anblick nicht mehr ertragen konnte. Sie meinte, seit ich arbeitslos bin, hätte ich mich in einen armseligen Jammerlappen verwandelt. Also wohne ich jetzt wieder bei Mama und Papa.« Er warf mir einen bitteren Blick zu. »Im Gegensatz zu dir habe ich mein Leben in den Sand gesetzt. Du bist die erfolgreiche Künstlerin, ich bin der Oberloser. Dass du jetzt die große Nummer in unserer Familie bist, findest du bestimmt toll.«

»Wie kommst du denn darauf?«, entgegnete ich erschrocken. »Basti, du bist mein Bruder! Natürlich will ich nicht, dass es dir schlecht geht. Ich möchte dir helfen. Vielleicht können wir ja gemeinsam nach einem anderen Job für dich …«

»Stopp, Hannah!«, fiel er mir ins Wort und hob abwehrend die Hände. »Bitte verschwende nicht unsere Zeit. Wir wissen beide, dass du so schnell wie möglich wieder hier abhauen wirst. Und wahrscheinlich lässt du dich dann wieder ewig nicht in Liebwitz blicken. Ich habe keinen Bock, in den wenigen Tagen deiner Anwesenheit mit dir auf heile Familie zu machen.«

Ich schluckte schwer. »Wenn ich dieses Mal gehe, bleib ich nicht mehr so lange weg«, beteuerte ich. »Ich werde mich mehr um euch kümmern. Versprochen!«

Zweifel zeichneten sich in seinem Gesicht ab. »Besser, du gehst jetzt wieder«, brummte er.

Fast wäre ich seiner Aufforderung gefolgt, doch dann überlegte ich es mir anders. Ich blieb regungslos sitzen.

»Ist noch was?« Bastian verzog missbilligend die Mundwinkel.

Ich sah ihm geradewegs in die Augen. »Du bist keineswegs der Oberloser in unserer Familie, denn ich bin keine erfolgreiche Künstlerin«, gestand ich ihm freiheraus. »Mein Ruhm war nur von kurzer Dauer. Mittlerweile will kein Mensch mehr meine Bilder kaufen, noch nicht mal der Bürgermeister von Liebwitz. Dabei brauche ich das Geld dringend. Ich halte mich nur mit schlecht bezahlten Gelegenheitsjobs über Wasser.«

Gespannt hielt ich die Luft an, denn ich hatte keine Ahnung, wie mein Bruder reagieren würde. Ein fieser Spruch und bösartige Häme waren bei seiner momentanen Stimmung recht wahrscheinlich.

Aber Bastian starrte mich nur ähnlich verständnislos an wie ich ihn wenige Minuten zuvor. »Wieso denn das? Du hattest doch mehrere große Ausstellungen. Und dann noch der Artikel in dieser Kunstzeitschrift …«

Ich zuckte mit den Schultern. »Wie gesagt, mein Erfolg war flüchtig. Auf Dauer war mein spezieller Malstil wohl zu eintönig. Und zu deprimierend. Deshalb will Dirk jetzt auch, dass ich ihm zwei Gemälde male, die aussehen wie meine früheren Landschaftsbilder. Wenn nicht, kann ich mir den Auftrag abschminken.«

Bastian nickte. »Da hat er sich wohl vorab nicht gut genug über ›Hannah Hanke‹ informiert. Ich hab mich gleich gewundert, dass er fürs neue Standesamt im Leuchtturm solche depressiven Gemälde haben will.«

Anscheinend wusste schon jeder im Dorf über die Art meines Auftrags Bescheid. In Liebwitz ein Geheimnis zu bewahren war offensichtlich unmöglich.

»Dass ich euch die Wahrheit verschwiegen habe, war übrigens auch ein Grund dafür, dass ich mich so lange nicht bei euch habe blicken lassen«, fuhr ich mit meinem Geständnis fort. »Weil ich mich Mama und Papa gegenüber jedes Mal schäme, wenn ich sie sehe. Sowohl für meine Schwindelei als auch meine Erfolglosigkeit.« Ich seufzte. »Die beiden waren ohnehin strikt gegen das Kunststudium. Kannst du dich noch an Mamas endlose Vorträge zum Thema ›brotlose Kunst‹ erinnern?« Ich lachte freudlos. »Am Ende hat sie tatsächlich recht behalten. Ich habe ihre Vorhaltungen nach meinem Geständnis schon im Ohr. Sie wird sagen, dass sie mir das alles schon vor Jahren prophezeit hätte.«

Mein Bruder starrte einen Moment ins Leere. Er musste die Neuigkeiten wohl erst einmal verdauen.

»Wir haben es im Leben weit gebracht, was?«, meinte er schließlich sarkastisch. »Guck uns an! Wir sind erwachsen, haben kein Geld und keine feste Beziehung und wohnen wieder zu Hause in unseren alten Kinderzimmern. Unsere Eltern können echt stolz auf uns sein.«

Wenigstens nahm er es mit Humor. Ich sah die Sache leider nicht ganz so locker. Immerhin stand mir noch das Gespräch mit meinen Eltern bevor. Das lag mir jetzt schon schwer im Magen. Gestern Abend hatte ich es nach Bastians denkwürdigem Auftritt nicht mehr über mich gebracht, auch noch dieses Thema anzusprechen.

Ich seufzte. »Heute muss ich ihnen wohl die Hoffnung rauben, dass wenigstens eines ihrer Kinder gut geraten ist.«

Bastian sah mich erschrocken an. »Du willst es ihnen sagen?«

»Natürlich! Was denkst du denn? Ich habe das wirklich lange genug vor mir hergeschoben.«

Plötzlich kam Bewegung in meinen Bruder. Er sprang aus dem Bett und baute sich vor mir auf. Ich war wirklich dankbar, dass er unter dem T-Shirt noch Boxer-Shorts trug. Zum Glück ohne Löcher.

»Das kannst du nicht machen, Hannah!«, sagte er streng. »Papa ist nach der OP immer noch nicht richtig fit, und Mama weiß nicht, wie sie mit nur einem vollen Gehalt alle Rechnungen bezahlen soll. Die beiden haben momentan schon genug Sorgen, findest du nicht? Mama wird ausflippen! Und dass du uns allen deine gescheiterte Karriere so lange verschwiegen hast, macht die ganze Angelegenheit auch noch zu perfektem Stoff für hämischen Dorftratsch. Du weißt, wie sehr sie das hasst!« Er stieß die Luft aus. »Außerdem ist Papa unglaublich stolz auf dich. Du bist sein Lichtblick!«

Stöhnend vergrub ich mein Gesicht in den Händen. »Aber ich kann mit dieser Lüge nicht weitermachen, Basti«, jammerte ich. »Ich habe mich endlich überwunden und bin wieder nach Hause gekommen. Jetzt will ich ihnen auch die Wahrheit sagen!«

»Das ist total egoistisch«, zischte er. »Damit erleichterst du nur dein eigenes Gewissen. Wie es unseren Eltern damit gehen wird, interessiert dich anscheinend überhaupt nicht.«

Ich rang mit mir. Alles in mir sträubte sich dagegen, auf Bastians Forderung einzugehen.

»Tut mir leid!« Ich schüttelte den Kopf. »Ich habe geplant, heute Abend für die Familie zu kochen, und beim Essen werde ich mit ihnen darüber sprechen.«

Bastians wütender Blick machte nur allzu deutlich, was er von meinem Vorhaben hielt. »Auf meine Unterstützung brauchst du nicht zu bauen«, warnte er mich. Er ging zur Zimmertür und hielt sie demonstrativ auf. »Besser, du gehst jetzt!«, wiederholte er.

»Basti, bitte«, sagte ich leise.

Doch er presste nur die Lippen zusammen und deutete auffordernd in den Flur. Damit konnte ich meinen Versöhnungsversuch wohl als offiziell gescheitert betrachten.

9. Kapitel

Nach einer Dusche und einem schnellen Frühstück packte ich meine Sachen für einen kleinen Ausflug. Vielleicht würde eine Inseltour mir bei meiner Motivsuche für die zwei Gemälde helfen? Selbst Oliver war der Meinung, dass ich mir Dirks Auftrag keinesfalls entgehen lassen sollte. Gestern Abend vor dem Schlafengehen hatte ich ihn noch wie versprochen in Berlin angerufen und ihm von sämtlichen Neuigkeiten berichtet. Zum Glück brauchte Oliver sein Auto nicht so bald wieder und freute sich, dass ich länger bei meiner Familie bleiben würde. Aber er hatte mich auch daran erinnert, dass die Vernissage mit Klaus Szukalski in ein paar Wochen bevorstand und er für die Vorbereitungen in der Galerie dringend meine Hilfe benötigte. Als ob ich das hätte vergessen können! Schon seit Monaten war Oliver wegen dieser Vernissage völlig aus dem Häuschen. Klaus Szukalski war ein international gefeierter Künstler und gehörte zu den ganz Großen in der deutschen Kunstszene. Natürlich hatte ich Oliver gestern hoch und heilig versprochen, dass sowohl sein Auto als auch ich bis dahin rechtzeitig zurück sein würden.

Ich schnappte mir meinen Rucksack und schlüpfte im Flur in meine Sneaker. Dabei fiel mein Blick auf den beigefarbenen Sisalteppich im Eingangsbereich. Meine Mutter hatte den robusten Läufer auch wegen seiner Farbe immer geschätzt. Denn er machte den Sand, den wir als Kinder ständig hereingeschleppt hatten, so gut wie unsichtbar. Wenn wir vom Spielen nach Hause gekommen waren, hatten wir Sand in unseren Schuhen, Kleidern und am ganzen Körper. Während der sechswöchigen Sommerferien war jedoch selbst der Sisalteppich mit unseren Sandmengen überfordert gewesen. Meine Mutter hatte uns einmal unterstellt, Bastian und ich würden ihren Flur in eine Wanderdüne verwandeln, die langsam, aber sicher das ganze Haus eroberte. Die Erinnerung ließ mich lächeln.

Als ich Liebwitz vor fünf Jahren verlassen hatte, war mir alles klein und beengt erschienen. Erst jetzt wurde mir bewusst, wie frei und unbeschwert meine Kindheit in Wahrheit gewesen war. Im Sommer war meine Haut stets sonnengebräunt und mit einer Kruste aus Salzwasser, Sand und Sonnencreme überzogen gewesen. Meine Haare hatten meist ausgesehen wie ein Vogelnest, und meine Mutter hatte mir einmal pro Woche eine Haarkur aus Olivenöl, Eigelb und Honig zusammengerührt, um sie wieder vorzeigbar zu machen. Es waren endlose Sommer reinen Glücks gewesen. Mein Vater war mit uns zum Angeln auf den Bodden gefahren, und an den Wochenenden hatten wir uns manchmal ein Boot geliehen, um damit einen Ausflug nach Hiddensee oder Rügen zu machen. Ella und ich hatten am Strand Sandburgen gebaut und unsere gesammelten Muscheln auf kleine Holzkisten geklebt. Das war auch die Zeit gewesen, als wir uns mit Finn angefreundet hatten …

*

»Hört sofort damit auf!«, rief ich mit dünner Stimme. »Ihr tut ihr noch weh.«

Die Möwe kauerte auf einer Buhne, und einer ihrer Flügel hing seitlich herab. Der verletzte Vogel schien völlig hilflos zu sein. Erneut warf Björn einen Stein nach ihr. Er verfehlte die Möwe nur um Haaresbreite.

»Hör auf, verdammt noch mal!«, verlangte ich, dieses Mal lauter. Björn, der Anführer der Truppe, blickte mich herausfordernd an.

Er war größer als ich und schon allein wegen seiner massigen Körperfülle um ein Vielfaches stärker. Die Kinder im Dorf nannten ihn hinter seinem Rücken oft den »fetten Björn«. Aber natürlich hätte sich niemand getraut, ihm das ins Gesicht zu sagen. Björn war dafür bekannt, gewalttätig zu sein und andere gern zu quälen. Ganz egal, ob Tiere, Jungen oder Mädchen. Ich konnte nicht behaupten, dass mir das in meiner jetzigen Situation egal gewesen wäre. In Wahrheit schlotterten mir die Knie. Doch ich konnte auch nicht tatenlos dabei zusehen, wie er eine verletzte Möwe mit Steinen bewarf.

Ella packte mich am Arm. »Lass uns abhauen!«

Meine Freundin hatte schon immer gewusst, wann es klüger war, das Feld zu räumen. Aber ich rührte mich nicht vom Fleck.

»Was willst du tun, Bradhering?«, fragte Björn und lachte. »Willst du dich etwa mit mir schlagen?«

»Von mir aus!«, entgegnete ich ohne weiteres Nachdenken. »Wenn du dafür die Möwe in Frieden lässt.«

Ella zog scharf die Luft ein. Ich hätte gut verstanden, wenn sie sich jetzt ohne mich aus dem Staub gemacht hätte, doch sie blieb an meiner Seite.

Björn kam bedrohlich auf uns zu, seine Kumpels Paul und Matze im Schlepptau. Der Vorteil war klar auf ihrer Seite. Vielleicht konnten wir um Hilfe rufen? Allerdings war es unwahrscheinlich, dass uns jemand hörte. An diesem Abschnitt des Strandes hielten sich kaum Touristen auf, und das Wetter war für Ende August ungewöhnlich schlecht. Ein kalter Wind wehte vom Meer, und die grauen Wolken hatten einen unangenehmen Nieselregen mit sich gebracht. Nur uns Kinder schien das Wetter nicht abzuschrecken.

Björn baute sich vor mir auf. »Heute hab ich gute Laune«, meinte er. »Wenn du auf die Knie fällst und mich um Entschuldigung anflehst, werde ich euch nur ein bisschen wehtun.«

Ich schluckte schwer. Vermutlich war es feige, aber für einen Moment dachte ich ernsthaft über seinen Vorschlag nach. Oh Gott, in was für eine Situation hatte ich uns nur gebracht! Ich warf einen Seitenblick auf Ella. Sie hatte die Augen weit aufgerissen und war kreideweiß im Gesicht.

Björn legte den Zeigefinger hinter sein Ohr. »Ich höre gar keine Entschuldigung! Und auf den Knien bist du auch noch nicht.«

Ich zuckte zusammen, als Matze zum Zeichen der Drohung hörbar die Fingerknöchel knacken ließ. Paul grinste blöde und hüpfte unruhig auf der Stelle.

Hörte ich schon das Blut in meinen Ohren rauschen, oder war das nur die Brandung? Noch nie in meinem Leben hatte ich mich so hilflos gefühlt.

»Es … es tut …«, stammelte ich, aber meine Kehle war plötzlich wie zugeschnürt. Ich konnte mich nicht bei Björn entschuldigen! Alles in mir sträubte sich dagegen. Und schon gar nicht würde ich vor diesem Scheusal auf die Knie fallen. Außerdem würden die drei die Möwe dann wahrscheinlich so lange mit Steinen bewerfen, bis sie tot war. Das konnte ich nicht zulassen!

Ich sah zu Björn auf und schüttelte trotzig den Kopf.

Seine Schweinsäuglein verengten sich. Mein Widerstand schien ihm nicht zu gefallen.

Er kam noch näher. An seinem linken Mundwinkel klebte ein getrockneter Rest Leberwurst. »Denk daran, dass ihr nur zu zweit seid«, zischte er wütend.

»Sie sind zu dritt«, sagte in diesem Augenblick jemand hinter Ella und mir.

Wir drehten uns um. Wie aus dem Nichts stand dort plötzlich Finn Jahnke. Er war zwei Jahre älter als ich und ging schon in die dritte Klasse. Obwohl er der Urenkel unserer Nachbarn war und seine Urgroßeltern regelmäßig besuchte, kannte ich ihn nur flüchtig. Unsere Unterhaltungen beschränkten sich meist auf »Hallo!« und »Tschüss!«.

Finn stellte sich demonstrativ neben uns und steckte locker die Hände in die Taschen seiner Jeans. Wie immer waren seine dunkel-

blonden Haare etwas zu lang, und einige zerzauste Strähnen fielen ihm ins Gesicht. Obwohl er uns um einige Zentimeter überragte, war er so schlaksig und dürr, dass ein kräftiger Windstoß ihn ohne Weiteres hätte davonwehen können.

»Ärgerst du mal wieder Kleinere, Björn?«, fragte er mit einem dünnen Lächeln.

»Du willst den beiden helfen, Jahnke?« Björn zog die Augenbrauen zusammen und musterte Finns schmächtige Gestalt. Dann zuckte er mit den Schultern. »Ob ich jetzt zwei oder drei Mädchen verhaue, ist mir wurscht.«

Matze und Paul lachten über Björns plumpen Witz, doch an Finn schien die Beleidigung einfach abzuprallen.

»Apropos Wurst!« Er deutete auf Björns Mundwinkel. »Du hast da noch einen ekligen Wurstrest kleben. Ist wohl von deiner letzten Zwischenmahlzeit vom Dorf zum Strand.«

Ella und ich schnappten gleichzeitig nach Luft. War Finn von allen guten Geistern verlassen? Wieso provozierte er Bjorn auch noch? Kurzzeitig hatte ich gehofft, dass Finn unsere Rettung wäre. Aber offensichtlich würden wir wegen ihm nur noch mehr Prügel beziehen.

Auch Björn und seine Kumpane schienen von Finns Unverfrorenheit einen Moment aus dem Konzept gebracht worden zu sein. Die drei wechselten irritierte Blicke.

Finn berührte meine Hand und raunte mir zu: »Bring die Möwe zu meiner Uroma! Sie weiß, was zu tun ist.«

Verständnislos starrte ich ihn an. »Aber wieso soll ich …«

Ich kam nicht weiter, denn Finn wandte sich wieder Björn zu. »Dabei würde ich an deiner Stelle ja mal etwas weniger essen«, meinte er seelenruhig. »Kennst du eigentlich deinen Spitznamen im Dorf? Hinter deinem Rücken nennen dich alle nur ›fetter Björn‹.«

Mein Herz hörte für einen Augenblick auf zu schlagen. Niemand, absolut niemand, sagte Björn diesen Spitznamen einfach ins Gesicht! Damit hatte Finn gerade sein Todesurteil unterschrieben.

Björns Hände ballten sich zu Fäusten. »Wie hast du mich gerade genannt?«, zischte er.

»Fetter Björn«, wiederholte Finn, ohne den Blick abzuwenden.

Björns Miene war mit einem Schlag derart hasserfüllt, dass es mir kalt den Rücken herunterlief. Seine Faust flog so schnell auf Finn zu, dass ich es kaum mitbekam. Doch Finn wich in einem flinken Seitschritt mühelos aus, als hätte er den Angriff vorhergesehen. Ich keuchte auf vor Erleichterung. Finn zwinkerte mir kurz zu – und trat dann die Flucht an.

Björn und seine Kumpels nahmen sofort die Verfolgung auf. »Das wirst du bereuen, Jahnke!«, brüllte er. »Jetzt kriegst du die Prügel deines Lebens.«

Die vier Jungs jagten davon. Finns lange Beine trugen ihn in Windeseile über den Strand, und innerhalb kürzester Zeit hatte er einen beachtlichen Vorsprung aufgebaut. Er war ein hervorragender Läufer. Finn schien gewusst zu haben, dass das sein großer Trumpf war. Aber wie lange konnte er dieses Tempo durchhalten? Bis zum Dorf war es ein weiter Weg. Ich wollte mir gar nicht vorstellen, was ihm bevorstand, wenn Björn und seine Kumpels ihn einholten.

Mit geöffnetem Mund schaute Ella Finn und seinen Verfolgern hinterher. »Das war das Mutigste, was ich je erlebt habe.«

»Vielleicht war es auch das Dümmste«, entgegnete ich mit belegter Stimme.

Ella rüttelte mich an den Schultern. »Weißt du, wie knapp das war? Wenn Finn nicht aufgetaucht wäre …« Sie beendete ihren Satz nicht und stieß stattdessen einen erleichterten Seufzer aus.

»Es tut mir leid!«, sagte ich zerknirscht. »Ich wollte dich da nicht mit reinziehen.«

Sie winkte ab. »Schon gut! Die drei hätten die Möwe sonst wohl umgebracht. Und es ist ja gerade noch mal gut gegangen.« Sie blickte wieder den Strand entlang, obwohl die Jungs längst nicht mehr zu sehen waren. »Wir müssen uns unbedingt bei Finn bedanken.«

Das hatte sie recht. Wieso hatte er das nur für uns getan? Er war mit Ella und mir nicht mal befreundet. Dass wir in der Klemme steckten, hätte ihm herzlich egal sein können.

Siedend heiß fiel mir etwas ein. »Wir müssen die Möwe zu Finns Uroma bringen!« Da der verletzte Vogel immer noch auf der Buhne in Ufernähe saß, streifte ich meine Schuhe ab und krempelte meine Hosenbeine hoch. »Finn meinte, Else weiß, was zu tun ist.«

Skeptisch sah Ella von der Möwe zu mir. »Ich glaube, die Möwe wird von deinem Plan nicht begeistert sein.«

Tatsächlich wirkte das arme Tier nach Björns Attacken ziemlich verängstigt. Doch ich würde jetzt nicht aufgeben! Schließlich hatten Finn, Ella und ich für diese Möwe gekämpft. Ich streifte meinen Pullover ab, um den Vogel darin einzuwickeln und ins Dorf zu tragen.

»Du kommst von hinten und ich von vorn«, wies ich meine Freundin an.

Ella stöhnte. »Deine Freundin zu sein ist echt anstrengend. Und gefährlich«, beschwerte sie sich, während sie ebenfalls Schuhe und Socken auszog.

»Vielleicht solltest du dir eine andere Freundin suchen«, schlug ich grinsend vor.

Wir liefen zum Wassersaum. Die Möwe hüpfte nervös auf der Stelle und versuchte vergeblich, sich in die Lüfte zu schwingen. Schon allein der Anblick des gebrochenen Flügels bereitete mir Schmerzen.

Ella verzog das Gesicht, weil das Wasser so kalt war. »Vielleicht suche ich mir wirklich eine andere Freundin«, knurrte sie. »Oder ich frag einfach Finn, ob er mein bester Freund werden will.«

Er schien sie tatsächlich beeindruckt zu haben. Bisher hatte sie nämlich alle Jungs wahlweise für Langweiler oder Idioten gehalten.

»Tu das!«, entgegnete ich schulterzuckend. »Wenn ich dich dann wieder mal in Gefahr bringe, kann Finn dich retten. Wir wären ein super Team.«

Damals ahnte ich nicht, wie recht ich damit haben würde – und dass unsere Freundschaft Jahrzehnte überdauern sollte …

*

Gedankenverloren verließ ich das Haus und stieg in Olivers Auto. Damals hatte ich so schnell wie möglich erwachsen werden wollen. Jetzt jedoch, als mein Blick in die Vergangenheit gerichtet war, erfasste mich Wehmut. Nie wieder würde ich solch lange Sommer und spannende Abenteuer erleben. All die Jahre schienen wie Sand zwischen meinen Fingern zerronnen zu sein.

Ich riss mich zusammen und versuchte, mich auf meine Mission zu konzentrieren: Inspiration. Schöne stimmungsvolle Inselmotive. Romantisch, aber nicht zu kitschig.

Ohne bestimmtes Ziel fuhr ich los. Mein Weg führte mich zuerst nach Ahrenshoop. Trotz der morgendlichen Stunde herrschte im Ort schon Trubel. Rund um die markante rot-weiße »Bunte Stube« flanierten die Touristen – manche auf dem Weg zum Strand, andere zum Kunstkaten. In dem hübschen hellblauen Reetdachhaus konnte man sich über die Geschichte der Malerkolonie informieren. Zu den Gründern im Jahr 1892 zählte die Malerin Anna Gerresheim – und auch danach hatten sich noch viele Künstlerinnen im Ort niedergelassen. Zu jener Zeit war es Frauen noch verboten gewesen, Kunst zu studieren, und der Besuch der Malschulen in Ahrenshoop war eine der wenigen Alternativen gewesen. Heutzutage waren solche Einschränkungen der Frauenrechte kaum noch vorstellbar.

Neben der Kultur hatte Ahrenshoop natürlich auch einige idyllische Fleckchen zu bieten, doch es zog mich weiter. Als Nächstes steuerte ich das ehemalige Fischer- und Seefahrerdorf Wustrow an, das nicht nur einige der schönsten Kapitänshäuser besaß, sondern auch einen beschaulichen Hafen am Bodden.

Erst kurz vor dem Hafenparkplatz fiel mir ein, dass durchaus die Möglichkeit bestand, am Hafen auf Finn zu stoßen. Immerhin befand sich hier in der Nähe seine kleine Werft. Ich wendete den Wagen wieder, denn ein erneutes Zusammentreffen mit ihm wollte ich nicht riskieren. Kreativität benötigte schließlich einen freien Geist und eine in sich ruhende Seele.

Gerade als ich den Entschluss gefasst hatte, stattdessen nach Prerow zu fahren, klingelte mein Handy.

»Hallo, Süße!«, meldete Ella sich gut gelaunt. »Wie geht es dir? Ist das Wiedersehen mit deiner Familie gut gelaufen?«

»Es geht so.« Ich gab ihr eine kurze Zusammenfassung des gestrigen Abends. Leider konnte ich dabei nicht umhin, Ella gegenüber einen vorwurfsvollen Ton anzuschlagen. Immerhin hätte meine beste Freundin mich vorwarnen können. Dass sie nichts von den alltäglichen Dingen wie dem Bürojob meiner Mutter berichtet hatte, konnte ich noch nachvollziehen. Aber über die wichtigeren Vorkommnisse im Hause Bradhering hätte sie ruhig einmal ein Wort verlieren können.

»Wieso hast du mir denn nicht erzählt, dass mein Bruder schon seit Monaten arbeitslos ist?«, beschwerte ich mich. Das hatte ich sie eigentlich schon am Tag zuvor fragen wollen, doch dann vergessen. Leider ein Beweis dafür, wie sehr die Begegnung mit Finn mich durcheinandergebracht hatte.

»Ich dachte, deine Mutter hätte das getan«, verteidigte sich Ella. »Woher sollte ich denn wissen, dass sie dir nichts davon gesagt hat? Außerdem kenne ich auch nicht die Einzelheiten. Wie du dich erinnerst, stehen Bastian und ich uns nicht besonders nahe.«

Tatsächlich hatten die beiden nie einen Draht zueinander gefunden. Mein Bruder und ich waren nun mal sehr unterschiedlich, und Ella hatte mit Bastians Sportbegeisterung nie viel anfangen können.

»Außerdem darfst du dich nicht bei mir über den spärlichen Informationsfluss beschweren«, meinte sie gereizt. »Du hast schließlich immer dichtgemacht, sobald ich etwas von Liebwitz berichten wollte.«

Ertappt biss ich mir auf die Unterlippe. Das stimmte leider. Was meine Familie und Finn betraf, hatte ich die typische Vermeidungstaktik gewählt. Um weder mit meiner verlorenen Liebe noch mit meinem schlechten Gewissen meiner Familie gegenüber konfrontiert zu werden. Nix sagen, nix hören, nix sehen – nix fühlen.

»Aber von den Rückenproblemen meines Vaters hättest du mir erzählen müssen!«, beharrte ich.

»Dein Vater hat mich selbst darum gebeten, dir nichts zu sagen.« Nun klang Ellas Stimme einigermaßen zerknirscht. »Er wollte nicht, dass du dich sorgst. Wie hätte ich ihm diesen Wunsch denn abschlagen können?«

Ich wollte gerade einen gepfefferten Kommentar zum Thema Loyalität unter Freundinnen abgeben, aber dann biss ich mir auf die Zunge. Es war nicht fair, Ella mit Vorwürfen zu überschütten. Sie traf keine Schuld. Und auch nicht meine Familie. Ich allein war für diesen Schlamassel verantwortlich: Wäre ich öfter nach Hause gekommen, hätte ich meine Freundin auch nicht als Informationsvermittler benötigt.

»Tut mir leid, Ella«, sagte ich. »Du hast natürlich nichts falsch gemacht.« Während ich hinter einem Wohnmobil mit niederländischem Kennzeichen in Richtung Prerow fuhr, stieß ich einen tiefen Seufzer aus. »Es ist im Augenblick nur alles etwas viel. Verzeihst du mir noch mal?«

»Na klar!«, lenkte sie ein. Nach einer kurzen Pause fügte sie hinzu: »Allerdings nur, wenn du mir einen Gefallen tust.«

»Was für einen Gefallen?«, hakte ich nach.

»Keine Sorge, nichts Schlimmes!«

Ihre Worte beruhigten mich nicht im Mindesten, weil Ella dabei kicherte.

»Jetzt sag schon!«, verlangte ich.

»Da du jetzt länger in Liebwitz bleibst, wirst du dich am Leuchtturmfest kommendes Wochenende beteiligen«, informierte sie mich, als wäre das schon beschlossene Sache. »Ich bin sogar im Festkomitee und helfe bei der Organisation.«

Im Dorf hatte es jeden Sommer ein Strandfest gegeben, aber von diesem Leuchtturmfest hatte ich gestern zum ersten Mal von Dirk gehört.

»Das wird dieses Jahr zum ersten Mal stattfinden, anstatt des Strandfestes«, erklärte Ella. »Als Werbung für das neue Standesamt im Leuchtturm. Und es fällt auf kommendes Wochenende, weil die Jahnkes am Samstag ihren Hochzeitstag haben.«

Ach ja, Dirks Marketingkonzept betraf ja auch das älteste Ehepaar Deutschlands! Bis jetzt hatte ich noch nicht herausgefunden, wieso unsere Nachbarn bei dieser Scharade mitmachten. Aber vielleicht konnte ich heute Nachmittag beim Kaffee etwas von Else in Erfahrung bringen.

»Und was wäre meine Aufgabe bei diesem Fest?«

»Du hilfst mir!«, verkündete Ella. »Ich habe einen ›Fröhliches Gemüse‹-Stand als Werbung für den Hofladen. Im Grunde ist es altmodisches Dosenwerfen.« Ella zögerte kurz, ehe sie hinzufügte: »Du müsstest dich allerdings als fröhliche Paprika verkleiden.«

»Als Paprika?«, kreischte ich. Um ein Haar wäre ich auf das niederländische Wohnmobil vor mir aufgefahren.

»Als *fröhliche* Paprika«, verbesserte mich Ella. »Wir werden einen Riesenspaß haben, Hannah! Ich bin übrigens eine fröhliche Bio-Karotte. Meine Mutter näht schon seit Wochen an den Kostümen. Hoffen wir nur, dass es nicht zu heiß wird! Sonst werden wir in den Gemüse-Kostümen *gegart.*« Sie lachte prustend über ihren eigenen Scherz.

In Zukunft würde ich mir zweimal überlegen, ob ich Ella ungerechtfertigte Vorwürfe an den Kopf warf. »Gut, ich bin dabei«, murmelte ich ergeben.

»Super! Ich schreibe dir wegen des Termins für die Anprobe. Und denk daran, dass du jederzeit vorbeischauen kannst, wenn du jemanden zum Quatschen brauchst, ja?«

»Danke, lieb von dir«, sagte ich. Gerade wollte ich mich verabschieden, als mir noch etwas einfiel. »Oh, warte mal! Eine kurze Frage: Erinnerst du dich noch an die verletzte Möwe, die wir als Kinder gerettet und zu Else Jahnke gebracht haben? Weißt du eigentlich, ob sie überlebt hat?«

»Du bist und bleibst eine Träumerin, Hannah«, meinte Ella seufzend. »Else hat die Möwe doch ihrem Mann Heinz mitgegeben, damit er sie zur Vogelnotrettung in Barth bringt, oder?«

Obwohl Ella mich nicht sehen konnte, nickte ich. »Ja, das weiß ich noch.«

Ella seufzte erneut, als wäre ich besonders schwer von Begriff. »Es gibt keine Vogelnotrettung in Barth, Hannah! Heinz sollte die Möwe umbringen, ohne dass wir Kinder es sehen. Ihr Flügel war völlig hinüber. Wahrscheinlich hat Heinz dem Vogel einen kräftigen Schlag mit der Schaufel verpasst.«

»Oh.«

Jetzt verstand ich, wieso meine Freundin mich für verträumt und weltfremd hielt. Tatsächlich hatte ich bis heute gehofft, dass wir drei der Möwe das Leben gerettet hatten. Dabei war es im Grunde nur ein Vogel gewesen, und Möwen waren schließlich nicht vom Aussterben bedroht. Trotzdem stimmte mich dieser Gedanke traurig. Die drei mutigen Kinder von damals hatten völlig umsonst für eine Möwe gekämpft, die am Ende doch den Tod gefunden hatte. Ich hatte das Gefühl, als würde sich nachträglich über meine Vergangenheit mit Finn ein schicksalhafter Schatten legen.

10. Kapitel

Frustriert und erschöpft traf ich um kurz nach halb vier bei Else zum Kaffee ein. Stundenlang hatte ich nach passenden Motiven für die beiden Gemälde gesucht, aber bis auf ein paar Handyfotos von Meer, Strand und Hafen nicht viel vorzuweisen. Nicht ein einziges Mal hatte ich den Drang verspürt, zum Skizzenblock zu greifen. Gegen Mittag hatte ich mir in Zingst einen Strandkorb gemietet, um aufs Meer hinauszublicken und auf eine Eingebung zu warten. Doch trotz des Sonnenscheins und der herrlichen Umgebung hatte mich die Muse nicht geküsst. Schlimmer noch: In der behaglichen Gemütlichkeit des Strandkorbs war ich sogar weggenickt – und hatte von Finn geträumt. Leider war es ein äußerst schöner Traum gewesen, der damit geendet hatte, dass wir uns geküsst hatten und Finn mir ins Ohr geflüstert hatte, dass er mich immer noch liebe. Und ich … ich war für einen wundervollen Moment unfassbar glücklich gewesen. Nachdem ich wieder aufgewacht war, empfand ich verständlicherweise eine tiefe Abneigung gegen mein eigenes Unterbewusstsein. Wieso quälte es mich nur mit so einem absurden, völlig unrealistischen Traum? Dass ich auf der Insel ständig in Gefahr lief, auf meinen Ex-Freund zu treffen, war schon Strafe genug. Da wollte ich wenigstens im Schlaf meine Ruhe vor ihm haben! Immerhin hatte ich meinen Aufenthalt in Zingst noch dazu genutzt, alle Zutaten fürs Abendessen einzukaufen, das ich nachher für meine Familie kochen wollte. Es sollte gefüllte Forellen mit Krabben geben.

Ich ließ mich auf einen der blau lackierten Stühle in Elses Küche fallen.

»Welche Laus ist dir denn über die Leber gelaufen?«, fragte sie mich augenzwinkernd, während sie die Kaffeemaschine befüllte.

Das Blech mit den Eisenbahnschienen stand schon auf der Anrichte. Beim Anblick der süßen Leckerei lief mir das Wasser im Mund zusammen. Sofort hob sich meine Stimmung.

»Ich jage schon den ganzen Tag der Inspiration hinterher«, erklärte ich. »Leider vergeblich. Dabei muss ich dringend zwei Bilder malen.«

Else löffelte mit zittriger Hand Kaffeepulver aus einer Blechdose in den Filter. Es fiel ihr sichtlich schwer, das Pulver nicht auf der Anrichte zu verteilen. Mit fast hundert Jahren wurden wohl selbst alltägliche Handgriffe zu einer Herausforderung.

Sofort sprang ich auf. »Lass mich das machen!«

Sie drehte sich um. »Jetzt werd mal nicht frech, Lütte!«, wies sie mich entrüstet zurecht. »Natürlich bin ich langsamer als du, aber ich hab meinen Stolz. Und den werde ich mir von dir nicht nehmen lassen. Los, setz dich wieder hin!«

Ich gehorchte. »Aber wenn ich helfen kann, sag es bitte!«, bot ich dennoch an.

»Ich glaube, du gehst das mit der Inspiration falsch an«, sagte sie, während sie sich wieder der Kaffeezubereitung zuwandte. »Vor einiger Zeit war mal eine bekannte Bildhauerin im Fernsehen. Sie hat gesagt, nicht *du* findest die Muse – sie findet *dich*.«

Ich nickte. »Grundsätzlich stimmt das wohl, aber mir läuft die Zeit davon. Die Bilder müssen so schnell wie möglich fertig werden.«

Else kratzte sich nachdenklich am Kinn, das mit einem dünnen weißen Haarflaum bewachsen war. »Hast du's schon mal mit Drogen probiert? Manchen Künstlern soll das geholfen haben.«

»Nein, und das werd ich auch nicht«, erwiderte ich lachend. Ich sah mich um. »Wo steckt eigentlich Heinz? Ich habe ihn noch gar nicht begrüßt. Ist er mal wieder draußen im Schuppen?«

Else seufzte. »Nein, ausnahmsweise nicht. Ich hab wirklich keine Ahnung, was er in diesem zugigen alten Schuppen immer den ganzen Tag treibt. Stundenlang hockt er da drin.« Sie winkte mir. »Komm mit!«

Sie führte mich durch den düsteren Flur und öffnete die Tür zum Wohnzimmer. Dort standen noch immer das alte hellbraune Cordsofa und der Couchtisch mit eingelegten Kacheln, genau wie früher. Heinz lag in seinem geliebten Fernsehsessel und hielt ein Nickerchen, während auf dem Bildschirm ein Leichtathletik-Event übertragen wurde. Sein Schnarchen war so laut und durchdringend, dass es mir durch Mark und Bein ging. Ein Wunder, dass ich es nicht schon vorher durch die geschlossene Tür gehört hatte.

»Das klingt aber nicht gesund«, flüsterte ich Else zu, die nur gleichgültig mit den Schultern zuckte.

Dennoch berührte die Szene etwas in meinem Inneren. Die schräg einfallenden Sonnenstrahlen, die den tanzenden Staub beleuchteten. Das alte Wohnzimmer, das genauso in die Jahre gekommen war wie seine Bewohner. Heinz mit seiner schicken Frisur, den buschigen Augenbrauen und den eingefallenen Wangen. Sein verhärmter Körper, der von einem langen und anstrengenden Leben gezeichnet war. Gleichzeitig strahlten seine friedliche Miene und der geöffnete Mund auch etwas Unschuldiges, Kindliches aus. Im Gesicht des schlafenden alten Mannes lagen sowohl Weisheit als auch Unschuld, Alter und Kindheit, Kampf und Frieden. Ich konnte es nicht klar benennen, doch auf eine unbestimmte Weise fühlte ich mich inspiriert. Als ob ich auf der Spur von etwas wäre …

In diesem Moment stoppte Heinz' Schnarchen abrupt. Die Stille war nach dem Lärm fast ebenso ohrenbetäubend.

»… *schalten wir nun zum Hochsprung*«, tönte es aus dem Fernseher, »*wo gleich die verbliebenen Athleten um einen Platz auf dem Treppchen kämpfen werden.*«

Besorgt sah ich zu Heinz. Sein Mund war immer noch geöffnet, aber sein Brustkorb bewegte sich nicht mehr. Atmete er überhaupt noch?

»Äh …« Nervös fuhr ich mir mit der Zunge über die Lippen. »Sollten wir nicht …«

»Pst!« Else winkte genervt ab. Ihre Augen fixierten ihren Mann gespannt.

»Else!«, stieß ich entsetzt aus. »Ich werde bestimmt nicht tatenlos dabei zusehen, wie …«

In diesem Augenblick hob sich Heinz' Brustkorb wieder, und das Schnarchen setzte erneut ein. Es war nur ein kurzer Atemaussetzer gewesen.

»Verflixt!«, fluchte seine Frau. Sie wandte sich ab und schlurfte zurück in die Küche.

Leise schloss ich die Wohnzimmertür hinter mir und folgte ihr, während mir noch immer der Schreck in den Gliedern saß. Heinz und Else hatten zwar schon immer ihre alltäglichen Fehden miteinander ausgetragen, aber das war gerade ein völlig neues Level gewesen.

»Hättest du ihn tatsächlich sterben lassen?«, fragte ich sie in der Küche fassungslos, während sie Kaffeegeschirr und Besteck auf ein Tablett stellte.

»Wenn wir nicht zufällig im Zimmer gewesen wären, hätten wir es überhaupt nicht mitgekriegt.« Wieder zuckte sie gleichgültig mit den Schultern. »Außerdem hat Heinz damit angefangen! Er hat mich letzten Februar bei strömendem Regen draußen in der Kälte stehen lassen, als ich meinen Schlüssel vergessen hatte. Obwohl er mich vom Fenster aus gesehen hat! Ich war pitschnass und hab mir prompt eine Bronchitis eingefangen. Der Arzt meinte, es hätte nicht viel zu einer Lungenentzündung gefehlt. Und das hatte ich allein Heinz zu verdanken!« Sie schüttelte mit verbitterter Miene den Kopf. »Das hab ich nicht mal Finn erzählt, weil er sich sonst nur aufgeregt hätte.«

»Ach, du meine Güte!«, stöhnte ich. Das war schlimmer, als ich erwartet hatte. Ihr Kleinkrieg hatte sich in den vergangenen Jahren offensichtlich immer weiter hochgeschaukelt. Wo sollte das noch enden?

Das brachte mich allerdings auch auf ein anderes Thema. »Und wieso macht ihr dann bei Dirks Marketingplänen mit? Er will euch schließlich der versammelten Presse als glückliches Ehepaar präsentieren. Warum habt ihr ihm überhaupt zugesagt?«

Die Miene der alten Frau war unbewegt, als sie sich mir zuwandte. Statt einer Antwort drückte sie mir das Tablett mit dem Geschirr in die Hände. »Deck mal bitte den Tisch im Esszimmer!«

»Na schön!« Ich nahm das Tablett. »Aber glaub nicht, dass ich meine Frage danach vergessen habe.«

Das Esszimmer war in einem Anbau untergebracht, der an die Küche anschloss. Wie bei den meisten alten Häusern auf der Insel war er nachträglich errichtet worden, um die Wohnfläche zu erweitern und Platz für erholungsbedürftige Touristen zu schaffen. Mit seiner breiten Fensterfront erinnerte der Raum an einen romantischen lichtdurchfluteten Wintergarten, und überall standen Pflanzen, die in der Helligkeit prächtig gediehen.

Gerade als ich fertig gedeckt hatte, kam Else mit der Kaffeekanne und den Eisenbahnschienen herein.

»Jetzt lassen wir es uns erst mal schmecken!«, verkündete sie. Sie hatte mir schon zwei Stücke des süßen Backwerks auf den Teller gelegt, bevor ich mich überhaupt gesetzt hatte. »Damit du ein bisschen was auf die Knochen kriegst.«

Ich wehrte mich nicht gegen ihre Fürsorge. Unterwegs hatte

ich mir mittags an einer Tankstelle nur ein pappiges Sandwich geholt, und die frische Seeluft hatte mich hungrig gemacht.

Feierlich hob ich die Kuchengabel und ließ sie in die Eisenbahnschiene gleiten. Der Boden der länglichen Rechtecke bestand aus einem Mürbteig, bedeckt von einer gebackenen Masse aus Marzipan, Puderzucker, Milch und einem Ei. Sie wurde mit einer Spritztülle so aufgetragen, dass es optisch an Eisenbahnschienen erinnerte. Der Zwischenraum der »Schienen« bestand aus Erdbeerkonfitüre, und die Krönung bildete eine kräftige Schicht Zuckerguss.

»Oh, ist das lecker!«, stöhnte ich genießerisch.

Else nickte zufrieden. »Jetzt erzähl mal!«, verlangte sie. »Hast du in der Ferne dein Glück gefunden? Du wolltest ja schon immer raus in die Welt.«

Else kannte mich wohl besser als die meisten Menschen. Finn, Ella und ich hatten als Kinder – nachdem wir uns ewige Freundschaft geschworen hatten – oft zusammen an diesem Tisch gesessen und uns von ihr verwöhnen lassen. Doch da war etwas gewesen, in dem ich mich von meinen Freunden immer unterschieden hatte. Wenn die beiden unsere Hauptstraße entlanggeblickt hatten, sahen sie unsere Heimat und unser Zuhause: die kleine Kirche, in der wir konfirmiert worden waren. Den Dorfanger mit den alten Kastanienbäumen, deren Früchte wir als Kinder gesammelt hatten. Die Freiwillige Feuerwehr, an deren Jugendtraining wir teilgenommen hatten. Ella und Finn sahen schöne Erinnerungen, ihr Leben, ihre Zukunft. Ganz anders als ich. Wenn die heranwachsende Hannah Bradhering die Hauptstraße entlanggeblickt hatte, sah sie eine Straße, die aus Liebwitz wegführte. Ich konnte mir bis heute nicht erklären, woher dieses Fernweh kam. Ich liebte meine Familie und Freunde, aber gleichzeitig hatte ich eine Sehnsucht in meinem Herzen gespürt, die sich nicht ignorieren ließ. Ich wollte hinaus aus unserem Dorf, um mich da draußen zu finden. Beziehungsweise, eine andere Hannah zu finden. Eine, die cooler, selbstsicherer und weniger konservativ war.

»Ich hab festgestellt, dass die Welt nicht auf mich gewartet hat«, gestand ich Else. »Natürlich habe ich viel Neues und Interessantes erlebt. Aber es war nicht die große Freiheit, die ich mir erhofft hatte. Man kann seine Vergangenheit nun mal nicht abschütteln.«

Denn egal, was ich auch getan hatte, meine konservative Kindheit war mir wie ein Schatten gefolgt. Dabei hatte ich immer geglaubt, sobald ich meiner Mutter und ihren strengen Regeln entflohen wäre, würde ich ein völlig anderes Leben führen. Doch zweifellos hatte ich nicht zu den Freigeistern an meiner Uni gehört, eher zu den langweiligen Spaßbremsen. Ich war einfach nicht der Typ für nächtelange Partys, Alkoholexzesse, Drogen und unbedeutende One-Night-Stands gewesen. Und jeden Mann, der mir begegnet war, hatte ich automatisch mit Finn verglichen. So gesehen hatte ich bei meiner Flucht nach Berlin auch meinen Ex-Freund mitgenommen. Denn unsere Beziehung war in meinen Augen ein Jahrzehnt lang glücklich gewesen. Und auch der Sex war einfach perfekt gewesen. Finn hatte genau gewusst, wie er mich berühren musste, um mich in Ekstase zu versetzen und meine Lust immer weiter zu steigern, bis ich ihn förmlich um Erlösung angefleht hatte. Wie hätte ich das alles vergessen können?

»Manchmal wird man von den Geistern der Gegenwart heimgesucht«, sagte Else, die wohl in mir lesen konnte wie in einem Buch. »So unerbittlich, dass man Bett und Tisch mit ihnen zu teilen scheint.«

»Geister der Gegenwart?«, fragte ich irritiert.

»Menschen, die zwar nicht gestorben sind, die du aber aus deinem Leben verbannt hast. Aus Hass, aus Wut, aus Enttäuschung, aus Liebe. Eigentlich steckt immer die Liebe dahinter, wenn man sich geschworen hat, jemanden nie mehr sehen zu wollen. Das ist wohl auch der Grund, wieso man sie so schlecht vergessen kann.« Sie seufzte. »Hinter deinen Augenlidern ist ihr Gesicht eingebrannt, in der Stille hörst du ihr Lachen, und in einer Brise, die deine Wange streift, fühlst du ihre Berührung.«

Ich nickte und spürte, wie sich ein Kloß in meinem Hals bildete. Ihre Beschreibung traf es leider genau. Sie hatte nur vergessen zu erwähnen, wie dumm man sich gleichzeitig dabei fühlte, wenn das eigene Herz partout nicht vergessen wollte.

Sie griff nach meiner Hand. »Er hat dich auch unglaublich vermisst, Hannah.«

Ich musste nicht fragen, von wem sie sprach. Mein Puls beschleunigte sich. »Hat Finn dir das gesagt?«

Zu meiner Enttäuschung schüttelte sie den Kopf. »Aber ich hab's ihm angesehen«, erwiderte sie. »Er hat sehr gelitten, nachdem du weg warst. Es stand ihm ins Gesicht geschrieben.«

Es fiel mir schwer, das zu glauben. »Finn hat damals mit mir Schluss gemacht, Else.« Ich zuckte mit den Schultern. »Vielleicht war er nur deshalb so niedergeschlagen, weil sich sein neues Leben als Single anfangs nicht so toll entwickelt hat, wie er erwartet hatte.«

Trotz meiner nüchternen Worte glomm tief in meinem Inneren ein Funken Hoffnung auf. Vielleicht hatten Finn die zwei Briefe, die ich ihm in jener Zeit aus Berlin geschickt hatte, doch berührt? Womöglich war er gar nicht so ein Mistkerl, wie ich geglaubt hatte …

Ach Quatsch! Verärgert über mich selbst ballte ich die Fäuste. Ein Teil von mir hoffte noch immer, eine Entschuldigung für sein unverzeihliches Verhalten zu finden. Weil ich nicht glauben wollte, dass ich mich derart in ihm getäuscht hatte. Aber die Tatsachen sprachen für sich: Er hatte auf die Briefe nicht reagiert.

Plötzlich fiel mir auf, dass Else schon längere Zeit nichts mehr gesagt hatte. Stattdessen musterte sie mich so eingehend, als würde sie auf den Grund meiner Seele blicken. Unruhig rutschte ich auf dem Stuhl herum.

Else beugte sich zu mir. »Du hast was Schlimmes in Berlin erlebt, nicht wahr?«, fragte sie leise und griff wieder nach meiner Hand. »Ich sehe es in deinen Augen. Da ist ein tiefer Schmerz. Du hast deine Unbeschwertheit verloren, Hannah.«

Vor Schreck war ich wie erstarrt. Wie konnte sie das wissen? Nicht mal meiner Mutter war das aufgefallen.

»Du kannst mir alles sagen, mien Diern. Du weißt, dass ich gut zuhören kann. Und Geheimnisse sind bei mir bestens aufgehoben.«

Das Mitgefühl in ihrer Stimme schnürte mir fast die Kehle zu. Es war so verlockend, mich ihr anzuvertrauen und ihr mein Herz auszuschütten. Etwas von dem Schmerz, der sich in mir angestaut hatte, herauszulassen. Doch ich konnte es nicht.

»Jemand hat mich verlassen, den ich sehr geliebt habe«, brachte ich nur hervor.

»Du meinst, so wie Finn?«, fragte sie.

»So ungefähr.« Ich nickte, aber ich konnte ihr dabei nicht in die Augen sehen. »Danach bin ich in ein tiefes Loch gefallen. Ein sehr tiefes Loch.«

Wenigstens das war die Wahrheit. Ich trank einen Schluck Kaffee, weil mein Mund sich plötzlich ganz trocken anfühlte. »Ich habe nur noch funktioniert«, fuhr ich fort. »Wie ein Roboter. Manchmal konnte ich weinen, aber die meiste Zeit habe ich überhaupt nichts empfunden. Ich konnte nicht mehr lachen, mich nicht mehr freuen. Mein ganzes Leben schien ohne jedes Licht zu sein.«

Betroffen sah Else mich an. »Wieso bist du denn nicht heimgekommen – zu uns? Wir wären doch für dich da gewesen.«

»Ich konnte nicht«, sagte ich mit heiserer Stimme.

Damals war die Beziehung zu meiner Mutter ziemlich angespannt gewesen, weil ich gegen ihren Willen das Studium angetreten und Liebwitz verlassen hatte. Anfangs hatten wir nicht mal miteinander telefonieren können, ohne in Streit zu geraten. Sie hatte sogar meinem Vater und Bastian verboten, mich in Berlin zu besuchen. Wohl in der Hoffnung, dass ich dadurch wieder zur Vernunft kommen und zurückkehren würde. Es hatte fast zwei Jahre gedauert, bis meine Mutter und ich uns wieder angenähert hatten. Zwei Jahre, in denen ich mich unglaublich allein gefühlt hatte. Mit aller Macht versuchte ich, die aufsteigenden Bilder und Erinnerungen in meinem Kopf zurückzudrängen. Mehrmals atmete ich tief ein und aus, bevor ich weitererzählte.

»Ironischerweise hat mir genau das zu meinem Erfolg als Künstlerin verholfen. Zwar nur kurzzeitig, aber immerhin. Ich hatte meinen neuen Malstil ganz bewusst *Grey Depression* genannt. Er ist entstanden, als ich am Tiefpunkt war.«

Else nickte. »Als Malerin kannst du deinen Schmerz immerhin in etwas Gutes verwandeln. Und du hast es geschafft, dich wieder aufzurappeln!«

Ich erwiderte ihr Lächeln, auch wenn es mir nicht ganz leichtfiel. »Ja, das hab ich.«

»Ich wusste schon immer, dass du eine Kämpferin bist«, behauptete sie und trank ihre Tasse leer.

»Also, ich weiß nicht«, entgegnete ich skeptisch. »Ich hab fünf Jahre gebraucht, um mich zu überwinden, wieder herzukommen. Das zeigt wohl deutlich, dass ich alles andere als eine Kämpferin bin.«

Else zog die Augenbrauen zusammen, weil ich es gewagt hatte, ihr zu widersprechen. »Aber du bist zurückgekommen!«, beharrte sie. »Und das war nach fünf Jahren sicher sehr viel schwerer als nach sechs Monaten.«

In diesem Augenblick ertönte hinter uns ein Räuspern. »Entschuldigung, ich möchte euer trautes Zusammensein nicht stören …«

Ach, du meine Güte! Schon allein die Gänsehaut, die mir diese warme, tiefe Stimme über den Rücken jagte, verriet mir, dass Finn hinter mir stand. Hatte er sich etwa auf Zehenspitzen hereingeschlichen?

Ich fuhr zu ihm herum. Passend zu seiner dunklen Jeans trug er heute ein dunkles Hemd, das seine grünen Augen noch besser zur Geltung brachte. Er lehnte mit der Schulter entspannt am Türrahmen – woraus ich schloss, dass er schon länger dort stand. Jeder Muskel meines Körpers verkrampfte sich. Hatte Finn womöglich etwas von dem mitbekommen, was ich Else anvertraut hatte?

»Was suchst du denn hier? Hast du uns etwa belauscht?«, fuhr ich ihn anstatt einer Begrüßung deutlich unfreundlicher an, als ich beabsichtigt hatte. Ich war selbst über meinen aggressiven Ton erschrocken.

Finn zeigte sich davon jedoch wenig beeindruckt. Er hob lediglich die Augenbrauen und verschränkte die Arme vor der Brust. Allerdings war unverkennbar, dass er ebenfalls nicht besonders glücklich über unser Zusammentreffen war. Das schloss ich jedenfalls aus dem kalten und betont gleichgültigen Blick, den er mir zuwarf.

Ohne meine verbale Attacke einer Antwort zu würdigen, wandte er sich an seine Urgroßmutter. »Hallo, Nana! Kaum zu glauben, aber du wirst mit jedem Tag hübscher.«

Finn und sein Bruder Noah nannten Else schon seit frühester Kindheit Nana.

Sein Kompliment ließ sie schmunzeln. »Finn, mien Jung!«, rief sie erfreut. »Wie schön, dass du gekommen bist.«

Sie strahlte ihren Urenkel an und wirkte plötzlich zehn Jahre jünger. Finn war schon immer ihr Liebling gewesen. Und auch Heinz liebte seinen ältesten Urenkel über alles. Das war wahrscheinlich der einzige Punkt, in dem sich das alte Ehepaar ausnahmsweise einig war. Finn hatte schon immer viel Zeit mit den beiden verbracht, und je älter er wurde, desto mehr hatte er sich um seine Urgroßeltern gekümmert und Verantwortung für sie übernommen. Da Elses und Heinz' Sohn Wolfgang schon vor ungefähr fünfundzwanzig Jahren an Krebs gestorben war, war Finn wohl derjenige, der den beiden am nächsten stand.

»Möchtest du auch etwas?« Else deutete auf den Teller mit Eisenbahnschienen. »Es ist genug übrig. Komm, setz dich einen Moment zu Hannah und mir! Ihr beide habt euch bestimmt viel zu erzählen.«

Wie? Was? Ich blickte entgeistert zu Else. *Nein! NEIN!*

»Nein, danke«, lehnte Finn prompt ab und sah auf seine Uhr. »Ich hab's eilig und müsste eigentlich schon unterwegs sein. Was ist denn nun kaputt, Nana?«

»Ach so, ja … ähm …«, stammelte Else. Eine leichte Röte überzog ihre Wangen.

»Du hast mich doch deswegen heute Morgen angerufen«, erinnerte er sie mit gerunzelter Stirn. »Ich sollte um diese Zeit vorbeikommen.«

»Genau.« Sie erhob sich, ohne einem von uns in die Augen zu schauen. »Ich … äh … ich hol dann mal schnell das, was kaputt ist.«

Hastig verließ Else das Zimmer – und Finn und ich waren allein.

11. Kapitel

Ich gab mir Mühe, nicht in Finns Richtung zu blicken, aber die Stille, die Else hinterlassen hatte, wurde schon bald unerträglich.

Finn räusperte sich. »Bist du spontan zu Besuch?«, fragte er mit kühler Stimme.

»Nein, Else hat mich für heute zum Kaffee eingeladen«, antwortete ich ebenso reserviert.

Finn schüttelte verärgert den Kopf.

»Was?«, fragte ich scharf. Er konnte doch nicht ernsthaft sauer sein, dass ich seine Urgroßmutter besuchte, oder?

Finn stieß hart die Luft aus. »Zuerst dachte ich, dass Nana ihren Anruf vergessen hat. So was passiert in letzter Zeit häufiger«, erklärte er. »Aber jetzt glaube ich, dass sie unser Zusammentreffen absichtlich arrangiert hat.«

Ach so, ja! Der Gedanke war mir natürlich auch gekommen. »Du meinst, sie will uns verkuppeln?«

Else hatte Finn und mich immer für ein perfektes Paar gehalten und uns eine glückliche Ehe mit vielen properen Nachkommen prophezeit. Wollte sie womöglich unserem Glück ein wenig auf die Sprünge helfen?

»Keine Sorge, mir ist das mindestens genauso unangenehm wie dir«, sagte Finn mit düsterer Miene.

Das bezweifelte ich allerdings. Trotzdem konnte ich nicht Finn die Schuld an dieser Situation geben. »Schon merkwürdig, dass ausgerechnet Else Amor spielen will«, sagte ich kopfschüttelnd. »Schließlich hat sie mit der Liebe nicht die besten Erfahrungen gemacht und ist in ihrer Ehe nicht gerade glücklich.«

»Und das ist noch positiv ausgedrückt.« Er seufzte und fuhr sich mit beiden Händen durch die Haare. »Die beiden machen sich gegenseitig das Leben schwer, wo sie nur können. Manchmal habe ich den Eindruck, ihre Streitereien werden von Tag zu Tag heftiger.«

Ich nickte. »Es ist wirklich schlimmer geworden. Vorhin war ich ehrlich erschrocken, als Else …« Ich stockte und biss mir auf die Unterlippe. Eigentlich wollte ich Else nicht verpetzen.

Doch Finn war hellhörig geworden. »Was hat dich erschreckt?«, bohrte er nach.

Er stieß sich vom Türrahmen ab und setzte sich mir gegenüber. Dabei ließ er mich keine Sekunde aus den Augen.

Möglichst gleichgültig fixierte ich die leere Kaffeetasse vor mir und gab mich völlig entspannt. »Ach, nichts! War nicht so wichtig. Vergiss es einfach!«

Finn schnaubte. »Du vergisst wohl, wie gut ich dich kenne«, gab er grollend zurück. »Ich weiß, wie du aussiehst, wenn du lügst oder etwas verheimlichen willst.«

»Ach ja?«

»Ja! Du betrachtest betont gelangweilt einen Gegenstand«, zählte er auf. »Du versuchst, locker zu wirken, aber deine Schultern sind trotzdem angespannt. Und«, er beugte sich vor, »du kratzt nervös an deiner Nagelhaut herum.«

Ich sah auf meine Hände. Tatsächlich kratzte ich mit dem rechten Zeigefinger an einem abstehenden Hautfetzen meines Daumens. Dass ich sofort damit aufhörte, machte es nicht besser.

Finn atmete tief durch. »Ich muss dich warnen, Hannah, ich habe heute keinen sonderlich guten Tag und nicht viel Geduld. Also, noch mal von vorn!«, verlangte er. »Was also hat dich erschreckt?«

Sein fordernder Tonfall reizte mich über die Maßen, und der Widerspruch lag mir schon auf der Zunge. Auf der anderen Seite konnte ich Finn auch verstehen. Er liebte seine Urgroßeltern, und an seiner Stelle hätte ich ebenfalls die Wahrheit wissen wollen.

»Na schön! Aber es ist gut möglich, dass ich zu viel in die Sache hineininterpretiert habe«, schob ich voraus. Dann berichtete ich ihm von Heinz' Atemaussetzer im Wohnzimmer. Und um Else nicht in allzu schlechtem Licht dastehen zu lassen, erzählte ich ihm auch ihre Geschichte mit der Bronchitis.

Als ich geendet hatte, sah Finn mich entgeistert an. »Du willst mir damit doch nicht etwa sagen, dass die beiden versuchen, sich gegenseitig umzubringen?«

So formuliert, klang mein Verdacht schon etwas drastisch und weit hergeholt.

»Nur indirekt«, erwiderte ich kleinlaut. »Ich glaube nicht, dass sie die Sache aktiv in die Hand nehmen würden. Also mit Gift oder so was.«

Finn musterte mich schweigend. Er schien wohl mit sich zu ringen, ob er mir glauben sollte.

»Als Nana die Bronchitis hatte, habe ich mich selbstverständlich um sie gekümmert und sie mehrfach zum Arzt gefahren«, sagte er. »Aber sie hat nie erwähnt, dass sie in den Tagen zuvor längere Zeit im Regen stehen musste. Geschweige denn, dass Uropa sie absichtlich nicht ins Haus gelassen hat.«

»Sie wollte dich nicht beunruhigen«, erklärte ich, während ich mir gleichzeitig wünschte, ich hätte die Klappe gehalten. Man sollte sich nicht in Dinge einmischen, die einen im Grunde nichts angingen. Besonders wenn diese Dinge den Ex-Freund betrafen, zu dem man alles andere als ein gutes Verhältnis hatte.

Finn trommelte mit den Fingern einen unruhigen Rhythmus auf die Tischplatte und schüttelte ungläubig den Kopf. »Ich sehe die beiden fast jeden Tag, weißt du? Und bisher habe ich nichts mitbekommen, das in die Richtung geht, die du gerade angedeutet hast. Noch nie!«

Nicht? Mir kamen Zweifel. Vielleicht hatte ich tatsächlich überreagiert. Sicherlich hätte Else ihren Mann nicht einfach sterben lassen. Im Ernstfall wäre sie bestimmt auch in Panik geraten und hätte Erste Hilfe geleistet.

»Vermutlich hab ich da was falsch verstanden«, lenkte ich ein.

Finn nickte. »Ja, vermutlich.«

Wir schwiegen eine Weile. Bis auf Finns trommelnde Finger auf der Tischplatte war nichts zu hören. Wo blieb Else denn nur? Wollte sie uns Zeit geben, um unsere »alte Liebe« neu aufleben zu lassen? Die alte Frau hatte es wirklich faustdick hinter den Ohren. Plötzlich fiel mir auf, dass sie es tatsächlich geschafft hatte, mich vorhin durchs Tischdecken von meiner Frage abzulenken. Verflixt! Aber bestimmt konnte mir genauso gut Finn eine Antwort geben.

»Wieso haben sich die beiden eigentlich für Dirks Marketingpläne einspannen lassen?«, fragte ich in die Stille hinein.

»Ganz ehrlich? Ich weiß es nicht. Beide wollen es mir nicht verraten.« Er blickte mich mit einer Mischung aus Überraschung und Interesse an. »Dann findest du das auch merkwürdig?«

»Natürlich. Sonst denn niemand?«

Er verzog die Mundwinkel. »Nicht mal meiner eigenen Familie scheint das seltsam vorzukommen. Meine Mutter hält es für die Bürgerpflicht meiner Urgroßeltern, die Dorfgemeinschaft zu unterstützen. Und meinem Vater ist jede Gelegenheit willkommen, mehr Touristen auf die Insel zu locken. Selbst wenn er dafür seine Großeltern vor die Kamera zerren muss.« In seiner Stimme lag ein abfälliger Unterton.

Die Beziehung zu seinen Eltern war nicht die Beste. Sein Vater Richard besaß in Ahrenshoop eine erfolgreiche Ferienagentur, die Apartments und Häuser auf der Insel an Touristen vermietete. Dadurch gehörte Finns Familie zu den wohlhabendsten in Liebwitz. Dass Finn vor einigen Jahren dem Familienunternehmen den Rücken gekehrt und sich selbstständig gemacht hatte, war für seinen Vater unverzeihlich gewesen und einem Verrat gleichgekommen. Richard hatte damals seinem Sohn prophezeit, dass er mit der kleinen Werft in kürzester Zeit Insolvenz anmelden würde – und er keinen einzigen Cent Hilfe von ihm zu erwarten hätte. Und Finns Mutter Charlotte … Nun, über sie konnte ich wohl kein objektives Urteil abgeben. Wir hatten damals nicht das beste Verhältnis. Dass ich in ihren Augen nicht gut genug für ihren Sohn war, hatte sie mich bei jeder Gelegenheit spüren lassen. Wahrscheinlich hatte sie vor Freude eine Flasche Champagner geöffnet, als ihr Sohn mit mir Schluss gemacht hatte.

Finn seufzte. »Und Noah meint, ich mache mir zu viele Gedanken. Unsere Urgroßeltern seien schließlich erwachsen und schon bedeutend länger volljährig als ich.«

Anscheinend hatte sich Finns jüngerer Bruder nicht geändert. Noah hatte schon immer unbeschwert in den Tag hineingelebt und nahm nur selten etwas ernst. Finn dagegen übernahm Verantwortung und kämpfte entschlossen für seine Überzeugungen.

»Hast du versucht, Heinz und Else die Sache auszureden?«, fragte ich.

»Natürlich! Aber sie waren partout nicht davon abzubringen. Die beiden waren in diesem Punkt absolut einer Meinung. Und genau das macht mich noch misstrauischer.« Er schüttelte den Kopf. »Ich hab überhaupt kein gutes Gefühl bei dieser Sache.«

Aus einem Reflex heraus legte ich meine Hand auf seinen Arm. »Du machst dir wirklich Sorgen um die beiden.«

Er lächelte. »Du doch auch. Dabei bist du erst einen Tag hier.«

Mit einem Mal herrschte eine Verbundenheit zwischen uns, die sich unglaublich vertraut anfühlte. Was auch passiert war, wir hatten uns stets blind aufeinander verlassen können.

Finn legte seine Hand über meine, die immer noch auf seinem Arm lag. Sein Daumen strich leicht über meine Haut. Auch diese Berührung fühlte sich schmerzhaft vertraut an – aber heute löste sie dazu noch ein sehnsüchtiges Kribbeln in mir aus.

»Ich muss mich bei dir entschuldigen, Hannah«, sagte er mit ernster Stimme. »Ich hätte dich gestern bei Ella nicht so überfallen dürfen. Nach allem, was zwischen uns geschehen ist, war das in deinen Augen sicher unpassend und …« Er brach ab und atmete tief durch. »Ich habe mich nur gefreut, dich zu sehen.«

Schweigend nickte ich. Meine Kehle fühlte sich plötzlich an wie ausgetrocknet.

»Insgeheim hatte ich gehofft, dass sich deine Wut auf mich inzwischen abgekühlt hat«, fuhr er fort. Seine Augen hielten meinen Blick fest. »Aber du hast selbstverständlich jedes Recht, wütend auf mich zu sein. Ich bereue zutiefst, was ich dir angetan habe. Wie ich unsere Beziehung beendet habe, war unverzeihlich.«

Ich wartete, doch er war wohl schon am Ende seiner Entschuldigung angelangt. Das war alles? Irritiert wich ich zurück. »Es geht doch nicht allein darum, dass du mit mir Schluss gemacht hast!« Ruckartig zog ich meine Hand zurück und stand auf.

»Sondern?«, erwiderte er erstaunt.

Mit verschränkten Armen lief ich zum Fenster. Diese Frage konnte er unmöglich ernst meinen! Das Blut rauschte in meinen Ohren, und ein Zittern lief durch meinen Körper. Ich fuhr zu ihm herum.

»Du hast mich eiskalt im Stich gelassen, als ich dich am meisten gebraucht hätte«, brach es aus mir heraus. »Nach allem, was wir zusammen durchgemacht haben, warst du noch nicht mal imstande, einen Brief zu beantworten. Oder in irgendeiner Weise darauf zu reagieren. Ausgerechnet von dir hätte ich das niemals erwartet.«

Finn erhob sich ebenfalls. »Ein Brief? Was denn für ein Brief?«

Er runzelte die Stirn und sah mich verständnislos an. »Ich hab keine Ahnung, wovon du redest.«

»Ich rede natürlich von den beiden Briefen, die … die ich …« Mitten im Satz brach ich ab. Meine Wut verpuffte.

Auch ich kannte Finn gut genug, um zu wissen, wann er log oder etwas verheimlichte. Seine Ahnungslosigkeit war nicht gespielt. Er hatte keinen Schimmer, wovon ich sprach.

Meine Knie wurden weich, und die Welt um mich herum begann sich zu drehen, als ich die Wahrheit erkannte: Finn hatte die Briefe, die ich ihm aus Berlin geschickt hatte, nie erhalten.

12. Kapitel

»Die Briefe hat jemand geklaut, Oliver«, beharrte ich. »Ein einzelner Brief kann verloren gehen. Aber *zwei* Briefe an denselben Adressaten lösen sich ganz bestimmt nicht in Luft auf.«

Ich tupfte gerade die Forellen ab, die ich schon entschuppt, ausgenommen und gewaschen hatte. Kochen war eigentlich das Letzte, wonach mir im Augenblick der Sinn stand. Aber ich hatte die Zutaten schon eingekauft, und das Gespräch mit meinen Eltern zu verschieben würde alles nur noch schlimmer machen.

Über die Freisprecheinrichtung hörte ich Oliver gequält aufstöhnen. »Aber wer sollte die Briefe denn geklaut haben?«, fragte er. »Du hast wirklich zu viele Krimis gelesen.«

Schon seit zehn Minuten kaute ich mit Oliver dieses Problem durch. Eigentlich besprach ich so etwas ungern am Telefon, doch nur er und sein Mann kannten die ganze Wahrheit. Deshalb konnte ich leider nicht zu Ella fahren und mit ihr über meine schockierende Entdeckung reden. Von den Briefen an Finn hatte ich ihr nämlich nichts erzählt. Allerdings nicht, weil ich ihr nicht vertraut hätte, sondern weil ich ihr vor langer Zeit ein Versprechen gegeben hatte.

Als Finn und ich ein Paar geworden waren, hatten sich die meisten unglaublich für uns gefreut. Ausgerechnet Ella hatte jedoch eher verhalten auf unsere Beziehung reagiert. Sie hatte mir allerdings erst ihr Herz ausgeschüttet, nachdem ich sie direkt darauf angesprochen hatte: Sie hatte sich um die Zukunft unseres freundschaftlichen Trios gesorgt. Denn was würde passieren, wenn die Liebe zwischen Finn und mir irgendwann bröckelte?

Wenn es Streit geben und sie dann zwischen den Stühlen sitzen würde? Ella hatte Angst vor einer Situation, in der sie sich für einen ihrer zwei besten Freunde entscheiden musste. Im Grunde verständlich. Deshalb hatte ich ihr damals hoch und heilig versprochen, dass ich sie niemals in Probleme oder Streitigkeiten zwischen Finn und mir hineinziehen würde. Es war hart gewesen, aber ich hatte mich selbst in den schlimmsten Zeiten an mein Versprechen gehalten.

»Und was ist deiner Meinung nach mit den Briefen passiert?«, fragte ich Oliver, während ich die Forellen würzte.

»Die deutsche Post«, gab er lapidar zurück. »Die Wahrscheinlichkeit ist hoch, dass die Briefe verloren gegangen sind oder falsch zugestellt wurden.«

»Gleich zwei Mal? Ich weiß nicht.«

»Vielleicht war es auch die falsche Adresse«, mutmaßte Oliver. »Oder du hast zu wenig Porto draufgeklebt.«

»Ich bin doch nicht doof«, erwiderte ich. »Das habe ich damals selbstverständlich kontrolliert.«

Ich füllte den Bauchraum der Forellen mit gedünstetem Gemüse, Dill, Petersilie und frischen Krabben.

»Und du bist sicher, dass Finn dich nicht angelogen hat?«, hakte Oliver nach. »Er weiß nichts von den Briefen?«

»Er hat keinen Schimmer«, sagte ich und legte die prall gefüllten Forellen auf ein Stück Alufolie. Zum Schluss bestrich ich die Fische mit Senf, belegte sie mit Tomatenscheiben und goss einen Schuss Weißwein darüber.

»Dann zerbrichst du dir meiner Meinung nach allerdings über die falschen Dinge den Kopf, Hannah! Was spielt es denn für eine Rolle, was genau mit den Briefen passiert ist? Das Resultat ist das, was zählt.«

Ich hörte, wie Oliver im Hintergrund auf eine Computertastatur einhackte. Gleich darauf folgte ein unterdrückter Fluch.

»Im Grunde ist es das Gleiche wie mit nicht funktionierenden Bluetooth-Boxen«, fuhr er fort. »Du weißt nicht, ob die Boxen kaputt sind oder die Bluetooth-Verbindung spinnt – Fakt bleibt, dass keine Musik rauskommt.«

Ich musste schmunzeln. »Lass mich raten: Du hast mal wieder ein Technikproblem in der Galerie?«

»Du fehlst hier, Hannah«, jammerte er. »Du weißt, dass ich so was nicht kann. Ohne dich bin ich völlig aufgeschmissen.«

Damit übertrieb er maßlos. Aber ich fand es trotzdem schön, dass ich vermisst wurde. »Dann lass uns bei meiner Rückkehr doch mal über eine Gehaltserhöhung sprechen«, entgegnete ich und grinste in mich hinein, während ich die Salzkartoffeln aufsetzte.

»Ähm …« Oliver räusperte sich. »Zurück zum Thema! Was ich sagen wollte: Tatsache ist, Finn hat die Briefe nicht gekriegt und sich nichts zuschulden kommen lassen. Du darfst ihm deswegen nicht mehr böse sein. Wollte er vorhin eigentlich nicht wissen, worum es in den Briefen ging?«

Oh weh, kein gutes Thema! Denn es war mir leider nicht gelungen, meinen Schockmoment in Elses Esszimmer gekonnt zu überspielen. Als Erklärung hatte ich Finn schließlich ein paar zusammenhanglose Satzfetzen an den Kopf geworfen, ehe ich die Flucht ergriffen und mich übereilt verabschiedet hatte. Ich hatte mir nicht mal die Zeit genommen, mich bei Else für die Einladung zu bedanken.

»Ich hab Finn gesagt, dass es wohl ein Missverständnis war und die Briefe nicht so wichtig gewesen wären«, beschönigte ich mein konfuses Gestammel.

»Und das hat er dir abgekauft?«

Ich schob die Forellen in den vorgeheizten Backofen. »Was hatte er denn für eine Wahl?«

Tatsächlich schien Finn mir kein Wort geglaubt zu haben. Ich ahnte, dass das Ganze noch ein Nachspiel haben und er mich nicht so leicht davonkommen lassen würde.

Oliver seufzte. »Du wirst das nicht gern hören«, sagte er vorsichtig, »aber ich denke, du solltest ihm erzählen, was nach deiner Ankunft in Berlin passiert ist.«

»Ich soll WAS?« Schockiert schnappte ich nach Luft. »Nein! Nein. Wieso sollte ich …«

»Ja, ich weiß!«, fiel er mir ins Wort. »Du willst jetzt sagen, dass das überhaupt nichts ändern würde. Aber ich sehe das nun mal anders. Finn hat ein Recht darauf, es zu erfahren. An seiner Stelle würdest du es doch auch wissen wollen.«

Insgeheim musste ich ihm zustimmen. Aber alles in mir sträubte sich dagegen. Allein beim Gedanken daran zog sich mein Herz vor Schmerz zusammen.

»Ich … ich kann nicht«, gab ich mit belegter Stimme zurück. »Wenn ich ihm davon erzähle, reiße ich die Wunden wieder auf. Es wird alles hochkommen. Als wäre es gerade erst geschehen.« Ich spürte, wie mir die Tränen über die Wangen liefen.

»Hannah, seit Jahren trägst du diesen Schmerz mit dir herum«, sagte Oliver mit sanfter Stimme, »und der Einzige, mit dem du ihn wirklich teilen kannst, ist Finn. Du weißt, dass das der richtige Weg ist. Sei ehrlich zu dir selbst und hör in dich hinein! *Dein Herz lügt nie.*«

Ich lachte erstickt auf. »Hast du dir etwa schon wieder *Endstation Sehnsucht* angesehen?«, schluchzte ich.

»Verdammt, dir kann ich nichts vormachen!«, fluchte er mit einem übertriebenen Stöhnen.

Wehmut erfasste mich, und für einen Moment wünschte ich mich zu ihm nach Berlin in die Galerie. »Ich werd's mir überlegen, okay?«, sagte ich leise. »Du bist ein guter Freund. Danke, Oliver!«

»Gern geschehen! Und jetzt trockne deine Tränen, und konzentrier dich auf das Gespräch mit deinen Eltern«, riet er mir.

»Mach ich! Ich melde mich morgen wieder.«

Ich legte auf und holte tief Luft. Oliver hatte recht: Ich musste meine Probleme Schritt für Schritt angehen. Und jetzt zählte erst einmal das Abendessen mit meinen Eltern. Gerade als ich mir in Ermangelung eines Taschentuchs ein Stück Küchenkrepp abriss, polterte Bastian in die Küche.

»Papa kommt«, informierte er mich knapp.

Hastig fuhr ich mir über die tränennassen Wangen und versuchte mich an einem Lächeln. »Okay. Danke!«

Mein Bruder legte den Kopf schräg. »Hast du geweint?«, fragte er irritiert.

Es hatte wenig Sinn, es zu leugnen. »Es ist einfach alles etwas viel«, murmelte ich.

Bastian sagte nichts, doch er zog die Augenbrauen zusammen. Während ich mir die Nase putzte, spürte ich seinen nachdenklichen Blick auf mir ruhen.

In diesem Moment hörte ich den Schlüssel in der Haustür. »Kinder!«, rief mein Vater, genau wie früher, als wir noch klein waren. »Papa ist wieder da.«

Ich atmete tief durch. Also ging es jetzt los.

*

Trotz des lauen Sommerabends hatte ich in der Küche fürs Abendessen gedeckt, um alle möglichen Ablenkungen auszuschließen – wie aufdringliche Wespen oder nerviges Geschrei aus dem Nachbarhaus vom Ehepaar Jahnke. Ich benötigte meine volle Konzentration für das anstehende Gespräch.

»Köstlich, Hannah!«, lobte mich meine Mutter und bedachte mich mit einem dankbaren Lächeln. »Wenn ich gewusst hätte, dass mich zu Hause ein so leckeres Essen erwartet, hätte ich im Hotel früher Schluss gemacht.«

»Schön, dass es dir schmeckt!«

Wenn ich nicht so schrecklich nervös gewesen wäre, hätte mich ihr Kompliment wahrscheinlich gefreut. Die Stimmung am Tisch war immerhin deutlich entspannter als am Tag zuvor. Mein Vater erzählte von den Renovierungsarbeiten im Vereinsheim, meine Mutter von den heutigen Ereignissen im Hotel, und mein Bruder berichtete, dass er eine Stellenausschreibung in einer Sparkassenfiliale in Barth entdeckt und sich umgehend beworben hätte. Eine Nachricht, die meinen Eltern ein wohlwollendes Nicken entlockte.

»Isst du das noch?«, fragte Bastian und starrte gierig auf meinen Teller.

Ich hatte mein Essen kaum angerührt, da ich mich ähnlich wie der gefüllte Fisch fühlte. Nur dass mir keine Krabben, sondern Steine im Magen lagen.

»Kannst du gern haben.« Ich schob ihm meinen Teller zu.

Meine Eltern waren schon fertig und legten ihr Besteck zur Seite, während Bastian sich auf meine Reste stürzte.

»Du kannst ruhig anfangen, Hannah!«, sagte er kauend, und an meine Eltern gewandt verkündete er: »Sie muss euch nämlich eine unschöne Wahrheit gestehen. Ich wollte sie davon abhalten, aber meine Schwester möchte unbedingt ihr Gewissen erleichtern.«

Ich warf ihm einen giftigen Blick zu. Mein Bruder war und blieb ein Idiot!

»Was willst du uns denn sagen?«, wollte mein Vater wissen.

Ich schluckte schwer. Krampfhaft versuchte ich, mich an den Anfang meiner zurechtgelegten Rede zu erinnern, doch mein Kopf war plötzlich wie leer gefegt.

»Um Himmels willen, bist du etwa schwanger?«, fragte meine Mutter in die Stille hinein. Sie fasste sich erschrocken an die Kehle und rang nach Atem.

Mir wären auf der Stelle ein Dutzend Dinge für ein Geständnis eingefallen, die schlimmer gewesen wären als das – angefangen von einer Krankheit bis hin zu einer drohenden Haftstrafe. Aber es war bezeichnend, dass eine ungeplante Schwangerschaft die größte Befürchtung meiner Mutter war. Die Dämonen ihrer Vergangenheit begleiteten sie auf Schritt und Tritt. Als eine von insgesamt zwei unehelichen Töchtern einer Bauernmagd hatte sie ihre Herkunft schon immer als Makel empfunden. Vor allem, da sie und ihre Schwester auch noch unterschiedliche Väter hatten. Meine Mutter hatte ihren Vater nie kennengelernt, denn von ihrem Erzeuger war lediglich der Vorname bekannt. Er hatte sich nach einem kurzen Stelldichein im Heu mit meiner Großmutter aus dem Staub gemacht. In dem kleinen Dorf nahe der polnischen Grenze, in dem meine Mutter aufgewachsen war, hatte das auch in den Siebzigern noch zu abfälligen Bemerkungen und einem gesellschaftlichen Außenseiterdasein geführt. Die unschönen Erlebnisse in ihrer Kindheit hatten meine Mutter so stark geprägt, dass sie als junge Frau ein ziemlich prüdes Verhalten an den Tag gelegt hatte. Meine Eltern mochten nicht viel Geld haben, aber Anstand, Ehre und Moral waren meiner Mutter schon immer ungemein wichtig gewesen.

Ich schüttelte den Kopf. »Nein, ich bin nicht schwanger.«

Meine Mutter gab sich keine Mühe, ihre Erleichterung zu verbergen. »Gott sei's gedankt!«, stieß sie aus.

Mein Vater beugte sich jedoch ungeduldig vor. »Was ist denn nun, Kind?«

Ich gab mir einen Ruck. »Es geht um meinen Erfolg als Malerin. Ich war in diesem Punkt nicht ganz ehrlich zu euch.«

Als ich in das erstaunte Gesicht meines Vaters blickte, wurde mir das Herz schwer. Erst gestern hatte er mir noch gesagt, wie stolz er auf mich sei.

»Es stimmt, dass mir mit meinem Malstil *Grey Depression* von einigen Leuten eine große Zukunft prophezeit wurde. Ihr seid damals ja auch bei der ersten Vernissage in Berlin gewesen«, schickte ich voraus, ehe ich meinen Eltern den Rest der Geschichte erzählte.

Endlich gestand ich ihnen, dass mein kometenhafter Aufstieg nur von kurzer Dauer gewesen war und ich mich rasend schnell wieder in der großen Masse der unbekannten Kunststudenten wiedergefunden hatte. Dass ich heute kaum noch Bilder verkaufte und mich mit den Nebenjobs mehr schlecht als recht über Wasser halten konnte. Nachdem ich erst mal angefangen hatte, sprudelten die Worte nur so aus mir heraus. Meine Eltern hörten mir schweigend zu, und selbst Bastian gab keinen Kommentar von sich.

»Ich hätte euch viel früher davon erzählen sollen, aber …«, ich sah auf meine Hände hinab und schluckte schwer, »ich habe mich geschämt. Ihr seid schließlich von Anfang an gegen das Kunststudium gewesen. Deshalb habe ich euch zuerst einfach die Wahrheit verschwiegen. Aber mit der Zeit wurde es zu einer Lüge, um die ich immer mehr Lügen herumspinnen musste. Es war schrecklich und hat jedes Treffen mit euch zur Qual für mich gemacht. Eigentlich wollte ich das doch alles nicht! Meine einzige Hoffnung war, dass ich es irgendwie schaffe, noch einmal erfolgreich zu werden. Damit wäre meine Lüge hinfällig geworden. Das hat allerdings nicht geklappt …« Ich holte tief Luft und sah die beiden an. »Mama, Papa, es tut mir unendlich leid! Ich wollte euch nicht enttäuschen oder im Dorf schlecht dastehen lassen.«

»Du weißt, dass mir der Tratsch im Dorf gleichgültig ist«, sagte mein Vater scharf. Er wirkte über mein Geständnis eher aufgebracht als enttäuscht. »Ob irgendwer über unsere Familie redet, ist mir völlig egal.«

Nervös blickte ich zu meiner Mutter. Sie sah das mit Sicherheit nicht so entspannt wie er, doch sie starrte mit unbewegter

Miene aus dem Küchenfenster und schwieg. Hatte sie überhaupt mitbekommen, was ich gerade gesagt hatte?

Ich räusperte mich. »Leider habe ich auch keine Rücklagen und kann euch finanziell nicht unter die Arme greifen«, gestand ich. »Kunst zu machen ist teuer. Die ganzen Utensilien wie Leinwände, Ölfarben und Pinsel kosten viel Geld. Seit ich das Studium abgeschlossen habe und nicht mehr in der Uni malen kann, muss ich auch noch die Miete für ein Gemeinschaftsatelier aufbringen.«

»Wir brauchen dein Geld nicht, Hannah«, erklärte mein Vater resolut. »Wir sind alt genug, um selbst mit unseren Problemen fertigzuwerden.«

Er stand auf und ging unruhig hin und her, die Hände hinter dem Rücken verschränkt. Mit einem unguten Gefühl in der Magengrube beobachtete ich ihn. Das lief ganz anders, als ich erwartet hatte. Eigentlich hätte mein Vater der Stille sein müssen und meine Mutter diejenige, die aufgewühlt und emotional reagierte, doch sie hatte noch immer keinen Ton von sich gegeben.

Abrupt blieb mein Vater neben meinem Stuhl stehen. »Dann war also gar nicht Finn der Grund dafür, dass du so lange nicht nach Hause gekommen bist?«

»W-wieso?«, stammelte ich überrascht.

»Weil ich das hätte verstehen können. Ich weiß, wie es ist, jemanden aus tiefstem Herzen zu lieben.« Er warf meiner Mutter einen gefühlvollen Seitenblick zu, ehe er sich wieder mir zuwandte. »Und du hast diesen Jungen aus tiefstem Herzen geliebt, Hannah. Für das, was Finn dir damals angetan hat, hätte ich ihn mir am liebsten vorgeknöpft. Weil er es gewagt hat, meinem Mädchen derart wehzutun.« Mein Vater ballte die Fäuste. »Jedes Mal, wenn du mir in den letzten Jahren gefehlt hast, habe ich Finn die Schuld dafür gegeben. Weißt du, wie schwer es für mich war, ihm im Dorf zu begegnen? Ich konnte seinen Anblick kaum ertragen. Aber in genau solchen Momenten konnte ich verstehen, dass du nicht zurückkommst. Weil du Finns Anblick noch viel weniger ertragen konntest.«

Sprachlos starrte ich ihn an. Mein Vater war ein gestandener Insulaner, der den Stürmen des Lebens mit absolutem Gleichmut trotzte. Noch nie hatte er uns Kindern gegenüber durchblicken lassen, dass er unsere Mutter so sehr liebte. Oder dass er mich so sehr liebte – und Finn deshalb am liebsten verprügelt hätte. Mein Herz wurde von so viel Zuneigung und Dankbarkeit überschwemmt, dass es mir den Atem nahm.

»Papa«, flüsterte ich erstickt. Ich stand auf und machte einen Schritt auf ihn zu, doch er wandte sich ruckartig ab.

Wieder lief er in der Küche auf und ab. »Ich habe die ganzen Jahre gedacht, es wäre besser für dich, weit weg von Finn zu sein. Ich habe geglaubt, dass du in Berlin glücklich bist und deine Erfüllung gefunden hast. Aber nach dem, was du gerade erzählt hast ...« Er hielt inne und sah mich an. »Ich kann nicht akzeptieren, dass du uns jahrelang angelogen hast, weil du uns für oberflächliche und kleingeistige Menschen hältst. Menschen, die dich nur dann lieben, wenn du im Leben Erfolg hast und alles richtig machst. Wir sind deine Familie, Herrgott noch mal!«

»Aber, Papa, so war das doch gar ...«, wollte ich mich verteidigen, aber er hatte genug.

Er marschierte hinaus in den Garten und warf die Hintertür mit solcher Wucht ins Schloss, dass die Glasscheibe klirrte.

»Es war doch auch wegen Finn«, flüsterte ich und sank auf meinen Stuhl zurück.

Ich fühlte mich hundeelend. Was hatte ich nur angerichtet?

»Das ging ja mal komplett in die Hose«, meinte Bastian. »Genau wie ich prophezeit habe. Geht es dir jetzt besser, Schwesterherz? Nachdem du dir alles von der Seele geredet hast?«

»Natürlich nicht«, erwiderte ich gereizt.

»Und wie fühlt man sich so – als egoistische Kotzkuh?«, ätzte er weiter.

»Und wie fühlt man sich so – als altkluger Armleuchter?«, schoss ich zurück. Für seine kindischen Anwandlungen hatte ich jetzt überhaupt keinen Nerv. Mir schossen tausend Dinge gleichzeitig durch den Kopf.

»Bastian, lass uns bitte allein!«, meldete meine Mutter sich zum ersten Mal zu Wort.

Ihr generalstabsmäßiger Tonfall duldete keinen Widerspruch, und mein Bruder erhob sich folgsam. Ehe er die Küche verließ, warf er mir noch einen mitleidigen Blick zu. Bastian wollte wohl jetzt nicht in meiner Haut stecken. Ich auch nicht.

Meine Mutter stand auf und stapelte die Teller aufeinander. »Komm, Hannah, wir spülen das Geschirr!«

»Ähm … Ja, okay!« Mit einiger Verzögerung sprang ich auf und half ihr, den Tisch abzuräumen.

»Dein Vater beruhigt sich schon wieder«, sagte sie. »Er kann nie lange jemandem böse sein. Dir schon gar nicht.«

Es war mir nie bewusst gewesen, dass mein Vater mir gegenüber eine so weiche Seite besaß. Wieso war mir das früher nie aufgefallen?

»Hast du ihn schon mal so emotional erlebt wie gerade eben?«, fragte ich.

»Natürlich.« Sie schmunzelte. »Meinst du, er hat mich damals erobert, indem er mir einen Vortrag über Baumaschinen gehalten hat? Dein Vater kann sehr gefühlvoll sein. Und auch leidenschaftlich.«

Das war für meinen Geschmack etwas zu viel Information, denn ihr zufriedenes Lächeln ließ leider keinen Zweifel daran, wovon sie gerade sprach.

»Allerdings ist er seit seiner Rücken-OP sehr viel dünnhäutiger geworden«, erklärte sie, während sie das Spülwasser einlaufen ließ. »Es war zwar nichts Lebensbedrohliches, trotzdem hat es ihm gezeigt, dass er nicht unverwundbar ist. Und nicht unsterblich. Das hat ihn verändert.«

Das konnte ich mir vorstellen. Die Krankheit hatte sein ganzes Leben auf den Kopf gestellt. So etwas konnte das stabilste Gemüt aus dem Gleichgewicht bringen.

Meine Mutter begann die Teller abzuwaschen. Der Zitronenduft des Spülmittels erfüllte die Luft, und das Geschirr rumpelte schwer in der Spüle, während meine Mutter darin hantierte.

»Ich kann verstehen, dass du uns nicht die Wahrheit gesagt und dich deshalb von uns zurückgezogen hast«, sagte sie plötzlich.

»Wirklich?« Ich sah sie verblüfft an.

»Wir haben es dir nicht immer leicht gemacht.« Sie warf mir einen kurzen Seitenblick zu. »Oder vielmehr *ich*. Wenn wir ehrlich sind, war ich diejenige, die vehement gegen das Studium war. Und ich habe deshalb fast zwei Jahre mit dir herumgestritten und dich nicht in Berlin besucht. Auch auf das Gerede im Dorf habe ich im Gegensatz zu deinem Vater immer viel Wert gelegt.« Sie presste die Lippen zu einem dünnen Strich zusammen. Nach einer kurzen Pause ergänzte sie: »Wenn du also das Gefühl hattest, nicht ehrlich zu uns sein zu können, dann wegen mir.«

Ich öffnete den Mund, um etwas zu sagen, aber meine Mutter hob so ruckartig die Hand, dass das Spülwasser in alle Richtungen spritzte. »Bitte lass mich weiterreden!«, sagte sie. »Dass Bastian einfach seinen Job gekündigt hat und jetzt faul daheim herumsitzt, hat mich deinen Bruder in einem anderen Licht sehen lassen. Mir ist bewusst geworden, dass ich ihn zu sehr verwöhnt habe. Und zu dir, Hannah …« Sie seufzte und stemmte sich schwer auf der Spüle ab. »Zu dir war ich zu streng. Ich habe immer viel von dir verlangt.«

Da konnte ich nicht widersprechen. Allerdings war es dabei

nie um materielle Dinge wie Taschengeld oder Geschenke gegangen. Eher um häusliche Pflichten und Freiheiten.

Meine Mutter öffnete den Mund, doch es dauerte einige Augenblicke, bis sie ihre Stimme fand. »Es tut mir leid, Hannah«, brachte sie dann hervor.

Ich hätte zwar gern gewusst, wieso sie uns unterschiedlich behandelt hatte, aber ich erkannte auch, wie schwer ihr diese Entschuldigung gefallen war. Und das wusste ich ehrlich zu schätzen! Zum ersten Mal an diesem Abend wurde mir leichter ums Herz. Ich lächelte ihr versöhnlich zu. »Ist okay, Mama! Fehler sind menschlich. Lass uns einfach nach vorn schauen, ja?«

Die Erleichterung war ihr anzusehen. »Schön, das freut mich!« Sie widmete sich wieder dem Abwasch. »Ich werde mit deinem Vater reden und ihm alles in Ruhe erklären. Schließlich habe ich etwas bei dir gutzumachen.«

»Das ist lieb, vielen Dank!«

»Und für deine anderen Probleme finden wir auch eine Lösung«, verkündete sie eifrig. »Ich hab schon darüber nachgedacht. Wenn ich im Hotel ein gutes Wort für dich einlege, bekommst du bestimmt wieder deinen alten Job. Dein Leben als verarmte und erfolglose Künstlerin liegt bald hinter dir, Hannah! Und bis du deine Finanzen wieder im Griff hast, wohnst du natürlich bei uns.«

Entgeistert starrte ich meine Mutter an. War das etwa ihr Ernst?

»Oh, das wird so schön!«, sagte sie strahlend. Sie zog den Abflussstöpsel und trocknete sich die Hände ab, während das Wasser gluckernd ablief. »Endlich ist unsere Familie wieder vereint. Alles wird gut, Kind. Wir kümmern uns um dich.«

Mit einiger Verzögerung kam mein Gehirn wieder in Gang. Fieberhaft suchte ich nach einem Ausweg. So kurz nach unserer Aussprache wollte ich meine Mutter nicht gleich vor den Kopf stoßen. Und ihre Hilfsbereitschaft war sicherlich gut gemeint. Aber als Hotelfachfrau wollte ich ganz bestimmt nicht mehr arbeiten. Noch nicht einmal in Berlin hatte ich mich dazu überwinden können. Dabei störten mich weniger die unmöglichen Arbeitszeiten oder die harte Arbeit. Unerträglich fand ich allerdings, dass man von erschreckend vielen Hotelgästen geringschätzig und respektlos behandelt wurde – als wäre man ihre persönliche Dienstmagd und ein Mensch niederer Herkunft. In diesem Job musste man sich jede Unverschämtheit stillschweigend gefallen lassen und mit einem höflichen Lächeln quittieren. Dafür war ich einfach nicht geschaffen. Ich konnte mich noch gut daran erinnern, mit wie viel angestautem Frust und Ärger ich oft von der Arbeit nach Hause gekommen war. Das hatte wohl auch Finn leider ab und an zu spüren bekommen. Nein, in diesem Beruf wollte ich ganz sicher nicht mehr arbeiten!

Zum Glück fiel mir in letzter Sekunde eine Ausrede ein. »Aber Claudia war doch über die Maßen enttäuscht, weil ich damals so plötzlich nach Berlin abgehauen bin«, erinnerte ich meine Mutter. »Ich glaube nicht, dass sie mich noch mal einstellen wird.«

Sie winkte ab. »Das werde ich schon wieder zurechtbiegen«, entgegnete sie. »Du hast Glück, dass ich durch meine neue Anstellung im Büro eine so gute Beziehung zu Claudia habe. Ist es nicht wundervoll, wie sich manchmal alles zusammenfügt?«

Ja, ganz wundervoll, dachte ich und stöhnte innerlich auf. Ich musste meiner Mutter irgendwie klarmachen, dass ich für mich als Künstlerin durchaus noch eine Zukunft sah. Ich war vielleicht nicht mehr so blauäugig und optimistisch wie früher, und meine heutige Inspirationssuche war ebenfalls ein Reinfall gewesen. Aber sollte ich deshalb gleich all meine Träume aufgeben? Würde mich das nicht erst recht zur Verliererin machen?

»Weißt du, mein Kunststudium …«, setzte ich an, doch meine Mutter fiel mir mit einem verständnisvollen Nicken ins Wort.

»… war ein Fehler, ich weiß! Aber das musstest du erst selbst erkennen. Ich habe dir ja schon immer gesagt, dass die Kunst ein brotloses Gewerbe ist. So ist das Leben, Hannah – man lernt nur aus seinen eigenen Fehlern!« Sie tätschelte meinen Arm. »Jetzt bist du froh, dass wir dich nach dem Schulabschluss zu der Ausbildung im Hotel überredet haben, nicht wahr? Papa und ich wussten schon damals, dass du für deine handfeste Berufsausbildung noch dankbar sein wirst. Damit kannst du immer Geld verdienen.«

»Ich verdiene auch mit meinen Bildern Geld«, begehrte ich auf.

»Aber nur sporadisch!« Sie bedachte mich mit einem typisch nachsichtigen Mutter-Blick. »Natürlich wäre es schön gewesen, wenn du langfristig als Malerin Erfolg gehabt hättest. Aber dazu bist du einfach nicht geschaffen, Hannah. Du bist und bleibst nun mal eine Bradhering: Unsere Familie ist zäh und ausdauernd – aber wir sind nichts Besonderes. Ruhm und Erfolg sind anderen Leuten vorbehalten. Du lebst besser damit, wenn du das endlich akzeptierst!«

Ich wusste nicht, was ich darauf erwidern sollte. Meine Mutter hatte es geschafft, mich zu verunsichern. Heutzutage waren tatsächlich viele Menschen süchtig nach Aufmerksamkeit. Jeder wollte unbedingt etwas Besonderes sein. Das bewiesen nicht zuletzt Instagram und Co. War ich am Ende auch nur eine traurige Gestalt, die krampfhaft aus der Masse herausstechen wollte? Weil ich es nicht ertragen konnte, nur »normal« zu sein?

»Die Bilder für den Bürgermeister sollte ich allerdings malen«, wandte ich kraftlos ein. »Dafür bekomme ich viel Geld, Mama!«

Jedenfalls wenn mir endlich eine Idee kam, welche Motive ich wählen sollte. Aber mein Problem mit der mangelnden Inspiration wollte ich nun wirklich nicht auch noch ansprechen.

»Du hast recht!«, sagte meine Mutter. »Es wäre dumm, den

Auftrag abzulehnen. Aber ich kann in der Zwischenzeit ja schon mal mit Claudia reden.«

Ich spürte, wie sich mir ein tonnenschweres Gewicht auf die Schultern legte. Auf der einen Seite war ich dankbar, dass ich nach meinem Geständnis in meiner Mutter eine Verbündete gefunden hatte. Auf der anderen Seite hatten wir nun wieder genau dasselbe Mutter-Tochter-Verhältnis wie früher. Kurioserweise schien es meiner Mutter – trotz ihrer vorherigen Selbsterkenntnis – nicht einmal aufzufallen. Doch wie eh und je raubte sie mir die Luft zum Atmen. Und was die Sache noch schlimmer machte: Sie meinte es nur gut.

»Jetzt guck nicht so traurig!« Meine Mutter umfasste meinen Kopf mit beiden Händen. »Du musst dir wirklich keine Sorgen mehr machen, Hannah! Weder um deinen Vater noch um deine Finanzen. Ich helfe dir, dein Leben wieder auf die Reihe zu kriegen.«

Ich zwang mich zu einem Lächeln. »Das ist lieb von dir«, brachte ich mit heiserer Stimme hervor.

»Das tu ich doch gern!« Sie gab mir einen Kuss auf die Wange und zog mich an sich – für eine ihrer seltenen Umarmungen. »Es ist schön, dass du wieder Teil unserer Familie bist. Ich habe dich lieb, Hannah!«

»Ich hab dich auch lieb!«

Ich konnte nicht umhin, die Umarmung trotz allem zu genießen. Meine Mutter hatte mir gefehlt, und es tat unendlich gut, mich von ihrer warmen Liebe umhüllen zu lassen.

13. Kapitel

In den nächsten Tagen war ich damit beschäftigt, nach Motiven für die Gemälde zu suchen. Dabei stellte ich wieder einmal fest, dass das Licht auf der Insel unvergleichlich war – zu jeder Tageszeit herrschte eine andere Stimmung. Besonders in den Abendstunden war alles von einem wundervollen goldenen Glanz überzogen, als würde die Insel zu einer feinen Abendgesellschaft einladen. Nicht umsonst hatte das außergewöhnliche Lichtspiel schon so viele Künstler hierhergezogen.

Um wieder ein Gespür fürs Meer zu bekommen, machte ich mit einem Fahrgastschiff einen Ausflug von Zingst zur Insel Hiddensee. Leider war das Wetter an diesem Tag regnerisch und stürmisch. Am Bug spritzte die Gischt in die Höhe und vereinte sich dort mit den feineren Regentropfen – ein Zusammentreffen von süß und salzig, Himmel und Meer. Der alte Decksmann strich sich über seinen grauen Vollbart und versicherte den Passagieren, dass diese »laue Brise« kein Grund zur Sorge sei: Wenn Gefahr drohen würde, wäre der Kapitän gar nicht erst ausgelaufen. Das stimmte wohl, doch es änderte leider nichts an den blassen Gesichtern, die mir an Deck allenthalben begegneten. Auch ich bewegte mich nur in unsicheren Schritten vorwärts, da die Bewegungen des Schiffs unvorhersehbar waren. Der Decksmann dagegen sah mit leuchtenden Augen aufs Meer hinaus. Er schien die raue See zu lieben. Als wäre sie seine Geliebte, deren leidenschaftliche Ausbrüche er insgeheim herbeisehnte. Seltsamerweise faszinierte mich sein Gesichtsausdruck mehr als das aufgewühlte Meer, das ich in der Vergangenheit schon so oft gemalt hatte.

Abgesehen von der Arbeit war ich auch damit beschäftigt, Finn aus dem Weg zu gehen. Leider war er offenbar fest entschlossen, mit mir zu reden – wahrscheinlich, um mich wegen meiner Andeutung bezüglich der »Briefe« auszuquetschen. Deshalb tat ich das einzig Richtige: Ich ließ mich am Telefon jedes Mal verleugnen, wenn er anrief. Da es sich um meinen Ex-Freund handelte, fragte meine Familie nicht nach dem Grund und hielt mir solidarisch den Rücken frei. Für den Fall der Fälle hatte ich auch Ella dazu verpflichtet, meine Handynummer unter keinen Umständen an Finn weiterzugeben. Mein Ex-Freund stand momentan nun mal ganz am Ende meiner Problemliste. Die vorderen Ränge belegten neben meinem Auftrag für den Bürgermeister auch meine Mutter, die mir tatsächlich für die kommende Woche ein Bewerbungsgespräch im Hotel besorgt hatte. Schon allein, wenn ich daran dachte, wurde mir übel. Hoffentlich fiel mir bis dahin eine Lösung für dieses Problem ein!

Immerhin redete mein Vater wieder mit mir, auch wenn er noch etwas wortkarg und zurückhaltend war. Ich hatte ihn mit meinem Verhalten wohl wirklich verletzt.

Ansonsten lebte ich mich wieder in Liebwitz ein. Wenn ich unterwegs war, traf ich auf Nachbarn und alte Bekannte, hielt Schwätzchen und tauschte Neuigkeiten aus. Recht lange unterhielt ich mich ausgerechnet mit Björn, dem früheren Bandenführer und Möwenquäler. Inzwischen war er ein engagierter Sozialarbeiter und glücklicher Vater von dreijährigen Zwillingen. Unglaublich, wie sehr sich Menschen verändern konnten, oder?

Wie selbstverständlich hatte ich inzwischen auch das abendliche Kochen für die Familie übernommen, weil ich meine Mutter entlasten und ihr Arbeit abnehmen wollte. Immerhin lebte die Familie momentan größtenteils von ihrem Gehalt. Auch um das Haus kümmerte ich mich ein wenig. Mit fundierten Argumenten überzeugte ich Bastian, mir beim Gartenweg mit dem wuchernden Unkraut zu helfen. Ich erklärte ihm, dass es in seiner derzeitigen Lage nicht mehr ausreichte, lediglich den Rasen zu mähen und sich ansonsten von vorn bis hinten bedienen zu lassen. Die Zeiten hatten sich geändert! Außerdem lockte ich ihn damit, dass unsere Mutter bestimmt deutlich weniger bissige Kommentare wegen seiner Arbeitslosigkeit von sich gäbe, wenn er ein bisschen mehr Engagement und guten Willen zeigen würde. Anfangs regte Bastian sich über meine Einmischung tierisch auf. Aber als ich einige Stunden später mit der Gartenarbeit loslegte, kam er heraus und half mir stillschweigend. Mein Bruder war also nicht völlig beratungsresistent.

Nach dem Abendessen schaute ich oft noch bei Ella vorbei. Dann tranken wir ein Glas Wein, quatschten oder sahen uns zusammen ein paar Folgen *Vikings* an. Für meinen Geschmack gab es in Ellas derzeitiger Lieblingsserie jedoch viel zu viel Sex. Das erinnerte mich jedes Mal in unangenehmer Weise daran, dass ich überhaupt keinen hatte. Dabei vermisste ich nicht nur den Sex an sich, sondern auch die anderen Dinge: die Wärme eines anderen Körpers zu spüren; Fingerspitzen, die zärtlich über meine nackte Haut strichen; Küsse, die liebevoll in meinen Nacken gehaucht wurden. Aber da mein Liebesleben momentan quasi nicht existierte und auch keine Änderung in Sicht war, würde ich mich nach solchen Dingen wohl noch ein Weilchen verzehren müssen.

Wenigstens ging es mit meinen Gemälden langsam voran. Mittlerweile hatte ich einige grobe Skizzen von der Ostsee, dem Weststrand und Landschaftsimpressionen rund um Liebwitz angefertigt. Sie waren gut, aber mein Herz war nicht ganz bei der Sache. Ich wartete auf den Moment, in dem ich von einer Art kreativem Fieber erfasst wurde. Dann fiel ich immer in einen Schaffensrausch und konnte den Pinsel nicht mehr zur Seite legen, bis das Bild annähernd die Form angenommen hatte, die mir vorschwebte. Für diese magischen Momente lebte ich, und deswegen liebte ich das Malen. Ich wuchs über mich selbst hinaus und wurde eins mit der Kunst. Das Glücksgefühl, das ich dabei empfand, war berauschend. Doch wie sollte ich das meiner Mutter begreiflich machen?

Am heutigen Morgen verzichtete ich auf eine weitere Inseltour und blieb zu Hause, weil ich mit dem ersten Gemälde beginnen wollte. Gerade als ich in der Küche saß und darüber nachdachte, für welche meiner Skizzen ich mich entscheiden sollte, klingelte es an der Tür. Meine Eltern waren schon weg, aber Bastian war vor wenigen Minuten von seiner Joggingrunde zurückgekehrt und stand noch im Flur. Bei ihm war es leider aber auch möglich, dass er das Klingeln stoisch ignorierte. Mit einem Apfel in der Hand setzte ich mich in Bewegung und kam gerade in dem Moment aus der Küche, als Bastian am anderen Ende des Flurs die Tür öffnete.

»Hallo, Finn«, brummte mein Bruder.

Verdammt! Offenbar war mein Ex-Freund es leid, erfolglos bei meinen Eltern anzurufen. Reflexartig ließ ich mich zu Boden fallen und robbte mit dem Apfel zwischen den Zähnen zum Telefontisch, um mich dahinter zu verstecken.

»Hallo, Basti!«, sagte Finn. »Ich möchte mit deiner netten und liebreizenden Schwester sprechen.«

Ich hasste den Effekt, den seine Stimme auf mich hatte. Umgehend erwachte ein sehnsüchtiges Ziehen in meinem Brustkorb, und mein Herzschlag beschleunigte sich. Nur weil ich vor ein paar Tagen herausgefunden hatte, dass Finn doch kein so herzloser Mistkerl war, wie ich geglaubt hatte, schienen meine Hormone kein Halten mehr zu kennen.

Bastian schnaubte. »Meine nette und liebreizende Schwester? So jemanden kenn ich nicht«, gab er in seiner unverwechselbar charmanten Art zurück – und schlug Finn die Tür vor der Nase zu.

Fast hätte ich laut aufgelacht, aber keine zwei Sekunden später klingelte es erneut.

Mit einem genervten Seufzer öffnete mein Bruder wieder. »Ja?«

»Ich versuch's noch mal«, meinte Finn, ohne sich von Bastians abweisender Art provozieren zu lassen. »Kann ich bitte mit deiner anstrengenden und zuweilen nervtötenden Schwester sprechen?«

»Die kenn ich«, bestätigte Bastian trocken. »Hannah ist …«

Ich hielt den Atem an. Mein Bruder würde mich doch hoffentlich nicht in die Pfanne hauen?

»… nicht da«, beendete er seinen Satz.

Mir fiel ein Stein vom Herzen. Ich hätte Bastian vor Dankbarkeit küssen können.

Aber Finn gab sich nicht so leicht geschlagen. »Das ist schade«, entgegnete er. »Ich war mir eigentlich sicher, dass sie zu Hause ist, denn das Auto, mit dem sie immer rumfährt, steht direkt vor eurem Haus. Das mit dem Berliner Kennzeichen …«

Mein Bruder kommentierte diesen Hinweis mit stoischem Schweigen. Eine sehr kluge Taktik. Bastian konnte einfach gut mit Menschen!

Finn seufzte. »Kannst du mir dann bitte ihre neue Handynummer geben?«

»Hab ich nicht«, antwortete mein Bruder wahrheitsgemäß. »Ich bin schon genug damit bedient, mit Hannah unter einem Dach zu leben. Da verzichte ich gern darauf, auch noch telefonisch mit ihr in Kontakt zu treten.«

Ungeduldig wartete ich darauf, dass Finn sich jetzt verabschiedete. Meine kauernde Haltung hinter dem Telefontischchen war auf Dauer recht unbequem.

Nach einer kurzen Pause hörte ich Finn fragen: »Wieso sprichst du eigentlich so über deine Schwester? Bist du etwa sauer, weil sie so lange weg war?«

»Das ist doch ein ziemlich guter Grund, oder?«, entgegnete Bastian gereizt. »Sie ist jahrelang nicht nach Hause gekommen. Ihre Familie ist ihr offensichtlich nicht besonders wichtig.«

Finn sog scharf die Luft ein. »Du weißt, dass das nicht stimmt«, wies er meinen Bruder resolut zurecht. »Hannah hat für diese Familie schon tausendmal mehr gemacht als du! Aber so, wie ich dich kenne, ist dir das noch nicht mal aufgefallen. Außerdem machen wir alle Fehler. Das müsstest du so langsam auch gelernt haben. Deshalb reiß dich bitte zusammen und sei nicht so abweisend und unhöflich zu Hannah!«

Für einen Moment herrschte Schweigen. Finns Ansprache hatte meinen Bruder anscheinend sprachlos gemacht. Genau wie mich.

»Kann ich wohl«, gab Bastian etwas lahm zurück. »Außerdem bin ich zu allen Leuten abweisend und unhöflich!«

Das stimmte. Man konnte ihm in diesem Punkt wirklich keine Inkonsequenz vorwerfen.

»Ja, das merke ich.« Finn seufzte erneut. »Kannst du Hannah ausrichten, dass sie sich bitte bei mir melden soll?«

»Mhm«, brummte Bastian. Dann knallte er die Tür zu.

Für einen Moment blieb ich noch in meinem Versteck sitzen und drehte nachdenklich meinen angebissenen Apfel zwischen den Fingern. Wieso hatte Finn sich gerade für mich eingesetzt? Die einzige Antwort, die ich darauf fand, war rührend und schmerzlich zugleich: Mein Wohl lag ihm immer noch am Herzen – ganz egal, was zwischen uns vorgefallen war. Denn uns verband etwas, das tief und echt war und weit in unsere Vergangenheit zurückreichte: unsere Freundschaft. Mit dem Ende unserer Beziehung hatte ich auch meinen besten Freund verloren. Im Gegensatz zu mir hatte Ella sofort die Gefahr erkannt, als Finn und ich damals ein Paar geworden waren. Ich hatte alles gewagt, auf die Liebe gesetzt – und am Ende alles verloren. Nicht mal

Oliver konnte die Lücke füllen, die Finn hinterlassen hatte. Eine Freundschaft, die von Kindesbeinen an bestand, besaß nun mal eine besondere Tiefe.

Ich hatte mich blind auf Finn verlassen können, und wir hatten immer eine Menge Spaß miteinander gehabt. Zum Beispiel, wenn Finn, Ella und ich uns im Sommer wie Guerillakämpfer hinter die Dünen gepirscht hatten, wo die älteren Kids heimlich miteinander knutschten. Dann hatten wir sie mit unseren Wasserpistolen nass gespritzt und uns grölend aus dem Staub gemacht. Wir waren eben Kinder und fanden das damals zum Schreien komisch.

Als wir älter wurden, hatten Finn und ich oft stundenlang über Kunst, Politik, das Leben und die Liebe diskutiert. Dabei waren unsere Ansichten manchmal völlig gegensätzlich gewesen. Zum Beispiel, wenn es darum ging, ob man in der Liebe für einen guten Zweck den anderen belügen durfte. Während Finn der Meinung gewesen war, dass der Zweck die Mittel heilige, hatte ich für totale Ehrlichkeit plädiert. Wir hatten uns deshalb fast in die Haare gekriegt. Ella hatte in solchen Momenten immer den Kopf geschüttelt und gemeint, dass wir total bekloppt wären.

In unserer Teenagerzeit hatte Finn selbst bei meinen Problemen mit dem männlichen Geschlecht ein offenes Ohr für mich. In dem Alter stand ich auf die »bösen Jungs«. Also großmäulige Typen in Motorradjacken, die heimlich rauchten, Alkohol aus der Bar ihres Vaters klauten und sich betont cool gaben. Kein Wunder also, dass meine Beziehungen oft kein gutes Ende genommen hatten und Finn mich des Öfteren hatte trösten müssen.

Ich wurde rüde aus meinen Erinnerungen gerissen, als neben mir ein Paar Laufschuhe durch den Flur flogen. Sie landeten zwar immerhin in der Nähe des Schuhschranks, aber unsere Mutter würde damit sicherlich nicht glücklich sein.

Mit einem Ächzen stand ich vom Boden auf und streckte meine Glieder. »Ist Finn weggefahren?«

Bastian schüttelte den Kopf. »Ich glaube, er ist rüber zu seinen Urgroßeltern«, brummte er. »Du solltest dich draußen erst mal nicht blicken lassen.«

Seine durchgeschwitzten Klamotten klebten ihm auf der Haut, aber sein morgendliches Sportprogramm war noch nicht zu Ende. Nach dem Joggen absolvierte Bastian noch ein umfassendes Krafttraining – mit zweitausend Klimmzügen und tausend Liegestützen oder so.

»Dein Ex-Freund ist ein unerträglicher Klugscheißer«, ließ er mich ungefragt wissen.

»Das würdest du wohl anders sehen, wenn er für dich Partei ergriffen hätte«, bemerkte ich. »Lieb von dir, dass du mich gedeckt hast.«

Bastian zuckte mit den Schultern. »Kein Ding.« Er starrte einen Moment ins Leere, dann stemmte er die Hände in die Hüften. »Ich bin nicht so ein egoistischer Drecksack, wie ihr alle denkt. Immerhin bin ich nur deshalb arbeitslos, weil …«

Ich wartete, doch er sprach nicht weiter. »Wieso bist du arbeitslos?«, hakte ich nach.

Er winkte ab. »Ach, nichts. Vergiss es einfach, okay?«

Zu gern hätte ich weitergebohrt, aber ich verkniff es mir. Wenn Bastian dazu bereit wäre, würde er mir schon sagen, was vorgefallen war. Jedenfalls hoffte ich das. Allerdings schien Finns Ansprache tatsächlich etwas bei ihm bewirkt zu haben.

»Ich war seit deiner Rückkehr wohl wirklich etwas … ruppig zu dir«, erklärte Bastian mit sichtlicher Überwindung. Er rieb sich die Stirn. »Im Augenblick bin ich nicht ich selbst, weißt du?«

Plötzlich wirkte Bastian sehr erwachsen – und ziemlich mitgenommen. Er haderte offensichtlich mit sich selbst. Leider hatte ich nicht die geringste Ahnung, wie ich ihm helfen konnte.

»Das wird schon wieder«, sagte ich, obwohl ich solche hohlen Phrasen verabscheute. Es musste doch eine Möglichkeit geben, ihn aus diesem Loch herauszuholen! Gedankenverloren massierte ich mir den verspannten Nacken, während ich über eine Lösung nachgrübelte.

Bastian musterte mich stirnrunzelnd. »Du tust das ziemlich oft. Den Nacken kreisen lassen und dir die Schulter massieren. Lass mich mal sehen!«

Ehe ich mich wehren konnte, drehte er mich um und tastete meinen Schulter-Nacken-Bereich ab. Dabei ging er nicht gerade zimperlich vor.

»Dachte ich mir! Du hast die typischen Verspannungen im HWS-Bereich. Und hier dein rechter Trapezmuskel ...«, er drückte auf eine schmerzhafte Stelle, und ich zog zischend die Luft ein, »... völlig verhärtet. Wahrscheinlich durch einseitige Bewegung. Deine Muskeln hier sind schlecht durchblutet und übersäuert – so etwas verursacht oft Kopfschmerzen. Hast du welche?«

»Äh ... ja!«, entgegnete ich überrascht.

Er nickte. »Kleine Ursache, große Wirkung. Wie oft machst du Sport?«

Fast hätte ich aufgelacht. Für so etwas hatte ich nun wirklich keine Zeit. Außerdem konnte nicht jeder so sein wie Bastian. Mein Bruder war von Kopf bis Fuß durchtrainiert. Vermutlich war sogar sein Zahnfleisch muskulöser als meins.

Er deutete mein Schweigen völlig richtig. »Du machst also nix! Du arbeitest den ganzen Tag, und danach sitzt du stundenlang mit einem Pinsel in der Hand vor einer Leinwand in einem zugigen Atelier.«

»Ich bin nun mal mit wichtigeren Dingen beschäftigt«, verteidigte ich mich.

»Ach so, wichtigere Dinge?« Mein Bruder verzog spöttisch

den Mund. »Dann denk mal an Papa! Er wünscht sich jetzt auch, dass er sich mehr um seinen Rücken gekümmert hätte.«

Verdammt! Er hatte recht. Plötzlich hatte ich das dringende Bedürfnis, meinem Körper etwas Gutes zu tun.

»Und was kann ich da machen?«, wollte ich wissen.

»Ich kann dir postisometrische Relaxationsübungen zeigen – die dehnen und kräftigen gleichzeitig den Muskel«, bot er an. »Und ich gebe dir eine kleine Faszienrolle, die du über die Muskeln rollen kannst. Damit sollte es besser werden. Das kostet dich pro Tag nur fünf bis zehn Minuten.«

Ich war tief beeindruckt. »Woher weißt du das denn alles?«

»Hannah, ich beschäftige mich schon mein halbes Leben mit dem menschlichen Körper. So etwas interessiert mich eben«, erklärte er. »Fürs Erste versuche ich mal, ein paar deiner Muskelgruppen aufzulockern.«

Er begann zielgenau einige Stellen zu massieren. Ich musste mir Mühe geben, nicht wohlig zu stöhnen. Bei meinem Bruder wäre das irgendwie unpassend gewesen.

»Du hast doch heute nichts mehr vor, oder?«, fragte ich seufzend. »Könntest du das bitte ein paar Stunden lang machen?«

Bastian lachte. Es war sein aufrichtiges befreites Lachen von früher, das ich seit meiner Ankunft noch nicht von ihm gehört hatte. »Dein Vorschlag ehrt mich zwar, aber ich muss nachher noch ein paar Bewerbungen schreiben.«

»Was ist denn aus der Stelle in Barth geworden?«

»Nix«, sagte er. Seine Unbeschwertheit war sofort wieder verflogen. »Sie haben mich nicht mal zum Vorstellungsgespräch eingeladen. Wahrscheinlich spricht es nicht für mich, dass ich meinen Job hingeschmissen habe und schon so lange daheim herumsitze.«

Während er meine Muskelverhärtungen bearbeitete, dachte ich über das Leben meines Bruders nach. »Sag mal, wieso bist du eigentlich Bankkaufmann geworden?«

Er ließ sich Zeit mit einer Antwort. »Weil ich gut im Rechnen bin«, sagte er schließlich. »Und die Filiale in Liebwitz hat zufällig einen Azubi gesucht. Außerdem sehe ich im Anzug verdammt gut aus.«

Ich warf ihm einen Blick über die Schulter zu. »Ernsthaft? Du bist wegen des Anzugs Bankkaufmann geworden?«

»Guck nach vorn!«, befahl er ruppig. »Es gibt schlechtere Gründe, sich für einen Job zu entscheiden. Wieso interessiert dich das eigentlich?«

»Ach, nur so«, entgegnete ich ausweichend.

Ich war ungefähr in Bastians Alter gewesen, als ich meine Stelle im Hotel aufgegeben und einen Neuanfang gewagt hatte. Was bis dahin nur mein Hobby und meine Leidenschaft gewesen war, hatte ich zu meinem Beruf gemacht. Ich lächelte. Womöglich hatte ich gerade eine Lösung für Bastians Problem gefunden.

14. Kapitel

Verflixt, ich war über zwanzig Minuten zu spät! Ich war so ins Malen vertieft gewesen, dass ich den Termin zur Anprobe fast vergessen hätte. Heute wollte Ellas Mutter mich zum ersten Mal in das Fröhliche-Paprika-Kostüm stecken und für das morgige Leuchtturmfest einige Änderungen vornehmen.

Atemlos platzte ich in die Küche, aber von Ella und ihrer Mutter war nichts zu sehen. »Hallooo?«, rief ich durchs Haus. »Irgendjemand da?«

»Wohnzimmer«, hörte ich Ellas gedämpfte Antwort.

Ich öffnete die Tür und landete in einem gerade explodierten Stofflager. Verstreut auf Sofa, Tisch und Kommode lagen Stoffreste, Scheren, Draht, Schaumstoff und Bastelwolle herum. Im Zentrum des Chaos kniete Ellas Mutter Martha zu Füßen ihrer Tochter und hatte sich einige Nadeln zwischen die Lippen geklemmt. Sie sah auf und zwinkerte mir zu. »'anna', 'ön dich zu sehen!«

Martha war klein, stämmig und hatte rosige Wangen. Ihre grau melierten Haare versteckte sie meist unter einem Kopftuch, und auf dem Hof trug sie zur Arbeit immer einen praktischen grünen Overall. Im Winter wahlweise mit Strickweste.

»Hallo, Martha!«, begrüßte ich sie. »Tut mir leid, dass ich zu spät bin!«

»Von uns hörst du keinen Vorwurf! Wir sind froh, dass du uns hilfst.« Ella, die mir bisher den Rücken zugewandt hatte, drehte sich lächelnd zu mir um.

Augenblicklich prustete ich los vor Lachen. Die Konturen

ihres Körpers waren nicht mehr zu erkennen, denn das orangefarbene Kostüm in typischer Karottenform reichte ihr vom Hals bis zu den Knöcheln. Unten saß es eng, doch an den Schultern war es – wohl mithilfe eines Drahtgestells – kreisrund und ausladend geschnitten. Auf Brusthöhe war ein fröhliches Gesicht aufgestickt, und auf dem Kopf trug Ella eine potthässliche grüne Haube mit langen grünen Kunstfedern. Meine Freundin trippelte in kleinen Schritten auf mich zu und streckte ihre Hände durch zwei Öffnungen im Stoff.

»Hallo, Süße!« Sie versuchte, mich zu umarmen, verlor jedoch das Gleichgewicht und fiel vorwärts in meine Arme. »Ups!«

»Kein Problem!« Immer noch lachend stellte ich Ella wieder auf die Beine. »Bist du sicher, dass du in diesem Ding arbeiten kannst?«

Ella drückte ihr Kostüm ein und blickte zweifelnd an sich hinab. »Mama, das ist unten doch zu eng! Kannst du es wieder weiter machen?«

Martha stöhnte, nahm aber gleich darauf die Schere und fummelte am unteren Saum herum.

»Wie sehe ich aus?«, fragte mich Ella. »Zum Fest werde ich mein Gesicht komplett grün anmalen. Damit die Illusion perfekt ist.«

»Sehr schön«, lobte ich sie und deutete auf den Kopfschmuck. »Eine sehr spezielle Karotte.«

»Auch als Gemüse bin ich eben äußerst extravagant«, meinte Ella und strich liebevoll über die Kunstfedern. Dann wurde sie wieder ernst.

»Wolltest du heute nicht mit dem ersten Bild anfangen? Wie läuft es?«

Ich dachte kurz an das Gemälde, an dem ich bis eben noch gearbeitet hatte. »Bis jetzt ganz gut«, lautete schließlich meine ehrliche Antwort.

Ich hatte mich für ein inseltypisches Motiv entschieden: den Darßwald in all seiner wilden Schönheit. Er stand unter Naturschutz und nahm eine große Fläche der Insel ein. Nichts durfte hier verändert, kein Baum gefällt oder zurückgeschnitten werden. Autos waren natürlich verboten, und Wanderer durften den Fußweg nicht verlassen, damit die Wildtiere wie Hirsche, Füchse und Wildschweine nicht gestört wurden. In dieser Naturidylle konnte man stundenlang umherwandern, bis man mit einem Mal ein ungewöhnliches Geräusch hörte. Zuerst hielt man es vielleicht für ein Blätterrauschen, das allerdings nicht abbrach und mit jedem Schritt lauter wurde. Völlig unvermittelt öffnete sich dann das Grün des Waldes – und gab den Blick frei auf das Meer und den Weststrand mit seinem fast schneeweißen Sand. Dieser Moment, wenn man im tiefsten Wald stand und gleichzeitig auf türkisfarbene Wellen schaute, war jedes Mal aufs Neue atemberaubend. Als hätte sich plötzlich ein Tor geöffnet, das in eine andere fremde Welt führte. Und das Rauschen der Brandung lockte den Wanderer, weiterzugehen und diese Welt zu betreten …

Es verstand sich von selbst, dass ich bei diesem Gemälde auf jeglichen Kitsch und überbordende Romantik verzichtet hatte. Natürlich war es noch lange nicht fertig, aber bis jetzt war das Bild handwerklich perfekt und schön anzusehen. Es war … solide. Ja, das war wohl das richtige Wort! Ich war mir sicher, dass Dirk zufrieden damit wäre und es mir abkaufen würde. Mir persönlich fehlte zwar das gewisse Etwas, aber meinem Kunden würde es gefallen.

»Den Rest trenne ich später auf«, meinte Martha und sah zu mir. »Du kannst dich schon mal umziehen, Hannah! Dein Kostüm liegt auf dem Sofa.«

»Also, dann mutiere ich mal zur Paprika«, meinte ich seufzend und setzte mich in Bewegung.

»Kleine Planänderung«, informierte mich Ella. »Du bist doch keine fröhliche Paprika.«

»Nicht?«

»Ich habe bis zur letzten Minute wirklich alles versucht«, erklärte ihre Mutter. »Aber die Gemüseform war zu schwer umzusetzen. Die paprikatypischen Hebungen und Senkungen auf der Oberseite waren einfach zu instabil.«

»Und was bin ich jetzt?«, wollte ich wissen. »Eine Peperoni?«

»Nein! Peperoni zählen nicht gerade zu unseren Verkaufsschlagern.« Ella kratzte sich verlegen an ihrem Karottenausschnitt. »Du bist … eine Kartoffel.«

»Aha.« Ich ging zum Sofa hinüber. Skeptisch betrachtete ich die braunen Leggings und den braunen Korpus mit lachendem Gesicht. Mir schwante Übles. Aber ich hatte wohl keine andere Wahl.

Fünf Minuten später stand ich vor dem Spiegel und betrachtete mich fassungslos. »Das kann nicht euer Ernst sein!«

Es war ein schlichtes Kostüm: eine braune Haube, braune Leggings, braune Armstulpen und ein ovaler brauner Korpus.

»Ich hatte nicht mehr viel Zeit«, verteidigte Martha ihr Werk.

Ich drehte mich zu Ella um. Ihr Karottenkostüm zitterte vor unterdrücktem Lachen.

Kopfschüttelnd breitete ich die Arme aus. »Ich sehe aus wie eine … eine riesengroße Hundekackwurst.«

Das war zu viel für meine Freundin. Sie platzte los vor Lachen.

»Oh, Entschuldigung, ich sehe natürlich aus wie eine *fröhliche* Kackwurst«, fügte ich bissig hinzu und deutete auf das aufgenähte Grinse-Gesicht.

Ella kreischte vor Vergnügen. Sie wurde so sehr von einem Lachanfall geschüttelt, dass sie das Gleichgewicht verlor und zu Boden kippte. Aber das störte ihren Ausbruch an Heiterkeit nicht im Geringsten. »Gute Verdauung … mit Bio-Gemüse«, brachte sie zwischen zwei Lachsalven hervor.

In diesem Moment klingelte es an der Tür. Martha eilte davon und schien froh zu sein, der Situation entfliehen zu können.

Sie kam recht schnell wieder zurück – leider mit Finns Mutter im Schlepptau.

Ach herrje, das hatte mir gerade noch gefehlt! Wie immer sah Charlotte Jahnke äußerst gepflegt aus – ihre blond gefärbten Haare saßen perfekt, und ihr Make-up betonte ihre Vorzüge. Wenngleich sie in ihrem hellblauen Kostüm und den Pumps in Marthas Wohnzimmer ziemlich overdressed wirkte.

»Oh, Hannah!« Charlotte hielt bei meinem Anblick überrascht inne. Sie lächelte dünn. »Ich habe schon gehört, dass du wieder hier bist.«

Ich riss mich zusammen und erwiderte ihr Lächeln. »Hallo, Charlotte! Wie geht es dir?«

»Nun, besser als dir, nehme ich an.«

Sie musterte mich wie eine neuentdeckte Spezies, die an Scheußlichkeit ihresgleichen suchte. Nun gut, das lag vielleicht auch am Kostüm. Charlotte hob pikiert die Augenbrauen. Jedenfalls schien sie es zu versuchen, denn ihre Brauen wanderten zwar etwas nach oben, blieben aber auf halbem Weg stecken. Der Rest ihrer Stirn wirkte dabei irritierend faltenfrei. Mir drängte sich der Verdacht auf, dass Charlotte während meiner Abwesenheit eine Botox-Jüngerin geworden war.

»Wir legen gerade letzte Hand an unsere Kostüme«, erklärte Ella unsere Aufmachung. Sie versuchte, sich vom Boden aufzurappeln, und ich reichte ihr helfend die Hand, um sie hochzuziehen. »Hannah unterstützt uns beim Hofladen-Stand auf dem Leuchtturmfest. Das ist so nett von ihr! Dabei hat sie doch auch noch diesen megawichtigen Auftrag vom Bürgermeister und muss für ihn zwei Bilder malen.«

Ella übertrieb mal wieder schamlos. Aber ich wusste es zu schätzen, dass sie sich bei Charlotte für mich ins Zeug legte. Allerdings war da wohl nicht viel zu machen. Die Tochter eines Hausmeisters und einer Hilfskraft war in ihren Augen nie gut genug für Finn gewesen. Für Charlotte zählte ihre eigene Familie nämlich zur High Society von Liebwitz – was in einem so kleinen Dorf im Grunde nicht viel bedeutete. Selbstverständlich gehörten die Bradherings diesem illustren Kreis nicht an. Ständig hatte Finns Mutter kleine Spitzen gegen mich abgeschossen oder kritische Bemerkungen fallen lassen, die mir bewusst machen sollten, wie unwürdig ich war: Ich hatte keinen Stil, kein Benehmen, kein Geld, war zu aufmüpfig, unkonventionell – und natürlich war auch ich schuld daran, dass Finn dem Familienunternehmen den Rücken gekehrt hatte, um sich mit der kleinen Werft selbstständig zu machen. Charlottes Anspielungen waren leider immer haarscharf an der Grenze und unterschwellig genug gewesen, damit ich mich bei Finn nicht offen hatte beschweren können. Aber diese Zeiten waren ja zum Glück vorbei! Was seine Mutter heute von mir dachte, konnte mir gleichgültig sein.

»Das stimmt nicht!«, entgegnete Charlotte nüchtern.

Was stimmte nicht? Dass ich nett war? Oder dass ich zwei Bilder für die Gemeinde malte? Ach herrje, Dirk hatte doch nicht etwa einen Ersatz für mich gefunden?

Finns Mutter zückte ihr Smartphone und tippte darauf herum. Schließlich nickte sie nachdrücklich. »Hannah hilft nicht bei euch am Hofladenstand.«

»Nicht?« Ella und ihre Mutter sahen fragend zu mir, während ich ratlos zu Charlotte blickte.

»Nicht?«, wiederholte ich wenig wortgewandt.

»Ich bin die Vorsitzende des Festkomitees, und ich werde es wohl wissen«, beharrte sie.

Dass sie Vorsitzende des Festkomitees war, erklärte immerhin ihre Anwesenheit. Wahrscheinlich wollte sie mit Ella, die ebenfalls Teil des Komitees war, einige Dinge wegen des Leuchtturmfests besprechen. Leider hatte ich jedoch noch immer keine Ahnung, wieso ich nicht am Fest teilnehmen durfte.

»Aber warum denn?«, fragte ich verständnislos. »Hab ich was falsch gemacht?«

»Wenn du mich so direkt fragst: Dein Kleidungsstil lässt genau wie früher zu wünschen übrig«, beantwortete Charlotte meine Frage mit einem abschätzigen Blick auf mein Kostüm. »Aber der eigentliche Grund ist, dass du schon mit einem eigenen Stand angemeldet bist. Du kannst schlecht am Hofladenstand helfen *und* an deinem Karikaturenstand sitzen. Oder hast du in Berlin zufällig gelernt, wie man an zwei Orten gleichzeitig ist?«

Ich verstand kein Wort. »An meinem Karikaturenstand?«

Charlotte seufzte und reichte mir ihr Smartphone. »Hier hast du es schwarz auf weiß. Eine Anmeldung in allerletzter Minute.«

Fassungslos las ich den tabellarischen Eintrag: *Standnummer 1.9, Karikaturen: Hannah Bradhering, Zeichnung von witzigen Personenporträts; Erlös geht an den Kindergarten.*

Ella schaute mir beim Lesen über die Schulter. »Du hast dich mit einem eigenen Stand angemeldet? Darüber hat mich bis jetzt überhaupt niemand informiert. Aber du hast doch versprochen, mir zu helfen!«

Ich drehte mich zu ihr um. Ellas Miene sprach Bände. Meine Freundin war verletzt und enttäuscht.

»Natürlich habe ich das nicht getan«, beteuerte ich. »Glaub mir bitte! Ich wusste nichts davon.«

Ella wirkte nicht gerade überzeugt. Die Fakten sprachen eindeutig gegen mich.

»Du hättest mir wenigstens sagen können, dass du was anderes vorhast«, bemerkte sie eingeschnappt.

»Wie denn?«, rief ich verzweifelt aus und rang die Hände. »Ich habe gerade eben erst davon erfahren.«

Ich fuhr zu Charlotte herum. »Von wem ist diese Anmeldung? Denn ich kann beschwören, dass ich mich nicht selbst angemeldet habe.«

»Einen Augenblick …« Charlotte nahm mir ihr Smartphone ab und tippte darauf herum. Plötzlich erhellte sich ihr Gesicht. »Ach ja, jetzt erinnere ich mich! Finn hat dich angemeldet.«

Ich atmete auf. Gut, jetzt hatte ich wenigstens den Beweis, dass ich unschuldig war! Das würde Ella zeigen, dass … Moment mal! Finn? Mein Ex-Freund Finn? Ich schnappte nach Luft. Wie kam er dazu, mich mit einem Stand anzumelden? Ohne mich zu fragen? Selbst wenn wir noch ein Paar gewesen wären, hätte ich dieses Verhalten absolut indiskutabel gefunden.

»Und du hast die Anmeldung einfach angenommen?«, blaffte ich Charlotte an.

Sie zuckte mit den Schultern. »Ich dachte natürlich, dass du Bescheid weißt.«

Bunte Punkte begannen vor meinen Augen zu tanzen. Ich hatte das Gefühl, jeden Moment zu explodieren. Das würde Finn mir büßen!

»Wo ist er?« Meine Stimme überschlug sich. »Wo ist Finn?«

»Du meinst jetzt? In diesem Augenblick?« Als würde sie meine Aufregung überhaupt nicht bemerken, tippte Charlotte sich nachdenklich an die Lippen. Dann sah sie in aller Seelenruhe auf ihre goldene Uhr.

»Mein Sohn sagt mir natürlich nicht immer, wohin er geht. Aber ich glaube, er wollte wegen eines Bootes nach Born zum Hafen. Kann sein, dass er noch dort ist. Du könntest ihn da noch erwischen. Aber du solltest keine Zeit verlieren.«

»Danke!« Ich riss mir die Kartoffel-Haube vom Kopf. Hastig schlüpfte ich in meine Schuhe und schnappte mir meine Tasche.

»Moment, Hannah, das Kostüm!«, wollte Ella mich zurückhalten, doch ich war schon halb zur Tür hinaus.

»Ich bringe es so schnell wie möglich wieder zurück«, rief ich ihr über meine Schulter zu.

Ich hatte jetzt keine Zeit, mich umzuziehen. Himmel, ich würde Finn den Hals umdrehen!

15. Kapitel

Da der Hafen in Born klein und übersichtlich war, entdeckte ich meinen Ex-Freund sofort. Er unterhielt sich mit einem jungen Mann am Anleger neben einem Zeesboot. Zum Glück hatte ich mich beeilt und Finn noch erwischt! Ich musste umgehend meine Wut loswerden, sonst würde ich bestimmt jeden Moment einen Herzinfarkt erleiden.

Eigentlich bot der beschauliche Hafen in Born die perfekte romantische Idylle: Dem Parkplatz gegenüber stand ein Kapitänshaus aus dem Jahr 1880, das liebevoll restauriert und in ein Restaurant verwandelt worden war. Bänke am Hafen luden dazu ein, sich auszuruhen und müßig den Blick übers Wasser schweifen zu lassen. Aber mir stand gerade nicht der Sinn nach Landschaftsbetrachtungen und schönen Motiven.

Als ich entschlossen auf Finn zumarschierte, sah er auf. Im ersten Augenblick zeichnete sich Überraschung auf seinem Gesicht ab, dann zuckte ein Grinsen um seine Mundwinkel. Hm. Vielleicht wäre es doch besser gewesen, wenn ich mich umgezogen hätte. Anscheinend fand er meinen Aufzug ziemlich erheiternd. Aber gleich würde ihm das Lachen vergehen.

»Duuuu!«, rief ich und deutete im Laufen auf Finn.

»Oh, oh«, sagte der Mann neben ihm. »Gehört die zu dir?«

Finn rieb sich mit der flachen Hand über die Wange, wirkte jedoch nicht im Mindesten besorgt. »Kann man so sagen.«

Atemlos blieb ich vor ihm stehen. »Was fällt dir ein?«, keifte ich und stach mit meinem Zeigefinger in seine Brust. Wahrscheinlich hatte ich mir gerade den Finger verstaucht.

»Mich anzumelden – ohne mich zu fragen! Gerade stand ich wie der letzte Idiot vor Ella total eingeschnappt.« Wenn ich richtig sauer war, ließen meine Artikulationsfähigkeiten plötzlich stark nach. Meine Gedanken überschlugen sich derart, dass ich völlig willkürlich Sätze kombinierte.

»Wann sollte ich denn deiner Meinung nach von dem Fest erfahren? Auf dem Stand?« Ich stampfte verärgert mit dem Fuß auf. »Ach, verdammt! Natürlich andersrum.«

Ich ließ das Reden sein und pikste Finn lieber noch ein paar Mal in die Brust. Verflixt, war mein Ex-Freund inzwischen durchtrainiert! Die körperliche Arbeit an den Zeesbooten schien sich bei ihm äußerst positiv auszuwirken.

Finn grinste, als hätte er gerade meine Gedanken erraten. Er fing meinen Finger ein und hielt meine Hand fest. »Damit tust du dir mehr weh als mir.«

Ich verdrehte die Augen und schüttelte seine Hand ab. »Sag was!«, verlangte ich.

Anstatt sich zu verteidigen, deutete er auf seinen Begleiter. »Hannah, das ist Knut! Er will mir das Boot seines verstorbenen Großvaters verkaufen. Knut, das ist meine Freundin Hannah!«

Ich musterte Finn überrascht. Er bezeichnete mich als seine Freundin? Ich ignorierte das sehnsüchtige Ziehen, das dieses Wort aus seinem Mund in mir auslöste. Doch eine Freundschaft zwischen uns war nach allem, was zwischen uns vorgefallen war, schwierig, wenn nicht gar unmöglich. Davon abgesehen konnte ich nicht leugnen, dass ich mich noch immer zu ihm hingezogen fühlte. Finn sah das vielleicht anders, denn schließlich hatte er unsere Beziehung beendet.

»Hallo, Hannah!« Knut tippte sich mit zwei Fingern grüßend an die Schläfe.

Trotz meiner Wut auf Finn brachte ich ein höfliches Lächeln zustande. »Freut mich, Knut!«

Er war Anfang zwanzig und sonderte einen starken alkoholischen Geruch ab. Knut hatte tiefe Augenringe und wirkte müde – er ging wohl gern feiern.

»Warum trägst du denn dieses hässliche Ding?«, fragte er und deutete auf mein Kostüm. »Stehst du gern im Mittelpunkt?«

»Ich?« Zum ersten Mal seit meiner Ankunft schaute ich mich um. Tatsächlich warfen mir die Leute, die am Hafen unterwegs waren, verstohlene Blicke zu. Einige kicherten unverblümt.

Ich straffte die Schultern. »Solche Kostüme sind in Berlin jetzt der letzte Schrei«, behauptete ich.

Offensichtlich mangelte es meiner Antwort an Glaubwürdigkeit. Da auch Finn mich immer noch fragend ansah, erklärte ich seufzend: »Das ist ein Kostüm fürs Leuchtturmfest. Ich war gerade bei einer Anprobe. Aber mir blieb keine Zeit mehr, mich umzuziehen. Deine Mutter meinte, ich müsste mich beeilen, um dich noch hier zu erwischen.«

»Ah ja?« Finn wirkte irritiert. »Eigentlich bin ich länger in Born. Nachher muss ich nämlich noch an einem Familienessen teilnehmen.« Er machte eine Kopfbewegung in Richtung des Restaurants. »Da wir den Geburtstag meines Vaters feiern, hätte meine Mutter das eigentlich wissen müssen. Heute Morgen hatte ich mit ihr deswegen eine längere Diskussion. Weil ich ihr gesagt habe, dass ich nicht noch mal extra nach Hause fahren werde, nur um mich in einen Anzug zu werfen.«

Ich biss verärgert die Zähne zusammen. Jede Wette, dass Charlotte das mit Absicht gemacht hatte! Sie hatte es darauf angelegt, dass ich mich vor Finn in diesem Kostüm lächerlich machte. Wahrscheinlich hallte in Liebwitz gerade ihr bösartiges Hexenlachen durch die Gassen.

Doch ich verkniff mir einen Kommentar. Lieber kam ich auf den eigentlichen Grund meines Kommens zurück. »Erklärst du mir jetzt endlich, wieso du mich über meinen Kopf hinweg mit einem Stand angemeldet hast? Du hättest mich wenigstens informieren müssen.«

Finn seufzte. »Ich versuche schon seit Tagen, mit dir darüber zu sprechen! Aber du gehst nicht ans Telefon, rufst nicht zurück und lässt dich verleugnen, wenn ich bei dir vor der Haustür stehe. Ich habe wirklich alles versucht, um mit dir über den Karikaturenstand zu reden.«

»Oh.«

Deswegen hatte Finn unbedingt mit mir sprechen wollen? Selten war ich mir so dumm vorgekommen wie in diesem Augenblick.

Ich räusperte mich, um Zeit zu gewinnen. »Tja, schön und gut! Aber das erklärt noch lange nicht, wieso du mich überhaupt angemeldet hast.«

»Ich könnte dir jetzt den Grund nennen, aber ich tue es nicht«, erwiderte Finn mit einem gefährlichen Lächeln. »Bevor ich Knuts Zeesboot kaufe, muss ich nämlich noch eine Probefahrt machen. Die Sonne scheint, und der Wind steht gerade perfekt. Ich muss los! Aber ich mache dir einen Vorschlag.« Finn beugte sich zu mir. »Komm mit, dann können wir reden.«

»Aufs Boot?«, fragte ich überrumpelt.

»Nein, ich hatte vor, dich in einem Schwimmring hinter mir herzuziehen«, gab er trocken zurück. »Natürlich aufs Boot! Da können wir in Ruhe reden. Und du liebst es, auf dem Wasser zu sein, oder?« Er wandte sich an Knut. »Du hast doch nichts dagegen, wenn ich Hannah mitnehme?«

»Nein, fahrt ruhig!« Knut nickte und leckte sich über die Lippen. »Wenn dir das Boot gefällt, können wir den Kauf gleich danach abschließen.«

Er hatte es offenbar sehr eilig, das Erbe seines Großvaters zu Geld zu machen. Aber in seinem Alter brauchte man Bares wohl dringender als ein Boot.

Unschlüssig biss ich mir auf die Unterlippe. Ich blickte auf das Zeesboot, dessen poliertes Holz in der Nachmittagssonne wie flüssiges Gold schimmerte. Ich hatte wirklich Lust auf eine kurze Fahrt. Sollte ich Finns Angebot annehmen?

»Ich weiß nicht«, gab ich zweifelnd zurück und deutete auf mein Kostüm. »In meinem Aufzug ist eine Bootstour wohl keine gute Idee.«

Finn überlegte nicht lange. »Dafür habe ich eine Lösung. Moment!«

Er marschierte zu seinem Auto und kam gleich darauf mit einer Jogginghose und einem T-Shirt zurück. »Ich habe immer Ersatzklamotten dabei. Falls ich mal unfreiwillig im Wasser lande.«

Ich schaute auf Finns Sachen in meiner Hand und danach auf das schöne Boot. Ach, verflixt! Mein Geist war willig, aber mein Fleisch war schwach ... Außerdem wollte ich Antworten.

»Also gut«, sagte ich. »Ich komme mit.«

*

Ich zog mich unter Deck in der Kajüte um. Nun ja, eigentlich war es eher ein Lagerraum, in dem man kaum aufrecht stehen konnte. Die für die Region typischen Zeesboote waren nun einmal traditionell flach und breit. Sie waren zum Fischfang genutzt worden, und die Zeese war das Schleppnetz, das seitlich über den Grund gezogen wurde. Deshalb bot ein solcher Kahn natürlich auch nicht den Luxus einer Wochenendjacht. Zu meinem Leidwesen gehörte das Boot von Knuts Großvater auch noch zu den eher kleinen Exemplaren. Beim Umziehen stieß ich permanent an die Decke oder gegen Kisten mit Schiffsutensilien. Da Finns schwarzes T-Shirt mir fast bis zu den Knien reichte, beschloss ich, es als legeres Sommerkleid zu tragen und die warme Jogginghose wegzulassen. In einer der Kisten fand ich ein Stück Schnur und nutzte sie kurzerhand als Gürtel, um mein »Kleid« aufzupeppen.

Als ich wieder nach draußen trat, hatten wir den Hafenbereich bereits verlassen. Finn saß achtern an der Ruderpinne und steuerte routiniert das Boot. Sobald er auf dem Wasser war, strahlte er eine besondere Ruhe aus und verschmolz förmlich mit den Elementen. Als Kind hatte er eine Zeitlang davon geträumt, Schiffskapitän zu werden, aber schlussendlich hatte er sich lieber dem Handwerk gewidmet. Finn wollte mit den Händen arbeiten und zugleich die regionale Tradition pflegen. Nach seinem beruflichen Erfolg konnten wohl nicht einmal mehr seine Eltern abstreiten, dass es die richtige Entscheidung gewesen war.

Als ich näher kam, wandte er mir seine Aufmerksamkeit zu. Sein Blick blieb an meinen bloßen Beinen hängen. »Mein T-Shirt steht dir ausgesprochen gut!«, bemerkte er.

»Wenigstens besser als das Kostüm«, gab ich zu.

Ich setzte mich neben ihn und verstaute meine Handtasche unter der Holzbank. Wir schwiegen einen Moment und genossen die Fahrt. Die Sonnenstrahlen glitzerten wie funkelnde Diamanten auf den Wellen. Kein Wunder, dass bei dem schönen Wetter außer uns noch zahlreiche weitere Boote unterwegs waren. Ab und an trug der Wind ein Lachen oder Musikfetzen zu uns herüber.

»Sollen wir die Segel setzen?«, fragte Finn. Eine Fahrt unter Motor war für ihn nur der halbe Spaß.

Von dieser Idee war ich weniger begeistert. »Lieber nicht«, sagte ich kopfschüttelnd. »Das wird anstrengend und stressig. Und eigentlich sind wir hier, um in Ruhe zu reden. Du hast es mir versprochen.«

Er schien einzusehen, dass er mir eine Antwort schuldete. »Die Anmeldung für den Stand war ziemlich spontan«, erzählte er endlich. »Vor ein paar Tagen habe ich zu Hause bei meiner

Mutter einen Blick auf ihre Liste mit den Helfern für das Fest geworfen. Da habe ich gesehen, dass Ella dich für ihren Hofladenstand eingetragen hat. Natürlich fand ich toll, dass du beim Fest helfen willst! Allerdings war mir auch sofort klar, dass dein Potenzial beim Dosenwerfen verschwendet ist.«

»Mein Potenzial?«, entgegnete ich irritiert.

Mit ernster Miene sah mich Finn an. »Du bist hier eine kleine Berühmtheit, Hannah! Und jetzt bist du endlich mal wieder in Liebwitz. Bestimmt lässt sich niemand die Gelegenheit entgehen, sich von dir ein witziges Porträt zeichnen zu lassen.« Er schmunzelte. »Weißt du noch früher auf dem Schulhof? Da waren die Karikaturen, die du von unseren Lehrern gezeichnet hast, immer heiß begehrt.«

»Ach ja, das waren noch Zeiten!« Ich seufzte wehmütig. »Aber meinst du wirklich, dass die Leute auf dem Fest Geld dafür bezahlen, sich von mir eine Karikatur zeichnen zu lassen?«

»Auf jeden Fall!« Finn nickte. »Weißt du denn nicht, dass deine früheren Bilder von der Insel heiß begehrt sind?«

»Mhm«, brummte ich. So langsam hatte ich das jetzt schon oft genug gehört. Zwar hatte Ella in den vergangenen Jahren das ein oder andere Mal ebenfalls etwas in der Art erwähnt, aber das hatte ich nie wirklich ernst genommen. Ich hatte gedacht, sie wollte mich nur aufmuntern. Allerdings hatte Dirk auch davon gesprochen.

»Apropos, bevor ich es vergesse!«, meinte Finn, während er geschickt einem anderen Boot auswich. »Ich soll dir einen schönen Gruß von Eleonore Fischbach ausrichten.«

»Von wem?« Ich runzelte die Stirn. Den Namen hatte ich noch nie gehört.

»Sie ist die neue Leiterin des Kunstkaten in Ahrenshoop. Und außerdem die Freundin meines Steuerberaters«, erklärte er. »Eleonore hat gehört, dass du auf der Insel bist. Sie lässt fragen, ob du

Lust hättest, einen Zeichenkurs für Landschaftsmalerei zu leiten. Selbstverständlich gegen Bezahlung. Nur für den Fall, dass du länger hierbleibst.«

»Wirklich?« Ungläubig schnappte ich nach Luft. »Aber … aber das wäre großartig!«

Ich unterrichtete unheimlich gern, doch in Berlin war es mir nie gelungen, mehr als ein oder zwei Privatschüler dafür zu interessieren – geschweige denn einen ganzen Kurs. Dass Ahrenshoop seinen Ruf als Künstlerdorf derart pflegte, konnte sich noch als Glücksfall erweisen. Vielleicht eröffnete sich für mich dadurch eine ganz neue Zukunftsperspektive?

Ich fiel ihm überschwänglich um den Hals. »Das ist eine wundervolle Nachricht, Finn!«

Seine Hand strich leicht über meinen Rücken, und ein Kribbeln lief durch meinen Körper.

»Langsam, Hannah!« Er lachte leise. »Oder willst du, dass ich uns ins Schilf steuere.«

Ich löste meine Arme um seinen Hals und ließ Finn wieder frei, aber unsere Gesichter waren sich immer noch viel zu nah. Ich verlor mich in seinen dunkelgrünen Augen. Die Luft zwischen uns schien sich elektrisch aufzuladen, und die Spannung war fast greifbar. Reflexartig fuhr ich mir mit der Zunge über die Lippen, und prompt wanderte Finns aufmerksamer Blick zu meinem Mund. Um Himmels willen, was machte ich hier eigentlich?

Hastig rückte ich von ihm ab, und er richtete seine Aufmerksamkeit wieder nach vorn.

Ich räusperte mich. »Selbst wenn der Kurs nur eine einmalige Sache ist, könnte ich dadurch meine Mutter vielleicht überzeugen, dass sie ihre Pläne für mich erst mal auf Eis legt.«

Finns Miene verdunkelte sich schlagartig. »Deine Mutter hat Pläne für dich?«

Es wunderte mich nicht, dass sofort sein Misstrauen geweckt

war. Finn hatte immer an mein Talent geglaubt und mir Mut gemacht, gleich nach dem Schulabschluss ein Kunststudium zu beginnen. Als ich dann doch dem Druck meiner Eltern nachgab und mich für die Ausbildung im Hotel entschied, hatte er mir jedoch keine Vorwürfe gemacht – meinen Eltern hatte er ihre Einmischung allerdings übel genommen.

Ich winkte ab. »Ach, nicht so wichtig! Du bist vom Thema abgekommen«, erinnerte ich ihn. »Du dachtest also, den Leuten auf dem Fest würde ein Stand mit der Dorfmalerin gefallen?«

Finn nickte. »Genau! Und da der Kindergarten dringend Spenden für ein neues Klettergerüst benötigt, fand ich die Idee perfekt«, fuhr er fort. »Aber die offizielle Anmeldefrist lief noch am selben Abend ab, und deshalb bin ich das Wagnis eingegangen, dich anzumelden. Mit dem festen Vorsatz, dich gleich am kommenden Morgen anzurufen. Was ich auch getan habe. Aber wenn dir die Idee nicht gefällt, kannst du die Anmeldung auch zurückziehen. Das ist kein Problem – das hat mir meine Mutter versichert. Es tut mir leid, dass ich dich damit so überfallen habe.«

»Die Anmeldung ist nicht verbindlich?«, fragte ich fassungslos.

»Natürlich nicht.«

Ich biss die Zähne zusammen. Charlotte hätte bei Ella die Angelegenheit somit schnell und problemlos aufklären können. Doch stattdessen hatte sie meine Wut auf Finn sogar noch geschürt und es geschafft, dass ich in dem schrecklichen Kostüm auf schnellstem Weg nach Born fuhr. Es schien dieser Frau eine Herzensangelegenheit zu sein, Unfrieden zwischen Finn und mir zu säen. Wahrscheinlich dachte sie, dass »alte Liebe nicht rostete«, und hatte vorbeugen wollen.

Aber natürlich konnte Finn nichts für seine hinterhältige Mutter. »Okay! Entschuldigung angenommen.«

Finn sah mich erstaunt an. Anscheinend konnte er nicht glauben, dass ich einfach einlenkte. »Okay? Das ist alles?«

»So wie du es schilderst, klingt es nachvollziehbar. Außerdem trage auch ich Mitschuld an dem heutigen Missverständnis. Hätte ich dich zurückgerufen, hätte sich alles schnell klären lassen.« Ich setzte ein friedvolles Lächeln auf. »Für mich ist die Angelegenheit damit erledigt.«

Selten hatte ich meinen Ex-Freund derart perplex erlebt.

»Was hast du denn erwartet?«, fragte ich amüsiert. »Dass wir das stundenlang ausdiskutieren? Oder dass du dich geißeln musst, damit ich dir verzeihe?«

»Mindestens.« Der Seitenblick, den er mir nun zuwarf, hatte etwas Nachdenkliches. »Früher hast du es verabscheut, wenn jemand über deinen Kopf hinweg Entscheidungen getroffen hat. Du hattest schließlich schon genug Kämpfe mit deiner dominanten Mutter auszutragen. Noch vor ein paar Jahren wärst du explodiert, wenn ich dich ungefragt irgendwo angemeldet hätte.«

Ich blickte auf meine Hände hinab und verschränkte die Finger. »Vielleicht bin ich einfach erwachsen geworden. Inzwischen weiß ich, bei welchen Dingen es sich lohnt, sich aufzuregen.«

Deshalb würde ich Charlotte auch nicht zur Rede stellen. Ihre kleine Intrige war mir den Ärger einfach nicht wert.

»Das Leben ist doch immer wieder gut für Überraschungen«, brummte Finn.

Eine Weile fuhren wir schweigend weiter und genossen die Fahrt. Entgegen aller Vernunft fühlte ich mich in seiner Gegenwart so langsam wohl. Er saß an der Ruderpinne, und in seinem Gesicht spiegelten sich gleichermaßen Konzentration und Freude. Seine Augen waren in die Ferne gerichtet, als gäbe es dort ein wichtiges Ziel, das es für uns beide zu erreichen galt. Er schien eins zu sein mit dem Boot und dem Wasser – und gleichzeitig auch eins mit sich selbst. Erneut meldete sich meine kreative

Stimme. Diese Szene hatte etwas Besonderes, Ausdrucksstarkes. Es juckte mich in den Fingern, eine Skizze anzufertigen, aber dafür war der Moment zu flüchtig. Kurzerhand zog ich mein Handy hervor und machte ein Foto von Finn.

Ich kontrollierte das Ergebnis und nickte zufrieden. »Willst du nicht wissen, wieso ich dich fotografiert habe?«

Er zuckte mit den Schultern. »Ich werde oft von Frauen fotografiert. Das ist das Los, wenn man so unfassbar gutaussehend ist wie ich.«

Ich schnaubte. »Natürlich! Das ist ein wirklich hartes Schicksal. Man kann dich nur dafür bewundern, wie heldenhaft du es erträgst.«

Er seufzte übertrieben. »Endlich erkennt das mal jemand.«

Wir grinsten uns an. Aus seinem Blick schloss ich, dass er genau wusste, wieso ich das Foto gemacht hatte. Schon früher hatten wir uns wortlos verstanden, und Finn konnte meine kreativen Momente deuten. Es war wirklich erschreckend, wie gut mich dieser Mann kannte …

Ich richtete meine Aufmerksamkeit wieder nach vorn und bemerkte, dass Finn einen einsamen Anlegesteg ansteuerte, der mit seinen ausgeblichenen Holzbohlen und dem mit Schilfgras bewachsenen Ufer den Inbegriff maritimer Idylle darstellte. Weit und breit war kein Haus oder Dorf zu sehen. Was wollte er denn hier? Vielleicht hatte er ein dringendes Bedürfnis und musste mal austreten?

»Hilfst du mir beim Anlegen?«, bat er, während er sich auf das Manöver konzentrierte.

»Ähm, ja.«

Ich rappelte mich auf und machte mich nützlich. Zu meiner Überraschung passten das Timing und die Handgriffe noch genauso wie früher.

Nachdem Finn alles erledigt hatte, hielt ich ihm die Hand

hin, um ihm auf den Steg zu helfen. Leider unterschätzte ich dabei sein Gewicht. Während er auf den Steg trat, flog ich regelrecht an seine Brust. Reflexartig legte er die Arme um mich und sah auf mich herab.

Keiner von uns sagte ein Wort. Wahrscheinlich hätte mich das aufkeimende Verlangen in seinen Augen stören sollen, aber das Gegenteil war der Fall: Es sprang wie der Funke eines Feuers auf mich über, ging mir unter die Haut, jagte durch meine Adern und endete als verlangendes Pochen in meinem Unterleib.

Finn wollte mich. Mir war klar, dass ich mit dem Feuer spielte. Doch die Sehnsucht nach ihm und seinen Berührungen überwältigte mich mit voller Wucht. Meine Brüste drückten sich an seinen Oberkörper, und ich legte den Kopf in den Nacken.

»Hältst du das für eine gute Idee?«, fragte er mit rauer Stimme, die unglaublich sexy klang.

»Was denn?«, hauchte ich unschuldig. Ich strich mit den Fingerspitzen seine durchtrainierten Oberarme nach oben bis zu seiner Brust. Unter meiner Hand spürte ich sein Herz ebenso wild schlagen wie meins. Finns männlicher Duft hüllte mich ein, und am liebsten hätte ich meine Nase an seinem Hals vergraben, um ihn noch tiefer einatmen zu können. Gott, wie sehr hatte ich all das vermisst!

»Hannah, wir sollten das nicht tun«, sagte er leise. »Du willst das nicht wirklich.«

Als wolle er es mir beweisen, wanderten seine Hände meinen Rücken hinab, und er drückte mich an sich, sodass ich an meiner Körpermitte deutlich seine Erregung spürte. Leider erreichte er damit das genaue Gegenteil. Seine Nähe raubte mir den Atem, und die Reibung ließ meine Brustwarzen hart werden.

»Doch, das will ich«, entgegnete ich. Es war mir gleichgültig, dass es helllichter Tag war und wir mitten auf einem Steg standen.

»Sicher?«, hakte er nach.

»Ganz sicher«, keuchte ich atemlos.

Finn umfasste mein Gesicht und strich mit den Daumen zärtlich über meine Wangen. Als er sich zu mir herabbeugte, kam ich ihm ungeduldig auf halbem Weg entgegen. Seine Lippen senkten sich auf meine. Mein Herz klopfte wie verrückt, und ich hatte das Gefühl, gleich ohnmächtig zu werden.

Aber es war nicht der leidenschaftliche, hungrige Kuss, den ich erwartet hatte. Trotz des Verlangens, das eben noch in Finns Augen lag, küsste er mich voller Sanftheit. Fast schon ehrfürchtig. Als … als wäre ich die einzige Frau auf der Welt, die für ihn von Bedeutung war.

Oh mein Gott! Unvermittelt keimte Angst in mir auf und löschte auf einen Schlag jegliches Verlangen aus. Ich konnte das nicht tun!

Hastig löste ich mich von ihm und trat einen Schritt zurück. Ich starrte zu Boden, weil ich Finn nicht in die Augen sehen konnte. Plötzlich fühlte ich mich so unbeholfen wie eine Dreizehnjährige beim ersten Date.

»Es war doch ein Fehler, hm?«, fragte Finn.

Ich nickte. »Ja, das war es.«

Allerdings nicht so, wie er wohl glaubte. Ich hatte mich weder urplötzlich an meine sittsame Erziehung erinnert, noch war mir seine körperliche Nähe zu viel geworden. Es war der Kuss gewesen. Dieser Kuss hatte etwas bedeutet.

»Es tut mir leid«, murmelte ich.

»Hey!« Finn legte einen Finger unter mein Kinn und hob mein Gesicht an, sodass ich ihm in die Augen sehen musste. In seiner Miene lagen weder Verärgerung noch Frustration, sondern reines Verständnis.

»Du musst dich für überhaupt nichts entschuldigen, Hannah. Es ist absolut okay, dass du es dir anders überlegt hast.«

»Wirklich?« Ich stieß erleichtert die Luft aus.

»Wirklich!« Er lächelte. »Lass uns die letzten Minuten einfach vergessen und zu der Frage übergehen, wieso wir eigentlich hier sind.«

Ich sah ihn gespannt an. »Also gut: Wieso sind wir hier?«

Dass er nur mal kurz austreten musste, hielt ich mittlerweile für unwahrscheinlich.

»Weil du hier nicht vor mir davonlaufen kannst und ich mich nicht aufs Steuern des Bootes konzentrieren muss«, erwiderte er in beiläufigem Ton. Er steckte die Hände in die Hosentaschen und nagelte mich mit seinem Blick fest. »Und jetzt erkläre mir doch bitte mal, was es mit diesem Brief auf sich hat, den du vor ein paar Tagen erwähnt hast! Du weißt schon: der Brief, auf den ich hätte antworten müssen – jedenfalls, wenn ich ihn erhalten hätte.«

Ich schluckte schwer. Verdammt! Finn hatte mich in eine Falle gelockt. Er hatte genau gewusst, wieso ich ihm seit Tagen aus dem Weg gegangen war – und jetzt konnte ich mich nicht mehr verleugnen lassen oder hinter einem Telefontischchen verstecken.

16. Kapitel

Finn ließ mir Zeit. Er drängte mich nicht und schien zu spüren, dass ich nach den richtigen Worten suchte. Wir saßen nebeneinander auf dem Holzsteg und ließen die Füße baumeln. Die Oberfläche der Bohlen war von Wind und Wetter ausgeblichen, rau und splittrig. Doch ich klammerte mich daran fest, als wollte ich mich jeden Moment abstoßen, um ins Wasser zu springen. Aber leider hatte Oliver recht: Finn hatte ein Anrecht darauf, alles zu erfahren.

»Unsere Trennung hat mir damals den Boden unter den Füßen weggezogen«, begann ich mit leiser Stimme. »Ich wollte nur noch weg aus Liebwitz. Hier war ich regelrecht umzingelt von schönen Erinnerungen an dich und unsere gemeinsame Zeit. In Liebwitz wäre ich niemals über dich hinweggekommen. Denn ich war fest davon ausgegangen, dass wir den Rest unseres Lebens miteinander verbringen. Eigentlich hatte ich an jenem Abend einen Heiratsantrag erwartet.«

Ich sah zu Finn. Er erwiderte mit ernster Miene meinen Blick.

»Ich weiß, dass du einen Antrag erwartet hast. Immerhin hatten wir unser Zehnjähriges. Es tut mir leid, dass ich dich ausgerechnet an diesem Tag so verletzen musste. Wenn ich dir diesen Schmerz hätte ersparen können, hätte ich es getan!« Ehe ich ihn fragen konnte, wie er das meinte, wollte er wissen: »Wie ist es dir in Berlin ergangen, Hannah?«

Ich ließ meinen Blick über die Wellen schweifen. »Ich bin gerade noch rechtzeitig zur Einschreibefrist angekommen. Am Anfang war ich natürlich mit allem überfordert – unserer Trennung, der fremden Stadt, dem Studium, den Kommilitonen. Ein WG-Zimmer musste ich mir auch noch suchen. Dazu hat mich täglich meine Mutter angerufen und verlangt, dass ich sofort nach Liebwitz zurückkomme. Aber zum ersten Mal habe ich mich ihr widersetzt – und darauf hat sie nicht besonders gut reagiert.«

»Deine Mutter hat noch nie verstanden, wie viel dir die Kunst bedeutet«, stellte Finn fest.

Ich nickte. »Nach unserer Trennung war das Kunststudium mein Rettungsanker. Aber der Rest meines neuen Lebens hat sich nicht so toll angefühlt. Wenn man Liebeskummer hat und herumläuft wie ein Trauerkloß, ist es ziemlich schwer, neue Freunde zu finden.«

Dabei hatte ich mich seit meiner Kindheit gefragt, wie ein Leben dort draußen in der großen weiten Welt wohl aussehen würde. In Berlin hatte ich die Antwort erhalten: einsam, traurig, doof und ätzend.

»Aber Ella hat dich doch besucht, oder?«, fragte Finn mit gerunzelter Stirn.

»Natürlich hat sie das«, bestätigte ich. »Aber ich konnte nicht mit ihr über unsere Trennung sprechen. Sie hat mich natürlich dazu gedrängt, ihr mein Herz auszuschütten. Aber ich hatte ihr vor langer Zeit versprochen, sie aus unseren Beziehungsproblemen herauszuhalten. Ella war richtig sauer auf mich, weil ich so gemauert habe. Sie hat mir deswegen sogar mal eine Portion Pommes an den Kopf geworfen.«

Um Finns Mundwinkel zuckte ein Lächeln. Doch dann wurde er wieder ernst. »Für mich wäre es völlig okay gewesen, wenn du dich bei Ella ausgeheult hättest. Immerhin seid ihr beide schon ewig miteinander befreundet. Du hättest mich nicht schützen müssen.«

»Das habe ich nicht für dich getan«, stellte ich empört richtig,

»sondern für Ella. Damit sie ihren besten Freund nicht für einen blöden Arsch hält.«

Eine kräftige Böe ließ das Schilf rascheln, und die Wasseroberfläche kräuselte sich, als hätte sie gerade eine Gänsehaut bekommen.

Finn wandte sich wieder mir zu. »Und weil es dir so schlecht ging, hast du mir geschrieben?«

Ich schüttelte den Kopf. Schlagartig wurde mein Herz so schwer, dass es mir den Atem raubte. »Es hat erschreckend lang gedauert, bis mir aufgefallen ist, dass ich noch ein anderes Problem hatte«, fuhr ich mit dünner Stimme fort. »Ich war mit meinen Gedanken nun mal ganz woanders. Dann habe ich es auf den Stress und den Liebeskummer geschoben, dass meine Periode ausgeblieben ist. Außerdem dachte ich, dass eine Frau spüren müsste, wenn sie schwanger ist – und ich habe mich kein bisschen *anders* gefühlt. Irgendwann konnte ich vor dem Problem jedoch nicht mehr die Augen verschließen und bin zum Arzt.«

Finn hatte seine Augenbrauen so fest zusammengezogen, dass sich zwischen ihnen eine tiefe Furche bildete. Anscheinend war er mit der Wendung des Gesprächs überfordert und konnte mir nicht recht folgen.

Ich richtete den Blick wieder aufs Wasser und presste für einen Moment die Augen zusammen. Mir war übel, und mein Magen rebellierte. Ich wollte nicht in diesen Teil meines Lebens zurückkehren – noch nicht mal in Gedanken.

Ich spürte, wie sich Finns Hand sanft auf meine legte. »Hannah?«

Ich blinzelte. »Zu dem Zeitpunkt war ich schon in der dreizehnten Woche schwanger.«

»Hannah, wir – wir beide haben doch nicht etwa ein …«, stammelte Finn.

Mein Kopf fuhr herum, und ich hob hastig die Hand, um ihn zum Schweigen zu bringen. »Hör einfach weiter zu!«

Ich holte tief Luft. »Diese Nachricht hat mir damals den Rest gegeben: schwanger, in einer fremden Stadt, ohne Geld, mitten im Studium, mit einem winzigen WG-Zimmer und stockkonservativen Eltern. Und natürlich ohne Mann, denn der Vater des Kindes hatte mir den Laufpass gegeben, weil er frei sein und auf gar keinen Fall eine Familie gründen wollte.« Ich konnte mir einen bitteren Seitenblick auf Finn nicht verkneifen. »Wenn Ella mir in dieser Zeit nicht beigestanden hätte, wäre ich wahrscheinlich verrückt geworden.«

»Sie wusste davon? Von unserem Kind?«

»Nur dass ich ungeplant schwanger war«, entgegnete ich. »Ich habe Ella gesagt, dass der Vater ein Erstsemester-Student war, mit dem ich mich auf einer Party über dich hinwegtrösten wollte. Mit dieser Lüge wollte ich ebenfalls nicht *dich* schützen, sondern Ella. Sonst hätte sie nämlich zwangsläufig auch von unserem hässlichen Beziehungsende erfahren. Natürlich musste sie mir schwören, niemandem in Liebwitz von der Schwangerschaft zu erzählen. Bis ich wusste, wie es weitergehen sollte. Das war mir zu diesem Zeitpunkt absolut nicht klar.« Ich sah ihn an. »Obwohl ich vom Arzt ein Ultraschallbild bekommen hatte, konnte ich zu diesem Wesen in meinem Bauch keine Verbindung aufbauen. Der Gedanke, Mutter zu werden, fühlte sich falsch an. Außerdem war mir klar, dass ich einem Kind nicht das bieten konnte, was es verdiente – keine intakte Familie, kein gesichertes Umfeld.« Ich seufzte. »Deshalb wollte ich es zur Adoption freigeben. Das Kind hatte es verdient, liebende Eltern und eine gute Zukunft zu haben. Aber dann kam der Moment, der alles verändert hat.«

»Und welcher Moment?«, fragte Finn. Er wirkte nach außen hin ruhig, doch ich sah ihm an, wie aufgewühlt er innerlich war.

»Es war an einem Samstagabend kurz vor dem Schlafengehen.

Ich wollte gerade ins Bett gehen – und da habe ich unsere Tochter zum ersten Mal gespürt. In mir. Wobei …« Ich legte reflexartig die Hand auf meinen Bauch und lächelte. »Im ersten Augenblick war ich mir nicht sicher, ob ich womöglich nur schlimme Blähungen habe.«

»Aber es war das Baby, das du gespürt hast?«, fragte Finn. »Unsere … Tochter?«

»Ja, sie war es«, hauchte ich. »Es war magisch. Als hätten ihre kleinen Tritte in meinem Herzen einen Schalter umgelegt. Plötzlich wurde ich überschwemmt von einem warmen Gefühl der Liebe für dieses winzige Wesen, das in mir heranwuchs. Es war unbeschreiblich, Finn! Unsere Tochter zur Adoption freizugeben kam für mich mit einem Mal nicht mehr infrage. Nichts auf der Welt hätte mich von diesem kleinen Wurm trennen können.«

Da Finn nichts mehr sagte, blickte ich zu ihm. Er hatte seine Lippen zu einer dünnen Linie zusammengepresst, und ein Muskel in seinem Kiefer zuckte. Nur mit Mühe schien er seinen Ärger im Zaum halten zu können.

»Was ist los?«, wollte ich wissen.

Finn erhob sich und lief unruhig auf dem Steg hin und her. »Du hättest es mir sagen müssen, Hannah!«, platzte es aus ihm heraus. »Die Schwangerschaft ging nicht nur dich etwas an. Hast du dabei mal an mich gedacht? Hätte ich nicht auch die Chance haben sollen, Vatergefühle zu entwickeln?«

Ich stand ebenfalls auf. »Du vergisst wohl, dass du mir deinen Standpunkt zum Thema Familie und Kinder mehr als deutlich gemacht hast«, erinnerte ich ihn. »Außerdem habe ich sehr wohl an dich gedacht! Damals habe ich dir den ersten Brief geschrieben. Darin habe ich dir von der Schwangerschaft erzählt und sogar ein Ultraschallbild mitgeschickt.«

Ich atmete tief durch, weil ich mich von seiner Verärgerung nicht anstecken lassen wollte. »Trotz meiner verletzten Gefühle habe ich den Brief neutral und gesprächsbereit gehalten. Ich habe dir freigestellt, dich um dein Kind zu kümmern, und dich nach Berlin eingeladen, damit wir über alles reden können. Aber du hast nicht auf den Brief reagiert. Das war für mich leider eine deutliche Antwort.«

Finn breitete die Arme aus und rang die Hände. »Ich habe diesen Brief nie bekommen, Hannah!«, rief er. »Niemals hätte ich dich im Stich gelassen. So ein Mann bin ich nicht – und das weißt du genau! Wenn ich deine Nachricht erhalten hätte, wäre ich sofort zu dir nach Berlin gefahren. Noch am selben Tag. Himmel noch eins, du kennst mich doch!«

»Tue ich das?«, entgegnete ich kühl. »Der Finn, den ich gekannt habe, hätte niemals am Tag unseres Zehnjährigen mit mir Schluss gemacht – weil er sich unbedingt mit anderen Frauen einlassen und ein feuchtfröhliches Junggesellenleben führen wollte.« Ich verschränkte die Arme vor der Brust und musterte ihn abschätzig. »Ich glaube nicht, dass ich dich kenne.«

»Und weißt du, was ich glaube?«, fuhr er mich an. »Du warst froh, dass du Ella diese Lüge auftischen konntest, irgendein Student wäre der Vater des Babys! Dabei hast du dir eingeredet, du würdest dich damit nur an dein früheres Versprechen halten. Oh, du bist ja so wahnsinnig edelmütig, Hannah Bradhering!«, stieß er höhnisch aus. »Dabei ging es hier um viel wichtigere Dinge als ein blödsinniges Versprechen, das du mal mit achtzehn Jahren gegeben hast. Nämlich um ein Kind!«

Er trat auf mich zu und ließ mich dabei nicht aus den Augen. »In Wahrheit hast du Ella angelogen, weil du befürchtet hast, dass sie mich in Liebwitz zur Rede stellen und verlangen könnte, dass ich meinen Pflichten als Vater nachkomme. Aber dann hätten in unserem kleinen Dorf auch ruckzuck deine Eltern von der Schwangerschaft erfahren. Doch genau davor hattest du Angst, nicht wahr? Du wolltest dein Geheimnis so lange wie möglich für dich behalten, weil ein uneheliches Kind für deine Mutter der Super-GAU gewesen wäre. Noch weitaus schlimmer als ein Kunststudium. Und deshalb hast du es auch bei einem einfachen Brief an mich belassen, anstatt zum Telefon zu greifen, um mit mir persönlich zu reden. Im Grunde wolltest du überhaupt nicht, dass ich mich für dieses Kind interessiere.«

Ich konnte Finns bohrendem Blick nicht länger standhalten und sah ertappt zur Seite. Womöglich … womöglich lag er mit diesem Vorwurf nicht ganz falsch. Es war mir tatsächlich wichtig gewesen, dass meine Eltern nichts von der Schwangerschaft erfuhren.

»Wo ist sie jetzt, Hannah?« Er packte mich an den Schultern, als ich nicht reagierte. »Wo ist meine Tochter? Hast du sie etwa allein bei irgendeiner Freundin in Berlin gelassen?«

Blinzelnd sah ich ihn an. Finns aufgebrachte Miene verschwamm vor meinen Augen und wurde unscharf. Der Schmerz griff nach meinem Herz, so erbarmungslos und zerstörend wie am ersten Tag.

»Sie ist tot«, flüsterte ich unter Tränen.

Er wurde aschfahl im Gesicht. »Wie bitte?«

Die Wehen hatten zu früh eingesetzt, und dann … Ich hatte die grauenvollen Bilder der Geburt sofort wieder vor Augen: die junge Hebamme, die von Stunde zu Stunde besorgter wirkte. Ella, die nach meinem Anruf sofort losgefahren war und völlig abgehetzt im Krankenhaus in Berlin ankam, um mir zur Seite zu stehen. Die unerträglichen Schmerzen. Das Gefühl, mein Unterleib würde in Stücke gerissen. Meine aufsteigende Panik, weil mir mein Gefühl sagte, dass irgendetwas nicht stimmte. Der Gynäkologe, der mit wehendem Arztkittel hereingerannt kam, als das CTG plötzlich nur noch schwache Herztöne aufzeichnete. Meine Hände zitterten, als ich mir die Tränen von den Wangen wischte.

»Die Wehen haben sieben Wochen zu früh eingesetzt, und …

und bei der Geburt gab es Komplikationen«, schluchzte ich. »Sie mussten einen Not-Kaiserschnitt machen, aber … es war zu spät. Die Ärzte haben getan, was sie konnten, aber ihr kleines Herz war wohl zu schwach.«

Finn rang nach Atem. »Um Himmels willen, Hannah!«

Er zögerte keine Sekunde und schloss mich fest in seine Arme. Meine Beine drohten unter mir nachzugeben, doch Finn gab mir Halt. Ich vergrub meinen Kopf an seiner Schulter und weinte bitterlich. Die Tränen hörten einfach nicht auf. Finn hielt mich fest, strich über mein Haar und flüsterte tröstende Worte. An seiner brüchigen Stimme erkannte ich, dass er selbst um seine Fassung kämpfte. Gemeinsam trauerten wir um unser Kind, das wir verloren hatten. Erst jetzt wurde mir klar, wie sehr ich mich all die Jahre danach gesehnt hatte. Denn allein Finn konnte diesen Schmerz mit mir teilen.

Als ich mich wieder beruhigt hatte, zauberte er ein Taschentuch hervor, und ich putzte mir die Nase. Er machte keine Anstalten, mich loszulassen – und ich war dankbar für seine Nähe. Im Augenblick fühlte ich mich so nackt und verletzlich wie eine Schildkröte ohne Panzer.

Er streichelte mit dem Daumen sanft über meine Wange. »Hast du ihr einen Namen gegeben?«

»Ich habe sie Lina genannt, nach meiner Großmutter Karolina.« Unsicher blickte ich zu ihm auf. »Willst du sie sehen?«

Seine Augen weiteten sich. »Du hast ein Foto von ihr?«

Ich schüttelte den Kopf. »Nein, aber ich habe sie gemalt. Ich durfte mich von ihr verabschieden. Linas Gesicht hat sich für immer in mein Herz und mein Gedächtnis gebrannt.« Ich schaute zum Boot. »Holst du bitte meine Tasche? Ich fürchte, ich bin noch etwas wacklig auf den Beinen.«

»Natürlich.« Er sprang an Deck und kam schon einen Atemzug später mit meiner Tasche zurück.

Ich öffnete den Verschluss meines Skizzenbuchs und zog ein einzelnes Blatt heraus. Einen kurzen Moment betrachtete ich liebevoll die Zeichnung, dann reichte ich sie Finn. »Das trage ich immer bei mir. In Berlin habe ich noch andere, größere Zeichnungen. Ich habe Lina oft gemalt. Natürlich nur für mich privat. Diese Bilder würde ich niemals ausstellen.«

Fast ehrfürchtig nahm Finn das Blatt entgegen. Lange Zeit betrachtete er es schweigend. Ich hatte Lina genauso gezeichnet wie an jenem Tag: Sie lag in meinem Arm, in ein rosa Handtuch gewickelt, mit dichten dunklen Babyhaaren und die Augen geschlossen.

Schließlich räusperte sich Finn. »Sie war wunderschön«, sagte er mit gepresster Stimme. »Sie sieht so friedlich aus. Als würde sie lediglich schlafen. Mein Mädchen …«

Ich griff um seine Taille, da ich das Gefühl hatte, dass ich nun diejenige war, die ihm Halt geben musste.

»Ich war noch nie so dankbar für dein Talent, Hannah. Du hast jede Linie, jeden Schatten und jede Kurve ihres Gesichts eingefangen.« Plötzlich lächelte er. »Sogar diesen kleinen Knubbel an ihrem Ohr. Hast du gewusst, dass ich den auch habe?«

Ich musste ebenfalls lächeln. »Ja, natürlich.«

Finn fuhr mit den Fingerspitzen zärtlich über Linas Gesicht. Dann stieß er schwer den Atem aus. »Vielen Dank, dass du sie mir gezeigt hast!«

Er machte Anstalten, mir die Zeichnung zurückzugeben, aber ich schüttelte den Kopf. »Behalt das Bild, Finn!«

Zwar war es meine Lieblingszeichnung von Lina, doch im Gegensatz zu Finn konnte ich eine Kopie davon herstellen. Und ich spürte, dass ihm Linas Abbild ebenso viel bedeutete wie mir.

Er lächelte dankbar, drückte mich an sich und hauchte mir einen Kuss auf die Stirn. Arm in Arm standen wir nebeneinander und starrten schweigend aufs Wasser hinaus. In diesem Augenblick fühlte ich mich niemandem auf dieser Welt so nahe wie Finn.

»Ich bin froh, dass ich dir von Lina erzählt habe«, gestand ich ihm irgendwann. »Auch wenn ich große Angst davor hatte.«

»Angst? Wieso?«

»Ich habe befürchtet, dass es dir gleichgültig ist. Dass du alles mit einem Schulterzucken abtust. Ich glaube, das hätte ich nicht verkraftet. Es war schon schlimm genug, dass ich auch auf den zweiten Brief keine Antwort erhalten habe.«

»Du hast mir noch mal geschrieben?«

Ich nickte. »Nachdem ich Lina verloren hatte, ging es mir sehr schlecht. Natürlich hat mir Ella geholfen, so gut sie konnte. Aber wenn man keine eigenen Kinder hat, kann man diesen gewaltigen allumfassenden Schmerz einfach nicht nachvollziehen«, sagte ich. »Auch wenn du auf meinen ersten Brief nicht reagiert hast, dachte ich, dass du vielleicht genauso betroffen über Linas Tod bist wie ich. Ich hatte gehofft, dass es zu zweit leichter wird und du mir zur Seite stehst.« Ich hielt kurz inne, ehe ich beschämt hinzufügte: »Meine Zeilen waren eher ein verzweifelter, jämmerlicher Hilferuf. Als ich auf diesen Brief jedoch auch keine Antwort erhalten habe, war mir klar, dass du nicht mehr der Finn sein kannst, in den ich mich mal verliebt habe.«

Er fasste mich an den Schultern und drehte mich zu sich, damit ich ihm in die Augen sehen konnte. »Aber ich habe auch diesen Brief …«

»… nicht erhalten«, beendete ich mit einem traurigen Lächeln seinen Satz. »Ich weiß.«

»An deiner Stelle hätte ich mich für ein herzloses Scheusal gehalten«, sagte er betroffen. »Du musst mich wirklich gehasst haben, Hannah.«

Es brachte wohl nichts, es zu beschönigen. »Ja, das kann man wohl so ausdrücken.«

»Aber du glaubst mir, oder? Dass ich von alldem wirklich nichts gewusst habe?«

Ich sah ihm in die Augen und las darin nichts außer Aufrichtigkeit und Sorge. »Ich glaube dir«, sagte ich leise.

Nicht erst seit heute hatte ich allerdings einen konkreten Verdacht, wer für das Verschwinden der Briefe verantwortlich war.

»Da ich nicht wusste, ob du noch in unserer alten Wohnung lebst, habe ich die Briefe an die Adresse deiner Eltern geschickt«, berichtete ich.

Finn runzelte nachdenklich die Stirn. »Zu der Zeit habe ich sogar bei ihnen gelebt. Nachdem du weg warst, habe ich unsere gemeinsame Wohnung ziemlich schnell aufgelöst und bin bei meinen Eltern eingezogen, weil ich mein neues Haus erst noch renovieren musste. Ich würde mich freuen, wenn du es dir mal ansiehst.«

»Äh, ja … klar«, entgegnete ich zerstreut.

In Gedanken war ich immer noch bei Charlotte, meiner Hauptverdächtigen. Allerdings sah ich keine Möglichkeit, nach so langer Zeit einen Beweis für meinen Verdacht zu finden. Sie war sicherlich nicht so dumm, die Briefe jahrelang in ihrer Nachttischschublade zu verstecken. »Vielleicht könntest du deine Mutter mal fragen, ob sie damals irgendwelche Briefe …?«

»Hannah!«, fiel Finn mir mit ernster Miene ins Wort. »Können wir darüber bitte ein anderes Mal sprechen? Du hast mir gerade die schönste und gleich darauf die schlimmste Nachricht meines Lebens mitgeteilt. Es gibt jetzt einiges, das ich erst mal verarbeiten muss. Kannst du das verstehen?«

Ich schloss den Mund und nickte schweigend. Er hatte völlig recht. Außerdem konnte Finn nicht ahnen, wie viel es mir bedeutet hätte, wenn er meinen Hilferuf erhalten hätte. Die Zeit nach Linas Tod war die schlimmste meines Lebens gewesen. Ich war in einen tiefen dunklen Abgrund gefallen, aus dem ich fast nicht mehr herausgekommen wäre. Es hatte ewig gedauert, bis ich meinen Lebensmut und mein Lachen wiedergefunden hatte. Wenn Finn meine Briefe erreicht hätten, wäre womöglich alles ganz anders gekommen. Deshalb brannte es mir auf der Seele, den Schuldigen ausfindig zu machen. Ich musste in Erfahrung bringen, wer uns das angetan hatte!

17. Kapitel

In der Nacht vor dem Leuchtturmfest wälzte ich mich schlaflos im Bett herum. Die Ereignisse des Tages ließen mich einfach nicht zur Ruhe kommen. Außerdem hatte ich Finn meine Handynummer gegeben, nachdem wir wieder im Hafen festgemacht hatten. Er hatte mir gleich nach dem Abendessen mit meiner Familie geschrieben:

> Ich bin dir unendlich dankbar, dass du mir alles erzählt hast! Auch wenn es wehtut, bin ich froh, dass ich jetzt von unserer Tochter weiß.

Es hatte eine halbe Stunde gedauert, bis ich eine passende Antwort formuliert hatte. Nach gefühlt hundert gelöschten Versionen schrieb ich ihm zurück:

> Ich auch.

Mit dieser knappen Antwort wollte ich dem Beginn einer intensiven digitalen Kommunikation entgegenwirken. Denn trotz allem, was heute geschehen war: Mein Verstand pochte vehement darauf, Abstand von Finn zu halten und unverbindlich zu bleiben. Dummerweise hatte er daraufhin tatsächlich nicht mehr geantwortet. Und ich hatte den Rest des Abends damit verbracht, mein Handy anzustarren und den Empfang zu überprüfen.

Als ich die Hoffnung längst aufgegeben hatte und schon im Bett lag, hatte ich doch noch eine Nachricht von Finn erhalten.

Sehen wir uns morgen auf dem Fest?

Auf einen Schlag war ich wieder hellwach gewesen. Dieses Mal hatte ich ohne weiteres Nachdenken geantwortet:

Wieso?

Es gibt noch einige andere Dinge, über die wir sprechen sollten. Außerdem würde ich mich freuen, dich zu sehen. Es war schön, Zeit mit dir zu verbringen.

Einige andere Dinge, über die wir sprechen sollten? Trotz meiner Neugier grübelte ich seither darüber nach, wie ich auf Finns Nachricht reagieren sollte. Eine Verabredung mit ihm auf dem Leuchtturmfest hatte für meinen Geschmack etwas von einem Date. Und ein Date mit meinem Ex-Freund war nun mal völlig indiskutabel! Davon abgesehen wusste ich auch nicht, ob ich überhaupt Zeit hätte, mich mit ihm zu treffen. Das kam darauf an, wie gut oder schlecht mein Karikaturenstand bei den Besuchern ankam. Ach, wieso war mein Leben eigentlich so kompliziert?

Immerhin hatte ich Ella inzwischen erklärt, wie es zu der Anmeldung mit meinem Stand gekommen war. Meine Freundin war äußerst verständnisvoll gewesen – auch, weil sie schon einen Ersatz für mich gefunden hatte: Die zwölfjährige Nichte einer Freundin besaß von einer Aufführung beim letzten Erntedankfest noch ein Apfelkostüm und war bereit, tagsüber am Hofladenstand auszuhelfen. Ich fand es schon etwas enttäuschend, wie rasend schnell ich ersetzt worden war.

Ich bekam Durst, wälzte mich aus dem Bett und tapste auf Zehenspitzen hinunter in die Küche. Mein Handy nahm ich vorsorglich mit – für den Fall der Fälle, dass mir unterwegs eine geniale Idee für eine Antwort kommen würde.

Gerade als ich mir ein Glas Wasser eingoss, hörte ich hinter mir ein herzhaftes Gähnen. Bastian schlurfte in T-Shirt und Boxershorts herein.

»Kannst du auch nicht schlafen?«, fragte er.

»Jep«, antwortete ich und setzte mich an den Küchentisch. »Was hält dich wach?«

»Du«, brummte Bastian und holte sich ebenfalls ein Glas Wasser. »Oder besser gesagt, deine Idee, mich beruflich umzuorientieren. Mir schießen tausend Gedanken durch den Kopf. Das lässt mir einfach keine Ruhe.«

Das hörte ich gern! Schön, wenn eine kleine Bemerkung zur rechten Zeit den nötigen Anstoß gab.

Ich grinste. »Bedeutet das, du hast Gefallen an der Idee gefunden? Du kannst dir wirklich vorstellen, nicht mehr in einer Bank zu arbeiten?«

Er setzte sich neben mich. »Ja.«

Erwartungsvoll sah ich ihn an. »Es ist schließlich nicht so, dass das mein Traumjob war«, sagte er. »Und meine Zukunftsaussichten sind quasi nicht existent. Ich weiß nur nicht, welche Richtung ich stattdessen einschlagen soll. Natürlich könnte ich den Zahlen treu bleiben und BWL an einer Fachhochschule studieren. Das wäre sinnvoll.« Er fuhr sich seufzend durch die Haare. »Ich könnte aber auch mutig sein und mein Hobby zum Beruf machen.«

Da mir insgeheim genau das vorschwebte, hakte ich sofort nach: »Und was könnte das sein?«

»Weiß nicht. Zum Beispiel Fitnesstrainer. Oder Physiotherapeut.«

Ich dachte einen Moment darüber nach. »Beide Berufe würden zu dir passen – weitaus besser als Banker.«

»Die Vorstellung, einen Job zu haben, der mir wirklich Spaß macht, ist toll. Aufregend. Verlockend.« Er drehte nachdenklich sein Glas zwischen den Fingern. »Aber Mama wird mir den Kopf abreißen, wenn ich ihr davon erzähle.«

An seiner Stelle hätte ich eine ähnliche Befürchtung. »Natürlich kann ich dir keine Garantie geben, aber ich glaube nicht, dass sie das tun wird«, erwiderte ich. Er blickte mich fragend an. »Du bist schon lange arbeitslos und verbreitest hier im Haus seit Monaten üble Stimmung. Deshalb denke ich, dass Mama überglücklich sein wird, wenn du mal mit einem konkreten Plan für deine Zukunft aufwartest.«

»Stimmt!« Er grinste. »Eigentlich habe ich das ziemlich clever eingefädelt. Wenn ich noch ein Jahr länger hier rumhänge, wäre Mama wahrscheinlich sogar happy, wenn ich Stripper oder Drogendealer werden wollte.«

Schmunzelnd schüttelte ich den Kopf und trank einen Schluck.

»Mama hat sich letztens ja unglaublich gefreut, dass wir den Gartenweg vom Unkraut befreit haben«, meinte Bastian. Er kratzte sich verlegen am Hals. »Deshalb habe ich heute mal gesaugt.«

Ich verschluckte mich an meinem Wasser. »Du?«

»Ja, und das war echt nicht leicht!«, erklärte er mit dramatischer Miene. »Schon allein, bis ich herausgefunden hatte, wo wir den Staubsauger aufbewahren, hat eine Ewigkeit gedauert.«

Ich tätschelte mitfühlend seinen Arm. »Ich bin sehr stolz auf dich.«

Es geschahen tatsächlich noch Zeichen und Wunder! Mein kleiner Bruder war wohl erwachsen geworden.

»Wieso bist du um diese Uhrzeit noch wach?«, wollte Bastian wissen.

Zuerst lag mir eine belanglose Ausrede auf der Zunge, aber ich entschied mich dagegen. Immerhin hatte ich mir vorgenommen, ab sofort offen und ehrlich zu meiner Familie zu sein.

»Wegen Finn«, gestand ich ihm. »Ich glaube, er hat mich um ein Date gebeten.«

Schlagartig verdüsterte sich Bastians Miene. »Du überlegst doch nicht etwa, ihn zu treffen?«

Schweigend zuckte ich mit den Schultern. Ein Teil von mir fand es definitiv verlockend, mich mit Finn zu treffen. Dass ich ihm heute von Lina erzählt hatte, hatte etwas zwischen uns verändert. Während er mich im Arm gehalten hatte und wir gemeinsam um unsere Tochter getrauert hatten, waren die Schutzmauern, die ich um mein Herz errichtet hatte, still und leise in sich zusammengefallen. Die Wahrheit war: Auch ich hatte heute Finns Gegenwart genossen. Das kribbelnde Gefühl in meinem Bauch, das bei seinen Blicken und Berührungen unwillkürlich einsetzte, gefiel mir ebenfalls. Zum ersten Mal seit Langem fühlte ich mich wieder lebendig.

»Auf gar keinen Fall, Hannah!« Bastian funkelte mich wütend an. »Hast du vergessen, was Finn dir angetan hat? Er ist schuld daran, dass du uns verlassen hast und sich unsere Familie entfremdet hat. Willst du das etwa noch einmal riskieren?«

»Nein, natürlich nicht!« Seufzend stützte ich meine Ellbogen auf dem Tisch ab und legte meine Hände vors Gesicht, weil ich das Bedürfnis hatte, mich beschämt zu verstecken.

»Finn ist eben ... mein Kryptonit«, nuschelte ich in meine Handflächen.

Bastians Hand bohrte sich unter meine Finger und schob sie nach vorn, sodass ich ihm in die Augen blicken musste.

»Hannah, ich will nicht, dass du wieder abhaust«, sagte er mit solcher Ernsthaftigkeit, dass es mir für einen Moment den Atem nahm. »Seit du hier bist, scheint sich in unserer Familie alles zum Besseren zu wenden. Wir brauchen dich hier – bei uns. Lass nicht zu, dass dieser Mann schon wieder alles kaputtmacht!«

Bastian hatte recht. »Ich werde Finn absagen, versprochen!«

Mein Bruder deutete auf mein Handy, das ich wohlweislich in die Küche mitgenommen hatte. »Worauf wartest du dann noch?«

»Ich soll Finn jetzt absagen? Mitten in der Nacht?«

»Ja, jetzt!«, beharrte er unnachgiebig.

Ich verdrehte stöhnend die Augen, griff aber nach dem Handy.

Finn, es tut mir leid, aber ich möchte …

Bastian, der mitgelesen hatte, schnalzte tadelnd mit der Zunge. »Nein, nein«, sagte er bestimmt. »Das *tut mir leid* löschst du gleich wieder. Männer brauchen klare Ansagen. Schwammige Höflichkeitsformulierungen verwirren uns nur.«

Um ein Haar hätte ich gelacht. Jetzt erhielt ich von meinem Bruder auch noch Tipps zum Thema männliches Denken.

Unter seiner Anleitung entstand schließlich folgender Text:

Halte ein Date für keine gute Idee. Ich möchte nicht mehr Zeit mit dir verbringen als notwendig.

Zweifelnd las ich mir die Nachricht noch mal durch. Das klang überhaupt nicht nach mir. Normalerweise stieß ich meine Mitmenschen nicht derart vor den Kopf. Vor allem nicht nach dem, was zwischen Finn und mir heute vorgefallen war.

Doch Bastian sah das offenbar anders. »Perfekt. Los, abschicken!«

»Na gut.« Schweren Herzens tat ich wie befohlen. Das würde ich wahrscheinlich noch bereuen.

»Was ist denn hier los?«, brummte es in diesem Moment verschlafen aus Richtung Küchentür.

Bastian und ich sahen gleichzeitig auf. Unser Vater stand im Flanellpyjama vor uns und rieb sich die Augen.

»Wir halten ein nächtliches konspiratives Treffen ab«, informierte Bastian ihn gut gelaunt.

Ich hielt das Auftauchen meines Vaters jedoch für kein gutes Zeichen. »Hast du wieder Rückenschmerzen?«, fragte ich besorgt.

»Nein, nein! Mein Rücken ist in Ordnung«, beruhigte er mich. »Dank der Übungen, zu denen Bastian mich zwingt, geht es jeden Tag ein bisschen besser.«

Ich warf meinem Bruder einen bedeutungsvollen Blick zu. Wenn das kein gutes Omen war, dass er mit seiner beruflichen Neuorientierung auf dem richtigen Weg war!

»Es sind nur ein paar finanzielle Dinge, die mich wachhalten. Rechnungen«, brummte mein Vater. Da sowohl Bastian als auch ich ihn sofort alarmiert ansahen, hob er die Hand. »Nichts, das euch etwas angeht. Das ist unsere Sache, verstanden? Eure Mutter und ich schaffen das schon. Das haben wir immer.«

Sein Tonfall duldete keinen Widerspruch. Trotzdem war ich beunruhigt. Wenn ihre Finanzlage meinem Vater schon den Schlaf raubte, sah es sicherlich nicht gut aus.

Sein Blick blieb an mir hängen. »Aber wenn wir schon mal hier sind«, murmelte er und kam zu mir. »Hannah, dass ich so kurz angebunden war in den letzten Tagen, war nur, weil du … und ich war einfach etwas …« Er kam ins Stocken.

Abwartend sah ich ihn an, doch er schnaufte nur tief. Er gab mir mit einer Handbewegung zu verstehen, dass ich aufstehen solle. Verunsichert erhob ich mich. »Papa, du machst mir etwas …«

Ich kam nicht weiter, denn er breitete die Arme aus und schloss mich in eine feste Umarmung. Sein Geruch nach Seife und frischgewaschener Wäsche umhüllte mich.

»Mein Mädchen!«, flüsterte er mir ins Ohr.

Ich schluckte gerührt. Am Ende hatte meine Mutter recht behalten – mein Vater konnte nie jemandem lange böse sein.

Er machte sich von mir los und strich mir übers Haar. »Ab jetzt schauen wir nach vorn, ja? Und ab sofort keine Heimlichkeiten mehr!«

Ich nickte nachdrücklich. »In Ordnung!«

»Habt ihr auch solchen Hunger?«, wechselte er das Thema und tätschelte seinen Bauch. »Ich brauche dringend was in den Magen.«

»Papa, nächtliche Snacks sind Gift für dein Gewicht!«, ermahnte ihn Bastian, der Fitnessguru.

Unser Vater ließ sich jedoch nicht beirren und holte den Büffelschinken aus regionaler Herstellung, den Ella mir bei der Besichtigung des Hofladens geschenkt hatte. Mit einem scharfen Messer säbelte er ihn in dünne mundgerechte Stücke und schob das Brettchen in die Mitte des Tischs. Bei dem verlockenden Anblick konnten weder Bastian noch ich widerstehen. Der Büffelschinken schmeckte herrlich – aromatisch und würzig, aber nicht zu salzig.

Während wir aßen, sprachen wir über das Leuchtturmfest. Unser Bürgermeister war offenbar in Panik, weil schon drei wichtige Presseteams abgesagt hatten. Anscheinend war das älteste Ehepaar Deutschlands doch nicht so werbewirksam, wie er sich erhofft hatte. Da ich wusste, wie ungern Else und Heinz Jahnke sich von ihm vor die Kamera zerren ließen, hielt ich das für eine recht erfreuliche Entwicklung. Der Rest des Dorfes sah das vermutlich anders.

Trotz der späten Stunde unterhielten Bastian, unser Vater und ich uns völlig entspannt, wir lachten und zogen uns gegenseitig auf – und mir wurde klar, wie schön dieser Moment war. Schon lange hatte ich mich ihnen nicht mehr so verbunden gefühlt.

»Soll ich euch erzählen, wieso ich in der Bank gekündigt habe?«, fragte Bastian irgendwann.

Weder ich noch mein Vater konnten unsere Überraschung

verbergen. Bisher hatte Bastian bei diesem Thema immer rigoros abgeblockt. Wir nickten beide gleichzeitig.

»Silke und ich hatten schon vor meiner Kündigung Probleme. Sie hat gesagt …« Bastian stockte kurz, bevor er weitersprach. »Sie hat gesagt, ich würde ständig nur an mich, mein Training und den nächsten Wettkampf denken. Die Bedürfnisse und Interessen meiner Mitmenschen seien mir völlig gleichgültig.« Er stieß einen tiefen Seufzer aus. »Um es auf den Punkt zu bringen: Sie meinte, ich wäre ein egoistischer Arsch, der in seinem Leben noch nie etwas für andere getan hat.«

Mein Vater und ich übten uns in gemeinschaftlichem Schweigen. Manchmal war es besser, Dinge unkommentiert zu lassen und einfach zuzuhören.

»Ich bin kein herzloser Steinklotz«, verteidigte sich Bastian. »Aber wie soll man bitteschön von jetzt auf gleich beweisen, dass man kein so übler Kerl ist? Und sehr wohl an andere denken kann? Mir ist einfach nix eingefallen. Silke hat deutlich gesagt, dass es mit einem Strauß Blumen nicht getan wäre.« Er schüttelte den Kopf und seufzte erneut. »Dann habe ich von Rüdiger erfahren, dass in unserer Filiale eine Stelle gestrichen würde. Die kleine Zweigstelle war mit drei Angestellten angeblich überbesetzt. Rüdiger hatte mir anvertraut, dass er Jessica rausschmeißen wolle. Sie war schließlich das jüngste Mitglied in unserem Team und hatte gerade erst ihre Ausbildung abgeschlossen. Dazu noch mit grottenschlechten Noten. Aber sie hatte nur deshalb so schlecht abgeschnitten, weil ihre Mutter Probleme mit der Schilddrüse hatte und ständig im Krankenhaus lag.«

Ich wusste weder, von welcher Jessica die Rede war, noch welche Schilddrüsenprobleme deren Mutter hatte. Dafür war ich wohl zu lange weg gewesen. Doch ich begriff die Zusammenhänge auch so.

»Jessica musste sich neben der Ausbildung noch um ihre Geschwister und ihre kranke Mutter kümmern. Es hat mich gewundert, dass sie unter diesen Umständen überhaupt die Prüfungen geschafft hat«, erzählte Bastian. »Aber so was interessiert einen potenziellen Arbeitgeber nicht. Mir war sofort klar, dass Jessica mit ihrer schlechten Abschlussnote nie wieder eine neue Anstellung finden würde.«

So langsam dämmerte mir, worauf mein Bruder hinauswollte. Ich sah zu meinem Vater, der ebenfalls mit ungläubiger Miene an Bastians Lippen hing.

»Also habe ich die Gelegenheit ergriffen, mal etwas Gutes zu tun«, fuhr er fort. »Ich wollte still und heimlich einem anderen Menschen helfen und selbstlos sein. Denn ich war mir sicher, dass ich im Gegensatz zu Jessica mit meinem guten Arbeitszeugnis und meiner langjährigen Berufserfahrung umgehend einen neuen Job finden würde.« Er lachte bitter und fuhr sich mit beiden Händen durch die Haare. »Ein Trugschluss, wie ich mittlerweile herausfinden durfte. Ich habe meinen Job gekündigt, um Jessicas Rausschmiss zu verhindern – und sitze nun selbst seit einer halben Ewigkeit ohne Anstellung da. Als Krönung des Ganzen hat Silke mit mir Schluss gemacht, weil sie überhaupt nicht glücklich mit meiner guten Tat war. Dass ich plötzlich kein Geld mehr verdiente, fand sie unerträglicher als alles andere. Es wäre schön gewesen, wenn sie mir ihre Prioritäten früher mitgeteilt hätte!« Bastian zog eine Grimasse. »So, jetzt kennt ihr die ganze peinliche Geschichte. Und ihr müsst auch nichts dazu sagen, denn ich halte mich selbst für den dämlichsten Vollidioten im Dorf. Deshalb habe ich auch niemandem davon erzählt.«

Endlich ergab alles ein stimmiges Bild: Bastians Reizbarkeit und schlechte Laune, sein Selbstmitleid – aber auch seine Bereitschaft, sich zu verändern. Ich war beeindruckt von seiner Wandlung. Dieser Ansicht war anscheinend nicht nur ich.

Mein Vater beugte sich vor und drückte Bastians Hand. »Was

du für Jessica getan hast, war sehr anständig von dir, mein Sohn! Ich bin stolz auf dich.«

Ich ergriff Bastians andere Hand. »Und ich auch! In meinen Augen bist du kein Vollidiot, sondern ein Held.« Ich verzog das Gesicht. »Und ich kann gar nicht fassen, dass ich das gerade gesagt habe.«

Das brachte meinen Bruder zum Lachen. »Ein Held also, ja?«

»Und Silke ist eine dumme Schnepfe, die dich gar nicht verdient hat«, fügte ich säuerlich hinzu.

»Na ja, ich habe es ihr auch nicht leicht gemacht!«, räumte er ein. »Zwischen uns ist einiges schiefgelaufen. Unsere Beziehung war wohl nicht mehr zu retten.«

Ich war überrascht, dass er das so selbstkritisch und nüchtern sehen konnte. Mir war bis heute nicht ganz klar, was ich in der Beziehung mit Finn für Fehler gemacht hatte und welchen Anteil ich selbst am Scheitern unserer Liebe trug. Wenn er wirklich glücklich mit mir gewesen wäre, hätte er sich schließlich nicht nach einem Leben ohne mich gesehnt, oder?

Mein Bruder atmete tief durch. »Es hat gutgetan, mal darüber zu reden.« Er streckte sich und gähnte. »Jetzt gehe ich mal wieder hoch und versuche zu schlafen.«

Mein Vater nickte und schnappte sich das letzte Stück Büffelschinken. »Ich auch!«, sagte er kauend. »Morgen erwartet uns ein anstrengender Tag.«

In diesem Moment kam meine Mutter in ihrem geblümten Bademantel herein. Sie blickte überrascht in die Runde. »Was ist denn hier los? Ich dachte, der Fernseher würde noch laufen, weil ich Stimmen gehört habe. Warum seid ihr denn alle in der Küche?«

Mein Vater erhob sich und drückte ihr einen Kuss auf die Wange. »Wir sind gerade fertig. Komm zurück ins Bett, mein Engel!«

Meine Mutter blieb jedoch wie angewurzelt stehen. Sie hatte eine misstrauische Miene aufgesetzt. »Hab ich was verpasst?«

»Ja, leckeren Büffelschinken«, gab mein Vater schmunzelnd zurück. »Ansonsten haben wir nur ein bisschen geplaudert. Nicht wahr, Kinder?«

»Ja, Papa!«, antworten Bastian und ich unisono.

Widerstrebend ließ sich meine Mutter aus der Küche schieben. »Das nächste Mal weckt ihr mich gefälligst, wenn ihr ein nächtliches Familientreffen abhaltet«, verlangte sie.

»Versprochen«, gelobte mein Vater beim Hinausgehen.

Als ich ebenfalls aufstand und nach meinem Handy griff, bemerkte ich, dass Finn – trotz der späten Stunde – zurückgeschrieben hatte. Ich war so ins Gespräch vertieft gewesen, dass ich den Vibrationsalarm nicht gehört hatte. Finns Antwort verursachte allerdings ein nervöses Kribbeln in meiner Magengegend.

Tut mir leid, aber nach deiner Nachricht muss ich nur noch dringender darauf bestehen, dass wir miteinander reden.
Bis morgen!

18. Kapitel

In aller Herrgottsfrühe wurde ich vom lautstarken *Uf-ta-da, uf-ta-da* einer Blaskapelle geweckt. Ich versteckte stöhnend meinen Kopf unter dem Kissen, doch der Lärm drang ungehindert an mein Ohr. Die Kapelle schien direkt vor unserem Haus Aufstellung genommen zu haben. Allerdings ging ich davon aus, dass das morgendliche Ständchen Heinz und Else Jahnke galt – zu Ehren ihres Hochzeitstags. Der spärlichen Besetzung und schlechten Qualität der Musiker nach zu urteilen, tippte ich auf die Liebwitzer Feuerwehrkapelle. Jetzt stimmten sie auch noch den Marsch *Alte Kameraden* an. Den hatten sie wohl neu einstudiert, denn diese musikalische Darbietung unterbot noch mal die vorherige. Dabei waren die Hobbymusiker eifrig bei der Sache und schienen überhaupt nicht mehr aufhören zu wollen. Sie spielten denselben Marsch einfach gleich noch mal. Eins musste ich Dirk lassen: Er hatte es geschafft, das komplette Dorf für unser Jubelpaar zu begeistern. Beim vierten Lied gab ich es auf und verließ freiwillig mein Bett.

Eine kalte Dusche weckte meine Lebensgeister und verwandelte mich in einen einigermaßen funktionierenden Menschen. Nach dem Anziehen wurde ich von frischem Kaffeeduft auf schnellstem Weg in die Küche gelockt. Meine Mutter war gerade dabei, ihre zweite Torte für den Kuchenverkaufsstand der Dorffrauen zu backen. Der Erlös wurde ebenfalls für einen guten Zweck gespendet. Ich wollte gar nicht wissen, wie viele Kuchen meine Mutter insgesamt zugesagt hatte. Wahrscheinlich musste sie noch stundenlang in der Küche schuften. Für sie gehörte es zum guten Ruf, sich im Dorf bestmöglich zu engagieren.

Mein Vater und Bastian saßen mit zerknitterten Gesichtern am Tisch und wirkten genauso übermüdet wie ich. Dennoch konnte ich die beiden während des Frühstücks dazu überreden, mir beim Aufbau des Karikaturenstandes zu helfen: Mein Vater besorgte einen kleinen Gartenpavillon und mein Bruder ein paar Stühle und eine Kasse mit Wechselgeld. Ich bat die beiden, auch meine Staffelei zum Festgelände mitzubringen, damit ich darauf Probe-Karikaturen zum Anlocken der Kunden präsentieren konnte.

Kurze Zeit später verließ ich das Haus, um mir in Ahrenshoop einen Vorrat an Zeichenpapier und Kohlestiften für den Stand zuzulegen. Vorher wollte ich noch bei unseren Nachbarn Heinz und Else vorbeischauen. Schließlich gebot es die Höflichkeit, sie zu ihrem Jubeltag zu beglückwünschen. Doch ein Zettel auf ihrem Gartentor mit der Aufschrift *Keine Gratulanten erwünscht!!!* hielt mich von meinem Besuch ab. Anscheinend waren die beiden schon am frühen Morgen total genervt. Das konnte ja heiter werden!

Auf dem Rückweg aus Ahrenshoop rief mich Ella an und fragte mich panisch, ob ich Zeit hätte, mit ihr schnell den Oldtimer-Traktor in ihrem Schuppen zu dekorieren.

»Das hab ich total vergessen«, jammerte sie. »Erst als gerade die Blumen geliefert worden sind, ist es mir wieder eingefallen. Dabei hab ich noch so viel zu tun!«

»Keine Sorge, ich bin sofort bei dir!«, versprach ich. »Wozu braucht ihr eigentlich den Traktor?«

»Der feierliche Festakt, bei dem auch die Presse anwesend ist, geht erst um 15 Uhr los«, erklärte Ella keuchend. Anscheinend rannte sie gerade über den Hof. »Dabei will Dirk mit Heinz auf der Bühne über das Geheimnis seiner langen Ehe sprechen. Etwas später soll Else im geschmückten Anhänger eines alten Traktors zur Bühne gefahren werden – genau wie damals bei ihrer Hochzeit.«

Das war eine schöne Idee. Anscheinend besaß unser Bürgermeister eine versteckte romantische Ader.

Fünf Minuten später stand ich schon bei Ella auf dem Parkplatz, und meine Freundin eilte auf mich zu. Sie drückte mich zur Begrüßung überschwänglich an sich. »Danke, du bist meine Rettung!«

Sie musterte mich von oben bis unten und stieß einen Pfiff aus. »Und du bist schon fertig angezogen fürs Fest. Schick! Wen willst du denn heute verführen?«

Ich trug einen weitschwingenden hellblauen Hüftrock, der bis zu den Knöcheln reichte. Dazu ein eng anliegendes weißes Top mit Rüschen, das die Schultern frei ließ. Das Oberteil war eine Spur zu kurz, sodass zwischen Rock und Saum noch ein kleiner Streifen Haut sichtbar war. Abgerundet wurde das Ganze von einem geflochtenen Ledergürtel, der locker auf meiner Hüfte saß und mit winzigen Muscheln verziert war – für die sommerliche Note.

»Das war das Erste, was ich heute Morgen aus dem Koffer gezogen habe«, behauptete ich grinsend.

Ella schnaubte. »Ja klar.«

Auch ich war mit meinem Outfit zufrieden – es war hübsch, bequem und eine Spur extravagant. Das war wichtig, wenn ich als Künstlerin Geld für den Kindergarten einnehmen wollte. Die Leute hatten nun mal eine bestimmte Erwartungshaltung, und eine Malerin im Bürooutfit mit Hosenanzug und Hochsteckfrisur hätte auf sie einfach nicht glaubwürdig gewirkt.

Wir erreichten den Schuppen, der sich direkt neben dem Wohngebäude befand. Das Tor stand schon auf.

»Tada!«, machte Ella und deutete auf den roten Oldtimer-

Traktor. »Erinnerst du dich noch, wie uns mein Papa früher damit auf dem Feldweg hat fahren lassen? Der läuft noch immer einwandfrei.«

Das gute Stück war kleiner und weit weniger massig als seine heutigen Kollegen. Der Oldtimer wirkte eher wie die Miniaturausgabe eines Traktors. Dafür war er auf Hochglanz poliert, und man sah ihm an, dass er seit Generationen liebevoll gepflegt worden war. Mit dem dazu passenden Anhänger würde er auf dem Fest bei Technikfans sicherlich Aufsehen erregen. Sorgen bereiteten mir allerdings die unzähligen Kartons, in denen sich Berge an Blumen, Draht und unterschiedliche Steckschwämme befanden. Es würde ewig dauern, bis wir das alles am Traktor drapiert hatten.

»Komm, lass uns schnell anfangen!« Tatkräftig schnappte ich mir die erste Kiste. »Sonst werden wir nie fertig.«

Ella kippte kurzerhand den kompletten Inhalt einer Kiste auf den Boden. »Und? Wie war dein Tag bisher?«, wollte sie wissen.

»Heute hatte ich eine geniale Geschäftsidee«, erzählte ich. »Ich werde übers Internet Wecker verkaufen, die eine Stunde lang in voller Lautstärke eine Aufnahme der Liebwitzer Feuerwehrkapelle abspielen. Und nun kommt der Clou: Der Alarm ist nicht abstellbar. Das jagt jeden über kurz oder lang aus dem Bett. Ich spreche da aus Erfahrung.«

»Damit könntest du ohne Frage reich werden«, meinte Ella schmunzelnd. Sie nahm sich den größten Steckschaum, der wohl für die Kühlerhaube des Traktors gedacht war, und steckte wahllos Blumen hinein. An ihr war offensichtlich keine Floristin verloren gegangen.

»Wie war eigentlich dein Treffen mit Finn in Born?« Sie warf mir einen mahnenden Blick zu. »Und dieses Mal will ich Details hören! Mit einem knappen ›Ganz okay‹ wie gestern Abend am Telefon ist es nicht getan.«

Kuss. Das war das Erste, was mir durch den Kopf schoss und dafür sorgte, dass mir das Blut in die Wangen schoss.

Meine Freundin riss ungläubig die Augen auf. »Nein! Ihr hattet Sex?«

»Quatsch! Natürlich nicht.« Ich verdrehte die Augen und arrangierte sorgfältig einige Margeriten um eine rote Rose. »Es war nur ein Kuss. Und es wird garantiert nicht mehr vorkommen«, gelobte ich. »Du musst dir somit keine Sorgen machen, dass du ins Kreuzfeuer geraten könntest, weil Finn und ich wieder Probleme miteinander haben.«

Ella ließ die Hände sinken. »Bitte sag nicht so was, Hannah!«

Irritiert schaute ich von meiner Arbeit auf. »Wieso denn nicht?«

Sie stieß einen tiefen Seufzer aus. »Finn und du – ihr seid meine zwei besten Freunde.«

Damit sagte sie mir nun wirklich nichts Neues. Ich sah sie abwartend an.

»Nachdem ihr zusammengekommen seid, hatte ich wirklich Angst, dass eure Beziehung einen Keil in unsere Freundschaft treibt. Aber …« Sie stockte. Schließlich legte sie das Messer, mit dem sie die Blumen gekürzt hatte, beiseite und kam zu mir. »Aber dann habe ich erkannt, wie tief die Gefühle zwischen euch sind. Hannah, ihr seid füreinander geschaffen – als wäre eure Liebe vorherbestimmt. Ihr habt allen Widrigkeiten getrotzt, habt euch gegenseitig Halt gegeben und seid füreinander durchs Feuer gegangen. Schon allein wie Finn dich immer angesehen hat – als würde für ihn keine andere Frau auf der Welt existieren.«

Ihre Worte versetzten mir einen Stich, denn sie machten mir wieder einmal bewusst, was ich verloren hatte.

»Tja, aber leider hatte unsere Liebe ein Verfallsdatum«, entgegnete ich bitter.

Ella griff nach meiner Hand. »Als ihr euch getrennt habt, habe ich mich keine Sekunde lang um unsere Freundschaft gesorgt. Ich wollte euch unbedingt helfen und zwischen euch vermitteln, damit ihr wieder zueinanderfindet.«

»Ehrlich?«, fragte ich mit belegter Stimme.

Ella nickte nachdrücklich. »Aber ihr beiden Sturköpfe habt mich ja nicht helfen lassen! Du hast ständig gemauert, und Finn hat sich ebenfalls über den Grund eurer Trennung ausgeschwiegen. Selbst deinem doofen Bruder konnte ich nicht die kleinste Andeutung entlocken.« Sie verdrehte genervt die Augen. »Bastian hat mich nur gefragt, ob er denn aussehe wie ein vollbusiges Tratschweib, das seine Klappe nicht halten kann. Wenn du mir nichts erzählen würdest, hätte das sicher seine Gründe.«

Ein Schmunzeln zuckte um meine Mundwinkel.

Ella hatte sich richtig in Rage geredet. »Ich will jetzt endlich die Wahrheit wissen, Hannah!« Sie stemmte die Fäuste in die Hüften. »Auf dein blödes Versprechen von damals pfeif ich. Hast du gehört? Ich erkläre es für null und nichtig!«

Mir kam Finns gestriger Vorwurf in den Sinn, ich würde mich hinter diesem Versprechen verstecken. Nicht zuletzt hatte er mir sogar ans Herz gelegt, mit Ella über alles zu reden. Ich gab mich geschlagen. »Na schön! Du hast gewonnen.«

Ich setzte mich auf einen Strohballen und holte tief Luft. »Es war Finn, der damals die Trennung wollte«, gestand ich ihr. »Er hat sich in unserer Beziehung eingeengt gefühlt. Der Gedanke, mich zu heiraten, hat ihn mit Angst und blanker Panik erfüllt. Oder anders gesagt: Er hat sich nach einem Leben in Freiheit gesehnt und wollte noch viele andere Frauen mit seinem gestählten Körper beglücken.«

Ella fiel die Kinnlade herunter. Sie sah mich mit gerunzelter Stirn an. »Ist das die Wahrheit?«

Diese Frage war – für eine beste Freundin – ziemlich beleidigend. »Natürlich ist das die Wahrheit«, entgegnete ich entrüstet.

»Aber das ergibt überhaupt keinen Sinn!«, stieß sie kopfschüttelnd hervor. »Finn hat eure Trennung extrem zugesetzt. Und andere Frauen hat er nicht mal eines Blickes gewürdigt. Für ihn gab es nur noch seine Werft und die Renovierung des Hauses. Er hat mir unglaublich leidgetan! Allerdings hast du in Berlin mindestens genauso gelitten.« Sie seufzte und schüttelte ungläubig den Kopf. »Deshalb habe ich vermutet, dass einem von euch volltrunken ein Fehltritt unterlaufen ist, den er zwar am nächsten Morgen zutiefst bereut hat – aber der andere fand den Betrug trotzdem unverzeihlich.« Sie schaute peinlich berührt zur Seite, als sie etwas leiser hinzufügte: »Und als du dann erzählt hast, dass du von irgendeinem Studenten auf einer Party schwanger geworden bist, dachte ich …« Sie stockte.

Fassungslos sah ich sie an. »… du dachtest, ich würde so etwas öfter machen und ich sei diejenige gewesen, die Finn betrogen hat?«

Ich legte ebenfalls das Blumenmesser zur Seite und fuhr mir mit beiden Händen übers Gesicht. Meine Güte, war das alles verfahren! Ich musste mit diesen Halbwahrheiten endgültig aufräumen.

»Finn war der Vater, Ella! Natürlich wusste ich es damals noch nicht, aber ich war schon schwanger, als ich in Berlin angekommen bin.«

Meine Freundin wurde aschfahl im Gesicht. »Was?«

Damit schien Ellas Verwirrung endgültig perfekt zu sein. Also erzählte ich ihr geduldig die ganze Geschichte, obwohl sie den größten Teil meines persönlichen Dramas miterlebt hatte. Aber dieses Mal ließ ich kein fehlendes Puzzlestück aus – weder Finns eindeutige Vaterschaft noch die beiden Briefe, die ihr Ziel nie erreicht hatten. Auch heute ließ die Erinnerung an jene Zeit mein Herz schwer werden. Am Ende lagen Ella und ich uns schluchzend in den Armen.

»Das ist alles so tragisch«, schniefte meine Freundin. »Du hättest mir das alles schon viel früher erzählen müssen, Hannah!«

Diesen Vorwurf hatte ich wohl verdient. Reumütig sah ich sie an. »Du hast recht. Verzeih mir bitte!«

Ich putzte mir die Nase und atmete zitternd ein. Trotz Ellas Vorwurf fühlte ich mich nach meinem Geständnis deutlich befreiter. Als wäre mir eine schwere Last von den Schultern genommen worden.

Die Miene meiner Freundin verdüsterte sich. »Das war bestimmt Charlotte, die deine Briefe heimlich beiseitegeschafft hat. Dafür lege ich meine Hand ins Feuer!«

»Das war auch mein Gedanke«, sagte ich. »Siehst du denn eine Möglichkeit, das noch irgendwie rauszufinden?«

»Wenn Charlotte es nicht freiwillig zugibt, leider nicht.«

In diesem Moment kamen Ellas Mutter Martha und ihre Tante Annegret zu uns in den Schuppen.

Martha blieb wie angewurzelt stehen. »Was ist denn hier los? Da ist ja noch kein einziges Gesteck auf dem Traktor.«

Peinlich berührt sahen Ella und ich uns an.

»Tut mir leid, Mama, wir haben uns verquatscht und die Zeit vergessen«, antwortete Ella kleinlaut.

Martha verdrehte seufzend die Augen. »Ach, Mädchen, das ist bei euch beiden ja genau wie früher! Und ich dachte, ihr wärt inzwischen erwachsen und verantwortungsvoll geworden.«

»Entschuldigung!«, murmelten wir unisono.

Martha lachte gutmütig, und Ellas Tante klatschte tatkräftig in die Hände. »Zum Glück sind wir jetzt hier. Ab sofort wird nicht mehr geredet, sondern gearbeitet!«

Wir setzten uns in Bewegung. Zu viert kamen wir deutlich schneller voran, und der festliche »Hochzeitstraktor« nahm immer mehr Gestalt an. Wenn jetzt noch das Wetter mitspielte, würde das Leuchtturmfest ein voller Erfolg werden.

19. Kapitel

Schon kurz vor Festbeginn strömten die Gäste in Scharen herbei. Sowohl für das leibliche Wohl als auch für das Vergnügen war bestens gesorgt: Der Fußballverein hatte den Getränkeausschank übernommen, es gab diverse Essensstände, ein Kinderkarussell, gebrannte Mandeln, Kaffee und Kuchen, Ellas Wurfstand, Glückslose, und natürlich waren auch ein paar Kunsthandwerker mit ihren Ständen vertreten. Auf dem Vorplatz des Leuchtturms war für den späteren Festakt eine Bühne errichtet worden, über der ein großes Banner mit der Aufschrift *Liebwitz – Das Dorf der Liebe* im Wind flatterte. Es herrschte eine Geräuschkulisse wie bei einem Jahrmarkt in der Großstadt.

Ich saß bei strahlendem Sonnenschein unter dem kleinen Pavillon, den mein Vater besorgt hatte, und zeichnete ununterbrochen. Die Leute standen Schlange, um sich von mir karikieren zu lassen – und es machte riesigen Spaß! Bei jedem Kunden musste ich in Windeseile die herausstechenden Merkmale seines Gesichts erfassen und gleichzeitig seinen Charakter einschätzen. Ohne etwas Menschenkenntnis war man dabei verloren. Doch oft gaben mir auch die Kommentare der Freunde und Begleiter einen Hinweis darauf, was für ein Typ Frau oder Mann gerade vor mir Platz genommen hatte. Wenn die Leute am Ende vergnügt und lachend meinen Stand verließen, wusste ich, dass ich mit meiner Zeichnung ins Schwarze getroffen hatte.

Eine meiner Kundinnen stellte sich als Eleonore Fischbach vor, die Leiterin des Kunstkaten in Ahrenshoop. Ich freute mich riesig, sie persönlich kennenzulernen. Eleonore, die nicht viel älter als ich war, wirkte unglaublich nett und sympathisch. Bei dieser Gelegenheit fragte sie mich auch noch mal, ob ich Lust hätte, die Leitung eines Zeichenkurses zu übernehmen. Natürlich zeigte ich mich sofort begeistert. Da ich am Stand jedoch nicht die Zeit hatte, mit ihr über Einzelheiten zu sprechen, vereinbarten wir, uns in den kommenden Tagen auf einen Kaffee zu treffen.

Kurz bevor der offizielle Festakt begann, schloss ich meinen Stand. Mein Handgelenk und meine Finger waren vom vielen Zeichnen verkrampft, und mein Magen verlangte dringend nach Nahrung. Ich besorgte mir eine Bratwurst und schlenderte über das Fest. Ob Finn sich hier wohl irgendwo herumtrieb? Hatte er mitbekommen, wie großartig seine Idee mit den Karikaturen angekommen war?

Am Stand des Angelsportvereins traf ich meinen Vater, der dort mit seinen Kumpels selbstgemachte Angelköder und gebrauchte Angelausrüstungen verkaufte. Irgendwie musste die Renovierung des Vereinsheims schließlich finanziert werden. Und meinen Bruder entdeckte ich singend und grölend hinter der Bierzapfanlage des Fußballvereins. Es freute mich, ihn zur Abwechslung mal gelöst und in Feierlaune zu sehen. Unterwegs begegnete mir Spike, der mit seiner Schwester Tine über das Fest schlenderte. Das junge Mädchen erkannte ich sofort wieder, da sie im Gegensatz zu ihrem Bruder offensichtlich nicht auf den düsteren Gothic-Look und Piercings stand. Ich freute mich, die beiden hier zu treffen, und wir unterhielten uns ein wenig. Am Ende unseres Gesprächs warf Spike mir vor, dass ich bisher für enttäuschend wenig Aufregung im Dorf gesorgt hätte. Immerhin hatte er dafür extra seinen Trip sausen lassen. Lachend versprach ich ihm, mich ab sofort mehr ins Zeug zu legen. Natürlich machte ich auch bei Ellas Hofladenstand halt. Eigentlich hatte ich erwartet, dass sich beim Dosenwerfen viele Kinder tummelten, doch die Preise boten den Kids wohl wenig Anreiz. Hauptsächlich handelte es sich bei den Gewinnen um frisches Bio-Gemüse und Obst. Der Job als »fröhliche Bio-Karotte« nahm Ella sichtlich mit. Sie schnaufte und schwitzte, als hätte sie gerade einen Marathon hinter sich. Ihre junge Helferin im Apfelkostüm schien über eine weitaus bessere Kondition zu verfügen und hatte sichtlich Spaß an der Arbeit. Ella versuchte zwar, vor ihrer agilen Mitarbeiterin das Gesicht zu wahren, aber in einer unbeobachteten Minute klammerte sie sich an mir fest und bat mich, ihr für den Festakt einen Platz vor der Bühne freizuhalten, damit sie gleich nachkommen und darauf sterben konnte.

Auf dem Weg dorthin sah ich noch bei meiner Mutter am Kuchenstand vorbei. Wie erwartet drängte sie mir umgehend zwei Stücke Kuchen auf, damit ich »etwas mehr auf die Rippen« bekam. Ich beschwerte mich nicht über ihre Fürsorge und nahm den Pappteller samt Kuchengabel freudig entgegen. Bei dieser Gelegenheit deponierte ich auch die kleine Geldkassette mit meinen Einnahmen bei meiner Mutter. Da sie gut gefüllt war, hoffte ich, dass der Kindergarten sich das neue Klettergerüst schon bald würde leisten können.

Frohgemut machte ich mich mit meinem Kuchen auf in Richtung Bühne und kam dabei auch an einem Stand mit Merchandising-Artikeln vorbei. Dirk hatte alles Mögliche mit dem Liebwitzer Leuchtturm und dem neuen Slogan *Liebwitz – Das Dorf der Liebe* bedrucken lassen. Es gab sogar Geschirrtücher vom Leuchtturm, mit einem kitschigen Sonnenuntergang im Hintergrund. Dazu waren unzählige Herzen aufgedruckt, und in roter Schrift stand darüber: *Liebwitz – the Paradise of Love*. Der Gipfel war jedoch eine Tasse mit zwei großen verschlungenen Herzen, in denen jeweils ein Foto von Else und Heinz prangte. Darunter stand: *Forever in love*. Ach herrje!

Vor der Bühne waren die Stuhlreihen schon gut gefüllt. Mittig war eine breite Schneise freigelassen worden – vermutlich für den Oldtimer-Traktor, der Else zur Bühne fahren sollte. Ich ergatterte zwei Plätze für Ella und mich in der letzten Reihe. Entspannt aß ich meinen Kuchen und ließ meinen Blick umherschweifen. Seitlich der Bühne sah ich unseren Bürgermeister nervös auf und ab laufen. Vor so viel Presse hatte Dirk bestimmt noch nie eine Rede gehalten. Den Fotoapparaten nach zu urteilen war die komplette erste Reihe von Medienvertretern belegt. Die Journalisten wirkten allerdings allesamt ziemlich gelangweilt.

Ich erstarrte, denn in diesem Moment entdeckte ich Finn vor der Bühne. Die schwarze Hose und das schwarze Hemd, das er leger bis zu den Ellbogen hochgekrempelt hatte, standen ihm ausgesprochen gut. An den gereckten Köpfen und interessierten Blicken konnte ich erkennen, dass Finn auch den anderen Frauen um mich herum aufgefallen war. Selbstbewusst marschierte er an den Pressefuzzis vorbei und bog in die Schneise zwischen den Stuhlreihen ein. Oh, oh!

Augenblicklich rutschte ich auf meinem Stuhl nach unten und versuchte, mich unsichtbar zu machen. Leider ohne Erfolg. Finn blieb direkt neben mir stehen. »Ist der Platz noch frei?«, fragte er gut gelaunt.

Ehe ich antworten konnte, saß er schon – zack – auf Ellas Stuhl.

Das weckte mich endlich aus meiner Erstarrung. Ich rappelte mich wieder auf und nahm Haltung an. »Nein, der Platz ist besetzt.«

»Keine Sorge, falls Ella kommt, bin ich umgehend wieder weg«, sagte er und zwinkerte mir zu.

»Das will ich dir auch geraten haben.«

Ich kniff die Augen zusammen und warf ihm einen … Moment mal! Er wusste, dass ich den Platz für Ella freihielt? Meine Freundin hatte Finn doch nicht etwa hierhergeschickt, um uns beide wieder miteinander … Verflixt, natürlich hatte sie! Ich knirschte mit den Zähnen. Das würde Ella mir büßen!

»Du hast da was«, meinte Finn in diesem Augenblick und deutete auf meine Brust.

Ich sah an mir hinab. Verdammt! Bei meinem Versuch, mich auf meinem Stuhl unsichtbar zu machen, war mein Oberteil leider in Kontakt mit dem Johannisbeerkuchen gekommen. Aber ich würde jetzt ganz bestimmt nicht dem Impuls nachgeben und vor Finn über meine Brüste reiben, um die Kuchenreste zu beseitigen!

»Soll ich vielleicht behilflich sein?«, bot er grinsend an.

»Untersteh dich«, zischte ich.

Finn lachte. »Schlechte Laune?«

»Erst seit Kurzem«, brummte ich. Verstohlen musterte ich ihn. »Dafür scheinst du ausgesprochen gute Laune zu haben.«

»In der Tat«, bestätigte er. »Zum einen hat der Bürgermeister mir vorhin mitgeteilt, dass ich endlich die Erlaubnis habe, am Ortsrand die große Halle bauen zu lassen. Du ahnst nicht, wie lange ich schon auf Dirks Okay warten musste! Die Werft in Wustrow platzt fast aus allen Nähten.«

Ella hatte schon am Tag meiner Ankunft davon gesprochen, dass Finn in Liebwitz eine Zweigstelle bauen wollte, um einige Arbeiten auszulagern. Dass Dirk sich ausgerechnet heute mit so etwas befasste, fand ich jedoch merkwürdig.

Finn beugte sich zu mir. »Und zum anderen bist du für meine gute Laune verantwortlich. Denn ich habe das Privileg, neben der bezauberndsten Frau auf dem Fest zu sitzen. Einer Frau, die leidenschaftlich, intelligent und unglaublich talentiert ist. Und …«, er sah kurz an mir herab, »… die drei zermatschte Johannisbeeren auf ihrer Brust kleben hat, ohne mit der Wimper zu zucken.«

Er schaute mich mit diesem jungenhaft verschmitzten Blick an, der früher immer für Schmetterlinge in meinem Bauch gesorgt hatte. Und leider auch heute seine Wirkung nicht verfehlte. Ehe ich etwas erwidern konnte, ertönte eine Rückkopplung über den Lautsprecher.

Hastig wandte ich mich nach vorn und sah, dass Dirk die Bühne betreten hatte.

»Herzlich willkommen in Liebwitz, dem Dorf der Liebe!« Eine erneute Rückkopplung ließ ihn kurz innehalten, dann fuhr er fort: »Ich freue mich, heute so viele Besucher in unserem schönen Ort begrüßen zu dürfen.«

Inhaltlich gab es an der Rede bis jetzt nichts auszusetzen, nur Dirks Stimmkontrolle ließ etwas zu wünschen übrig. Er hatte bei den ersten Worten in einem gepresst klingenden Sopran begonnen, nur um dann vor Schreck in eine tiefe Basslage, die an Darth Vader erinnerte, zu rutschen. Schließlich fand er jedoch zu seiner normalen Stimmlage zurück, und alle Anwesenden lauschten seiner Ansprache. Hauptsächlich ging es um das neue Standesamt, das älteste Ehepaar Deutschlands und die Tatsache, dass Liebwitz eine der geringsten Scheidungsraten an der Ostseeküste zu verzeichnen hatte. Laut Dirk der Beweis, dass in unserem Dorf »der Hauch der wahren Liebe durch die Gassen« wehte.

Aus den Augenwinkeln bemerkte ich, wie Finn sich neben mir demonstrativ streckte – nur um dann seinen Arm hinter mir auf der Stuhllehne zu platzieren. Natürlich streifte er dabei wie zufällig meinen Rücken. Ehrlich jetzt? Wir waren doch keine Teenager mehr. Als ich ihm einen scharfen Blick zuwarf, lächelte er unschuldig. Pah! Von mir aus konnte er mit seinem Arm machen, was er wollte. Jedenfalls würde ich mich dadurch nicht aus der Ruhe bringen lassen. Ich wandte meine Aufmerksamkeit wieder Dirk zu, der lang und breit über die Renovierungsarbeiten an dem maroden Leuchtturm schwafelte.

Finns Finger klopften einen gleichbleibenden Rhythmus auf meine Lehne. Dabei streifte sein Daumen jedes Mal kaum merklich meinen Rücken – und jede Berührung schickte einen hauchzarten Stromstoß durch meinen Körper. Gott, wie mich das nervte! Mein Nacken kribbelte, weil mir Finns Nähe überdeutlich bewusst war. Ich hasste es, wie mein Körper auf ihn reagierte. Als Finns Daumen kurz mein nacktes Schulterblatt streifte, rieselte ein angenehmer Schauer über meinen Rücken wie ein leichter Frühlingsregen. Meine Anspannung wuchs mit jeder weiteren Berührung, bis ich mich schließlich fühlte wie eine gespannte Bogensehne.

»Hörst du wohl auf damit!«, zischte ich leise und rutschte demonstrativ nach vorn an die Stuhlkante.

»Gern!« Finn beugte sich ebenfalls vor. »Wenn du versprichst, mit mir zu reden. Am besten jetzt sofort. Ich denke, wir beide haben noch einiges zu klären.«

»Das ist Erpressung!«

»Ruhe bitte!« Ein älterer Herr vor uns hatte sich zu uns umgewandt und warf uns einen tadelnden Blick zu.

»Entschuldigung«, murmelte ich.

Kaum hatte ich mich wieder zurückgelehnt, ging Finns Trommelei auf meiner Stuhllehne von vorn los. Wenn er glaubte, dass er mich dadurch dazu bringen konnte, einem Gespräch zuzustimmen, täuschte er sich. Immerhin hatte mein Bruder mir deutlich gemacht, dass ich mich meiner Familie zuliebe von meinem Ex-Freund fernhalten musste. Niemand, absolut niemand würde es schaffen, mich von diesem Stuhl zu bekommen!

»Ehe wir unsere Ehrengäste Else und Heinz Jahnke auf der Bühne begrüßen«, drang Dirks Stimme wieder in mein Bewusstsein, »kommen wir nun zu einem musikalischen Beitrag! Unsere hochgeschätzte Liebwitzer Feuerwehrkapelle wird uns jetzt ein paar Stücke aus ihrem Repertoire präsentieren. Bitte einen herzlichen Applaus für ...«

Ich sprang so schnell in die Höhe, dass selbst Finn zusammenzuckte. Nein, einmal am Tag war wirklich genug! Mir bluteten jetzt noch die Ohren. Das Überraschungsmoment hätte mir wahrscheinlich zu einer schnellen Flucht verholfen, wenn Finns lange Beine nicht mein Fortkommen verhindert hätten. Bei dem Versuch, darüberzusteigen, verhedderte ich mich in meinem knöchellangen Rock und fiel Finn fast auf den Schoß.

»Immer mit der Ruhe!« Er fasste mich sanft an den Schultern und erhob sich. Dann trat er mit einer galanten Handbewegung zur Seite. »Bitte sehr.«

Ich stürmte wortlos an ihm vorbei. Aber wenn ich gehofft hatte, ihn einfach abschütteln zu können, hatte ich mich getäuscht, denn ich kam kein bisschen voran. Die Leute, die keinen Sitzplatz mehr gefunden hatten, standen um uns herum dicht an dicht. Ihre Augen waren starr auf die Bühne gerichtet, auf der die Liebwitzer Feuerwehrkapelle gerade die ersten schiefen Töne von *Alte Kameraden* anstimmte. Zugegeben, das konnte einen natürlich in eine gewisse Schockstarre versetzen! Ich versuchte, mich zwischen den Zuschauern durchzuquetschen, doch im Nu war ich in der Menge eingekeilt. Der Geruch von Schweiß, schalem Bier und Zigaretten schloss mich ein. Ich versuchte, meine Panik im Zaum zu halten. Seit ich bei einem Musikkonzert, das ich als Teenager mit Ella und Finn besucht hatte, ohnmächtig geworden war, hasste ich solche Menschenansammlungen. Augenblicklich hatte ich wieder das Gefühl, von allen Seiten zusammengequetscht zu werden und nicht mehr atmen zu können. Schweiß sammelte sich auf meiner Stirn. Mein Brustkorb hob und senkte sich immer schneller – bis jemand mit festem Griff meine Hand umschloss.

Finn schob sich vor mich. »Schau einfach nur auf mich!«

Seine breiten Schultern direkt vor mir wirkten tatsächlich beruhigend auf mich. Geschickt lotste er mich durch die Menschenmassen, seitwärts von der Bühne weg. Endlich ließen wir die Zuschauer hinter uns, und ich konnte freier atmen. Die frische Luft der Ostsee wehte mir um die Nase – vermischt mit dem süßlichen Duft nach Zuckerwatte. Nach ein paar weiteren Schritten ging es mir schon wieder so gut, dass ich mich fragte, wieso Finn meine Hand eigentlich nicht losließ. »Hast du ein bestimmtes Ziel?«

»Ja«, gab er knapp zurück.

Was sollte das werden? Eine Entführung auf Freiwilligenbasis? Allerdings war ich Finn für meine Rettung durchaus dankbar. Es erschien mir unangebracht, umgehend wieder in den Zickenmodus zu schalten. Womöglich war ich auch ein wenig neugierig, was er mit mir vorhatte. Trotzdem hoffte ich inständig, dass Bastian uns nicht gerade beobachtete. Für einen Außenstehenden wirkte das hier so gar nicht wie eine Entführung – die Ausrede würde mein Bruder mir garantiert nicht abkaufen.

Finn zog mich seitlich am Leuchtturm vorbei. Dahinter erwartete uns ein herrlich freier Blick auf das Meer. Ein paar Dornenbüsche samt wild wucherndem Unkraut stellten die gesamte Begrünung dar. Den halb leeren Bierflaschen und Zigarettenkippen nach zu urteilen, hatten sich hier vor Kurzem noch einige Jugendliche aufgehalten, doch jetzt war kein Mensch mehr zu sehen. Selbst die Geräusche des Festes drangen nur noch gedämpft an mein Ohr.

Finn blieb stehen, und ich nutzte den Moment, ihm meine Hand zu entziehen. Zu viel Körperkontakt mit ihm beeinträchtigte mein klares Denkvermögen.

Ich räusperte mich. »Danke für die Rettung!«

»Mhm«, brummte Finn. Er verschränkte die Arme vor der Brust, starrte aufs Meer hinaus und verfiel in Schweigen. Dafür, dass er unbedingt mit mir hatte reden wollen, war das ein ausgesprochen wortkarger Gesprächsbeginn seinerseits.

Ich lehnte mich mit dem Rücken an den Leuchtturm und ließ

mich daran herab auf den Sockel sinken. Es war wirklich schön hier draußen! Besonders wenn man den Lärm des Festes und die Menschenmassen gerade hinter sich gelassen hatte.

Verstohlen musterte ich Finns Profil. Jetzt, wo wir allein waren, wirkte er nicht mehr so gut gelaunt und unbeschwert wie noch wenige Minuten zuvor.

»Was sollte diese Nachricht heute Nacht, Hannah?«, durchbrach er schließlich die Stille.

»Ich wollte nur die Dinge zwischen uns klarstellen«, erklärte ich. Leider klang meine Stimme dabei nicht so selbstbewusst, wie ich es mir gewünscht hätte. Dass mein Bruder mir die Nachricht diktiert hatte, ließ ich lieber unerwähnt. »Ich weiß absolut nicht, was es bringen soll, wenn wir miteinander reden.«

»Was es bringen soll?« Er fuhr zu mir herum. »Ist dir mal in den Sinn gekommen, dass ich mit dir über Lina reden möchte?«

Mein Herz zog sich reflexartig zusammen, als er den Namen unserer Tochter aussprach. Ich wollte schlucken, doch meine Kehle fühlte sich plötzlich an wie zugeschnürt. Alles, was ich hervorbrachte, war ein leiser erstickter Laut.

Sofort veränderte sich Finns Gesichtsausdruck, und das verärgerte Funkeln in seinen Augen verschwand. Er ließ sich neben mir auf dem Sockel des Leuchtturms nieder.

»Seit du mir von unserer Tochter erzählt hast, beschäftigt mich der Gedanke an sie Tag und Nacht«, gestand er. »Ich möchte alles über sie wissen.«

Eine beklemmende Enge legte sich um meine Brust. Ich hatte keine Ahnung, was ich ihm sagen sollte. Dabei verstand ich ihn. Wahrscheinlich besser, als er ahnte. Aber ich konnte ihm nicht helfen. Linas Leben war zu kurz gewesen, um ihm von Besonderheiten oder gemeinsamen Erlebnissen berichten zu können. Wir würden nie erfahren, was Linas erstes Wort gewesen wäre – oder wie bezaubernd ihr Lächeln.

»Ich kann dir nichts mehr über sie erzählen«, erwiderte ich traurig. »Du weißt schon alles.«

»Aber … das kann nicht alles gewesen sein!« Seine Schultern hoben und senkten sich, als er tief durchatmete. »Mein schlechtes Gewissen zerreißt mich innerlich. Ich war doch ihr Vater und hätte für sie da sein müssen. Für Lina und für dich. Aber das war ich nicht.«

Ich griff nach seiner Hand. Das war wieder der Finn, den ich seit meiner Kindheit kannte. Der Mann, der für die, die er liebte, durchs Feuer gehen, Stürme bezwingen und es notfalls mit einer ganzen Armee aufnehmen würde.

»Du hättest es nicht verhindern können«, sagte ich. »Das lag nicht in deiner Macht.«

»Und wenn doch?« Er schluckte schwer und wandte den Kopf ab. »Wenn ich nicht mit dir Schluss gemacht hätte und du in Berlin nicht so unglücklich gewesen wärst, dann wäre womöglich alles ganz anders gekommen. Dann wäre Lina vielleicht …« Seine Stimme brach.

Zugegeben, dieser Gedanke war mir auch schon gekommen. Doch der rationale Teil in mir wusste, dass seine Schuldzuweisungen völlig absurd waren. »Finn, das war nicht deine Schuld! Heutzutage denken die Leute, dass bei einer Geburt immer alles gut geht. Aber trotz der modernen Medizin kommt es leider immer wieder zu Komplikationen.«

Das war nicht übertrieben. Ungefähr drei von tausend Kindern wurden tot geboren, und bei der Geburt starben auch heute noch acht von hunderttausend Frauen. Vor Linas Tod hatte ich das nicht gewusst.

Ich legte meine Hand an Finns Wange und drehte sein Gesicht zu mir. »Du hättest es nicht verhindern können«, wiederholte ich mit aller Überzeugungskraft, die ich aufbieten konnte. »Es gibt Kämpfe im Leben, die man nicht gewinnen kann.«

Er atmete tief ein, dann nickte er widerstrebend. »Wahrscheinlich hast du recht«, sagte er mit rauer Stimme. Finn nahm meine Hand von seiner Wange und küsste sanft meine Handfläche, ehe er mich losließ.

Wieder einmal wurde mir bewusst, was ich an ihm immer so geschätzt hatte. Finn war ein Kämpfer, der Probleme mit aller Entschlossenheit anpackte. Doch zugleich hatte er auch diese verletzliche, weiche Seite. Außer ihm kannte ich keinen Mann, der die Stärke und den Mut besaß, auch zu seinen schwachen Momenten zu stehen.

Wir saßen schweigend nebeneinander am Fuß des Leuchtturms, und wie von selbst rutschte mein Kopf an seine Schulter. Es war schön, einfach mit ihm zusammen zu sein und aufs Meer zu schauen. Kurz kam mir wieder Bastians Bitte in den Sinn, mich meiner Familie zuliebe von meinem Ex-Freund fernzuhalten, aber ich drängte mein schlechtes Gewissen zur Seite. Ich konnte Finn jetzt nicht allein lassen. Und ich wollte es auch nicht.

»Darf ich dich was fragen, Hannah?«

»Mhm«, machte ich. Ich war ganz im Augenblick und hätte nicht sagen können, ob wir schon eine halbe Stunde oder erst fünf Minuten beisammensaßen.

Finns Kinn strich über meine Stirn, als er mir den Kopf zuwandte. »Kommt ein Date mit mir für dich wirklich nicht infrage?«

Der Themenwechsel traf mich unvorbereitet. Schlagartig war die harmonische Stimmung dahin. Mit Finns Frage war sie plötzlich wieder da: unsere Vergangenheit. Und gleichzeitig erkannte ich, dass es in seiner Gegenwart immer so sein würde. Es konnte wenige Momente des Vergessens und Friedens zwischen uns geben, die wundervoll und perfekt waren, doch die bittere Realität würde uns über kurz oder lang immer wieder einholen.

Ich rückte von ihm ab. »Nein, es kommt für mich tatsächlich nicht infrage.«

Er drehte sich zu mir. Ich sah die feinen Lachfältchen um seine Augen und konnte die bernsteinfarbenen Sprenkel erkennen, die sich wie goldene Lichtpunkte um seine Pupillen verteilten. Sie erinnerten mich an Sonnenstrahlen, die durch dunkelgrüne Baumkronen fielen.

»Aber zwischen uns ist immer noch etwas, Hannah! Und dabei spreche ich nicht nur von der körperlichen Anziehung. Denn die kannst du nicht abstreiten«, entgegnete er ohne die Spur eines Zweifels.

Ich spürte, wie mir das Blut in die Wangen schoss. War ja klar, dass er mir meinen hormonell bedingten Ausrutscher beim Bootsausflug noch unter die Nase reiben würde!

»Das zwischen uns geht weit darüber hinaus – und ist nach all der Zeit immer noch genauso präsent wie damals.« Er musterte mich mit diesem intensiven Blick, mit dem er bis auf den Grund meiner Seele zu sehen schien. »Oder täusche ich mich?«

Natürlich täuschte er sich nicht. Seit unserer ersten Begegnung vor ein paar Tagen hatte ich damit zu kämpfen.

»Kann sein«, gab ich unwillig zurück. »Aber ich habe nicht das geringste Bedürfnis herauszufinden, wohin das führen könnte.«

Ich sprang auf, verschränkte die Arme vor der Brust und lief auf und ab. »Wieso sollte ich denselben Fehler wiederholen, Finn? Weshalb sollte ich riskieren, dir noch mal mein Herz zu schenken? Nenn mir einen Grund, wieso ich dir wieder vertrauen sollte!«

Er erhob sich ebenfalls. »Ich könnte dir sagen, dass ich seit dem Tag unserer Trennung bereue, was ich dir angetan habe«, antwortete er mit ernster Miene. »Dass seit fünf Jahren kein Tag vergangen ist, an dem ich nicht an dich gedacht habe. Dass ich mein Versprechen, dich immer zu lieben, nie gebrochen habe.«

Er legte den Kopf schräg. »Aber vermutlich würdest du mir nicht glauben.«

Mein Herzschlag geriet bei seinen Worten ins Stolpern. Hatten Else und Ella nicht ebenfalls behauptet, Finn hätte unter unserer Trennung genauso gelitten wie ich? Aber das war absolut unmöglich. Er hätte damals jederzeit zu mir nach Berlin kommen, seinen Fehler zugeben und sich mit mir aussprechen können.

Ich nickte störrisch. »Richtig! Ich würde dir all diese Lügen nicht glauben.«

Finn atmete tief durch. »Ich weiß, dass ich dir etwas Unverzeihliches angetan habe. Das tut mir unendlich leid, Hannah! Aber ich … ich hatte damals keine andere Wahl.«

»Keine andere Wahl?«, wiederholte ich hämisch. »Was wird das jetzt? Die Ausrede des Jahrhunderts? Dann lass mal hören!« Meine Stimme triefte vor Bitterkeit und Sarkasmus.

In seinen Augen loderte für den Bruchteil einer Sekunde etwas auf, das ich nicht näher benennen konnte. War es Trotz, Enttäuschung oder sogar Wut?

»Keine Sorge, ich werde dir keine ›Ausrede des Jahrhunderts‹ auftischen«, erwiderte er mit kalter Stimme. »Vielleicht hatte ich einfach gehofft, dass du mich besser kennst. Und vielleicht solltest du die Zeit vor dem Ende unserer Beziehung mal etwas objektiver und selbstkritischer betrachten.«

Er hatte gehofft, dass ich ihn besser kenne? Die Worte von dem Mann, der ohne Vorwarnung an unserem zehnten Jahrestag mit mir Schluss gemacht hatte, brachten das Fass zum Überlaufen.

»Du kannst dir dieses Theater sparen«, zischte ich. »Ich werde nicht noch mal blindlings in mein Verderben rennen. Denn wer garantiert mir, dass du es dieses Mal ernst meinst? Soll ich vielleicht weitere zehn Jahre eine unverbindliche Beziehung mit dir führen, bevor du mich erneut aus heiterem Himmel abservierst?«

Ich kniff die Augen zusammen und trat auf ihn zu. »Aber womöglich hast du dich inzwischen tatsächlich geändert. Deshalb frage ich dich: Was willst du von mir, Finn? Wohin soll das mit uns dieses Mal führen?«

Mit dieser Frage hatte ich ihn kalt erwischt. Er sah mich irritiert an.

»Was soll ich darauf denn antworten, Hannah?« Er rang die Hände. »Wir haben uns ewig nicht gesehen. In den letzten Jahren haben wir beide uns sicherlich verändert. Wir müssen uns erst wieder neu kennenlernen, meinst du nicht? Deshalb möchte ich ja ein Date mit dir! Aber jetzt, in diesem Augenblick, kann ich dir natürlich noch nicht sagen, wohin das mit uns führen wird.« Die Falten auf seiner Stirn vertieften sich noch mehr, als er halb belustigt, halb fassungslos hinzufügte: »Oder erwartest du etwa von mir, dass ich jetzt vor dir auf die Knie falle und dir einen Heiratsantrag mache?«

Ja, vielleicht erwartete ich das. Es wäre vielleicht die einzige Möglichkeit gewesen, mir die Aufrichtigkeit seiner Gefühle zu beweisen. Auch wenn ich den Antrag selbstverständlich nicht angenommen hätte. Aber allein diese unerschrockene und völlig unvernünftige Geste der Liebe hätte mir eventuell den Mut gegeben, Finn wieder zu vertrauen und mein Herz erneut in seine Hände zu legen. Es hätte mir gezeigt, dass er es dieses Mal absolut ernst meinte. Doch natürlich konnte ich ihm das nicht sagen.

»Tut mir leid, aber das ist mir zu wenig«, sagte ich müde. »Zwischen uns ist zu viel geschehen. Es ist besser, wenn ich jetzt gehe.«

Als ich mich umwenden wollte, griff er nach meinem Handgelenk. »Bitte, Hannah, rede mit mir! Was willst du denn von mir hören?«

Ich starrte auf seine Hand an meinem Arm. Das war der Moment, in dem mir endgültig der Geduldsfaden riss. Ich kam mir vor wie eine Sektflasche, bei der der Korken explosionsartig davonflog. Die ganze Wut, die sich jahrelang in mir angestaut hatte, brach aus mir heraus.

»Du kannst nichts dafür, dass du die Briefe nicht erhalten hast. Und du kannst sicher nichts dafür, was mit Lina passiert ist. Aber du trägst ganz ohne Frage die Schuld daran, dass mein Herz in viele kleine Stücke zerbrochen ist und ich eine Ewigkeit gebraucht habe, um es wieder einigermaßen zusammenzusetzen. Und deshalb musst du jetzt auch die Konsequenzen tragen!« Ich riss mich los. »Du hast mich verletzt wie noch nie ein Mensch zuvor. Und jetzt glaubst du, du musst nur mit dem Finger schnippen, und alles ist wie früher? Ich stehe sofort bereit und sinke wieder willenlos in deine Arme? Was bist du nur für ein eingebildeter Mistkerl! Ich möchte nicht, dass du wieder ein Teil meines Lebens bist. Halte dich in Zukunft, verdammt noch mal, von mir fern!«

Schwer atmend hielt ich inne. Zuerst fühlte es sich an wie ein herrlicher Befreiungsschlag, all das losgeworden zu sein.

Aber dann sah ich in Finns kühle und ausdruckslose Miene. Plötzlich hatte ich das Gefühl, dass *ich* von uns beiden das herzlose Monster war.

»Na schön.« Er trat einen Schritt zurück. »Wenn das dein Wunsch ist, akzeptiere ich es natürlich. Ich werde dir nicht mehr zu nahe kommen.«

Finn stand zu seinem Wort. Ich konnte mich darauf verlassen, dass er sein Versprechen hielt. Das war doch genau das, was ich wollte, oder?

Ich reckte das Kinn. »Schön, dann ist ja alles zwischen uns geklärt.«

In diesem Moment ertönte hinter uns ein verlegenes Räuspern. »Entschuldigung, ihr beiden …« Ella stand nur wenige Schritte von uns entfernt und machte den Eindruck, als würde sie am liebsten im Boden versinken. Es war wohl nicht zu übersehen, dass zwischen Finn und mir gewissermaßen die Luft brannte.

»Else steht kurz vor ihrem Auftritt«, teilte sie uns mit. »Heinz ist schon auf der Bühne und muss Dirks Fragen beantworten.«

Eigentlich hatte ich erwartet, dass die Veranstaltung mittlerweile fast vorüber war. Entweder hatte die Feuerwehrkapelle so unglaublich lange gespielt – was nicht auszuschließen war –, oder es war viel weniger Zeit vergangen, als ich dachte.

»Aber Else möchte vorher noch schnell mit dir sprechen«, erklärte Ella ihr Erscheinen. »Und ich hab vorhin gesehen, wie ihr hinter dem Leuchtturm verschwunden seid.«

Finn nickte ihr mit ernster Miene zu. »Ich komme!«

Ella schüttelte hastig den Kopf, was in ihrem Karottenkostüm unfreiwillig lustig wirkte. »Ich meinte nicht dich, sondern Hannah. Else möchte unbedingt mit Hannah sprechen.«

»Mit mir?«, entfuhr es mir erstaunt.

Ella trat ungeduldig von einem Bein aufs andere. »Beeilst du dich bitte? Es scheint dringend zu sein.«

20. Kapitel

Als ich atemlos am Traktor eintraf, der abseits der Bühne parkte, wurde ich gerade noch Zeuge einer skurrilen Szene. Finns Bruder Noah saß zwar schon abfahrbereit am Steuer, wurde aber von zwei jungen Frauen, die sich neben dem Traktor aufgebaut hatten, aufs Wüsteste beschimpft.

Noah war so alt wie mein Bruder Bastian und sah Finn zum Verwechseln ähnlich. Objektiv betrachtet war Noah sogar noch ein bisschen attraktiver, denn im Gegensatz zu Finn achtete er penibel auf sein Äußeres – für meinen Geschmack fast etwas zu sehr. Noah trug immer schicke Klamotten, hatte einen modischen Haarschnitt, war stets perfekt rasiert und versprühte seinen jungenhaften Charme wie ein Rasensprenger. Kein Wunder also, dass die meisten Frauen auf ihn flogen. Was ihm bei den zwei anwesenden Damen wohl zum Verhängnis geworden war. Einige Schimpfwörter, die sie Noah wutentbrannt an den Kopf warfen, ließen selbst mir die Röte in die Wangen steigen. Die Umherstehenden, die sich in Hörweite befanden, verfolgten interessiert das Spektakel. Was hier geboten wurde, war allemal interessanter als Dirks Interview mit Heinz auf der Bühne.

»Susan, Melanie, jetzt beruhigt euch mal!«, versuchte Noah die Situation zu retten. Er erhob sich aus dem Fahrersitz und hob beschwichtigend die Hände. »Ich kann euch das alles erklären.«

»Da gibt es nichts zu erklären, du schwanzgesteuerter Arsch!«, stieß eine der Frauen aus und warf eine Tomate nach Noah.

Sie prallte mit der Festigkeit eines Medizinballs an seiner Stirn ab und fiel, ohne zu zerplatzen, zu Boden. Eine Eins-a-Qualitätstomate! Bestimmt von Ellas Stand – entweder geklaut oder gewonnen.

Noah fing sich schnell wieder. »Es ist nicht so, wie ihr denkt. Glaubt mir bitte!«

Er wollte gerade behände vom Traktor springen, als ein weiteres Gemüsegeschoss in seine Richtung flog und mit Wucht auf seine Kronjuwelen traf. Dieser Schuss war wohl deutlich schmerzhafter gewesen, denn Noah stöhnte und landete schneller am Boden als beabsichtigt.

Oha! Mit ein paar letzten Beschimpfungen stolzierten die zwei Frauen davon, und Noah rappelte sich, nach Luft schnappend, auf. Als Dorfcasanova würde ich ja schon rein prophylaktisch nur mit Tiefschutz aus dem Haus gehen.

»Jetzt wartet doch!«, rief er den beiden nach.

Der Schmerz im Gemächt schien nachzulassen, denn Noah konnte wieder Haltung annehmen. Gerade als er den Mädels humpelnd folgen wollte, erkannte er mich. Seine Miene hellte sich auf.

»Hallo, Hannah! Die schönste Frau unseres Dorfes ist zurück«, begrüßte er mich lächelnd. Es war ein bezauberndes Männerlächeln mit allem Drum und Dran: mit Grübchen, strahlend weißen Zähnen und einem jungenhaften Funkeln in den dunkelgrünen Augen.

Ich schnaubte, konnte mir ein Grinsen jedoch nicht verkneifen. Eigentlich mochte ich Finns Bruder. Abgesehen von seinen Frauengeschichten hatte er das Herz am rechten Fleck. »Hallo, Noah! Schön, dich wiederzusehen.«

»Ich muss mal schnell was mit den zwei Mädels klären«, informierte er mich, nahm sich aber die Zeit, mir ein freundschaftliches Küsschen auf die Wange zu hauchen. Sein teures Aftershave nebelte mich kurzzeitig ein. »Bin gleich wieder zurück.«

Sprach's – und verschwand. Kopfschüttelnd blickte ich ihm

nach. Gleich darauf nahm seine Urgroßmutter meine Aufmerksamkeit in Beschlag.

»Hannah, gut, dass du da bist!«, rief Else erleichtert. Sie stand am Rand des geschmückten Anhängers und hatte wohl ebenfalls die Szene mit ihrem Urenkel verfolgt. Dass ihr Chauffeur sich gerade aus dem Staub gemacht hatte, schien sie nicht sonderlich zu beunruhigen.

Sie winkte mich zu sich und streckte mir die Hand hin, damit ich ihr herunterhelfen konnte. In dieser Familie schienen alle die Ruhe weg zu haben. Hätte ich jeden Augenblick einen Auftritt vor versammelter Presse, stünde ich abrufbereit parat.

Else legte offenbar keinen gesteigerten Wert darauf, ihren Pflichten als Ehrengast nachzukommen. Trotzdem hatte sie sich schick gemacht – das gebot wahrscheinlich der Anstand. Sie trug ein hellblaues Kostüm mit goldener Brosche und hatte sogar Lippenstift aufgelegt.

»Du siehst wunderschön aus, Else!«

Sie machte eine ungeduldige Geste. Für Höflichkeiten und Komplimente war sie wohl nicht in Stimmung.

»Ich muss was von dir wissen!« Sie blickte kurz zur Bühne.

Dort wollte Dirk gerade von Heinz erfahren, was seiner Meinung nach einen guten Ehemann ausmachte. Eine Frage, die Heinz sichtlich überforderte. Selbst auf diese Entfernung konnte ich seine verzweifelte Miene erkennen. Der arme Heinz wünschte sich vermutlich inständig an einen anderen Ort. Neben den beiden standen noch Finns Eltern auf der Bühne. Ganz im Gegensatz zu Heinz schien ihnen die allgemeine Aufmerksamkeit sichtlich zu gefallen. Charlotte war derart aufgebrezelt, als hätte sie eine Audienz bei der Queen. Finns Vater Richard hatte sich einen großen Button mit dem Logo seiner Maklerfirma ans Jackett geheftet und lächelte gewinnend in die Kameras. Marketingtechnisch war er mit Dirk wohl ganz auf einer Linie.

»Du warst doch vorhin mit Finn zusammen und hast längere Zeit mit ihm gesprochen«, begann Else.

Ach, du meine Güte, waren wir eigentlich vom halben Dorf beobachtet worden? Auf so einem Fest wurde man wirklich von allen Seiten beäugt.

»War Finn außergewöhnlich gut gelaunt?«, wollte sie wissen. »Hat er dir von irgendwelchen positiven Neuigkeiten erzählt?«

Irritiert musterte ich sie. »Wieso fragst du ihn das denn nicht selbst?«

»Weil das zu offensichtlich wäre«, zischte Else unwirsch. »Finn darf nichts davon erfahren. Versprich mir das, Hannah! Aber ich muss wissen, ob der Junge endlich seine Halle bauen darf. Ist die Sache mit dem Grundstück unter Dach und Fach?«

»Die Sache mit dem Grundstück?«, wiederholte ich irritiert.

Einen Moment später fiel bei mir der Groschen, und ich zählte eins und eins zusammen: Der Bürgermeister hatte Else und Heinz mit Finns Bauantrag erpresst. Die beiden hatten sich ausschließlich wegen ihres geliebten Urenkels auf das heutige Schauspiel eingelassen. Ich warf einen scharfen Blick zu Dirk auf der Bühne. Was für ein niederträchtiger Kerl! So ein unmoralisches Verhalten hätte ich ihm nicht zugetraut.

Else zog mich ungeduldig am Arm. »Was ist denn nun?«

»Dirk hat dafür gesorgt, dass Finns Bauantrag genehmigt wird«, beruhigte ich sie.

Else atmete erleichtert auf und bestätigte damit meine Vermutung. Der alten Dame zuliebe beschloss ich jedoch, das Thema fürs Erste auf sich beruhen zu lassen. Sie schien mir ohnehin schon mit den Nerven am Ende zu sein. Aber ich würde dieses Wissen garantiert nicht für mich behalten. Dirk musste zur Rechenschaft gezogen werden!

»Dem Himmel sei Dank«, murmelte Else. »Dann ist diese schreckliche Veranstaltung wenigstens nicht umsonst.«

Mitfühlend sah ich sie an. »Ist es so schlimm?«

»Du machst dir keine Vorstellung!«, spie sie aus. »Dirk führt uns schon seit Stunden herum wie zwei Zirkuspferde. Und ich muss ständig so tun, als wäre Heinz die Liebe meines Lebens. Das ist eine Zumutung!«

»Du hast es ja bald überstanden«, versuchte ich, sie zu trösten.

Else schüttelte müde den Kopf. »Ich kann nicht mehr, Hannah!«, gestand sie mir. »Sich derart zu verstellen liegt mir einfach nicht. Ich bin ein ehrlicher Mensch. Immer geradeheraus! Das ist mein Motto. Ich wollte das hier für Finn durchstehen. Aber dieses ständige Lügen ist grauenvoll.«

Wenigstens in diesem Punkt waren Heinz und sie sich wohl einig. Auch ihr Ehemann schien jeden Moment die Bühne verlassen zu wollen. Das fiel offenbar auch Dirk auf. Endlich zeigte er Gnade und kündigte nun seine »allerletzte Frage« an. Damit stand Elses Auftritt kurz bevor.

»Wenn Noah nicht rechtzeitig zurückkommt, kann ich den Chauffeur spielen«, bot ich an. »Ist zwar schon ein Weilchen her, dass ich Traktor gefahren bin, aber es ist ja nicht weit.«

Else schien mich überhaupt nicht zu hören. Mit entgeisterter Miene starrte sie zur Bühne.

»Dieser blöde Sturkopp tut es schon wieder«, stieß sie hervor. »Er erzählt zum tausendsten Mal die Geschichte mit den russischen Panzern.«

Tatsächlich hatte es Heinz geschafft, bei der letzten Frage zu »Überlebensstrategien in einer Ehe« elegant auf seine Lieblingsgeschichte umzuschwenken – wie er im Krieg die russischen Panzer überlebt hatte. Plötzlich redete er wie ein Wasserfall.

»… und mitten in der Nacht bin ich aus dem Schlaf geschreckt, und die Panzer rollten direkt auf mich zu«, tönte seine Stimme übers Mikrofon. »Ich dachte, mein letztes Stündlein hätte geschlagen.«

Else wurde so rot im Gesicht, dass ich befürchtete, sie würde jeden Augenblick einen Herzinfarkt erleiden.

»Dabei habe ich ihn mehrfach vorgewarnt, dass ich diese Geschichte kein weiteres Mal ertragen kann.« Sie packte mich am Arm. »Das stimmt doch, Hannah! Ich habe ihn vorgewarnt, oder?«

»Äh, ja, schon …«, stammelte ich hilflos.

»Es reicht!«, keifte sie wutentbrannt. »Jetzt ist Schluss! Endgültig Schluss!«

Erneut wandten sich die umherstehenden Zuschauer neugierig zu uns um, während Else Anstalten machte, sich auf den Fahrersitz des Traktors zu hieven. Zwar war sie für ihr Alter noch bewundernswert fit, aber an diesem sportlichen Vorhaben scheiterte sie nun doch. Aus mangelnder Gelenkigkeit und fehlender Kraft blieb sie auf der Hälfte des Weges stecken. Sie hing ächzend am Haltegriff, und eines ihrer Beine baumelte in der Luft.

»Schieb mich hoch!«, befahl sie mir.

Meine Mutter hatte mir beigebracht, ältere Menschen mit Respekt zu behandeln und ihnen stets hilfreich zu Diensten zu sein. Allerdings sagte mir meine innere Stimme, dass ich Else wohl besser nicht ans Steuer dieses Traktors lassen sollte. Fragend sah ich in die Runde, doch keiner der Gaffer schien mir die Entscheidung abnehmen zu wollen.

»Willst du, dass ich mir den Hals breche?«, rief Else empört.

Tatsächlich sah es für eine Dame ihres Alters brandgefährlich aus, wie sie da am Traktor hing. Notgedrungen half ich ihr beim Erklimmen des Fahrersitzes. Meine stille Hoffnung, dass sie den Trecker nicht bedienen könnte, wurde leider im Keim erstickt. Sie ließ routiniert den Motor an, der dröhnend und scheppernd zum Leben erwachte. Augenblicklich drehten sich noch mehr Köpfe zu uns um.

»Seit fünfundsiebzig endlosen Jahren höre ich mir diesen Mist an«, brüllte sie in Richtung Bühne. »Das war das letzte Mal, dass du von diesen vermaledeiten Panzern erzählt hast, Heinz! Das verspreche ich dir.«

Ich versuchte es mit gutem Zureden. »Um Gottes willen, Else, sei doch vernünftig! Das könnt ihr auch nach der Veranstaltung noch miteinander klären.«

Sie ignorierte mich geflissentlich. Stattdessen gab sie Gas und steuerte auf die Schneise zu, die direkt zur Bühne führte.

»Ich hab dich gewarnt«, brüllte sie über das Rattern des Traktors hinweg. Else hatte die Augen verengt und fixierte ihren Ehemann. »Du hast mich heute mit dieser Geschichte zum letzten Mal gequält. Ich werde jetzt nachholen, was die russischen Panzer verpasst haben!«

Der Bürgermeister und Finns Eltern auf der Bühne starrten sie entgeistert an. Heinz dagegen erwiderte den irren Blick seiner Frau unerschrocken und kampfbereit. »Na, dann komm doch!«, rief er ihr durchs Mikro zu. »Ich habe keine Angst vor dir, du bösartige Hex!«

Die anwesenden Presseleute waren begeistert von der unerwarteten Entwicklung. Um uns herum tobte augenblicklich das Blitzlichtgewitter, und Handys wurden von allen Seiten in die Höhe gehalten. Die Situation wäre wahrscheinlich an Dramatik nicht zu überbieten gewesen, wenn der Oldtimer-Traktor nicht so unglaublich langsam gewesen wäre. Im Schritttempo ratterte er vorwärts, und ich lief neben Else her.

»Bist du jetzt verrückt geworden?«, zischte ich. »Du willst Heinz doch nicht allen Ernstes über den Haufen fahren!«

Wieso unternahm denn niemand etwas? Um mich herum schienen alle entweder sensationsgeil oder wie vom Donner gerührt zu sein. Und Finn war nach unserem Streit offenbar einfach verschwunden. Na toll!

»Komm sofort da runter, Else!«, befahl ich streng.

»Ich denk nicht dran. Der Tag der Abrechnung ist gekommen«, erwiderte sie im unheilvollen Ton einer Schicksalsgöttin. Anscheinend brach sich in ihr all die angestaute Wut einer fünfundsiebzigjährigen Ehe Bahn.

Heinz war an den Rand der Bühne getreten und erwartete mit trotziger Miene die Ankunft seiner Frau. Die beiden Eheleute starrten sich wie zwei Kontrahenten bei einem Westernduell entgegen. Else steuerte zielgenau auf ihn zu, ohne den Fuß vom Gas zu nehmen. Die auf Hochglanz polierte Front des Traktors knallte scheppernd an den Bühnenrand, und der schöne Blumenschmuck auf der Kühlerhaube rutschte zur Seite. Else spielte mit dem Gas, aber der altersschwache Traktor war schon am Limit. Die Bühnenkonstruktion gab zwar ein unwilliges Ächzen von sich, aber sonst tat sich nichts. Ein Oldtimer-Traktor war nun mal kein russischer Panzer. Stattdessen würgte Else den Motor ab.

Sie erhob sich hinter dem Steuer und reckte wütend die Faust. »Ich hasse jeden einzelnen Tag, den ich an deiner Seite verbringen muss!«, spie sie Heinz entgegen.

»Meinst du, das geht mir anders?«, keifte Heinz übers Mikro zurück. »Ich sehne den Tag herbei, an dem du endlich ins Gras beißt, du giftich Spinotwachtel!«

Immerhin riss sich nun endlich Dirk aus seiner Erstarrung. Mit hochrotem Gesicht lief er zu Heinz und versuchte, ihm das Mikrofon zu entreißen, aber der klammerte sich mit beiden Händen daran fest. »Ich hätte vor fünfundsiebzig Jahren die Anneliese Wagner heiraten sollen. Die war auch viel hübscher als du!«

Else schnappte empört nach Luft. »Die hatte doch einen Hintern wie ein Flusspferd! Und ich hätte den Heinz-Dieter Lückel heiraten können, der hätte mich wenigstens …«

Ich konnte es nicht mehr länger mit anhören. Das Maß war voll. »RUHE, IHR BEIDEN!«, brüllte ich. »Euer Gezanke raubt mir den letzten Nerv.«

Erstaunt klappten Heinz und Else den Mund zu und wandten sich zu mir um.

»Seit dem Tag meiner Geburt muss ich mir euer Geschrei anhören«, rief ich aufgebracht. »Und jetzt wollt ihr euch auch noch gegenseitig umbringen! Seid ihr völlig verrückt geworden? Herr im Himmel, wenn ihr eure Ehe so unerträglich findet, dann lasst euch eben scheiden!«

Ich hatte zwar kein Mikro, aber Else und Heinz hatten mich sehr gut verstanden.

»Wie meinst du das?«, fragte Else stirnrunzelnd.

Ich atmete tief durch. Wahrscheinlich würde ich das noch bereuen, doch im Moment erschien mir mein Vorschlag das einzig Vernünftige zu sein. Also wiederholte ich: »Wenn ihr es nicht mehr miteinander aushaltet, lasst euch scheiden.«

»Kann man sich denn so einfach scheiden lassen, Hannah?«, schallte Heinz' Stimme aus den Boxen. »In unserem Alter?«

Dirk war derweil in Richtung Bühnentechniker geeilt und gab ihm gestikulierend zu verstehen, Heinz sofort das Mikrofon auszuschalten.

»Ist das nach fünfundsiebzigjähriger Ehe rechtlich nicht irgendwie … schwierig?«, hakte der alte Mann nach.

Seine Frage klang im ersten Moment recht naiv, aber immerhin war er fast hundert Jahre alt. Ein Großteil seines Lebens war eine Scheidung durchaus nicht unproblematisch gewesen – man hatte lange Zeit eine Sondererlaubnis benötigt, und es war mit einer nicht unerheblichen gesellschaftlichen Ächtung verbunden gewesen.

»Heutzutage ist das kein Problem«, erklärte ich deshalb. »Man braucht für eine Scheidung keinen triftigen Grund wie häusliche Gewalt oder Untreue. Wenn es zwischen den Ehepartnern nicht mehr geht, geht es nicht mehr.«

Else und Heinz blickten sich an.

Dann nickten sie sich zu. Ihr heutiger »Ehrentag« verbunden mit der gigantischen Feier hatte das Fass anscheinend endgültig zum Überlaufen gebracht.

»Das ist eine großartige Idee!« Ein Strahlen breitete sich auf Elses Gesicht aus. »Eine Scheidung ist bei den jungen Leuten mittlerweile doch gang und gäbe. Wieso haben wir nicht schon früher daran gedacht, Heinz?«

»Das machen wir!«, verkündete ihr Ehemann den Anwesenden übers Mikro und reckte auf der Bühne demonstrativ die Faust gen Himmel. »Else und ich lassen uns schei…« In diesem Moment wurde ihm der Saft abgestellt, aber die Botschaft war auch so angekommen.

Nur einen Atemzug später brach vor der Bühne das Chaos aus. Die Pressemeute stürmte los, um von dem zukünftigen »ältesten Ex-Ehepaar Deutschlands« ein Interview zu bekommen, und auch die restlichen Gäste strömten aufgeregt umher. Irgendwo rief ein Mann lautstark nach einem Arzt. Alarmiert sah ich mich um.

Es war Finns Vater auf der Bühne! Charlotte war wohl irgendwann in den vergangenen Minuten ohnmächtig geworden und hing jetzt schlaff in seinen Armen. Verflixt, wo waren denn nur Finn und Noah abgeblieben? Zwar hegte ich für ihre Mutter nicht unbedingt positive Gefühle, aber hier handelte es sich um einen Notfall! Gerade als ich mich in Bewegung setzen wollte, um Finns Eltern zu Hilfe zu eilen, fing ich den Blick des Bürgermeisters auf. Dirk hatte die Augen zusammengekniffen und deutete mit ausgestrecktem Zeigefinger direkt auf mich. Und er sah richtig, richtig wütend aus. Auweia, da erwartete mich wohl Ärger!

21. Kapitel

Was hatte ich da nur angerichtet? Ich saß richtig tief in der Tinte. Und es wurde sogar immer schlimmer. Obwohl ich dem Ehepaar Jahnke auf dem Leuchtturmfest zu dieser zündenden Idee verholfen hatte, war Heinz schon am nächsten Morgen stinksauer auf mich.

»Du darfst erst wiederkommen, wenn du unsere Trennung akzeptierst, Hannah!«, blaffte er mich an. »Doch bis dahin bist du kein willkommener Gast mehr in unserem Haus.«

Mit diesen Worten schlug mir der alte Mann die Tür vor der Nase zu. Und dabei war ich als Friedensstifterin zu den Jahnkes gekommen.

Mit diesem Auftrag hatte mich Dirk gestern nämlich noch exklusiv betraut. Natürlich hatte ich diese Mission nicht ganz freiwillig übernommen. Er war jedoch der Meinung gewesen, dass Else und Heinz ohne mich niemals auf die Idee gekommen wären, sich scheiden zu lassen. Okay, meine Beteiligung an dem Schlamassel konnte ich nicht kleinreden. Deshalb hatte er mich vor die Wahl gestellt: Entweder ich schaffte es, Heinz und Else wieder miteinander zu versöhnen, oder ich konnte die Bilder fürs Liebwitzer Standesamt vergessen. Und damit auch das Geld, das ich so dringend benötigte. Was Erpressungen betraf, war unser Bürgermeister wohl so richtig in Fahrt gekommen.

Allerdings befand er sich auch in einer Zwangslage. Wenn Liebwitz »das älteste Ehepaar Deutschlands« verlor, war Dirks medienträchtiger Aufhänger und damit auch sein schönes Marketingkonzept dahin. Wie mir der Bürgermeister klargemacht hatte, hing davon mittlerweile die Existenz des halben Dorfes ab. In Erwartung des kommenden Tourismusstroms hatten viele Liebwitzer ihre Ersparnisse in die Renovierung ihrer privaten Gästezimmer investiert, das Restaurant »Fischhus« hatte einen zweiten Koch eingestellt, und ein Investor, der das Café neben dem Leuchtturm bauen wollte, war auch schon gefunden worden. Für alle stand fest, dass das älteste Ehepaar Deutschlands unbedingt zusammenbleiben musste. Insgeheim glaubte ich zwar immer noch, dass eine Scheidung für das zänkische Ehepaar die beste Lösung war, aber mir leuchtete ein, dass in diesem Fall auch das Allgemeinwohl zählte.

Also war ich heute Morgen – aus Dringlichkeitsgründen sogar noch vor dem ersten Kaffee – voll der guten Absichten zu den Jahnkes marschiert, um die beiden Scheidungswilligen wieder miteinander zu versöhnen. Else und Heinz hatten mich überschwänglich empfangen.

»Hannah, unser Glücksbringer!«, hatte Heinz gesagt und mich herzlich an sich gedrückt. »Ohne dich und dieses schreckliche Fest hätten wir diesen Schritt niemals gewagt.«

Zu meinem Leidwesen waren mir die beiden immer noch ungeheuer dankbar, dass ich ihnen eine neue Zukunftsperspektive und die Hoffnung auf einen friedlichen, streitfreien Lebensabend geschenkt hatte. Sie hatten sogar schon damit begonnen, den Hausstand unter sich aufzuteilen, um auch ihre räumliche Trennung voranzutreiben.

So war es kein Wunder, dass die gute Stimmung zwischen uns nur so lange angehalten hatte, bis Else und Heinz gemerkt hatten, was der eigentliche Grund meines Besuchs war. Auf meinen Vorschlag, die Schnapsidee mit der Scheidung wieder aufzugeben und ihre Ehe fortzuführen, hatten sie nicht unbedingt erfreut reagiert, im Gegenteil. Trotz ihres Unmuts hatte ich mit Engelszungen auf die beiden eingeredet. Alle objektiven Gründe, die man im Allgemeinen gegen eine Scheidung anführen konnte, hatte ich aufgezählt: hohe Anwaltskosten, langwierige Gerichtsstreitigkeiten, drohende Altersarmut und der mit einer Scheidung verbundene Stress, der im hohen Alter sicherlich nicht gesundheitsfördernd war. Dazu kam noch die quälende Vereinsamung, unter der Geschiedene nach einer Trennung oft litten.

Doch Heinz und Else hatten sich von diesen düsteren Zukunftsvisionen nicht abschrecken lassen. Sie waren von meinen Einwänden eher genervt gewesen. Deshalb hatte ich es im nächsten Schritt einfach mit der Wahrheit versucht. Ich hatte Else und Heinz klargemacht, dass sie das den Leuten im Dorf nicht antun konnten und sie auch an ihre Mitmenschen denken mussten. Dieses Argument hatte jedoch ebenfalls nicht gezogen. Else und Heinz waren einhellig der Meinung gewesen, dass sie in der Vergangenheit schon genug für das Dorf getan hätten, und wer ihnen jetzt an ihrem Lebensabend nicht noch ein wenig Glück gönnte, könnte sie »mal gepflegt am Allerwertesten lecken«. Die Gemüter der beiden älteren Herrschaften waren an diesem Punkt schon ziemlich erhitzt gewesen – und infolgedessen hatten sie mich einfach vor die Tür gesetzt. Mit der eindeutigen Botschaft, dass ich erst wieder willkommen war, wenn ich ihre Scheidungsabsichten unterstützte.

Ich war mit meiner Liebesmission somit auf ganzer Linie gescheitert. Und Heinz hatte mich auch noch der Möglichkeit beraubt, einen erneuten Versuch zu starten. Verdammt! Hätte ich vorher gewusst, dass das meine einzige Chance gewesen war, hätte ich mich besser vorbereitet und vorher noch einen Paartherapeuten konsultiert, um mir einige Profitipps geben zu lassen.

Vor der Haustür der Jahnkes Wurzeln zu schlagen brachte mich allerdings auch nicht weiter. Unverrichteter Dinge zog ich wieder ab und ging zurück zu unserem Haus. Dabei warf mir unsere Nachbarin Renate von gegenüber einen bitterbösen Blick aus ihrem Vorgarten zu. Sie erwiderte noch nicht mal meinen höflichen Gruß. Offensichtlich nahm auch sie mir meinen gestrigen Auftritt übel. Dabei hatte Renate als Rentnerin mit Dirks Marketingkonzept nun wirklich nichts zu tun.

In unserer Küche traf ich auf meine Eltern, die schweigend am Frühstückstisch saßen und Trübsal bliesen. Mein Bruder war wohl noch oben und schlief. Der Glückliche!

Kaum war ich eingetreten, richtete sich meine Mutter kerzengerade auf. »Und? Hat es funktioniert?«, fragte sie hoffnungsvoll.

Ich hatte meinen Eltern gestern Abend von Dirks Erpressungsversuch berichtet. Sie waren über die Methoden unseres Bürgermeisters natürlich schockiert gewesen, hatten aber versprochen, mich zu unterstützen.

Betrübt schüttelte ich den Kopf. »Von einer Versöhnung wollen die beiden nichts wissen. Sie teilen sogar schon ihren Hausstand auf.«

Zum Glück würde sich dieses Vorhaben wohl noch in die Länge ziehen. Allein in meinem Beisein hatten die beiden zehn Minuten lang über den Besitzanspruch einer alten Zahnbürste, die sie unter der Spüle gefunden hatten, gestritten.

»Das war nicht anders zu erwarten«, brummte mein Vater. »Es war ihnen schon gestern anzusehen, dass sie begeistert von deinem Vorschlag waren. Und wer kann es ihnen verdenken? An ihrer Stelle würde es mir genauso gehen. Du hast ihnen unverhofft einen Weg aus dem ewigen Fegefeuer gewiesen.«

»Also bitte!«, tadelte meine Mutter ihn streng. »Du kannst doch eine Ehe nicht mit dem Fegefeuer vergleichen.«

Früher hätte mein Vater an dieser Stelle einfach den Mund gehalten, nur um seine Ruhe zu haben, aber jetzt widersprach er ihr resolut: »Wenn es um die Jahnkes geht, kann ich das sehr wohl miteinander vergleichen. Dieses ständige Gezanke hat auch uns das Leben schwer gemacht! Wie viele Essen auf der Terrasse haben uns unsere Nachbarn durch ihr Geschrei schon verdorben? Wie oft wurden wir schon aus dem Schlaf geschreckt, weil unsere Nachbarn selbst am Sonntag in aller Herrgottsfrühe mit Streiten loslegen?«

Meine Mutter schwieg gezwungenermaßen. Schließlich hatte sie sich schon oft über genau diese Dinge beschwert.

Mein Vater wandte sich zu mir. »Meiner Meinung nach hast du das ganz richtig gemacht! Eine Scheidung ist bei den Jahnkes das einzig Vernünftige. Unzählige Male lag mir dieser Vorschlag schon auf der Zunge, aber ich hatte nie den Mut, es den beiden ins Gesicht zu sagen.«

Dankbar lächelte ich ihn an. Dass er mir keine Vorwürfe machte, tat gut. Nur leider brachte mich das bei meiner Liebesmission auch nicht weiter. Dirks Drohung war eindeutig gewesen: kein glücklich vereintes Ehepaar – keine Bilder fürs Standesamt.

Ich schlurfte zur Kaffeemaschine und schenkte mir eine Tasse ein. Vielleicht brachte Koffein meine Gehirnzellen auf Trab. Als ich mich zu meinen Eltern an den Tisch setzte, fiel mir auf, dass der Brotkorb nicht – wie am Wochenende bei uns üblich – mit frischen Backwaren gefüllt war. Dabei liebten meine Eltern für gewöhnlich ihre frischen Sonntagsbrötchen. Für sie war das ein kleines Stück Luxus.

Meine Mutter folgte meinem Blick. »In der Bäckerei haben sie sich geweigert, mir Brötchen zu verkaufen«, erklärte sie seufzend. »Inga und ihr Mann haben wegen Dirks Marketingkonzept extra eine schicke Außenbestuhlung für die Touristen gekauft. Und jetzt haben sie Angst, dass es umsonst war. Inga meinte, wir würden das ganze Dorf in den Ruin treiben, weil du …« Sie brach ab.

Mein schlechtes Gewissen wuchs ins Unermessliche. Was hatte ich da nur angerichtet? Genau vor so einer Situation hatte sich meine Mutter immer gefürchtet. Die Leute im Dorf machten meine komplette Familie für meine Tat verantwortlich und straften uns mit Missachtung. Für meine Mutter musste es sich anfühlen, als ob sich ihre Vergangenheit wiederholte.

Ich griff über den Tisch nach ihrer Hand. »Es tut mir leid, Mama!«

Sie versuchte, eine tapfere Miene aufzusetzen. »Schon gut. Du hast das ja nicht absichtlich gemacht.« Sie atmete tief durch und reckte das Kinn. »Wenn Inga unser Geld nicht will, kann mir das nur recht sein. Soll sie doch auf ihren Brötchen sitzen bleiben!«

Mein Vater lehnte sich vor und strich ihr liebevoll über die Wange. »Das ist meine Marianne! Eine Kämpferin durch und durch. Wir lassen uns nicht unterkriegen, was?«

Sie lächelte ihn an. »Genau! Es gibt nichts, für das wir uns schämen müssen.« Meine Mutter nickte entschlossen und erhob sich. »Außerdem haben wir noch Brot da.«

Sie war wohl um einiges stärker und taffer, als ich geglaubt hatte. Während sie einige Brotscheiben abschnitt, nippte ich gedankenverloren an meinem Kaffee. Ich brauchte dringend einen Geistesblitz! Wie sollte ich in Sachen Heinz und Else nun vorgehen? Da ich nicht mehr bei ihnen willkommen war, musste ich mir wohl oder übel Unterstützung suchen. Ich musste jemanden finden, der Heinz und Else nahestand und ihnen wichtig genug war, damit sie ihn anhörten und … Oh, verdammt!

Ich sank in mich zusammen, als mir klar wurde, auf welche Person das hinauslaufen würde. Nein, nein, nein! Nachdem ich ihm gestern eine Abfuhr erteilt hatte, konnte ich nicht einen Tag später bei Finn auftauchen und ihn um Hilfe bitten. Das war absolut indiskutabel. Aber vielleicht wäre Noah eine Alternative? Ich ließ mir diese Möglichkeit durch den Kopf gehen, doch ich musste mir eingestehen, dass die Chancen, Else und Heinz zu einer Versöhnung zu bewegen, bei Finn weitaus höher lagen. Er war immerhin der treu sorgende Urenkel, den sie über alles liebten. Nein, Noah war keine Alternative!

Meiner Mutter musste mein innerer Kampf aufgefallen sein. Nachdem sie sich wieder zu uns gesetzt hatte, fragte sie besorgt: »Du siehst ganz blass aus, Schatz. Soll ich dir ein Marmeladenbrot schmieren? So wie früher?«

Ich schüttelte den Kopf. »Nein, danke, Mama! Ich hab keinen Hunger.« Der war mir nämlich gerade vergangen. Ich fuhr mir mit beiden Händen übers Gesicht. »Könnt ihr mir sagen, wo Finn jetzt wohnt? Ich sollte ihm heute einen Besuch abstatten. Vielleicht kann er mir mit Heinz und Else helfen.«

»Eine gute Idee«, meinte mein Vater.

Auch meine Mutter nickte. »Du solltest auf alle Fälle mit ihm sprechen! Er wohnt jetzt allerdings etwas außerhalb des Dorfes. Kannst du dich noch an das verfallene Haus am Strand erinnern? Das hat Finn vor ein paar Jahren gekauft.«

Ich spürte, wie meine Gesichtszüge entgleisten. »Etwa das Godewind-Haus?« Meine Stimme war kaum mehr als ein Flüstern. Wie hatte ich nur so blind sein können? Schon Ella hatte Finns Haus, das er gleich nach unserer Trennung gekauft hatte, erwähnt. Spätestens seine überraschende Einladung, ihn dort zu besuchen, hätte mich aufhorchen lassen müssen.

»Ja, genau das«, bestätigte mein Vater. »Es war so verfallen, dass Finn es zu einem Spottpreis bekommen hat. Ich an seiner Stelle hätte es ja abgerissen. Die Renovierung hat eine halbe Ewigkeit gedauert. Aber ich muss zugeben, dass der Junge es richtig gut hinbekommen hat.«

Aus dem Mund meines Vaters war das ein gewaltiges Lob – immerhin war er Handwerker mit Leib und Seele. Doch ich war nicht imstande, etwas darauf zu erwidern. Ich saß nur da und starrte ihn mit geöffnetem Mund an.

Finn hatte es tatsächlich gekauft. *Unser* Haus. Das Haus, in dem wir seiner Meinung nach glücklich geworden wären.

22. Kapitel

Erst am späten Nachmittag konnte ich mich dazu überwinden, zu Finn aufzubrechen. Ich hatte es so lange hinausgezögert, bis mir keine plausible Erklärung mehr einfiel, noch länger zu warten. Um mir im Kopf die passenden Worte zurechtzulegen und noch etwas Zeit zu schinden, nahm ich den langen Weg über den Strand – obwohl ich einen Schokoladenkuchen mit Zartbitterglasur und Haselnusskrokant mit mir herumschleppte. Das war seit seiner Kindheit Finns Lieblingskuchen. Ich hatte ihn extra für ihn gebacken, als kleines Friedensangebot. Natürlich war mir klar, dass mein Besuch deshalb nicht weniger peinlich werden würde: Erst gestern hatte ich Finn noch kaltherzig mitgeteilt, dass er sich von mir fernhalten solle – und schon heute kam ich zu ihm und wollte ihn um Hilfe bitten. Doch mir blieb keine andere Wahl.

Viel zu schnell gelangte ich auf den schmalen Trampelpfad oberhalb der Düne, der direkt zu Finns neuem Heim führte. Versteckt hinter ein paar Windflüchtern tauchte das Godewind-Haus vor mir auf. Mich überlief eine Gänsehaut von Kopf bis Fuß, und wie vom Donner gerührt blieb ich stehen.

Mein Vater hatte recht: Finn hatte das Haus wunderschön restauriert. Es war kaum wiederzuerkennen. Aus ihm war ein idyllisches Reetdachhaus geworden mit Blick aufs Meer, das Stürmen und Gezeiten zu trotzen schien. Selbst der Garten war liebevoll gepflegt, und Rosen rankten sich an einem Spalier die Hauswand hinauf. Aber es war nicht die Schönheit des Hauses, die mich bis ins Mark erschütterte. Es waren die blau getünchte Fassade und die Fensterläden, die in einem zarten Pastellrosa leuchteten.

Himmelblau und Pastellrosa.

Genauso, wie ich es mir vor unvorstellbar langer Zeit gewünscht hatte – nur wenige Wochen, nachdem Finn und ich ein Paar geworden waren. Allerdings war Finn damals von der Farbkombination nicht unbedingt angetan gewesen. Besonders mit der Farbe der Fensterläden hatte er sich nicht anfreunden können. Ich hatte noch seine Stimme im Ohr: *»Igitt, Hannah! Du kannst doch von einem gestandenen, vor Testosteron strotzenden Mann nicht erwarten, dass er in einem Haus mit rosafarbenen Fensterläden wohnt.«*

Durch meinen Kopf schossen tausend Fragen gleichzeitig. Weshalb hatte Finn das gemacht? Wieso hatte er sein Haus nach meinen Vorstellungen gestaltet? Hatte er mich wirklich so sehr vermisst? Aber warum, um Himmels willen, hatte er dann überhaupt mit mir …

»Hannah, was machst du denn hier?«, riss mich Finns Stimme aus meinen Gedanken.

Ich zuckte erschrocken zusammen.

Als wäre er direkt aus dem Boden gewachsen, stand Finn plötzlich hinter dem Gartenzaun. Allerdings war ich in den letzten Minuten auch etwas unaufmerksam gewesen.

Er trug eine Cargohose und ein legeres weißes T-Shirt, auf dem sich ein fetter schwarzer Schmierfleck abzeichnete. Anscheinend hatte er gerade etwas repariert.

Nicht imstande, etwas zu sagen, ging ich auf ihn zu und hielt ihm wortlos die Kuchenbox hin.

Skeptisch nahm Finn sie über den Holzzaun entgegen. »Was ist da drin?«, fragte er mit hochgezogenen Augenbrauen. »Eine Bombe? Oder ein vergifteter Kuchen?«

»Ja«, krächzte ich.

»Oha, sogar beides! Eine Bombe in einem vergifteten Kuchen.« Er lachte bitter. »Du scheinst mich wirklich zu verabscheuen.«

Endlich riss ich mich aus meiner Erstarrung, und mein Gehirn nahm seine Tätigkeit wieder auf. »Keine Bombe, kein Gift – versprochen!«, versicherte ich ihm. »Es ist nur dein Lieblingskuchen. Ich habe ihn für dich gebacken.«

»Aha.« Finns Misstrauen stand ihm nach wie vor ins Gesicht geschrieben. »Und wie komme ich zu der Ehre?«

»Ich … ich wollte dir etwas Gutes tun.« Ich versuchte mich an einem Lächeln. Da sich meine Gesichtsmuskeln jedoch ungemein verkrampft anfühlten, konnte es nicht sonderlich überzeugend wirken. »Also … Hast du vielleicht kurz Zeit für mich?«

Finn reagierte nicht. Wirklich überhaupt nicht. Er starrte mich lediglich mit ausdrucksloser Miene an und schwieg. Mir sackte das Herz eine Etage tiefer.

»Ähm … *bitte?*«, schob ich deshalb hinterher.

Er zögerte einen weiteren quälend langen Augenblick. Doch dann nickte er und deutete wortlos auf das Gartentor. Ich konnte es ihm nicht übel nehmen, dass er mich nicht mit offenen Armen empfing. Womöglich war ihm auch schon zu Ohren gekommen, dass ich seine Urgroßeltern auf die Idee mit der Scheidung gebracht hatte – und er war ebenso sauer auf mich wie der Rest des Dorfes.

Ich betrat den Garten und folgte Finn zu einer gemütlichen Sitzecke. In der Nähe lagen Werkzeug und ein zur Seite gekippter Rasenmäher. Anscheinend hatte er ihn gerade repariert.

Nachdem wir Platz genommen hatten, schaute er mich auffordernd an. »Und?«

Nervös nestelte ich am Saum meines Rocks. Für meinen Bittgang hatte ich mich für eine weiße Bluse mit roten Blumen und einen dunkelroten knielangen Sommerrock entschieden. Nicht zu sexy, aber auch nicht zu formell. Wenn ich jedoch Finns abweisende Art bedachte, wäre ein kurzes Minikleid mit einem großzügigen Ausschnitt auch keine schlechte Wahl gewesen. Aber er zählte wohl ohnehin nicht zu den Männern, die sich dadurch beeindrucken ließen.

Ich räusperte mich. »Eigentlich halte ich es immer noch für das Beste, wenn wir uns so gut wie möglich aus dem Weg gehen«, schickte ich voraus. »Nur leider haben sich seit gestern gewisse Umstände ergeben, die es erfordern, dass ich dich um deine Hilfe bitten muss.«

Irgendwie hatte sich mein vorbereiteter Gesprächseinstieg in Gedanken deutlich besser angehört. Um meine diplomatischen Fähigkeiten war es heute anscheinend nicht gut bestellt.

»Hast du schon von den Plänen deiner Urgroßeltern gehört, sich scheiden zu lassen?«, fragte ich vorsichtig.

Finn nickte knapp. »Ja, und ich habe auch gehört, dass das deine Idee war.«

»Das stimmt. Aber ich hab es wirklich nur gut gemeint!«, beteuerte ich. »Sich gegenseitig anzugiften scheint den beiden nicht mehr zu reichen. Die Situation zwischen Else und Heinz eskaliert immer mehr. Himmel, gestern wollte Else ihn sogar mit dem Traktor überfahren! Da ist doch eine Scheidung allemal sinnvoller, oder?«

Finn blieb mir eine Antwort schuldig. Anscheinend legte er keinen Wert darauf, seine Meinung mit mir zu teilen.

»Nun ja, jedenfalls hat Dirk von mir verlangt, dass ich die Angelegenheit wieder in Ordnung bringe«, erzählte ich. »Ich soll den beiden die Scheidung ausreden. Leider bin ich heute Morgen bei meinem Versöhnungsversuch auf ganzer Linie gescheitert.«

In knappen Worten berichtete ich ihm von meinem Besuch und dem folgenden Rauswurf.

»Deshalb dachte ich, dass du mal mit ihnen reden könntest …« Hoffnungsvoll sah ich ihn an. »Du hast großen Einfluss auf sie, und vielleicht hören sie ja auf dich. Ich schätze, du bist der Einzige, der die verfahrene Situation noch retten kann.«

Finn saß nachdenklich auf seinem Stuhl und blickte aufs Meer hinaus. Das schräg stehende Licht der Nachmittagssonne ließ seine männlichen Gesichtszüge noch markanter erscheinen, und sein dichtes, glänzendes Haar reflektierte das Sonnenlicht. Meine Fingerspitzen zuckten, weil ich am liebsten wie früher meine Hand gehoben hätte, um mit den Fingern hindurchzufahren. Was nur wieder ein Beweis dafür war, dass ich mich besser nicht allzu oft in seiner Nähe aufhalten sollte.

»Deine Geschichte ist nicht ganz stimmig«, sagte er schließlich und beugte sich in seinem Stuhl vor. »Wieso willst du ihnen die Scheidung nun wieder ausreden, obwohl du diesen Schritt eigentlich für richtig hältst? Immerhin steht deiner Meinung nach ihr körperliches Wohlergehen auf dem Spiel.«

Ich spürte, wie mir die Röte in die Wangen stieg. »Wenn ich es nicht schaffe, wird Dirk mir die Bilder fürs Standesamt nicht abkaufen«, sagte ich leise.

»Du handelst also aus völlig selbstlosen Beweggründen«, stellte er in ironischem Tonfall fest.

Getroffen blickte ich zur Seite. Natürlich wusste ich, wie egoistisch sich das anhörte, doch ich brauchte dieses Geld nun mal dringend – und zwar nicht nur für mich selbst, sondern auch für meine Eltern! Aber es gab noch eine andere Sache, die ich zu meiner Verteidigung vorbringen konnte.

»Es ist nicht nur wegen Dirks Auftrag«, entgegnete ich. »Die Leute im Dorf sind wegen dieser Sache ziemlich sauer. Nicht nur auf mich, sondern auf meine ganze Familie.«

Finns Stirn legte sich in Falten. »Sippenhaft?«, fragte er ungläubig.

Ich nickte unglücklich. »Sozusagen.«

»Das ist für deine Mutter sicherlich schwer zu ertragen.«

Finn kannte meine Familie fast so gut wie seine eigene. Als mein Freund hatte auch er darunter leiden müssen, dass meiner

Mutter unser Ansehen im Dorf so wichtig war. Jahrelang hatte sie ihm gegenüber ihr Missfallen zum Ausdruck gebracht, weil wir ohne Trauschein zusammengelebt hatten.

»Sie schlägt sich besser, als ich erwartet hätte. Aber trotzdem …« Ich rieb mir über die Stirn und stieß einen Seufzer aus. »Das tut mir alles so schrecklich leid. Hätte ich gestern nur meinen Mund gehalten! Ich hatte doch keine Ahnung, was ich damit anrichte.«

»Die Leute beruhigen sich in ein paar Tagen wieder«, meinte Finn. »Momentan liegen bei den meisten nur die Nerven blank. Viele Menschen verhalten sich unfair, wenn sie Angst haben. Aber irgendwann meldet sich auch wieder ihr Verstand zu Wort.«

»Hoffentlich!«, murmelte ich und schaute zur Ostsee.

Da das Godewind-Haus auf einer Anhöhe stand, sah man zwar nichts vom Strand und der Brandung – aber dafür ging der Blick auf das weite Meer hinaus. Ich atmete tief durch. Unter anderen Umständen hätte ich meinen Besuch bei Finn wirklich genossen. Die Natur und die friedliche Stille hier draußen waren herrlich. Dieser Ort war perfekt, um den eigenen Gedanken nachzuhängen und endlose Gespräche über Gott und die Welt zu führen.

Verstohlen warf ich einen Seitenblick auf Finn. Nach wie vor wirkte er verschlossen und in sich gekehrt. Vielleicht sollte ich wieder gehen? Alles, was ich zu sagen hatte, war gesagt. Doch es machte nicht den Anschein, dass Finn mir wie ein Ritter in der glänzenden Rüstung zu Hilfe eilen wollte. Gerade als ich mich dazu entschlossen hatte, mich zu verabschieden, brach er das Schweigen.

»Ich helfe dir«, sagte er. »Meinen Urgroßeltern zuliebe. Ich hatte sowieso vor, noch mal mit ihnen zu reden, weil ich die Scheidung für einen großen Fehler halte.«

Mir fiel ein Stein vom Herzen, und ich atmete erleichtert auf.

»Und wieso hältst du die Scheidung für einen Fehler?«, hakte ich nach.

»Weil sich die beiden lieben, Hannah«, stellte er mit einer Überzeugung fest, als handele es sich um ein physikalisches Naturgesetz.

»Wie bitte?«, keuchte ich. Finn musste sich heute einen heftigen Sonnenstich zugezogen haben. Anders konnte ich mir nicht erklären, wie er zu dieser absurden Einsicht gelangen konnte.

»Tief im Herzen lieben sich meine Urgroßeltern noch«, beharrte er. Er sah mich mit ernster Miene an. »Sie lieben sich – sie haben es nur vergessen.«

Seine Worte brachten etwas in mir zum Klingen. Bilder aus unserer eigenen Vergangenheit tauchten vor meinem inneren Auge auf: wie Finn mich am Strand zum ersten Mal geküsst hatte. Seine Hand, die zärtlich über meinen Rücken strich. Unser Lachen. Unsere ineinander verschränkten Hände, die scheinbar keine Macht der Welt trennen konnte. Nie in meinem Leben war ich glücklicher gewesen. Ein sehnsüchtiges Ziehen erfüllte meine Brust. Als wollte mein Herz sein schützendes Gefängnis verlassen, um sich auf die Suche zu machen und dieses verlorene Glück wiederzufinden.

»Und …« Ich musste mich räuspern. »Und wie sollen wir bei Heinz und Else nun vorgehen?«

Im Pläneschmieden war Finn schon immer gut gewesen. Auch heute musste er nicht lange überlegen, um einen Entschluss zu fassen. »Durch deinen Besuch heute wissen wir immerhin, dass es viel Fingerspitzengefühl erfordern wird. Sie haben schon angefangen, ihren Hausstand aufzuteilen?«

Ich nickte eifrig. »Ja, aber das klappt eher suboptimal. Sie gönnen sich gegenseitig nichts. Vermutlich streiten sie sich sogar darüber, wer den schleimigen Haarklumpen im Duschabfluss bekommt.«

»Igitt!« Angewidert verzog Finn das Gesicht. »Okay, auf alle Fälle ist das ein guter Ansatzpunkt. Den beiden müsste schnell klar werden, dass sie das allein nicht hinbekommen und Hilfe benötigen. Und morgen tauchen wir beide dann als Retter in der Not auf. Du zeigst dich meinen Urgroßeltern gegenüber selbstverständlich reumütig. Behaupte einfach, dass du dein Gefasel von heute Morgen bereust und es wiedergutmachen willst. Das ist schließlich keine echte Lüge.«

Finn machte sich sogar Sorgen um mein Karma-Konto. Da ich bei meinem heutigen Versöhnungsversuch recht dilettantisch vorgegangen war, bereute ich ihn in gewisser Weise tatsächlich.

»Damit kommen wir in ihre Nähe«, folgerte ich. »Aber wie genau soll uns das weiterhelfen? Sobald wir einen neuen Versuch starten, die beiden miteinander zu versöhnen, fliegen wir doch wieder raus.«

Finn stieß einen nachsichtigen Seufzer aus. Für ihn lag die Lösung offenkundig auf der Hand.

»Erinnerungen, Hannah«, erklärte er. »In all den Schubladen und Schränken schlummern fünfundsiebzig Jahre gemeinsame Erinnerungen. Wir helfen ihnen, die schönen zu finden und sich wieder an ihre Liebe zu erinnern. Dazu brauchen wir nur etwas Geduld und, wie gesagt, Fingerspitzengefühl. Wir geben den beiden ab und an einen kleinen Stoß in die richtige Richtung. Mit einem einzigen Besuch wird es allerdings nicht getan sein.«

Geduld war nicht gerade meine Stärke. Es gefiel mir auch nicht besonders, dass Finn und ich bei diesem Plan wohl oder übel sehr viel Zeit miteinander verbringen würden. Aber sein Vorschlag war wahrscheinlich die einzige Möglichkeit, das Wunder einer Versöhnung zu realisieren. Wenn es klappte, halfen wir damit nicht nur den Leuten im Dorf, sondern auch seinen Urgroßeltern. Im Grunde war der Plan genial.

»Danke, Finn!« Ich lächelte ihm zu. »Das ist richtig nett von dir.«

»Ja, manchmal bin ich von meiner Selbstlosigkeit auch ganz

überwältigt.« Zum ersten Mal zuckte ein Lächeln um seine Mundwinkel. »Ich hole dich dann morgen Abend nach der Arbeit ab, und wir gehen gemeinsam zu ihnen.«

»Ich werde mich bereithalten«, versprach ich und erhob mich.

»Bis morgen dann.« Da eine freundschaftliche Umarmung unter den gegebenen Umständen unpassend war, hob ich die Hand und winkte ihm zum Abschied zu – und kam mir gleich darauf albern vor. Schnell ließ ich die Hand wieder sinken. »Und du kannst den Kuchen wirklich essen. Er ist nicht vergiftet.«

Finn sah zu mir auf, und ich verlor mich einen Atemzug lang im Funkeln seiner Augen. »Das hatte ich dir auch nicht ernsthaft zugetraut.«

Mühsam riss ich mich los und setzte mich endlich in Bewegung. In Finns Gegenwart fand ich mein eigenes Benehmen befremdlich und irritierend. Wahrscheinlich, weil mein Herz sich ständig im Kampf mit meinem Verstand befand. Ein Teil von mir wollte Finn wegstoßen, ein anderer in seiner Nähe sein. Ein Teil wollte ihm unbedingt wieder vertrauen und uns eine zweite Chance geben. Der andere war angefüllt mit Misstrauen und Angst.

Auf halber Strecke zum Gartentor blieb ich stehen und drehte mich um. Finn hatte sich mittlerweile erhoben und locker die Hände in die Hosentaschen gesteckt.

»Wieso die rosafarbenen Fensterläden?« Ich deutete auf das Haus. »Warum hast du sie so angemalt, wie ich es mir gewünscht habe?«

»Weil ich die Hoffnung nie aufgegeben habe, dass wir zusammen in diesem Haus glücklich werden«, antwortete er ohne Zögern. Seine Lippen wurden schmal, und seine Züge verhärteten sich. »Jedenfalls bis gestern.«

Ich nickte knapp, drehte mich um und trat hastig die Flucht an. Obwohl ich durch die Tränen, die in meinen Augen brannten, kaum noch etwas sehen konnte.

23. Kapitel

Da Finn mich erst abends nach der Arbeit abholen würde, konnte ich den Tag mit Malen verbringen. Ich hatte heute ohnehin keine große Lust, nach draußen zu gehen. Zum einen war es regnerisch, und ein Schauer löste den nächsten ab. Zum anderen konnte ich auf die grimmigen Blicke der Dorfbewohner verzichten. Mein Vater hatte mich gleich am Morgen von der Arbeit aus angerufen und mir geraten, auf Tauchstation zu gehen. Anscheinend hatten sich die Gemüter im Dorf noch nicht beruhigt. Was auch daran lag, dass die Zeitungsartikel über das Leuchtturmfest erst heute erschienen waren. Die Journalisten hatten sich mit Hohn und Spott nicht zurückgehalten. Ein selbst ernanntes »Dorf der Liebe«, in dem alte Ehepaare in aller Öffentlichkeit aufeinander losgingen und nach fünfundsiebzig Jahren sogar die Scheidung einreichen wollten, war für die Zeitungen nun mal ein großartiger Aufmacher. Dirk war im Augenblick vermutlich einem Nervenzusammenbruch nahe.

Ich versuchte dennoch, gelassen zu bleiben. Ändern konnte ich an der Situation mit Else und Heinz im Augenblick wenig. Wie Finn gesagt hatte, würde unsere Mission Geduld erfordern. Immerhin wurde das Haus meiner Eltern nicht mit faulen Eiern beworfen, und die Reifen an Olivers Auto waren bisher auch heil geblieben. Ich hoffte nur, dass meine Mutter im Hotel gut durch den Tag kam! Mir war nicht entgangen, dass sie sich heute Morgen besonders viel Mühe mit ihrer Kleidung und dem Make-up gegeben hatte – als könne sie sich mit einem perfekten Äußeren einen Schutzpanzer anlegen.

Während ich dem ersten Gemälde fürs Standesamt den letzten Schliff verlieh, wanderten meine Gedanken immer wieder zu Finn. Diese verflixten rosafarbenen Fensterläden ließen mir einfach keine Ruhe. Die halbe Nacht hatte ich deswegen wach gelegen. Doch die Wahrheit war: Was Finn betraf, wusste ich nicht, was ich wollte. Die Sache zwischen uns war … verfahren. Außerdem hatte ich das Gefühl, dass immer noch zu viele Dinge zwischen uns ungeklärt waren.

Ich legte den Pinsel zur Seite und schaute nach draußen. In einem stetigen Strom rannen die Regentropfen die Fensterscheibe hinab, und im Garten hingen die Blätter der Eiche nass und schwer an den Ästen. Das gleichmäßige Prasseln wirkte ungemein beruhigend. Manchmal liebte ich diese verregneten Tage, die einen dazu zwangen, sich im Haus wie in einer schützenden Höhle zu verkriechen.

Ich widmete mich dem zweiten Gemälde, das ich schon skizziert hatte. Auch in diesem Fall hatte ich mich für ein Motiv entschieden, von dem ich wusste, dass es Dirk gefallen würde: Ich malte die Steilküste in Ahrenshoop mit Blick auf das Meer, über dem sich dramatische Wolkenberge auftürmten. Im Vordergrund war noch ein Stück Wiese mit zahlreichen Mohnblumen zu sehen, die typisch für die Gegend waren. Vor einiger Zeit hätte ich es noch für undenkbar gehalten, als Auftragsmalerin zu arbeiten, aber nun fiel es mir leichter, als ich geglaubt hatte. Schließlich folgte ich damit lediglich einer alten Tradition: Leonardo da Vinci, Michelangelo, Botticelli, Albrecht Dürer – sie alle hatten ihr Geld mit Auftragswerken verdient. Egal, ob es sich dabei um biblische Motive, Stillleben oder Porträts gehandelt hatte. Da brach sich eine »Hannah Bradhering« keinen Zacken aus der Krone, wenn sie für das Standesamt von Liebwitz zwei Landschaftsbilder malte. Außerdem war es ein befriedigendes Gefühl, zur Abwechslung mal an etwas zu arbeiten, das schon ein zukünftiges Zuhause und eine feste Bestimmung hatte. Jedenfalls, wenn alles gut ging …

Es klopfte an der Tür, und Bastian streckte den Kopf herein. »Ich bin mal kurz weg«, informierte er mich.

Überrascht sah ich auf. »Wo willst du denn bei dem Wetter hin? Doch nicht etwa joggen?«

»Nein, ich hab was anderes vor.« Mit einem breiten Grinsen trat er ins Zimmer. Erst jetzt sah ich, dass er sich schick gemacht hatte. Bastian hatte sich frisch rasiert, seine Haare gestylt und trug sogar ein frischgebügeltes Hemd. Mein Bruder sah richtig gut aus.

»Ein Date?«, schlussfolgerte ich aus seinem Outfit.

»Nein, ein berufliches Treffen«, klärte er mich auf. »Ein Kumpel von mir hat einen Freund, der als Physiotherapeut hier auf der Insel in einem Reha-Zentrum arbeitet. Der ist so nett, mich mal rumzuführen und mir etwas über den Job und die Ausbildung zu erzählen.«

»Wow, das … das ist toll!«, stammelte ich erfreut. Bastians Engagement überraschte mich positiv. Die Idee mit der beruflichen Neuorientierung hatte ihn offensichtlich gepackt.

»Bis ich mit der Ausbildung fertig bin, könnte ich nebenher als Fitnesstrainer arbeiten, um mir etwas dazuzuverdienen«, fuhr er fort. »Oder in Richtung Personal Trainer gehen. So was leisten sich heutzutage immer mehr Leute.«

»Du hast dir ja schon richtig viele Gedanken gemacht«, sagte ich beeindruckt und zeigte ihm den erhobenen Daumen. Als ich bemerkte, dass dieser schon mit mehreren Farbschichten bedeckt war, ließ ich ihn schnell wieder sinken und rieb ihn an meiner Malerbluse ab. »Das hört sich großartig an, Basti.«

»Danke!« Sein Blick fiel auf die Gemälde, an denen ich gerade arbeitete. »Sind die fürs Standesamt?«

Ich nickte und deutete auf die Staffelei vor mir. »Das Zweite ist natürlich noch nicht fertig. Ich hab erst heute damit angefangen.«

Bastian kam näher. Dabei musste er einen kleinen Slalom hinlegen, weil ich überall im Zimmer meine Skizzen auf dem Fußboden verteilt hatte. Immerhin hatten meine Eltern die Kartons und den anderen Krimskrams inzwischen weggeräumt, sodass ich wieder mehr Platz hatte. Interessiert beugte sich Bastian über das Gemälde vom Weststrand, das ich zum Trocknen auf den Schreibtisch gestellt hatte. Natürlich war mein Bruder kein Fachmann, dennoch schlug mir in Erwartung seines Urteils das Herz bis zum Hals. Immerhin war er der Erste, der das fertige Bild sah. Ich hielt die Luft an und beobachtete jede seiner Gesichtsregungen.

Schließlich nickte er wohlwollend. »Also mir gefällt's«, meinte er. »Es sieht richtig profimäßig aus. Man hat das Gefühl, man steht tatsächlich im Darßwald und sieht urplötzlich den Strand und das Meer vor sich auftauchen. Von der Dunkelheit ins Licht. Ein schönes Motiv, aber trotzdem kein Kitsch.«

»Genau das war beabsichtigt – und gar nicht so leicht umzusetzen, wenn ich das bemerken darf.«

»Meine Schwester ist eben begabt«, sagte er ohne jeglichen ironischen Unterton.

»Hast du mich etwa gerade gelobt?« Ich sah ihn fassungslos an.

»Womöglich.« Er rümpfte die Nase. »Aber das solltest du dir nicht zu Kopf steigen lassen!«

Ich nickte gespielt ernsthaft. »Nein, natürlich nicht.«

Bastian ging in die Knie und begutachtete die Skizzen, die ich auf dem Boden ausgebreitet hatte. »Und wofür sind die? Auch fürs Standesamt?«

»Nein, das waren nur Ideen, die mir im Kopf herumgeschwirrt sind«, gestand ich peinlich berührt. Die meisten stammten aus der vergangenen Nacht, weil ich wegen Finn nicht hatte schlafen können. Irgendwie musste ich mich von den rosafarbenen Fensterläden ablenken. »Aber sie sind noch nicht fertig ausgearbeitet.«

»Hey, ist das etwa Heinz?« Bastian nahm eine der Bleistiftzeichnungen in die Hand. Sie zeigte unseren Nachbarn schlafend inmitten seines altmodischen Wohnzimmers. Die Szene hatte sowohl etwas Melancholisches und Verletzliches als auch etwas Anrührendes und Unschuldiges. Genauso, wie ich Heinz an jenem Tag erlebt hatte.

»Und das ist ja Finn«, stieß Bastian gleich darauf aus. »Wahnsinn! Genauso sieht er aus, wenn er am Steuer eines Zeesboots sitzt. Glücklich, abenteuerhungrig … und gleichzeitig irgendwie getrieben.« Er blickte zu mir. »Diese Zeichnungen sind echt gut, Hannah.«

Mein Herz machte vor Freude einen Satz. »Findest du?«

Ich ließ mich neben ihm auf die Knie sinken und griff nach einem weiteren Blatt Papier. »Schau mal, das finde ich auch gelungen.«

Diese Bleistiftzeichnung hatte ich schon fast fertig ausgearbeitet. Sie zeigte eine Szene, die ich bei meiner Motivsuche in den ersten Tagen auf der Insel beobachtet hatte. Drei Kinder im Alter von etwa fünf Jahren hatten am Dorfrand ihre Fahrräder auf den staubigen Feldweg geworfen und standen vor einem großen Sonnenblumenfeld. Sie versuchten mit vereinten Kräften, eine Sonnenblume zu pflücken, indem sie sich in einer Reihe hintereinander aufgestellt hatten. Ein Kind hielt den dicken grünen Stängel fest umklammert, und die anderen beiden zogen mit angestrengten Mienen jeweils an der Taille ihres Vordermanns. Leider vergeblich, denn Sonnenblumen waren nun mal recht robust. Das Bild der drei kleinen Blumenpflücker hatte sich sofort in mein Herz gebrannt. Ihr Teamwork und die Ernsthaftigkeit, mit der sie ihre Mission verfolgt hatten, waren einfach rührend gewesen.

»Das könnten auch wir sein«, meinte Bastian beim Anblick

der Zeichnung wehmütig. Er rieb sich über die Brust. »Genau das war unsere Kindheit. Unbeschwert und sorgenfrei. Voller Freiheit und Abenteuer.«

»Wir hatten wirklich Glück, so aufzuwachsen«, stimmte ich ihm zu.

Das Dorf war für uns ein großer Spielplatz gewesen, und wir hatten ständig auf eigene Faust die Insel erkundet. Heutzutage undenkbar. Die Kinder auf meiner Zeichnung waren in der Realität natürlich in Begleitung ihrer Mütter gewesen.

»Wieso malst du plötzlich solche Sachen?«, wollte Bastian wissen.

»Es hat mich einfach gepackt«, antwortete ich wahrheitsgemäß. Als ich an den Bleistiftzeichnungen gearbeitet hatte, war es plötzlich wieder da gewesen – das wundervolle Gefühl, innerlich vor Leidenschaft zu brennen.

»Schon seit meiner Ankunft hat mich immer wieder ein Gefühl der Inspiration gestreift, ohne dass ich es klar hätte benennen können«, erklärte ich. »Ausgerechnet beim Karikaturenstand auf dem Leuchtturmfest hatte ich dann die Erkenntnis: Ich möchte Menschen malen! Einen schonungslos ehrlichen Moment ihres Lebens einfangen.« Ich deutete auf die Zeichnungen. »Der Betrachter erfasst die Szene mit einem Blick, aber in seinem Kopf spielt sich gleichzeitig eine Geschichte ab – und sein Herz liefert dazu die Emotionen.«

Ein Maler, davon war ich überzeugt, konnte mit einem Bild im Bruchteil einer Sekunde die Geschichte eines ganzen Lebens erzählen. Dazu waren weder Musik noch Literatur in der Lage. Das war wie ein Zauber. Die Magie der Kunst. Der Grund, weshalb ich meine Arbeit so liebte. Und ich hatte das wundervolle Gefühl, beruflich endlich wieder auf dem richtigen Weg zu sein.

24. Kapitel

Bisher hatte Finns Plan großartig funktioniert. Immerhin waren wir schon bis in die Küche seiner Urgroßeltern vorgedrungen. Ich stand vor Else und Heinz und gab mich zerknirscht.

»Wie gesagt, es tut mir leid!«, sagte ich reumütig. »Dafür, dass ich euch gestern so vehement bedrängt habe, biete ich euch als Entschuldigung gern meine Unterstützung an.«

Heinz winkte ab. »Vergeben und vergessen, Mädchen! Du hast es im Grunde gut gemeint.« Er steckte die Daumen unter seine Hosenträger und stieß einen Seufzer aus. »Aber etwas Hilfe könnten wir tatsächlich gebrauchen.«

Das war nicht zu übersehen. Innerhalb kürzester Zeit hatte sich in ihrem Haus das Chaos ausgebreitet. Anscheinend hatten die beiden die Taktik verfolgt, den Inhalt sämtlicher Schubladen und Schränke auszuräumen, um dann die Besitzverhältnisse auszudiskutieren. Untereinander aufgeteilt hatten sie wohl bisher noch nichts.

Else war leider nicht ganz so vertrauensselig wie ihr Gatte. Ihr Misstrauen über meinen plötzlichen Richtungswechsel stand ihr ins Gesicht geschrieben.

Sie wandte sich an ihren Urenkel. »Hast du Hannah dazu gebracht, ihren Fehler einzusehen?«

»Ich habe ihr klargemacht, dass sie eure Wünsche und Absichten respektieren muss«, erklärte Finn. »Außerdem habe ich mir gedacht, dass ein paar helfende Hände nicht schlecht wären.«

»Das hast du richtig erkannt.« Wie zuvor ihr Mann stieß nun auch Else einen tiefen Seufzer aus. »Wie man sieht, sind wir kein

Stück vorwärtsgekommen. Wir wären wirklich dankbar, wenn uns jemand unter die Arme greifen würde«, lenkte sie ein.

Ich musste mir Mühe geben, nicht allzu euphorisch zu wirken. Es hatte geklappt – Finn und ich hatten sozusagen den Fuß in der Tür! Schritt eins unserer Mission hatten wir erfolgreich gemeistert.

Finn sah sich in der Küche um. »Hannah und ich haben uns gedacht, dass wir beim Aufteilen eures Hausstandes als Mediatoren fungieren. Um Streit zwischen euch zu vermeiden, sind wir eure Vermittler. Ihr gebt uns ein Zeichen, ob ihr einen Gegenstand haben wollt – und Hannah und ich verhandeln dann darüber.«

Elses Miene hellte sich schlagartig auf. »Das ist ein guter Plan! So könnte es funktionieren. Was meinst du, Heinz?«

Auch ihr Ehemann schien mit diesem Vorschlag zufrieden zu sein. »Was für eine Frage? Natürlich bin ich einverstanden. Ich habe es satt, mit dir über halb leere Shampooflaschen zu streiten.« In seinen Augen erschien ein verschlagenes Funkeln. »Ich nehme Hannah als Vermittlerin! Finn ist in ihren Händen bestimmt wie Wachs.«

»Nein, ganz sicher nicht«, widersprach sein Urenkel unwirsch. Er wandte sich an Else. »Nana, ist es okay, wenn ich dein Mediator bin?«

Sie nickte hoheitsvoll. »Natürlich!« Sie ging zur Arbeitsplatte, die beladen war mit Küchengeräten, Backformen, Geschirrtüchern und einem großen Stapel selbst gehäkelter Topflappen. »Vielleicht sollten wir gleich hier …«

»Nein, wir beginnen mit dem Speicher«, unterbrach Finn sie entschlossen.

Heinz und Else wirkten überrumpelt. Auch ich verstand nicht recht, wieso wir nicht erst mal das entstandene Chaos beseitigen sollten. »Aber es wäre doch klüger«, wandte ich ein, »als Erstes hier unten wieder klar Schiff zu machen und dann …«

»Nein«, fiel Finn mir ins Wort und warf mir einen verschwörerischen Blick zu. »Den ganzen Alltagskram sollte man zum Schluss aufteilen. Das sind alles Gebrauchsgegenstände, die man bis zur Trennung täglich benutzen muss.«

»Stimmt, das klingt absolut sinnvoll«, sprang ich ihm zur Seite, obwohl ich die genaue Absicht hinter dem Plan immer noch nicht nachvollziehen konnte.

Voller Tatendrang klatschte Finn in die Hände. »Na dann, auf in den Speicher! Seid ihr bereit?«

Heinz und Else nickten ergeben. Wahrscheinlich wollten sie ihren frisch eingesetzten Mediatoren nicht umgehend widersprechen. Wie bei vielen alten Häusern auf der Insel war der Speicher von Heinz' Vorfahren nachträglich ausgebaut worden, um unter dem Dach weitere Unterkünfte für Badegäste zu schaffen. Deshalb befand sich die Treppe zum Speicher auch außerhalb des Hauses. Finn schnappte sich im Flur den Schlüssel zu dem separaten Eingang, und wir gingen gemeinsam nach draußen, während Heinz und Else uns in langsamerem Tempo folgten.

»Wieso bist du denn so auf den Speicher fixiert?«, fragte ich im Flüsterton, sobald wir außer Hörweite waren.

Er beugte sich zu mir. »Hast du schon mal davon gehört, dass das menschliche Bewusstsein wie ein Haus aufgebaut ist? Das Dachgeschoss ist das Über-Ich, der Wohnbereich das Alltags-Bewusstsein und der Keller das Unterbewusstsein. Dort lagern die Geheimnisse und das Verborgene. Da die alten Häuser auf der Insel aber keinen Keller haben …«

»Finden wir alles Wichtige aus ihrer Vergangenheit im Speicher«, ergänzte ich und begriff endlich. »Die Erinnerungen an glückliche Zeiten haben Heinz und Else sicherlich nicht in der Küche oder im Esszimmer verstaut. Clever!«

Finn riss die Augen auf. »Oha! War das gerade ein bewundernder Blick, den du mir zugeworfen hast?«

»Womöglich«, räumte ich ein und rümpfte im Stil meines Bruders die Nase. »Aber das solltest du dir nicht zu Kopf steigen lassen!«

»Nein, wo denkst du hin?«, gab er lachend zurück und ging vor mir die Außentreppe nach oben.

Nachdem Finn die Tür zum Speicher aufgestoßen hatte, stockte mir im ersten Moment der Atem. Und das nicht nur, weil uns ein Schwall abgestandener, von Staub geschwängerter Luft entgegenschlug. Denn hier erwartete uns einiges an Arbeit. Die Zeiten, in denen in diesem Raum Touristen übernachtet hatten, waren schon lange vorbei. Heinz und Else hatten sich die Modernisierung der Unterkunft nicht leisten können und den Speicher während ihrer gesamten Ehe als Abstellkammer genutzt. Deshalb war mittlerweile jedes freie Fleckchen vollgestellt. Ein kleiner Bereich war einst für das Badezimmer abgetrennt worden, aber der Rest war heute ein einzelner, völlig zugemüllter Raum: alte Möbel, ausrangierte Elektrogeräte, Zeitschriften, Blumenkübel, Kinderspielzeug, Weihnachtsdeko, prall gefüllte Altkleidersäcke, eingetrocknete Farbeimer, zahlreiche Aktenordner – und weiter hinten entdeckte ich sogar eine verrostete Hollywoodschaukel. Bis wir dort ankamen, würde es ewig dauern. Wirklich ewig. Worauf hatte ich mich da nur eingelassen?

Finn griff nach meinem Handgelenk. »Du bleibst schön hier!«

»Ich … ich wollte gar nicht abhauen«, behauptete ich in wenig überzeugendem Tonfall.

»Das will ich dir auch geraten haben.« Er warf mir einen Seitenblick zu. »Ich muss dich wohl nicht daran erinnern, wer hier wen um Hilfe angefleht hat.«

Finn ließ mein Handgelenk wieder los, doch meine Haut kribbelte immer noch von seiner Berührung. Dennoch war ich froh, dass er sich mir gegenüber so normal verhielt. Ich hatte befürchtet, dass sich unser Umgang deutlich schwieriger gestalten würde.

Finn stemmte die Hände in die Hüften. »Wir werden das schon schaffen!«

Bei Elses und Heinz' langem Leben war es kein Wunder, dass sich so viele Dinge angesammelt hatten. Erinnerungen und alte Geschichten hingen wie Spinnweben in der Luft. Als hätte Else Angst, sich darin zu verheddern, betrat sie hinter uns nur zögerlich den Speicher. Heinz machte neben ihr halt. Beide wirkten nicht sonderlich glücklich.

Ich beschloss, die Initiative zu ergreifen. »Wir machen vier Stapel: Müll, Verkaufen und Verschenken, einen für Heinz und einen für Else«, schlug ich vor. Wahllos griff ich nach einem Toaster mit deutlichen Brandspuren. »Heinz, ein Handzeichen, bitte!«

Sowohl Heinz als auch Else winkten wortlos ab, sodass der kaputte Toaster auf dem Müllstapel landete.

Auf diese Weise machten wir uns an die Arbeit. Sowohl Heinz als auch Else zeigten sich erstaunlich kompromissbereit. Was auch daran lag, dass wir hauptsächlich auf defekte und unbrauchbare Dinge stießen wie einen Stuhl mit abgebrochenem Bein, mottenzerfressene Bettwäsche oder Altpapier, das noch niemand entsorgt hatte.

Manchmal fiel einem die simple Logik des Lebens erst auf, wenn man unmittelbar damit konfrontiert war. Zum Beispiel, dass sich der Inhalt eines Speichers immer in chronologischer Reihenfolge ansammelte. Vorn befand sich das Zeug aus jüngster Vergangenheit, während die erinnerungsträchtigen Gegenstände, zu denen wir uns hinarbeiten mussten, sich wohl erst ab Mitte des Raums zeigen würden.

Nach zwei Stunden hatten wir ausschließlich Sachen zusammengetragen, die auf dem Müllstapel oder »Verkaufen und Verschenken«-Stapel gelandet waren. Da verließ meinen Klienten die Lust.

»Ich gehe wieder runter«, verkündete Heinz. »Das lange Stehen strengt mich zu sehr an. Macht ihr mal ohne mich weiter.«

Entgeistert sah ich ihn an. Für unsere Mission war es dringend erforderlich, dass wir alle gemeinsam den Speicher ausmisteten. »Aber was ist, wenn wir auf etwas stoßen, das du haben willst?«

Er winkte ab. »Hier vorn hat sich doch nur unbrauchbarer Schrott angesammelt. Wir hätten das schon längst entsorgen müssen. Aber in unserem Alter kann man sich dazu nur schwer aufraffen.«

»Man hofft, dass man vorher stirbt und sich die Erben mit dem Müll herumschlagen müssen«, stimmte Else ihm in pragmatischer Nüchternheit zu und wandte sich ebenfalls zum Gehen.

»Da haben wir wirklich Glück, dass Finn und Hannah sich jetzt um alles kümmern«, meinte Heinz grinsend, während sie gemeinsam zur Tür schlurften.

Zu meiner Überraschung erwiderte Else sein Grinsen. »Ein großartiges Entrümpelungsteam haben wir da engagiert, oder?« Sie wandte sich noch mal zu uns um. »Kinder, macht ihr mal ohne uns weiter. Morgen ist ja auch noch ein Tag!«

Und weg waren die beiden. Ich fasste mir ergriffen ans Herz.

»Was ist denn?«, fragte Finn irritiert.

»Ich bin total gerührt. Das war die freundlichste Unterhaltung zwischen den beiden, die ich je mitbekommen habe.« Ich wandte mich zu ihm um. »Dabei sind wir heute auf gar kein Erinnerungsstück gestoßen.«

Er überlegte kurz. »Vielleicht war deine Idee mit der Scheidung doch nicht so schlecht. Die beiden waren ja wie festgefahren in ihrem negativen Verhalten. Aber durch diesen großen Knall kommt wieder Bewegung in ihre Beziehung.«

Ich war froh, dass Finn meiner Idee mit der Scheidung am Ende etwas Positives abgewinnen konnte.

»Vielleicht liegt es auch an unserer Anwesenheit«, meinte ich. »Indem wir die Dinge schneller vorantreiben, wird ihnen vielleicht bewusst, dass eine Trennung nicht mehr in allzu weiter Ferne liegt. Bisher waren sie wahrscheinlich lediglich erleichtert, dass ein Ende der Streitereien in Sicht ist. Aber jetzt wird ein Leben ohne den anderen plötzlich Realität.«

»Gut möglich«, sagte Finn. »Wenn sie tatsächlich so empfinden, würde es unsere Mission bedeutend leichter machen.«

Wir arbeiteten weiter. In einem Karton entdeckte ich neben Filzuntersetzern und unzähligen Kerzenstummeln noch weitere selbst gehäkelte Topflappen. Ach herrje, kein Mensch brauchte so viele Topflappen!

»Hey, Hannah, guck mal, was ich gefunden habe!«

Ich richtete mich auf und wandte mich zu Finn um. Im gleichen Moment flog mir ein Plastikball an die Stirn, den er aus einer Tischtennisball-Pistole abgeschossen hatte. Allerdings konnte ich nicht behaupten, dass es schmerzhaft gewesen wäre. Finn grinste so breit und unbeschwert wie als kleiner Junge. »Meinst du, so was gibt es heutzutage noch zu kaufen?«

Er hatte sich einen Weg zur Mitte des Raums gebahnt und sich dort einen Karton vorgenommen. Anscheinend war er auf alte Spielsachen gestoßen. Er lud nach und zielte wieder in meine Richtung.

»Wehe!«, warnte ich ihn, konnte mir aber ein Grinsen nicht verkneifen. »Wag es nicht noch mal!«

Zack! Erneut hatte Finn den Abzug gedrückt, und ich ging blitzartig in Deckung. Der Ball landete neben mir und hüpfte mit einem hohlen Geräusch weiter in Richtung Ausgang.

»Daneben!«, rief ich triumphierend. Ich zog zu meiner Verteidigung einen Topflappen aus dem Karton. »Na warte!«

Ich tauchte aus meinem Versteck auf und pfefferte mein Wurfgeschoss in Finns Richtung. Leider machte der Lappen auf halber Strecke schlapp und fiel zu Boden.

»Ui!« Finn lachte. »Für den Bruchteil einer Sekunde hatte ich fast sogar Angst. Achtung, jetzt schaffe ich zwei von drei Treffern!« Er drückte erneut ab, aber der Tischtennisball schoss haarscharf an meiner linken Schulter vorbei.

Ich streckte Finn die Zunge heraus. Da kam mir eine Idee. Elses Topflappen bestanden aus dickem Garn und waren ausgesprochen fest gehäkelt. Ich nahm mir noch einen aus dem Karton, doch dieses Mal warf ich den Topflappen wie ein Frisbee. Besser als erhofft segelte er durch die Luft und touchierte – mit letzter Kraft – Finns Brust.

Jubelnd riss ich die Arme in die Höhe und tänzelte auf der Stelle. »Ausgleichstreffer!«

»Ich habe keine Munition mehr.« Finn zog einen Flunsch und betrachtete enttäuscht sein Spielzeug. »Wäre es zu viel verlangt, dass du die Bälle, die um dich herumliegen, einsammelst und mir zurückgibst?«

»Definitiv!«, sagte ich heftig nickend. »Ich erkläre hiermit ein offizielles Unentschieden.«

Wir lachten beide. Es war ein schönes Gefühl, mit Finn herumzualbern. Genau wie früher – trotz allem, was geschehen war. Lächelnd machte ich mich wieder an die Arbeit.

»Bei unserem Ausflug hast du erwähnt, dass deine Mutter Pläne für dich schmiedet«, sagte Finn, während er weiter den Spielzeugkarton durchstöberte. Wahrscheinlich suchte er nach »Erinnerungsschätzen«, damit wir morgen beim Aufräumen gleich die richtige Richtung einschlagen konnten. »Darf man erfahren, was damit gemeint ist?«

»Meine Mutter möchte, dass ich wieder im Hotel arbeite«, erklärte ich seufzend. »Sie glaubt, dass ich einen anständigen Job mit regelmäßigem Einkommen brauche. Weil meine Zeit als aufstrebender Stern am Künstlerhimmel ja nur von kurzer Dauer war. Sie hat mir bei Claudia für morgen sogar schon einen Termin für ein Bewerbungsgespräch besorgt.«

Finn schien das nicht zu gefallen. Er richtete sich auf und starrte mich fassungslos an. »Du wirst da aber nicht hingehen, oder?«

»Doch, das hatte ich vor«, gab ich ächzend zurück, während ich zwei eingetrocknete Farbeimer in Richtung Müllstapel zog. Ich hielt kurz inne und richtete mich auf, um Finn zu erklären, dass es nicht meine berufliche Zukunft war, über die ich mit der Hotelchefin bei diesem Termin sprechen wollte – doch da flippte mein Ex-Freund schon aus.

»Das wirst du nicht tun, Hannah!«, verlangte er. Finn fixierte mich mit einem wütenden Funkeln in den Augen. »Du versauerst auf gar keinen Fall für den Rest deines Lebens in diesem drittklassigen Hotel! Du hast diesen Job gehasst, erinnerst du dich nicht mehr?«

Natürlich erinnerte ich mich. Aber Finn hatte dennoch kein Recht, mir diesen Job zu verbieten. Es gab auf dieser Welt nur einen Menschen, der mich bevormunden durfte – und das war meine Mutter.

»Soll das ein Rat sein?«, fragte ich frostig. »Oder ein Befehl?«

Doch Finn beachtete mich überhaupt nicht mehr und starrte ins Leere. »Dann wäre alles umsonst gewesen«, murmelte er kaum hörbar.

Ich hatte ihn trotzdem verstanden. »Was meinst du damit?«

Da er immer noch nicht reagierte, fragte ich etwas lauter: »Hey, Finn, ich will wissen, was du damit meinst! Was wäre umsonst gewesen?«

Er hob den Kopf und sah mich an. In seinen dunkelgrünen Augen las ich eine solche Fülle an Emotionen, dass ich sie nicht klar benennen konnte.

»Du weißt genau, was ich damit meine«, sagte er tonlos. »Du willst dir die Wahrheit nur nicht eingestehen. Weil sie dir Angst macht.«

Mein Herz setzte für einen Schlag aus. Meine Verärgerung verflog genauso schnell, wie sie gekommen war. In meinem Kopf überschlugen sich die Gedanken: Finn war neben Ella der Einzige gewesen, der immer an mein Talent als Künstlerin geglaubt hatte. Er hatte gewusst, dass ich den Job im Hotel, zu dem meine Eltern mich überredet hatten, hasste. Finn hatte genau wie ich unter unserer Trennung gelitten. Die rosafarbenen Fensterläden … Plötzlich hatte ich das Gefühl, dass ein schweres Gewicht auf meiner Brust lag und ich kaum noch Luft bekam. Ja, ich hatte Angst! Angst, dass es stimmte, was ich seit meinem gestrigen Besuch bei Finn insgeheim vermutete. Angst, weil ich der Wahrheit nicht ins Gesicht sehen wollte. Angst, weil ich niemals geglaubt hätte, dass mich jemand auf dieser Welt so sehr lieben könnte. Denn das hatte ich nicht verdient.

»Hannah …«, sagte Finn, nun mit deutlich sanfterer Stimme.

Ich blinzelte heftig und hob die Hand. »Lass uns weiterarbeiten, ja?«, krächzte ich. Ohne seine Antwort abzuwarten, ging ich in die Knie und zog die Farbeimer weiter in Richtung Müllstapel, während ich meine Angst zusammen mit dem Rest meiner Gefühle wieder in eine Kiste packte und zurück in den Keller meines Unterbewusstseins verbannte. Weil ich es einfach nicht ertrug, mir ihren Inhalt genauer anzusehen.

25. Kapitel

Bevor ich an diesem Tag wieder mit Finn zu den Jahnkes hinüberging, bereitete ich für meine Familie das Abendessen vor. Ich hatte Szegediner Gulasch gekocht, das schon seit einer halben Stunde im Topf schmorte. Neben Schweinefleisch, Zwiebeln, Knoblauch und Gewürzen kamen Sauerkraut und saure Sahne hinzu. Als Beilage konnte man Knödel oder Kartoffeln reichen, doch im Hause Bradhering gab es dazu immer Schwarzbrot. Der leckere Duft von gebratenem Fleisch, Paprika und Zwiebeln erfüllte die Küche.

Gerade als ich umgerührt und den Topf wieder zugedeckt hatte, fiel die Haustür mit einem lauten Knall ins Schloss.

»Hannah«, rief meine Mutter schon von Weitem mit schriller Stimme. »Hannah, ich muss sofort mit dir reden!«

»In der Küche«, gab ich seufzend zurück.

Jetzt hieß es wohl, auf in den Kampf. Denn ich hatte es getan: Nach meinem Kunststudium hatte ich mich heute zum zweiten Mal dem Willen meiner Mutter widersetzt. In Erwartung des nun folgenden Donnerwetters straffte ich den Rücken und drehte mich um.

Meine Mutter stürmte in die Küche. Ihre Augen schienen wütende Funken zu sprühen.

»Was fällt dir ein?«, keifte sie. »Ich habe mich für dich eingesetzt und mit Engelszungen auf Claudia eingeredet, damit sie dir eine zweite Chance gibt. Und was machst du? Du schlägst diesen Job einfach aus! Hast du dir mal überlegt, was das für ein Licht auf mich wirft? Und was ist eigentlich mit deiner Zukunft?

Wovon willst du leben, wenn dir der Bürgermeister die Bilder abgekauft und du deine Schulden abbezahlt hast?«

Ich hätte an dieser Stelle gern etwas gesagt, aber meine Mutter ließ mich nicht zu Wort kommen.

»Willst du wie dein Bruder den ganzen Tag zu Hause hocken und nichts tun? Ich sag dir mal was: Papa und ich sind kein Hotel!« Sie fuchtelte mit dem Zeigefinger vor meinem Gesicht herum. »Sollen wir etwa unsere erwachsenen Kinder durchfüttern, bis wir vor Erschöpfung umkippen? Uns steht finanziell ohnehin schon das Wasser bis zum Hals! Ich dachte wirklich, wir hätten Bastian und dich zu mehr Anstand und Verantwortungsgefühl erzogen.« Sie schnappte kurz nach Luft und fuhr umgehend fort: »Apropos: Von dem, was Claudia mir über Bastian erzählt hat, verstehe ich kein einziges Wort. Wieso, um Himmels willen, soll er denn plötzlich Fitnesskurse im Hotel geben? Ich weiß gar nicht, was das ist – ein freiberuflicher Personal Trainer. Bastian ist doch Bankkaufmann, verflixt noch mal!« Sie hielt inne und stieß die Luft aus. »Sind denn hier alle verrückt geworden?«, murmelte sie und fuhr sich in einer kraftlosen Geste übers Gesicht.

Vorsichtshalber wartete ich noch einen Moment, aber sie schien ihrem größten Ärger Luft gemacht zu haben. Also wagte ich es, mich aktiv am Gespräch zu beteiligen.

»Was die Sache mit dem Personal Trainer betrifft, das solltest du mit Basti besprechen, Mama«, sagte ich sanft. »Nur so viel: Er hat eine neue Perspektive für seine Zukunft gefunden. Ich halte das für eine großartige Sache. Deshalb möchte ich dich bitten, dir seine Pläne aufgeschlossen und geduldig anzuhören, bevor du darüber urteilst.«

Die Fitnesskurse im Hotel waren ein erster Schritt in die richtige Richtung. Ich hatte meinen Termin mit Claudia dazu genutzt, ihr die Idee schmackhaft zu machen. Kurse wie Aqua-

Gymnastik, Fitness am Strand und geführte Joggingrunden waren bei den Gästen beliebt. Da ich befürchtet hatte, dass Bastian eine Ablehnung sofort wieder entmutigt hätte, hatte ich ihn nicht in mein Vorhaben eingeweiht. Doch Claudia war zum Glück sofort Feuer und Flamme gewesen, weil das Hotel bisher über keine »modernen« Freizeitangebote verfügte. Sie hatte gleich mit Bastian telefoniert und mit ihm die Eckdaten abgesprochen. Nun arbeitete mein Bruder in seinem Zimmer schon an der Planung der Kurse. Natürlich war das kein Ersatz für einen richtigen Job, aber immerhin verdiente er ein bisschen Geld und konnte erste Erfahrungen als Trainer sammeln. Das sollte er unserer Mutter am besten selbst erzählen.

»Und was mich betrifft …« Ich holte tief Luft. »Diesen Job im Hotel wollte ich nie, Mama! Aber du hast mich nicht mal gefragt und einfach über meinen Kopf hinweg entschieden. Dabei weißt du, dass ich mein Kunststudium abgeschlossen habe und Künstlerin bin. Das ist mein Beruf – und in dem möchte ich auch arbeiten.«

»Das ist doch kein Beruf«, widersprach meine Mutter heftig. »Als Künstlerin weißt du nie, ob du genug Geld verdienst, um im nächsten Monat die Miete bezahlen zu können. Das ist kein Zustand! Du kannst nebenher gern malen, Hannah. Aber du brauchst einen Brotberuf, zur Sicherheit. Begreif doch, dass ich nur dein Bestes will!«

Im letzten Moment konnte ich ein gequältes Stöhnen unterdrücken. Wie oft hatten wir diese Diskussion schon geführt? Aber heute würde ich nicht nachgeben! Mittlerweile war ich erwachsen und wusste genau, worauf ich mich einließ. Ich versuchte, diplomatisch zu bleiben.

»Es ist lieb von dir, dass du dich um mich sorgst. Aber es ist meine Entscheidung, in welchem Beruf ich arbeiten möchte«, erinnerte ich sie. »Für mich ist die Kunst nicht nur ein Hobby, dem man ausschließlich nach Feierabend nachgehen kann. Das Malen ist meine Leidenschaft und mein Leben, Mama!«

Sie verdrehte die Augen und verschränkte die Arme vor der Brust.

Ich ließ mich nicht davon beirren. »Natürlich ist das kein ›normaler‹ Beruf, aber damit komme ich klar. Wenn mir das Geld ausgeht, suche ich mir einen Nebenjob. Und wenn es trotzdem zu einem finanziellen Engpass kommt, so wie jetzt, finde ich auch eine Lösung. Das ist ein Risiko, das ich bereit bin, einzugehen.«

An ihrer skeptischen Miene erkannte ich, dass ich meine Mutter damit nicht überzeugt hatte. Deshalb spielte ich meinen letzten Trumpf aus. »Manchmal ergeben sich Dinge, mit denen man überhaupt nicht gerechnet hat. Zum Beispiel habe ich jetzt die Möglichkeit, einen Malkurs in Ahrenshoop zu geben. Wenn alles gut läuft, kann das ein dauerhafter Nebenverdienst werden.« Lächelnd fügte ich hinzu: »Dann wäre ich auch wieder viel öfter bei euch in Liebwitz zu Besuch.«

»Das heißt, du willst nach deinem Auftrag wieder zurück nach Berlin?«, fragte sie entgeistert.

»Ja, ich lebe schließlich da.« Ich hatte keine Ahnung, wieso ausgerechnet dieser Punkt ein Problem für meine Mutter war. »Dort wohne ich, habe mein Atelier und meinen Job bei Oliver in der Galerie. Schon bald muss ich mit ihm die Vernissage eines berühmten Künstlers vorbereiten, und sein Auto braucht Oliver auch wieder. Außerdem hast du selbst gesagt, dass ihr kein Hotel seid.«

»So war das doch nicht gemeint!«, keifte sie. »In der Großstadt bist du völlig auf dich allein gestellt. Du hast selbst erlebt, dass das nicht gut geht. Sonst würdest du jetzt nicht in der Patsche sitzen. Jetzt benimm dich endlich mal vernünftig und erwachsen!«

So langsam hatte ich ebenfalls genug. Jedes meiner Argumente schien an meiner Mutter einfach abzuprallen. Genauso gut hätte ich mit einer Betonwand diskutieren können.

Leider war sie noch nicht fertig mit ihren Vorwürfen. Mit hochrotem Gesicht stemmte sie die Hände in die Hüften. »Du bleibst hier, Hannah! Ich kann doch nicht tatenlos dabei zusehen, wie du die falschen Entscheidungen triffst.« Sie rang nach Atem. »Wenn du selbst ein Kind hättest, wüsstest du, dass eine Mutter nur …«

Mir platzte der Kragen. »Ich weiß sehr wohl, wie das ist. Ich war schwanger und hatte ein Kind, Mama!«

Die Worte waren einfach so aus meinem Mund gepurzelt. Vor Schreck blieb mir fast das Herz stehen. Wie hatte mir das nur passieren können?

Augenblicklich herrschte in der Küche Totenstille.

Ich blickte zu Boden, weil ich meiner Mutter nicht in die Augen sehen konnte. Etwas leiser fügte ich hinzu: »Ein Mädchen. Aber es ist leider gestorben.«

Ich brauchte einen Moment, ehe ich es wagte, wieder den Kopf zu heben. Meine Mutter war aschfahl im Gesicht und taumelte benommen zu Seite. Blitzartig eilte ich zu ihr und griff nach ihrem Arm, um sie zu stützen. Mit einer Hand zog ich einen Stuhl zu ihr heran. »Setz dich! Ich hole dir ein Glas Wasser.«

Doch ehe ich mich abwenden konnte, griff sie nach meiner Hand und hielt mich fest. Ihr Blick ging mir durch Mark und Bein: Ich hatte gerade ihre Welt zum Einsturz gebracht.

»Erzähl mir, was passiert ist«, bat sie mit dünner Stimme.

Ich atmete tief durch und nickte.

Dann zog ich einen weiteren Stuhl heran und setzte mich neben meine Mutter. Wie bei Finn begann ich meine Erzählung mit meiner Ankunft in Berlin. Ich berichtete ihr von meiner Einsamkeit, der Schwangerschaft, Finns eindeutiger Vaterschaft, meiner Vorfreude auf das Kind – und den plötzlichen Komplikationen am Tag der Geburt. Als ich mit brüchiger Stimme erzählte, wie ich Lina das erste und letzte Mal im Arm gehalten hatte, presste ich meine zitternden Hände zusammen. Auch wenn ich dieses Mal die Tränen zurückhalten konnte, fiel es mir schwer, darüber zu reden.

Meine Mutter hatte die ganze Zeit atemlos zugehört. Ihr Gesicht war nach wie vor bedenklich blass, und sie wirkte plötzlich um Jahre gealtert. Doch ihr kam kein Laut über die Lippen.

»Du fragst dich, wieso ich euch nichts davon erzählt habe …«, durchbrach ich die darauffolgende Stille.

Meine Mutter nickte mechanisch.

»Ich habe euch zwar die Schwangerschaft verschwiegen, aber ich hätte dir und Papa niemals euer Enkelkind vorenthalten«, schickte ich voraus. Es war mir wichtig, diesen Punkt klarzustellen. »Es war zu der Zeit, als wir nur telefonischen Kontakt hatten und du sogar Papa und Bastian verboten hast, mich in Berlin zu besuchen. Aber ich wollte mit Lina gleich nach der Geburt zu euch kommen. Vermutlich wärst du wegen des unehelichen Kindes sauer auf mich gewesen – doch ich war mir absolut sicher, dass du deine Enkelin sofort ins Herz schließen würdest, sobald du sie im Arm hältst.« Ich lächelte traurig. »Dem Zauber eines süßen Neugeborenen kann niemand widerstehen, oder? Schon gar nicht die eigene Großmutter.«

Meine Mutter presste die Lippen zusammen und nickte erneut. Ich konnte ihr ansehen, wie sehr sie um Fassung rang.

Schließlich räusperte sie sich. »Lina?«, fragte sie. »Wie meine Mutter?«

Ich nickte. »Ich musste in Berlin während meiner Schwangerschaft viel an Oma denken. Es ist kein Geheimnis, wie sehr dich deine Kindheit geprägt hat, Mama. Die Ablehnung, die du und deine Schwester erfahren musstet, hat bei dir bis heute Spuren hinterlassen. Und dann ist ausgerechnet mir das Gleiche passiert wie deiner Mutter: ein uneheliches Kind und ein Kindsvater, der sich nicht dafür interessiert. Finn schien nichts mit uns zu tun haben zu wollen.«

Die Augenbrauen meiner Mutter zogen sich entrüstet zusammen. Deshalb fügte ich hastig hinzu: »Aber das war ein tragisches Missverständnis. Mittlerweile weiß ich, dass Finn sich um Lina gekümmert hätte. Allerdings haben ihn damals meine Nachrichten nicht erreicht. Deshalb dachte ich, ich wäre in der gleichen Situation wie Oma. Ich hatte Angst, dass du dich wegen mir schämst.«

Meine Mutter starrte eine Zeitlang ins Leere. So viele Emotionen und ungesagte Worte lagen zwischen uns in der Luft, dass mir das Atmen schwerfiel. Sie reagierte fast genauso, wie ich erwartet hatte: Sie kam damit nicht klar. Zwar schrie sie nicht herum und machte mir auch keine Vorwürfe, doch ihr Schweigen sagte genug.

Ich stand auf, ging zum Herd und schob den Topf mit dem Gulasch von der Platte. Eigentlich hätte ich es noch mal abschmecken müssen, aber das Abendessen war mir im Augenblick gleichgültig. Als ich mich wieder umdrehte, stand meine Mutter hinter mir.

Sie griff nach meinen Händen. Obwohl sie jetzt einen Bürojob hatte, fühlten sich ihre Finger immer noch hart und schwielig an. »Hannah, ich hätte …« Ihre Stimme brach ab, und sie musste sich räuspern, bevor sie weitersprach. »Ich hätte meine Enkeltochter geliebt.« Ihr Kinn begann zu zittern. »Schon ab dem ersten Ultraschallbild hätte ich sie geliebt. Und es wäre mir völlig gleichgültig gewesen, ob du verheiratet bist oder nicht. Ich und dein Vater hätten deine Tochter …« Sie brachte den Satz nicht zu Ende. Meine Mutter schluchzte auf und presste mich so fest an sich, dass ich kaum noch Luft bekam.

Ich war völlig überfordert, denn diese Reaktion hatte ich nicht erwartet. Bewegungslos verharrte ich in ihrer Umarmung. Wo blieben die Ratschläge, was ich alles hätte besser machen können? Die Vorwürfe? Wann würde sie mir an den Kopf werfen, wie enttäuscht sie von mir war? Ein Teil von mir rebellierte regelrecht gegen das Verständnis meiner Mutter. So hatte sie sich in all den Jahren mir gegenüber nie verhalten, wenn ich einen Fehler gemacht hatte.

»Hannah, es tut mir so leid«, wisperte sie. »So unendlich leid.«

Erst als ich die Feuchtigkeit an meiner Schulter spürte, wurde mir klar, dass sie weinte. Das erschütterte mich fast genauso wie meine Mutter soeben das Geständnis meiner Schwangerschaft. Endlich erwachte ich aus meiner Erstarrung. Ich schlang die Arme um sie und strich ihr tröstend über den Rücken.

»Es … es ist doch alles wieder gut, Mama«, stammelte ich, auch wenn sich meine Worte falsch anfühlten. Natürlich war nicht alles wieder gut, aber ich wusste nicht, was ich sonst hätte sagen sollen. Zum ersten Mal in unserer Beziehung war ich diejenige, die Trost spenden musste.

Schon bald hatte sich meine Mutter wieder beruhigt. Sie war kein Mensch, der sich allzu lang eine Schwäche erlaubte. Zitternd atmete sie ein und machte sich wieder von mir los. Nur ein feuchtes Schimmern in ihren Augenwinkeln zeugte noch von ihren gerade vergossenen Tränen.

Nun musterte sie schweigend mein Gesicht. Als würde sie dort nach irgendwelchen Zeichen suchen, die ihr bisher entgangen waren. »Du hast das alles allein durchgestanden«, murmelte sie ungläubig. »Du bist viel stärker, als ich dachte.«

Ich schwieg, da ich nicht wusste, was ich darauf erwidern sollte.

»Komm, gehen wir nach draußen an die frische Luft!« Sie winkte mich mit sich.

Ich folgte ihr in den Garten zu dem Birnbaum, an dessen

Stamm eine selbst gezimmerte Holzbank lehnte. Meine Mutter setzte sich und klopfte mit der Hand neben sich, damit ich ebenfalls Platz nahm.

»Als du geboren wurdest, habe ich oft mit dir auf dieser Bank gesessen«, erzählte sie. »Hier habe ich dich damals im Arm gehalten und stundenlang angesehen, während du geschlafen hast. Für mich warst du das schönste Baby auf der Welt. Einfach perfekt. Und ich habe dich vom ersten Augenblick an geliebt. Glaubst du mir das?«

Ich wich ihrem Blick aus und sah über den Rasen zu unserem Haus. Es war verführerisch, jetzt zu nicken und ihre Worte einfach hinzunehmen. Doch vielleicht war es der perfekte Moment, mir alles von der Seele zu reden.

»Ich weiß, dass du mich liebst, Mama. Aber nachdem Basti geboren wurde, hast du ihn anders behandelt als mich«, stellte ich so nüchtern wie möglich fest.

Sie schluckte schwer und sah schuldbewusst auf ihre Hände hinab. »Mütter neigen wohl dazu, mit ihren Söhnen zu nachsichtig zu sein. Aber das hat nichts mit Liebe zu tun, Hannah!«, versicherte sie mir. »Es liegt eher daran, dass man sich als Mutter mit einer Tochter viel mehr identifiziert. Man sieht sich selbst in ihr und möchte sie auf die Zukunft vorbereiten. Sie vor Leid beschützen, indem man sie stark macht. Als Frau musst du dich durchbeißen können.« Sie seufzte. »Glaub mir, in den letzten Monaten habe ich oft bereut, dass ich zu Bastian nicht ebenso streng war.«

Ich wollte gerade für meinen Bruder in die Bresche springen, als meine Mutter mit ernster Miene nach meiner Hand griff und fortfuhr: »Aber nicht nur deshalb war ich strenger zu dir. Wenn ich ehrlich bin, hatte ich tatsächlich Angst, du könntest ungewollt schwanger werden.«

Dieses Geständnis überraschte mich nicht. Trotzdem war es in gewisser Weise eine Erleichterung, es aus ihrem Mund zu hören.

Meine Mutter starrte ins Leere. Es schien ihr schwerzufallen, darüber zu sprechen. Schließlich holte sie tief Luft. »Meine Mutter war sechzehn, als sie mit mir schwanger wurde. Und irgendwie hatte ich immer das Gefühl, dass ich … ihr Leben kaputtgemacht habe«, stieß sie mit gepresster Stimme hervor. »Allein durch meine Existenz. Wäre ich nicht gewesen, wäre ihr Leben ganz anders verlaufen. Glücklicher. Sie hätte weiter zur Schule gehen können, einen ordentlichen Beruf erlernen und einen anständigen Mann heiraten. Aber ich habe das Unglück in ihr Leben gebracht. Und das hat meine Mutter mich auch immer spüren lassen. Diese Schuldgefühle bin ich bis zu ihrem Tod nicht losgeworden.«

Betroffen sah ich sie an. »Davon hast du nie erzählt. Das klingt schrecklich, Mama!«

Sie lächelte traurig. »Deshalb durftest du als Jugendliche nie so lange wegbleiben wie dein Bruder. Und deshalb habe ich dir Alkohol bis zur Volljährigkeit verboten. Ich wollte einfach sichergehen, dass du keine Dummheiten machst. Es tut mir leid! Ich konnte nun mal nicht aus meiner Haut.«

Ich nickte verständnisvoll. Allein das Wissen, dass sie meinen Bruder mir nicht aus Liebe vorgezogen hatte, wirkte seltsam befreiend. Als hätte ein Windstoß einen Schatten, der auf meiner Seele lag, mit sich genommen.

»Schon okay, Mama! Ich wünschte nur, du hättest mir früher davon erzählt.« Um sie aufzumuntern, fügte ich hinzu: »An das strikte Alkoholverbot habe ich mich übrigens nie gehalten.«

»Ich weiß!« Sie tätschelte lächelnd meine Hand. »Aber es hat immerhin dafür gesorgt, dass du in Maßen getrunken hast.«

Meine Mutter blickte nach oben zu den knorrigen Ästen des Birnbaums. Dort hüpfte eine Amsel umher und schimpfte aufgeregt in unsere Richtung, als würde sie ebenfalls ihre Meinung dazu kundtun wollen.

»Es tut mir leid, dass du das Gefühl hattest, du könntest nicht offen zu mir sein.« Meine Mutter verzog unglücklich das Gesicht. »Ich hätte niemals damit gerechnet, dass das solche Folgen haben würde. Dabei hatte ich geglaubt, ich mache es besser als meine Mutter.«

Ich gab mir einen Ruck. Da sie so offen zu mir gewesen war, verdiente sie ebenfalls die ganze Wahrheit. »Zum Teil war auch mein Stolz dafür verantwortlich, dass ich euch nichts erzählt habe«, gestand ich ihr. »Bei meiner Abreise nach Berlin habe ich noch von dir verlangt, dass du mich endlich wie eine Erwachsene behandelst. Weißt du noch, wie wir uns am Telefon deshalb jedes Mal gestritten haben? Und plötzlich saß ich da – schwanger, ohne Freund, allein in der Großstadt, eine Kunststudentin ohne festen Job. Ich hatte mein Leben nicht mal ansatzweise im Griff. Wahnsinnig erwachsen, oder?«

Zu meiner Überraschung lachte meine Mutter gutmütig. »Man hat das Leben nie im Griff, Kind! Egal, wie alt oder erwachsen du bist. Es können ständig Dinge geschehen, mit denen du nicht gerechnet hast und die dir über den Kopf wachsen.« Sie beugte sich zu mir. »Und in genau diesen Momenten brauchst du deine Familie. Denn was auch geschieht, wir werden immer für dich da sein.«

In diesem Augenblick lehnte sich mein Vater aus der offenen Terrassentür und winkte uns zu. »Hallo, die hübschen Damen! Kommt ihr zum Abendessen? Ich habe sogar schon gekocht. Nämlich …« Er stockte und fragte in Richtung Küche: »Bastian, was habe ich eigentlich gekocht?«

Von drinnen ertönten Geklapper und Gemurmel, dann sah mein Vater wieder zu uns. »Gulasch! Ich habe Gulasch gekocht.«

Ich schnaubte amüsiert. »Ja, klar, du hast gekocht, Papa!«

»Wir kommen sofort«, rief meine Mutter zurück. »Nur noch einen Moment …«

Sie wandte sich wieder mir zu. »Ich weiß, ich bin manchmal recht dominant und bestimmend. Aber nur weil ich dich glücklich sehen will. Du kannst mit allem – hörst du, mit allem – zu mir kommen!« Sie umfasste meine Wangen mit beiden Händen und sah mir in die Augen. »Deshalb sag mir bitte: Kann ich dir irgendwie helfen?«

Ich lächelte gerührt. »Sei einfach für mich da. Das reicht völlig. Und lass mich meinen eigenen Weg gehen, auch beruflich. Selbst wenn du denkst, es ist ein Fehler.«

»Ich habe befürchtet, dass du das sagst.« Sie atmete tief durch. »Aber du hast recht. Wenn du unbedingt Künstlerin bleiben willst, dann werde ich mich in diesem Punkt in Zukunft … zurückhalten.« Dabei machte sie ein Gesicht, als hätte sie in eine Zitrone gebissen.

Ich musste lachen. »Damit kann ich leben.«

»Darf ich dich auch um etwas bitten? Wenn du uns in Zukunft wieder öfter besuchen kämst, würde mich das sehr glücklich machen. Uns alle.« Meine Mutter blickte zum Küchenfenster, hinter dem man die Schemen meines Vaters und meines Bruders erkennen konnte. »Du hast uns hier gefehlt.«

Deshalb hatte meine Mutter wohl auch so aufgebracht reagiert, als ich vorhin von meiner Abreise gesprochen hatte: Sie freute sich, dass die ganze Familie endlich wieder vereint war.

»Ich besuche euch ganz oft, versprochen! Ihr müsst nie wieder so lange ohne mich auskommen.«

»Sehr schön!«

Wir standen auf und gingen zusammen zum Haus. Auf der Terrasse berührte meine Mutter kurz meinen Arm, um mich zurückzuhalten. »Hannah, hat meine Enkeltochter eigentlich ein Grab?«

Ihre Frage versetzte mir zuerst einen schmerzhaften Stich, doch dann wärmte ihr Interesse auch mein Herz.

»Ja, in Berlin. Auf dem Friedhof gibt es einen Bereich für Sternenkinder.« Auf ihre fragende Miene hin erklärte ich: »So werden die Kinder genannt, die während oder kurz nach der Geburt gestorben sind.«

Sie nickte traurig. »Können wir Linas Grab vielleicht mal zusammen besuchen? Und Blumen hinstellen?«

Tränen brannten in meinen Augen. »Ja. Ja, das wäre schön«, sagte ich schniefend. »Wirklich schön.«

Ich schloss sie in den Arm und drückte sie fest an mich. »Danke, Mama.«

25. Kapitel

Mit unserer heimlichen Liebesmission bei Else und Heinz ging es nur schleppend voran. Obwohl Finn und ich schon Unmengen an Gerümpel aussortiert hatten, war bisher nichts dabei gewesen, das in irgendeiner Weise für die beiden von Bedeutung gewesen wäre. Immerhin benahmen sich Heinz und Else weiterhin erstaunlich friedlich. Das konnte man wohl auch als kleinen Fortschritt werten.

Im Schuppen, in dem wir die Sachen für den Sperrmüll deponierten, hatte sich mittlerweile ein großer Berg angehäuft. Irgendwie machte mir die Arbeit sogar Spaß. In den ganzen Kisten zu kramen und vergessene Dinge ans Tageslicht zu befördern hatte etwas von einer Schatzsuche. Gerade hatte ich eine gerahmte Zeichnung entdeckt, auf der eine Möwe auf einem Findling saß und scheinbar grüblerisch aufs Meer hinausblickte. Aus künstlerischer Sicht war die Zeichnung eher zweitklassig. Doch der Anblick des Vogels weckte in mir die Erinnerung an jenen schicksalhaften Tag, an dem Finn, Ella und ich Freunde geworden waren.

»Else, weißt du noch, wie wir damals als Kinder die Möwe mit dem gebrochenen Flügel zu dir gebracht haben?«, fragte ich und wandte mich mit dem Bild zu ihr um.

Da mittlerweile der vordere Bereich des Speichers freigeräumt war, hatten wir für Heinz und Else eine kleine Sitzecke geschaffen. Das lange Stehen hatte sie zu sehr angestrengt. Nun saßen die beiden wie zwei Urlauber auf ihren Campingstühlen und sahen uns beim Arbeiten zu. Else hatte eine Thermoskanne mit Tee mitgebracht.

Trotz ihres Alters musste Else nicht lange überlegen, wovon ich sprach. »Die Möwe, für deren Rettung sich mein Urenkel ein blaues Auge von diesem Rotzbengel Björn eingefangen hat? Natürlich kann ich mich daran erinnern. Wieso?«

Nun hatte ich auch die Aufmerksamkeit von Finn, der gerade einen ausgeräumten Kleiderschrank abbaute. Er legte den Arm locker auf der Schranktür ab und spielte mit dem Schraubenzieher in seiner Hand, während er mich ansah.

»Ella meinte, ihr hättet die Möwe umgebracht, nachdem wir weg waren. Dass Heinz ihr wahrscheinlich mit der Schaufel den Schädel eingeschlagen hat. Stimmt das?«

Ich wusste selbst nicht, warum mich das beschäftigte. Möwen gab es hier schließlich genug. Rational betrachtet war es auch unerheblich, ob unsere Freundschaft mit einem zum Tode verurteilten Vogel begonnen hatte. Trotzdem war es mir wichtig.

»Umgebracht?« Elses Augen weiteten sich empört. »Das haben wir ganz sicher nicht. Heinz würde niemals einem Lebewesen etwas zuleide tun. Wir haben euch Kindern versprochen, dass wir uns um das arme Tier kümmern.« Sie stieß ihren Mann in die Seite. »Sag doch auch mal was!«

Ihr Gatte nickte. »Damals gab es noch die Vogelnotrettung in Barth. Da hab ich die Möwe abgegeben. Zwei ältere Damen haben sich ehrenamtlich um verletzte Vögel gekümmert und jedes Tier wieder aufgepäppelt.« Er blickte zu Else. »Aber die zwei leben wohl nicht mehr, oder?«

»Nein, schon lange nicht.« Sie schüttelte betrübt den Kopf. »Und die heutige Jugend interessiert sich nicht für so was wie eine Vogelnotrettung. Die ballern lieber stundenlang Vögel am Computer ab, anstatt sich um echte Tiere zu kümmern, die Hilfe brauchen.«

»Genau«, brummte Heinz. »Die jungen Leute glotzen nur noch auf ihre Handys. Und dabei verpassen sie das echte Leben.«

Wenn die beiden nicht miteinander stritten, wurden sie ihre unterschwelligen Aggressionen offenbar los, indem sie über die »Jugend« lästerten. Damit waren dann wohl alle unter fünfzig gemeint.

»Also denkt ihr, die Möwe hat überlebt?«, hakte ich nach. »Finn, Ella und ich haben sie wirklich gerettet?«

Die beiden nickten. »Natürlich!«

»Das ist ein schöner Gedanke.« Mit einem Lächeln drehte ich mich zu Finn um, doch er sah mich nur nachdenklich an. Ohne mein Lächeln zu erwidern, wandte er sich ab und widmete sich wieder seiner Arbeit. Was unsere gemeinsame Vergangenheit betraf, schien ihm wohl nicht der Sinn nach Rührseligkeit zu stehen.

Um mir meine Verletztheit nicht anmerken zu lassen, setzte ich mich schnell in Bewegung und brachte das gerahmte Möwenbild zu den Trödelsachen. Finn hatte seine Mutter überredet, einen Garagenflohmarkt zu organisieren. Keine Ahnung, wie er Charlotte dazu gebracht hatte. Eigentlich war ich davon ausgegangen, so etwas wäre unter ihrer Würde. Aber vielleicht fand sich ja beim Garagenflohmarkt ein Liebhaber für das Bild?

Als ich es am Eingang neben dem heutigen Haufen abstellte und noch etwas Platz schaffen wollte, fiel mir auf, dass die Speichertür sich nicht bis zum Anschlag öffnen ließ. Anscheinend hatten wir dahinter einen Stapel mit alten Zeitschriften übersehen. Gerade als ich ihn zur Seite schieben wollte, bemerkte ich etwas Seltsames: Die Zeitschriften waren alle aufgeschlagen, und die oberste Seite zeigte immer ein ausgefülltes Kreuzworträtsel, bei dem man etwas gewinnen konnte, wenn man das richtige Lösungswort einsandte. Bei den ersten beiden betrug der Hauptgewinn jeweils eine Kreuzfahrt für zwei Personen. Ob das Zufall war? Mein Instinkt schlug Alarm, und ich blätterte den Stapel flüchtig durch. Tatsächlich ging es bei allen Gewinnspielen um eine Kreuzfahrt – und die unterste Zeitschrift war schon über zwanzig Jahre alt.

Ich hielt ein Exemplar in die Höhe und wandte mich an Heinz und Else. »Träumt einer von euch heimlich von einer Kreuzfahrt?«

Else erhob sich. »Als ich jünger war, wollte ich immer eine Kreuzfahrt machen«, sagte sie und nahm mir stirnrunzelnd die Zeitschrift aus der Hand. »Aber an einem Gewinnspiel habe ich nie teilgenommen. Heinz, warst du das?«

Der alte Mann blickte ertappt zur Seite. Hektische rote Flecken bildeten sich an seinem Hals und im Gesicht. Statt einer Erklärung griff er nach seinem Gehstock und stand auf. Anscheinend wollte er die Flucht nach unten antreten und hatte für heute genug. Augenblicklich fühlte ich mich elend, weil ich wohl einem Geheimnis auf die Spur gekommen war, das Heinz sichtlich unangenehm war. Auch Finn schwieg und wusste offenbar nicht, wie man die Situation noch retten konnte.

An der Tür blieb Heinz kurz stehen. Ohne sich umzudrehen, brummte er: »Es war ein Versprechen! Männer wie ich halten sich an Versprechen.«

Else sah ihm nachdenklich hinterher, selbst dann noch, als er längst verschwunden war. Schließlich räusperte sie sich. »Eigentlich bin ich ein Inselmädchen und nicht der Typ fürs Reisen. Aber ich habe immer von einer Kreuzfahrt geträumt, schon als junge Frau«, erklärte sie. »Und Heinz hatte mir einst versprochen, dass er mir eines Tages eine Kreuzfahrt schenken würde. Das ist aber bestimmt schon über fünfzig Jahre her.«

Finn nahm ihr die Zeitschrift aus der Hand und betrachtete Heinz' zittrige Buchstaben auf den Feldern des Kreuzworträtsels. »Irgendwann muss ihm klar geworden sein, dass er die Kosten dafür nicht aufbringen kann«, mutmaßte er. »Deshalb hat er es dann mit diesen Gewinnspielen versucht.«

»Dieser verrückte Kerl!« Else schnaubte und deutete auf den letzten Hauptgewinn. »Eine Karibik-Kreuzfahrt! Für so was sind wir doch viel zu alt.«

Auch wenn ihre Worte hart klangen, entging mir nicht Elses liebevoller Tonfall. Dass Heinz bis heute nicht aufgegeben hatte, ihren Traum von der Kreuzfahrt wahr werden zu lassen, schien sie zu berühren. Auch wenn es ihm dabei angeblich nur um sein Versprechen gegangen war.

War die Erinnerung an ihre Liebe womöglich doch nicht so tief begraben, wie wir geglaubt hatten? Ich schaute auf den Zeitschriftenstapel. Nur mit Mühe konnte ich ein sentimentales Seufzen unterdrücken. Wenn ein alter Mann wie Heinz noch mit allen Mitteln versuchte, den großen Traum seiner Ehefrau zu erfüllen, dann gehörte das für mich zu den romantischsten Dingen, die ich je gehört hatte. Fast so romantisch wie rosafarbene Fensterläden. Meine Brust wurde von einer wundervollen Wärme erfüllt, und ich sah zu Finn. Ich starrte ihn wahrscheinlich einen Moment zu lange an, denn er drehte mir fragend den Kopf zu. Unsere Blicke verfingen sich. Wie von selbst machte ich einen Schritt auf ihn zu und hob die Hand, um sie ihm auf den Arm zu legen. Ich konnte das Bedürfnis, ihn zu berühren, einfach nicht mehr unterdrücken. Aber ehe meine Fingerspitzen seinen Unterarm erreichten, wandte Finn sich ruckartig ab und ließ mich stehen.

*

Da Finn am nächsten Abend länger in der Werft arbeiten musste, fiel das gemeinsame Entrümpeln bei Heinz und Else aus. Das war mir ganz recht, weil ich einen ereignisreichen Tag hinter mir hatte. Ich war mit meinem zweiten Gemälde fürs Standesamt heute gut vorangekommen, sodass mir sogar noch Zeit geblieben war, an meinen Bleistiftzeichnungen zu arbeiten. Danach hatte Bastian mich zu einer exklusiven Trainingsstunde überredet. Oder anders gesagt: Mein Bruder hatte mich als Versuchsobjekt missbraucht und dazu genötigt, zur Probe die von ihm zusammengestellte Stunde »Fitness am Strand« zu absolvieren. Selbstverständlich hatte er sich dabei zutiefst schockiert über meinen Trainingszustand gezeigt, während er mich unermüdlich weitergequält hatte. Weshalb andere Leute für einen Personal Trainer freiwillig Geld bezahlten, war mir ein Rätsel! Als ich nach einer Stunde halb tot und um Sauerstoff ringend in den Sand gefallen war, hatte mein persönlicher Drill Sergeant mich dort auch noch einfach liegenlassen. Bastian hatte mir lediglich die Fitnessuhr vom schlappen Handgelenk gestreift und war von dannen gezogen, um zu Hause seinen durch mich gewonnenen Erkenntnisgewinn auszuwerten. Wäre ich nicht so dankbar gewesen, dass ich durch seine Übungen mittlerweile deutlich weniger Kopfschmerzen hatte, hätte ich ihm das wirklich übel genommen.

Am Abend war ich körperlich immerhin wieder fit genug, um mich mit Ella zu treffen. Wir fuhren zusammen nach Zingst, wo im Sommer Salsa-Abende am Strand stattfanden. Ella hatte mir in den höchsten Tönen davon vorgeschwärmt. Die Atmosphäre dort wäre wie ein kleiner Kurzurlaub im Süden. Auf der Fahrt überbrachte sie mir die erfreuliche Nachricht, dass sich die Gemüter im Dorf wegen der Scheidung so langsam wieder abkühlten. Wenn meine Mutter das hören würde, atmete sie sicherlich auf! Durch den Hofladen war meine Freundin in Sachen Dorftratsch immer auf dem aktuellsten Stand. Laut Ella setzten nun alle gemeinschaftlich ihre Hoffnungen darauf, dass Finn und ich mit unserer geheimen Liebesmission bei Heinz und Else erfolgreich sein würden. Das erleichterte und schockierte mich gleichermaßen. Denn woher, um Himmels willen, wusste man im Dorf schon darüber Bescheid, dass unsere Entrümpelungsaktion lediglich ein Vorwand war, um Heinz und Else miteinander auszusöhnen? Ich hoffte inständig, dass den beiden dieses Gerücht nicht zu Ohren kam! Ansonsten würden sie uns sicherlich hochkant hinauswerfen.

Am Strand in Zingst erwarteten uns heißblütige Salsa-Rhythmen, gute Laune, eine Cocktailbar und ein traumhafter Sonnenuntergang. An hohen Holzpfählen, die die Tanzfläche umgaben, waren weiße Tücher befestigt worden – sie wiegten sich sanft im Wind, und der laue Sommerabend sorgte für karibisches Flair. Da weder Ella noch ich Salsa tanzen konnten, begnügten wir uns damit, den anderen zuzusehen, wie sie gekonnt die Hüften schwangen. Manche der anwesenden Tänzer schienen richtige Profis zu sein. Die Lebensfreude und Unbeschwertheit waren ansteckend.

Schließlich holten wir uns an der Bar einen Cocktail und setzten uns in den Sand mit Blick aufs Meer. Eigentlich hatte ich mich auf einen schönen Abend mit meiner besten Freundin eingestellt. Doch kaum saßen wir, quälte mich Ella mit einem einzigen Thema, und das hieß: Finn. Nachdem ich ihr jede Einzelheit, die in den letzten Tagen vorgefallen war, haarklein berichtet hatte, fragte sie mich genauestens nach meinem Gefühlsleben aus: Empfand ich – abgesehen von der körperlichen Anziehung – noch etwas für Finn? Wie stark genau waren diese Gefühle? Wieso konnte ich mir eigentlich nicht eingestehen, dass ich ihn noch immer liebte? Hatte ich durch die unerwartete Trennung womöglich eine krankhafte Angst vor Nähe entwickelt? Und fiel es mir denn grundsätzlich schwer, anderen Menschen ihre Fehler zu verzeihen?

Ich kam mir vor wie bei einer Sitzung beim Psychotherapeuten. Eine unangenehme Frage folgte der anderen. Mir brach schon nach kürzester Zeit der Schweiß aus, aber Ella kannte keine Gnade. Am Ende kam meine Freundin zu dem Schluss, dass Finn und ich stur und verbohrt waren und eine richtige Aussprache zwischen uns längst überfällig war. Wieso, wollte Ella wissen, hatten Finn und ich seit meiner Rückkehr schon über alles Mögliche gesprochen – nur nicht über die wahren Gründe unserer Trennung? Was war damals in unserer Beziehung schiefgelaufen?

Wahrscheinlich hatte Ella recht. Seit ich Finn im Godewind-Haus besucht hatte, nagten an mir genau diese Fragen. Zum ersten Mal seit meiner Ankunft in Liebwitz hatte ich einen Punkt erreicht, an dem ich bereit war, offen und ohne Groll mit Finn darüber zu reden, doch sein Verhalten machte mir nicht gerade Mut, mich an dieses Thema heranzuwagen. Auf den ersten Blick benahm er sich mir gegenüber beim Entrümpeln völlig normal. Immerhin hatte er sogar mit mir herumgealbert. Deshalb hatte ich anfangs auch nicht bemerkt, dass er meine körperliche Nähe mied und Gesprächen über private Dinge konsequent auswich. Seit unserem Streit am Leuchtturm schien Finn mich bewusst auf Abstand zu halten. Und mal ehrlich: Konnte ich ihm das verübeln?

Ella ließ diese Entschuldigung nicht gelten. Bevor wir den Strand in Zingst verließen, nötigte sie mir das Versprechen ab, dass ich mich mit Finn aussprach. Und zwar zeitnah. Falls ich kneifen würde, so drohte sie mir, müsste ich einen ganzen Tag lang bei ihr im Hofladen aushelfen – und zwar im fröhlichen Kackwurst-Kostüm! Eine bessere Motivation konnte es wohl kaum geben.

26. Kapitel

»Ihr hattet früher mal eine Kneipe?«, fragte ich Heinz überrascht.

Wir befanden uns mal wieder im Speicher beim Entrümpeln, und Finn hatte gerade ein altes Kneipenschild mit der Aufschrift *Kum rin* entdeckt.

Heinz erhob sich aus seinem Campingstuhl und betrachtete es wehmütig. »Das ist schon ewig her. Wir waren damals ungefähr in eurem Alter«, erzählte er. »Die Kneipe war im Amselweg in der Nähe des Fußballplatzes. Ihr müsstet sie noch unter dem Namen ›Zum Schluckspecht‹ kennen. Das Gebäude wurde vor zehn Jahren abgerissen, und da ist unser altes Schild im Speicher des Hauses aufgetaucht.« Er seufzte, und seine Augen begannen zu leuchten. »Das waren noch Zeiten! Das ›Kum rin‹ war damals das einzige Lokal im Ort. Das bedeutete jeden Abend volles Haus und gute Stimmung.«

»Das klingt, als wäre es eine Goldgrube gewesen«, sagte ich lächelnd. Da dies lange vor meiner Zeit gewesen war, hatte ich von ihren Jahren in der Gastronomie nichts gewusst.

Else schnaubte abfällig. »Ja, es hätte eine Goldgrube sein können. Aber nur mit einem guten Wirt.«

Ich runzelte die Stirn. Offenbar waren wir auf ein Reizthema zwischen den Eheleuten gestoßen. Das schien auch Finn bemerkt zu haben.

»Was ist eigentlich genau passiert?«, fragte er beiläufig. »Ihr habt mir nie erzählt, wieso ihr das ›Kum rin‹ aufgeben musstet.«

»Weil wir ständig rote Zahlen geschrieben haben.« Else drehte sich zu ihrem Mann. »Nicht wahr, Heinz?«, fragte sie spitz.

»Mhm«, brummte er. Heinz machte nicht den Eindruck, dass er dieses Thema gern vertiefen wollte.

Doch da Finn und ich hier waren, um genau solche Dinge mit den beiden gemeinsam aufzuarbeiten, konnte ich ihm diesen Gefallen nicht tun.

»Hattest du als Wirt ein zu gutes Herz?«, tippte ich. »Während der Semesterferien habe ich in Berlin mal in einer Kneipe bei einem unglaublich netten Wirt gearbeitet. Eigentlich hätte er gut verdienen müssen, aber mein Chef konnte einfach nicht Nein sagen«, erzählte ich. »Andauernd hat er die Gäste anschreiben lassen, obwohl er wusste, dass sie ihren Deckel nicht bezahlen konnten.«

Mit einem Schlag taute Heinz auf. »Das ist auch echt schwer!«, sagte er und nickte nachdrücklich. »Schließlich waren das meine Freunde und Kumpels, die da am Tresen saßen. Viele davon kannte ich damals schon, seit wir Kinder waren. Und keiner von denen hatte viel Geld.« Er fuhr sich über die Wange und stieß einen Seufzer aus. »Sie taten mir einfach leid.«

»Und deshalb haben wir aus eigener Tasche dafür bezahlt, dass das halbe Dorf jeden Abend im Vollrausch von unserer Kneipe nach Hause wanken konnte.« Bitterkeit zeichnete sich auf Elses faltigem Gesicht ab. Offenbar war es eine harte Zeit für das Ehepaar gewesen.

Heinz' Blick huschte zur Speichertür. Wahrscheinlich liebäugelte er mit dem Gedanken, mal wieder die Flucht nach unten anzutreten.

»Freundschaft und Beruf voneinander zu trennen ist nicht leicht«, versuchte ich, zwischen den beiden zu vermitteln. »Besonders wenn die Kumpels am Tresen sitzen und einem ihr Leid klagen. Da will man kein Unmensch sein und dauernd von Geld reden, oder?«

Erneut huschte sein Blick zur Speichertür, aber zu meiner Erleichterung blieb Heinz an Ort und Stelle. Anscheinend wollte er sich nun doch etwas von der Seele reden.

»Damals gab's noch viel mehr Fischer auf der Insel, und sie mussten hart ums Überleben kämpfen«, erzählte er mit ernster Miene. »Nur mit Müh und Not kamen sie und ihre Familien über die Runden. Da konnte ich ihnen doch nicht auch noch das Leben schwer machen und ihnen nichts mehr ausschenken.« Er hob hilflos die Schultern. »Das ›Kum rin‹ war für meine Freunde ein sicherer Hafen. Ein Ort, an dem sie sich eine Auszeit nehmen konnten von all den Sorgen. Das wollte ich ihnen nicht kaputtmachen.«

Er seufzte und warf Else einen kurzen, aber dennoch schuldbewussten Seitenblick zu. »Ich weiß doch auch, dass ich härter hätte sein müssen.«

»Du warst wohl einfach nicht geschaffen für diesen Beruf«, meinte Finn. Lächelnd wandte er sich an Else. »Weißt du noch, Nana, als ich dir damals erzählt habe, dass ich nicht in Papas Firma einsteigen möchte? Weil ich den Bürojob nicht mochte und lieber mit den Händen arbeiten wollte. Du hast gemeint, dass das überhaupt nicht schlimm sei – jeder von uns hätte andere Talente und ich wäre nun mal nicht geschaffen für diesen Job. Und so war es wohl auch bei Uropa als Wirt – er hatte ein zu gutes Herz.«

»Hm«, machte Else.

Einen Moment herrschte Schweigen. Mit angehaltenem Atem blickte ich von einem zum anderen. Else starrte mit verschränkten Armen zur Decke, und Heinz fixierte angestrengt seine Fußspitzen. Von einem großen Durchbruch konnte wohl nicht die Rede sein.

Ich räusperte mich. »Was sollen wir jetzt mit dem Kneipenschild machen? Willst du es, Heinz? Als Erinnerung?«

Er dachte kurz nach und schüttelte dann den Kopf. »Auch

wenn es eine schöne Zeit war, hat es doch kein gutes Ende genommen. Stellt es zu den Sachen für den Garagenflohmarkt.«

Gerade als Finn es wegbringen wollte, schaltete sich Else unvermittelt ein. »Warte!«

Sie wandte sich an ihren Mann. »Du solltest es behalten, Heinz. Dieses Schild bedeutet dir viel, das weiß ich.« Sie atmete tief durch. »Und das Wichtigste ist doch, dass wir diese Zeit gemeinsam überstanden haben.«

Sie sahen sich schweigend an. Es war ein stummer Austausch mit Blicken, dem ich nicht folgen konnte. Dann nickte Heinz seiner Frau zu. »Danke«, sagte er, und etwas leiser fügte er hinzu: »Danke, dass du das mit mir durchgestanden hast.«

Ein knappes Lächeln zuckte um ihre Mundwinkel. »Schon gut.«

»Bitte sehr!« Finn überreichte mir feierlich das Schild, da ich nach wie vor Heinz' Mediatorin war.

Für einen Moment berührten sich dabei unsere Finger. Mein Herz machte einen Satz, und ich lächelte Finn zaghaft zu, doch er zog seine Hand so schnell wieder zurück, als hätte er sich an mir verbrannt.

Ich schluckte schwer. Wie ich mich unter diesen Umständen mit ihm aussprechen sollte, war mir ein Rätsel. Klar, er war bereit, mit mir zu arbeiten und in kumpelhafter Weise mit mir umzugehen. Aber jede seiner Gesten machte mir deutlich, dass ich mich ansonsten von ihm fernhalten sollte.

In diesem Augenblick hörte ich das Klackern von Absätzen auf der Außentreppe.

»Hallo?«, ertönte Charlottes Stimme. »Seid ihr da oben?«

»Wir sind hier, Mutter!«, rief Finn zurück.

Ich stöhnte leise auf. Auch das noch!

In einem teuren Hosenanzug und mit perfektem Make-up stöckelte Charlotte herein. Da ich mir plötzlich ziemlich underdressed vorkam, klopfte ich hastig den Staub von meiner Hose und fuhr mir mit den Fingern durch die Haare. Das war natürlich vergebliche Liebesmüh. Ich würde sicherlich nicht Charlottes Respekt gewinnen, nur weil ich keine Spinnweben an mir kleben hatte.

Sie begrüßte Else und Heinz und wandte sich dann ihrem Sohn zu. Mich hielt sie wohl für ein vergessenes Speicherrelikt, denn ihr Blick glitt einfach über mich hinweg. »Finn, mein Junge! Ich bin hier, um mir die Sachen für den Garagenflohmarkt anzuschauen. Schließlich muss ich wissen, was ich verkaufen soll.« Sie schloss ihn kurz in die Arme und musterte ihn dann voller Sorge. »Du siehst geschafft aus! Du arbeitest viel zu viel.«

Sie konnte zwar eine Hexe sein, aber ihre beiden Söhne liebte sie vorbehaltlos. Für Finn und Noah hätte sie alles getan.

»Wieso lädst du dir auch immer so viel auf?«, tadelte sie Finn liebevoll. »Mit der Werft und der geplanten Baustelle hast du wirklich genug am Hals. Da musst du dich nicht auch noch um den Schaden kümmern, den andere Leute angerichtet haben.«

Aha, Charlotte hatte mich offenbar doch wahrgenommen! Ihre spitze Bemerkung zielte ja wohl eindeutig auf mich ab.

Finn seufzte und steckte die Hände in die Taschen seiner Jeans. »Das ist schon in Ordnung. Ich helfe meinen Urgroßeltern gern.«

»Was nicht nötig wäre, wenn Hannah sich nicht in Dinge eingemischt hätte, die sie nichts angehen«, beharrte seine Mutter. »Aber sie hat ja schon immer für Ärger in unserer Familie gesorgt.«

Ich presste die Lippen zusammen. Es würde niemandem helfen, wenn ich mich auf ein Streitgespräch mit ihr einließ.

Mein Schweigen schien sie allerdings nur noch mehr zu reizen. Sie wandte sich direkt an mich. »Dieses Mal hast du dich selbst übertroffen! Kaum bist du wieder hier, steht sogar die Existenz des ganzen Dorfes auf dem Spiel. Bist du denn zufrieden mit deiner Leistung?«

Ich stieß die Luft aus und schüttelte den Kopf. »Nein, natürlich nicht.«

Aus den Augenwinkeln bemerkte ich, wie Else sich aus ihrem Campingstuhl erhob. Anscheinend wollte sie mir zu Hilfe eilen. Doch ich gab ihr mit einer Geste zu verstehen, dass sie sich wieder hinsetzen sollte. Ich wollte nicht, dass sie wegen mir auch noch Ärger mit Charlotte bekam.

»Wenn dir deine Eltern auch nur einen Funken Anstand beigebracht hätten, wäre uns das alles erspart geblieben«, fuhr Finns Mutter fort und fuchtelte mit dem Zeigefinger vor meinem Gesicht herum. »Aber was will man auch anderes erwarten? Ich habe Finn immer gesagt, dass du nicht aus gutem Hause kommst. Man muss sich ja nur ansehen, was aus dir und deinem Bruder geworden ist.«

Nein, sich auf diesen Kampf einzulassen würde nichts bringen. Ich dachte an den Dalai Lama und atmete tief ein. Ich dachte an die ruhige See bei Sonnenschein und atmete tief aus. Mir war schon ganz schwindlig vom angestrengten Atmen.

»Eure Eltern müssen unglaublich stolz auf euch sein«, höhnte sie nun. »Zwei Versager, die wieder bei Mama und Papa wohnen. Der Sohn ein depressiver Langzeitarbeitsloser und die Tochter eine erfolglose Möchtegern-Künstlerin. Für das, was du beim Leuchtturmfest angerichtet hast, haben deine Eltern dir bestimmt nicht mal …«

Auch meine Geduld kannte Grenzen. Gerade als ich meine Familie verteidigen wollte, fiel Finn seiner Mutter in scharfem Ton ins Wort: »Es reicht!«

Ich sah ihn erstaunt an. Seine Miene drückte tiefe Verärgerung aus. Demonstrativ stellte er sich zwischen mich und seine Mutter, sodass Charlotte langsam ihren Zeigefinger sinken ließ.

»Ich wäre dir dankbar, wenn du dich weniger borniert geben würdest, Mutter«, wies er sie resolut zurecht. »Oder muss ich dich daran erinnern, dass du Kellnerin in einem drittklassigen Fischrestaurant warst, bevor du Papa geheiratet hast? Seither hast du keinen Tag mehr gearbeitet, während Hannahs Eltern sich im wahrsten Sinne des Wortes den Rücken krumm geschuftet und für ihre Familie gekämpft haben. Sie sind großartige Eltern, die ihre Kinder gut erzogen haben.«

Ich verlagerte mein Gewicht zur Seite und lugte an Finn vorbei, um einen Blick auf Charlotte zu erhaschen. Ihr Mund stand – ganz undamenhaft – weit offen. Sie starrte ihren Sohn an, als käme er von einem anderen Stern.

»Eure Erziehungsstile waren sich übrigens nicht mal unähnlich«, fuhr Finn fort. »Ihr beide habt nämlich die Tendenz, euch viel zu sehr in das Leben eurer Kinder einzumischen. Abgesehen davon kann Hannah im Gegensatz zu Noah und mir sogar ein abgeschlossenes Studium vorweisen.« Sein Ton war so scharf und autoritär, dass ich froh war, nicht in Charlottes Haut zu stecken. »Und dass Bastian beruflich gerade eine schwere Zeit durchmacht, gibt dir nicht das Recht, ihn als Versager zu bezeichnen. So was kann jedem passieren!«

»Aber … aber so habe ich das doch gar nicht …«, stammelte seine Mutter, brach dann jedoch ab. Sie bemerkte wohl selbst, dass das nicht besonders glaubhaft klang.

»Und da du gerade das Thema Anstand erwähnt hast«, setzte Finn hinzu. »Marianne Bradhering hätte mich niemals so rüde und unhöflich attackiert, wie du es gerade bei Hannah getan hast. Da fragt man sich doch, wie weit es mit deiner guten Erziehung her ist.«

Es herrschte absolute Stille. Am liebsten hätte ich Finn im Namen meiner Familie zugejubelt, aber natürlich hielt ich mich zurück.

Charlotte schluckte. Finns Meinung war für sie von Bedeutung, und dass er für mich eingetreten war, wog schwer für sie.

»Du hast recht, mein Sohn«, sagte sie so würdevoll wie möglich. »Das war nicht angemessen. Da sind wohl meine Emotionen mit mir durchgegangen. Weil ich mich so sehr um das Wohl des Dorfes und deiner Urgroßeltern sorge.«

Else schnaubte, und Heinz schüttelte ungläubig den Kopf.

Finns Mutter schluckte erneut. Offenbar hatte sich ihr Stolz unangenehm in ihrer Kehle verkeilt. »Ich bitte um Verzeihung.«

Ihre Entschuldigung war zwar an niemanden Bestimmtes gerichtet, aber mir genügte sie. In unserer Beziehung konnte man das als erfreulichen Fortschritt werten.

»In Ordnung!« Finn nickte ihr zu und wandte sich zu mir um. »Oder, Hannah?«

»Ja, vergeben und vergessen.«

Allerdings lag mir noch etwas anderes auf der Seele, und angesichts einer reumütigen Charlotte hielt ich es für den perfekten Moment, das Thema anzusprechen. »Aber ich würde noch gern erfahren, wieso du die Briefe hast verschwinden lassen, die ich Finn aus Berlin geschickt habe.«

Trotz des Botox' in ihrem Gesicht wirkte sie überrascht. Man konnte sogar ein angedeutetes Stirnrunzeln erkennen.

»Briefe? Was für Briefe?« Verständnislos sah sie von mir zu Finn. »Was meint sie denn damit?«

Finn schnalzte genervt mit der Zunge. Anscheinend war er nicht glücklich damit, dass ich dieses Thema angeschnitten hatte. »Meine Mutter war das nicht«, raunte er mir aus dem Mundwinkel zu.

»Nicht?«, entfuhr es mir.

Das traf mich unvorbereitet. Natürlich sollte man kein Urteil fällen, ehe die Schuld des Angeklagten erwiesen war, aber in diesem Fall war ich mir sicher gewesen, dass Charlotte dahintersteckte.

»Moment mal!« Ich schnappte nach Luft. »Das bedeutet, du hast herausgefunden, wer die Briefe geklaut hat?«

Finn rieb sich über die Augen. »Ja.«

Das war offenbar alles, was er dazu zu sagen hatte. Denn nun legte er den Arm um die Schultern seiner Mutter und führte sie mit sanfter Gewalt zur Tür. »Die meisten Sachen für den Garagenflohmarkt haben wir im Esszimmer deponiert. Komm, ich zeig sie dir!«

Sie verschwanden nach unten, und ich starrte ihnen perplex hinterher. Finn hatte mir nicht erzählt, dass er den Täter entlarvt hatte. Obwohl es uns beide etwas anging. Und er wusste, dass mich diese Sache beschäftigte. Sein Verhalten verletzte mich zutiefst. Schließlich hatte ich ihm alles von Lina berichtet. Ich war schonungslos offen gewesen und hatte ihm mein Herz ausgeschüttet. Auf der anderen Seite hatte Finn mich gerade vehement vor seiner Mutter verteidigt. Bedeutete das, dass ich ihm doch nicht ganz gleichgültig war?

Else stand plötzlich vor mir und riss mich aus meinen Gedanken. Sie strahlte übers ganze Gesicht. »Das hat er toll gemacht, nicht wahr? Er hat es Charlotte mal richtig gezeigt. Am liebsten hätte ich ihm applaudiert.«

»Ja, ich auch. Ich verstehe nur nicht, wieso er das gemacht hat.«

»Bis jetzt hat sie sich dir gegenüber mit spitzen Bemerkungen und bösen Blicken begnügt«, sagte Else. »So offen wie heute ist sie dich noch nie angegangen.«

»Für wen hält die sich eigentlich?«, warf Heinz säuerlich ein. »Solche Unverschämtheiten musst du dir nicht bieten lassen, Hannah! Wenn Finn nichts gesagt hätte, wäre ich dieser Giftspritze über den Mund gefahren. Ich versteh bis heute nicht, wie Richard diese Frau heiraten konnte.«

Seine Unterstützung brachte ihm ein dankbares Lächeln von

Else ein. Dann wandte sie sich wieder mir zu. »Und weil sie dich direkt angegriffen hat, konnte Finn für dich in die Bresche springen. Außerdem hab ich neulich mit ihm über genau dieses Problem geredet. Damit er es dieses Mal besser machen kann.«

Ich verstand kein Wort. »Was meinst du denn damit?«

»Na ja, mit eurer Beziehung!«, entgegnete Else. »Charlotte ist eine Alpha-Mutter. In ihren Augen ist keine Frau gut genug für ihn, und sie würde jeder Schwiegertochter das Leben schwer machen. Ich habe Finn gesagt, dass ein Mann für seine Freundin klar Stellung beziehen muss. Er muss seiner Mutter Grenzen aufzeigen. Dass sie ihm dafür prompt eine Gelegenheit liefert, hab ich nicht geahnt.«

Eine Alpha-Mutter? Dann lag es womöglich überhaupt nicht an mir, dass sie ständig gegen mich wetterte. Ein tröstlicher Gedanke!

Else sah mich erwartungsvoll an. Sie wartete wohl auf eine Reaktion.

»Es war sehr nett von dir, dass du Finn darauf aufmerksam gemacht hast!«, sagte ich. »Nur betrifft mich das nicht wirklich. Wir sind ja kein Paar mehr.«

Heinz winkte ab. »Ach, das ist doch nur eine Frage der Zeit! Wenn ihr noch ein paar Tage hier bei uns verbringt, fallt ihr euch sehnsuchtsvoll in die Arme.«

Else nickte. »Wir sehen doch, wie ihr euch verstohlen anschmachtet.«

Ihnen war aufgefallen, wie ich Finn angehimmelt hatte? Ich spürte, wie mir die Schamesröte ins Gesicht stieg.

Else strich mir liebevoll über die Wange. »Finn und du – ihr gehört zusammen, das haben wir schon immer gewusst. Stimmt's, Heinz?«

»So sicher wie das Amen in der Kirche.«

Ich stutzte und blickte von einem zum anderen. »Versucht ihr etwa, Finn und mich zu verkuppeln? Seid ihr deshalb schon seit Tagen so friedlich?«

Immerhin hatten die beiden den Anstand, peinlich berührt auszusehen.

»Wir wollen doch nur euer Glück«, verteidigte sich Else.

Ach, du meine Güte! Der Wunsch, Finn und mich zusammenzubringen, hatte die beiden Streithähne dazu gebracht, sich zu verschwören und gemeinsam auf dieses Ziel hinzuarbeiten. Während Finn und ich wiederum versuchten, Else und Heinz miteinander zu versöhnen. Liebwitz war anscheinend nicht nur das Dorf der Liebe, sondern auch der konspirativen Kuppler. Das alles war so absurd, dass ich mich nicht mehr zusammenreißen konnte. Ich prustete los und lachte Tränen, während Heinz und Else mich ansahen, als wäre ich jetzt völlig übergeschnappt.

27. Kapitel

Heute hatte ich zur Abwechslung mal das Auto stehen lassen und fuhr mit meinem alten Fahrrad auf dem Radweg entlang der Küste nach Ahrenshoop. Ich hatte einen Termin mit Eleonore Fischbach, der Leiterin des Kunstkaten, vereinbart. Da sie mir auf dem Leuchtturmfest sofort sympathisch gewesen war, freute ich mich schon auf unser Treffen.

Kaum war ich angekommen, führte Eleonore mich voller Stolz durch die derzeitige Ausstellung. Danach gingen wir in den Garten, um dort einen Kaffee zu trinken. Eleonores ganzes Herz gehörte der Kunst, und so war es kein Wunder, dass wir einen direkten Draht zueinander hatten. Wir fachsimpelten, quasselten und lachten, sodass die Zeit wie im Flug verging. Bei dieser Gelegenheit verpflichtete sie mich gleich für drei Malkurse, von denen der erste in vier Wochen beginnen sollte. Meine Freude war unbeschreiblich!

Als hätte mein bester Freund in Berlin gespürt, dass ich mich ohne ihn gerade intensiv mit dem Thema Kunst befasste, rief mich währenddessen Oliver an. Er erinnerte mich daran, dass er bald wieder sein Auto in Berlin benötigte, denn in der Galerie stand die Ausstellungseröffnung mit dem bekannten Künstler Klaus Szukalski an. Dieser war mit seinen gesellschaftskritischen Werken berühmt geworden, in denen er die Menschenfeindlichkeit des Kapitalismus thematisierte. Für Oliver war es ein Glücksfall, ihn für seine Galerie gewonnen zu haben. Mein Freund war wegen der Vernissage schon völlig aus dem Häuschen. Natürlich versicherte ich Oliver, dass ich mein Versprechen nicht vergessen hatte: Ich würde ihm den Wagen so schnell wie möglich zurückzubringen und ihm bei den Vorbereitungen helfen. Da Eleonore kurz ins Haus gegangen war, um uns frischen Kaffee zu holen, berichtete ich Oliver auch von meinem Inspirationsschub und den Bleistiftzeichnungen. Er platzte fast vor Neugier. Ich musste ihm hoch und heilig versprechen, ihm so bald wie möglich Fotos davon zu schicken.

Es war schon früher Nachmittag, als ich mich von Eleonore verabschiedete. Auf dem Rückweg ließ ich es entspannt angehen, radelte im Sonnenschein den Küstenweg entlang und genoss den Blick auf die Ostsee. Herrlich! So etwas konnte Berlin einem leider nicht bieten.

Meine Entspannung war allerdings schnell dahin, als mich am Ortseingang von Liebwitz unser Bürgermeister mit seiner Limousine fast über den Haufen fuhr. Er schnitt mir einfach den Weg ab und bog in die Zufahrt zum Leuchtturm ein.

»Hey!«, beschwerte ich mich lautstark, doch er fuhr einfach weiter. Einen Moment lang sah ich ihm entrüstet nach, dann beschloss ich, die Gunst der Stunde zu nutzen – und radelte ihm hinterher.

Als ich am Leuchtturm ankam, saß Dirk natürlich nicht mehr im Auto, aber dafür stand die Leuchtturmtür einladend offen. Anscheinend sah der Bürgermeister dort oben nach dem Rechten. Mit einem gequälten Stöhnen machte ich mich an den Aufstieg.

Ich entdeckte Dirk im Trauungszimmer. Von den Spuren des Baustellenbrands war mittlerweile nichts mehr zu sehen: weiße Wände, polierter Dielenboden, mit Samt bezogene Stühle und ein hübscher Schreibtisch aus Nussbaum für den Standesbeamten. Dazu gab es noch maritime Dekoration wie eine goldene Schiffsglocke, einen Anker und an der Decke ein Fischernetz mit LED-Lichtern. Insgesamt war das kleine Trauzimmer recht schlicht gehalten. Aber Paare, die in einem Leuchtturm heirateten und nur wenige Gäste mitbringen durften, waren wohl ohnehin nicht für Pomp und Protz.

Dirk war gerade dabei, die Schubladen des Schreibtischs mit Formularen zu füllen. Er sah überrascht auf. »Oh, Hannah! Mit dir habe ich nicht gerechnet. Oder waren wir verabredet?«

Immerhin war sein Empfang freundlicher, als ich erwartet hatte. Bei unserem letzten Gespräch am Abend des Leuchtturmfests war er ziemlich aufgebracht und sauer gewesen.

Ich trat näher. »Nein, wir hatten keinen Termin! Ich wollte dir nur sagen, dass die Bilder fertig sind.«

»Oh. Schön, schön.« Er kratzte sich am Hals und fragte vorsichtig: »Und wie viel Grau ist dabei?«

»Nur wenig«, beruhigte ich ihn und zog mein Handy hervor. »Hier kannst du sie dir ansehen.«

Dirk wischte durch die Fotos, die ich heute Morgen erst gemacht hatte. Seine Miene hellte sich schlagartig auf. »Die sind wundervoll geworden, Hannah! Genauso hab ich sie mir vorgestellt. Diese Bilder sind perfekt für das Trauzimmer.«

»Vielen Dank, das freut mich!«, sagte ich erleichtert.

Mein persönlicher Favorit war das zweite Gemälde von der Steilküste in Ahrenshoop. Der Himmel war mit so realistischen schweren Regenwolken bedeckt, dass man das Gefühl hatte, es würden sich jeden Moment dicke Regentropfen aus der Leinwand lösen und auf den Fußboden tropfen. Doch am rechten Bildrand kämpfte sich schon die Sonne durch die Wolken und warf hoffnungsvolle goldene Strahlen aufs Meer. Für eine Ehe ein schönes Sinnbild, wie ich fand.

Dirk gab mir das Handy zurück. »Sie werden dem Raum das gewisse Etwas verleihen. Durch deine Kunst gewinnt er an Niveau und Klasse.«

Ich mobilisierte mein ganzes Selbstbewusstsein und reckte das

Kinn. »Das sehe ich ähnlich. Deshalb möchte ich auch mit dir reden.«

Ich setzte mich auf einen der Samtstühle und holte tief Luft. »Du hast unseren Deal an die Bedingung geknüpft, dass ich Heinz und Else miteinander versöhne. Finn und ich geben uns damit allergrößte Mühe. Ich schätze, wir haben auch schon kleine Fortschritte erzielt. Allerdings tue ich das mittlerweile für Heinz und Else – und nicht wegen unseres Deals.«

»Du meinst, die beiden überlegen sich das mit der Scheidung vielleicht noch mal?« Dirk legte die Hand aufs Herz. »Du ahnst nicht, wie mich das erleichtert! Diese Zeitungsartikel waren schrecklich. Hast du gelesen, wie hämisch diese scheußlichen Journalisten über uns berichtet haben? Das sind die reinsten Aasgeier, sag ich dir!«

»Ähm, ja …« Ich räusperte mich. »Eigentlich wollte ich auf etwas anderes hinaus. Du weißt, dass ich dir und dem Dorf nie schaden wollte. Den Vorschlag mit der Scheidung habe ich nur gemacht, weil ich es für das Beste für Heinz und Else hielt. Du solltest nicht vergessen, dass Else auf dem Fest vor aller Augen ihren Mann mit dem Traktor überfahren wollte. Das haben sämtliche Anwesenden mitbekommen – auch die Journalisten. Das allein hätte als Skandal schon ausgereicht.«

Dirk sagte nichts, aber er nickte widerstrebend. Im Eifer des Gefechts war es an jenem Tag nun mal einfach und praktisch gewesen, mir allein die Schuld an dem Schlamassel in die Schuhe zu schieben.

»Die beiden sind erwachsene, mündige Menschen«, sagte ich. Seltsam, dass man diesen Umstand bei älteren Leuten des Öfteren betonen musste. »Sie können selbst entscheiden, auf welchem Weg sie glücklich werden wollen. Auch wenn ich mittlerweile glaube, dass eine Scheidung ein Fehler wäre, will ich nicht mehr in deinem Auftrag die Kupplerin spielen.« Ich atmete tief ein.

»Ich bin hier, um dir zu sagen, dass dieser Deal für mich nicht mehr gilt.«

Dirk stützte sich mit beiden Händen auf der Tischplatte ab, wodurch sein Hemd im Bauchbereich gefährlich spannte. »Und was heißt das konkret?«

»Entweder dir gefallen die Bilder, und du kaufst sie mir ab. Oder wir lassen es bleiben.« Entschlossen reckte ich das Kinn. »Aber ich lasse mich nicht länger erpressen.«

»Das Wort Erpressung habe ich nie in den Mund genommen«, erwiderte er brüsk. »Das war lediglich eine … geschäftliche Zusatzvereinbarung.«

Ich verdrehte die Augen. Wie ich solche Spitzfindigkeiten hasste! Natürlich konnte man eine Sturmflut auch als »schlechtes Wetter« bezeichnen, doch für mich blieb es eine Sturmflut.

»Nenn es, wie du willst! Ich bin mir jedenfalls sicher, dass ich auf der Insel auch einen anderen Käufer für meine Gemälde finde.«

Er schwieg einen Moment und starrte nachdenklich ins Leere. Schließlich seufzte er theatralisch.

»Gut, ich will mal nicht so sein«, sagte er mit einem gönnerhaften Lächeln. »Ich kaufe dir die Bilder schon jetzt ab. Allerdings musst du mir dann preislich ein wenig entgegenkommen. Also, nicht offiziell – unter der Hand, versteht sich.«

Mir blieb die Spucke weg. Hatte ich ihn gerade richtig verstanden? Jetzt wollte er auch noch einen Teil der offiziellen Fördergelder abzweigen und in die eigene Tasche stecken?

Dirk schien selbst aufzufallen, was für einen Eindruck sein Vorschlag machte. »Nicht für mich natürlich«, erklärte er hastig. »Das Geld kommt dem Dorf zugute. Durch die Renovierung des Leuchtturms sind leider ein paar Haushaltslöcher entstanden, die es zu stopfen gilt.« Er fuhr sich mit der Zunge über die Lippen. »Sagen wir, die Hälfte weniger? Also fifty-fifty?«

Am liebsten hätte ich ihm gehörig den Kopf gewaschen. Doch ich zwang mich, ruhig zu bleiben. Fakt war, dass ich nach Berlin zurückmusste und einen anderen Käufer erst noch finden müsste. Rational betrachtet würde es bei Dirks Vorschlag nur eine Geschädigte geben – und die war ich selbst. Vorausgesetzt, er verwendete das Geld nachweislich zum Wohle der Gemeinschaft. Ich ließ mir die Sache durch den Kopf gehen und kam zu einem Schluss.

»Unter gewissen Bedingungen wäre ich damit einverstanden«, erklärte ich.

Dirk lächelte und nahm mir gegenüber auf dem Stuhl des Standesbeamten Platz. »Ich bin sicher, wir werden uns einig!«

»Ich habe zwei Punkte, die mir wichtig sind«, begann ich. »Zum einen habe ich bei dem Karikaturenstand zwar viele Spendengelder für den Kindergarten eingenommen, aber für das Klettergerüst reicht es noch nicht. Ich möchte, dass du den Rest von dem Geld zahlst, das du bei den Gemälden einsparst.«

Damit konnte er wohl leben, denn er nickte sofort. »Kein Problem.«

Der andere Punkt würde wohl etwas mehr Überredungskunst erfordern. Da ich nun jedoch seine volle Aufmerksamkeit hatte, nutzte ich die Gunst der Stunde.

Ich beugte mich ebenfalls vor. »Hör zu, Dirk: Ich weiß, du bist im Grunde kein übler Kerl. Und bei allem, was du machst, willst du immer nur das Beste fürs Dorf. Aber auch dabei gibt es moralische Grenzen, die ein Bürgermeister einhalten muss«, redete ich ihm ins Gewissen. »Du meinst, du hättest mich nicht erpresst – okay, das kann man sehen, wie man will. Aber bei Else und Heinz liegt der Fall wohl klarer. Oder ist es für dich auch nur eine ›geschäftliche Zusatzvereinbarung‹, zwei ältere Herrschaften mit dem Wohl ihres Urenkels unter Druck zu setzen?«

Dirks Gesichtszüge entgleisten. »Ich … ich weiß gar nicht, wovon du sprichst.«

»Ich spreche von der Genehmigung für Finns Bauprojekt«, half ich ihm auf die Sprünge. »Im Gegenzug dafür, dass Else und Heinz sich von dir wie zwei Zirkustiere auf dem Leuchtturmfest haben herumführen lassen.« Ich legte den Kopf schräg. »Im Übrigen auch ein Punkt, der zur Eskalation zwischen den beiden beigetragen hat. Erst dieses demütigende Schauspiel hat das Fass zum Überlaufen gebracht.«

Dirk schnappte nach Luft. »Sie haben mir versprochen, dass das unter uns bleibt …« Schweratmend öffnete er seinen obersten Hemdknopf.

»Ich habe es nur durch Zufall rausgefunden«, stellte ich klar. »Was denkst du wohl, was die Leute im Dorf von dir halten würden, wenn das publik wird? Erpresst du eigentlich ständig andere Leute?«

Dirks Gesicht war hochrot, und Schweiß sammelte sich auf seiner Stirn. Seine heftige Reaktion fand ich auf gewisse Weise beruhigend. Offenbar kannte er immer noch Skrupel.

»Nur zwei Mal«, presste er hervor. »Bei dir und den Jahnkes. Das schwöre ich dir! So was hab ich vorher noch nie getan.«

»Mhm«, machte ich skeptisch.

»Ehrlich!«, beteuerte er. Plötzlich schien Dirk in sich zusammenzufallen. Wie ein bedauernswertes Häufchen Elend hockte er hinter dem Schreibtisch. »Die Sache mit dem ›Dorf der Liebe‹ bringt mich an meine Grenzen, Hannah. Hätte ich vorher gewusst, was ich mir damit aufhalse, hätte ich die Finger davongelassen«, jammerte er. »Unser Dorf steht so tief in der Kreide, dass diese Marketingaktion ein Erfolg werden *muss*. Wenn wir scheitern, sind wir geliefert. Was habe ich da nur angerichtet? Ich kann nachts kaum noch schlafen. In den letzten Monaten habe ich zehn Kilo zugenommen.« Er fuhr sich mit beiden Händen übers Gesicht. »Als Else und Heinz sich geweigert haben, das glückliche Ehepaar für die Presse zu spielen, wusste ich mir nicht anders zu helfen. Die beiden sind unser Aushängeschild! Ich musste sie irgendwie dazu bringen mitzumachen.« Blinzelnd starrte er auf den Schreibtisch. »Also habe ich behauptet, dass ich einen Grund finden würde, Finns Projekt im Gemeinderat abzuschmettern, wenn sie mir nicht helfen. Ich fühle mich ganz schrecklich, weil ich die beiden so unter Druck gesetzt habe.«

Der Mann, der hier vor mir saß, hatte nur noch wenig mit dem souveränen Bürgermeister gemein, den er immer in der Öffentlichkeit gab. Dass die Lage so ernst war und ihm derart zusetzte, hatte ich nicht erwartet. Meine Hand zuckte vor, um ihm tröstend den Arm zu tätscheln, aber ich konnte mich gerade noch bremsen. Nein, so weit ging mein Mitleid dann doch nicht.

»Du wirst das schon schaffen, Dirk«, sagte ich. »Der Leuchtturm und das Standesamt sind großartig geworden. Und die Idee mit dem ›Dorf der Liebe‹ ist ebenfalls gut. Die Touristen werden kommen, du wirst sehen! Ganz egal, ob wir nun das älteste Ehepaar Deutschlands haben oder nicht.«

Dirk zog geräuschvoll die Nase hoch. »Meinst du?«

»Ganz sicher! Alle in Liebwitz ziehen an einem Strang und sind bereit, das Dorf voranzubringen. Hast du das beim Leuchtturmfest nicht gemerkt? Alle haben mit angepackt. Alle standen hinter deiner Idee. Du hast es geschafft, sie mit deinem Marketingkonzept zu überzeugen und ihnen Hoffnung zu geben. Du musst das nicht allein wuppen – du hast ein ganzes Dorf hinter dir.«

Dieser Gedanke schien ihm zu gefallen. Seine Miene hellte sich auf. »Du hast recht: Wir hier in Liebwitz halten zusammen, nicht wahr? Egal, was kommt.« Dirk nickte nachdrücklich. Dann straffte er sich und nickte wieder. »Gemeinsam werden wir das durchziehen!«

»Exakt!«

Dirk sah mir in die Augen. »Und so was wie mit Else und Heinz mache ich nie wieder. Versprochen!«

Das wollte ich ihm auch geraten haben. »Ich bin froh, dass du das sagst. Trotzdem finde ich, dass du den beiden für deine Erpressung etwas schuldig bist«, dämpfte ich seine Euphorie. »Deshalb komme ich jetzt zu meiner zweiten Bedingung.«

Gespannt schaute er mich an.

»Von dem Geld, das du beim Verkauf der Gemälde einstreichst, schenkst du Heinz und Else im Namen des Dorfes eine Donau-Kreuzfahrt für Senioren«, erklärte ich.

»Wie bitte? Was?«, entgegnete er fassungslos.

»Eine DONAU-KREUZFAHRT«, wiederholte ich überdeutlich. »Für Heinz und Else. Ein Kurztrip von fünf, sechs Tagen reicht schon aus. Ist auch nicht so teuer.«

Nachdem wir die Gewinnspiele von Heinz entdeckt hatten, hatte ich im Internet recherchiert – und eine »Donau-Kreuzfahrt für Senioren« erschien mir für die beiden als einzige gesundheitlich noch machbar zu sein. Dieser Trip war so entspannt und sterbenslangweilig, dass sich wahrscheinlich jeder unter siebzig verzweifelt vom Schiff in die Fluten stürzen würde, um an Land zu kraulen.

»Ich habe keine Ahnung, ob sie die Reise überhaupt antreten werden«, fuhr ich fort. »Aber es ist Heinz ungeheuer wichtig, dass Else wenigstens die Möglichkeit dazu bekommt, so eine Reise zu machen.«

Dirk verzog das Gesicht. »Also, ich weiß nicht …«, entgegnete er skeptisch. »Natürlich habe ich etwas gutzumachen. Aber ist das nicht ein bisschen übertrieben?«

»Du könntest es den beiden als Geschenk überreichen, wenn sie sich wieder versöhnt haben«, schlug ich vor. »Wenn du dich vorher aufrichtig bei ihnen entschuldigst, könnten sie dir vielleicht sogar erlauben, dass ein Vertreter der Presse dem Ereignis beiwohnt«, köderte ich ihn.

Prompt biss Dirk an. Für einen Bürgermeister war er wirklich ungeheuer berechenbar. »Das ist genial, Hannah!«, entfuhr es ihm. »Nach diesen grässlichen Schmähartikeln wäre das genau das Richtige! Wir halten eine Pressekonferenz ab, und dabei werde ich Heinz und Else die Kreuzfahrt …«

»Nein!«, fiel ich ihm scharf ins Wort. »EIN Vertreter der Presse, hab ich gesagt. Das muss reichen! Hast du immer noch nicht verstanden, dass die beiden so einen Wirbel verabscheuen?«

Er zog eine Grimasse und seufzte. »Na schön! Dann eben nur ein Kamerateam«, lenkte er ein. »Du bist eine harte Verhandlungspartnerin. Aber gut, ich bin mit deinen Bedingungen einverstanden. Wir haben einen Deal!«

Er hielt mir die Hand hin, und ich schlug ein. »Abgemacht.«

Ein Gefühl der Erleichterung durchströmte mich. Es war schön, wenigstens eine Sache geklärt und abgeschlossen zu haben. Außerdem gab ich mich der kleinen Hoffnung hin, dass mein eindringlicher moralischer Appell an Dirk etwas bewirkt hatte.

»Also dann!« Ich stand auf. »Ich gebe die Bilder noch heute im Rathaus ab.«

Ich wandte mich zum Gehen, doch Dirk hielt mich zurück. »Ach, Hannah? Du musst mir noch deine Kontodaten schicken. Für dein Honorar.«

»Überweis es auf das Konto meines Vaters«, gab ich zurück. »Da er im Rathaus arbeitet, hast du ja seine Daten.«

Erstaunt sah Dirk mich an. »Den kompletten Betrag?«

Ich nickte knapp. »Ja, das ganze Honorar.«

Meine Eltern brauchten das Geld dringender als ich. Mich brachten meine Mietschulden schließlich noch nicht um den Schlaf. Und ich würde es auch so irgendwie schaffen. Das hatte ich bisher immer.

28. Kapitel

Wieder standen Finn und ich vor der Haustür seiner Urgroßeltern. Das Gespräch mit dem Bürgermeister klang noch in mir nach und verlieh mir die Zuversicht, auch die Aussprache mit Finn in Angriff nehmen zu können. Ehe er eintreten konnte, legte ich die Hand auf seinen Arm und hielt ihn zurück. »Kann ich kurz mit dir sprechen, bevor wir reingehen? Es ist wichtig.«

Finn trug heute Jeans und ein graues Langarmshirt. Er hatte es bis zu den Ellbogen hochgeschoben, sodass die sonnengebräunte Haut seines Unterarms zu sehen war. Früher war ich gern mit den Fingerspitzen zärtlich über seinen Arm durch die feinen Härchen gefahren, um dann meine Hand in seine gleiten zu lassen. Wenn wir am Strand spazierengegangen waren, hatten wir immer Händchen gehalten. Die Sehnsucht nach dieser Zeit löste in meinem Inneren ein begehrliches Ziehen aus.

»Hannah?«, drang Finns Stimme an mein Ohr. »Um was geht's denn?«

Ich zuckte zusammen, als ich bemerkte, wie lange ich schon regungslos auf Finns Unterarm gestarrt hatte. Das Gleiche war leider auch mit meiner Hand geschehen: Sie lag immer noch wie festgeklebt auf seinem Arm, obwohl es keinen Grund dafür gab.

Hastig zog ich meine Hand zurück. Meine Güte, Heinz und Else hatten recht! Meine Schwärmerei für Finn war alles andere als unauffällig. Ich benahm mich schlimmer als zu der Zeit, als ich noch heimlich in ihn verliebt gewesen war. Und damals war ich ein Teenager gewesen! Man müsste meinen, dass ich mich als

Erwachsene besser im Griff hatte, doch ich konnte meine Gefühle einfach nicht unterdrücken – sosehr ich es auch versuchte.

»Um etwas Persönliches«, erklärte ich hastig.

»Meine Urgroßeltern warten sicher schon auf uns«, wandte Finn ein. »Aber auf ein paar Minuten kommt es wohl nicht an.«

»Gehen wir nach hinten in den Garten?«, fragte ich, um etwas Zeit zu gewinnen. »Da ist es ruhiger.«

Finn nickte knapp und ging voraus. Der Garten der Jahnkes hatte eindeutig schon bessere Zeiten erlebt. Der Rasen war zwar gemäht, aber die Sträucher und Büsche wucherten unkontrolliert und hatten dringend mal wieder einen Rückschnitt nötig.

Finn lehnte sich an Elses geliebte Krupeiche, verschränkte die Arme vor der Brust und sah mich abwartend an. »Also?«

Ich räusperte mich, um meine Stimme zu finden. »Zum einen möchte ich mich bei dir entschuldigen. Für all das, was ich dir beim Leuchtturmfest an den Kopf geworfen habe«, sagte ich. »In dem Moment hat alles, was sich in mir angestaut hatte, einfach ungefiltert meinen Mund verlassen. Nach fünf Jahren empfand ich unser Wiedersehen nun mal als ziemlich verwirrend. Ein Teil von mir hat sich gefreut, ein anderer nicht. Ein Teil wollte dich hassen, der andere nicht.« Ich gestikulierte wild in der Luft herum, in der Hoffnung, Finn meine Gefühle deutlich machen zu können. »Ich war zwar wirklich überzeugt, dass Abstand für uns das Beste ist – aber ich habe mich im Ton vergriffen.« Ich sah ihn verunsichert an. »Hat dich unser Wiedersehen denn nicht aufgewühlt?«

»Doch … aber offensichtlich auf andere Weise als dich«, murmelte er.

Ehe ich nachhaken konnte, was er damit meinte, fuhr er fort: »Aber natürlich kann ich dich verstehen. Ich hätte es wohl etwas langsamer angehen und dir mehr Zeit lassen sollen«, räumte er ein. Er löste seine verschränkten Arme und kam auf mich zu. Sein Blick war wieder offen und warmherzig. »Genau wie du habe ich mich in diesem Augenblick von meinen Gefühlen leiten lassen. Also, Entschuldigung angenommen!«

Ich atmete erleichtert auf. »Danke.«

Er nickte mir mit einem versöhnlichen Lächeln zu. »War sonst noch was?«

»Ähm, ja!« Ich fuhr mir mit der Zunge über die trockenen Lippen. »Wahrscheinlich ist das nicht der perfekte Moment, um dieses Thema anzusprechen. Aber …« Ich stockte und riss erstaunt die Augen auf, denn ich hatte hinter Finns Schulter Heinz und Else am Wohnzimmerfenster entdeckt. Die beiden standen dicht nebeneinander und beobachteten uns unverhohlen. Else strahlte bis über beide Ohren, und Heinz zeigte mir den erhobenen Daumen. Anscheinend rechneten sie damit, dass Finn und ich uns jeden Moment in die Arme fielen. Verstohlen gab ich ihnen ein Handzeichen, dass sie von dort verschwinden sollten. Dieses Gespräch war auch ohne Zuschauer schon schwierig genug. Else verdrehte die Augen und sagte etwas zu Heinz, der daraufhin widerstrebend die Gardine zufallen ließ.

Ich wandte meine Aufmerksamkeit wieder Finn zu. »Ähm … wo …«, stammelte ich verwirrt, »wo war ich stehen geblieben?«

Er zuckte mit den Schultern. »Keine Ahnung. Du hast mir noch nicht verraten, um was es geht.«

»Ach so, ja.« Ich rieb mir über die Stirn. Plötzlich hatte ich das Gefühl eines Déjà-vus. Die Situation weckte in mir eine verdrängte Erinnerung.

Waren wir nicht schon einmal hier im Garten gewesen und hatten ein schwieriges Gespräch geführt? Ein paar Wochen vor dem Ende unserer Beziehung? Finn und ich hatten uns nach einem Besuch bei seinen Urgroßeltern an genau dieser Stelle gestritten …

★

»Lass mich endlich in Ruhe damit!«, fuhr ich Finn an. »Mich an der Kunstakademie zu bewerben war eine Schnapsidee. Das habe ich nie ernst gemeint, und mittlerweile wünschte ich, ich hätte mich von Ella nie dazu überreden lassen. Ich werde dieses Studium nicht antreten – und jetzt Schluss damit! Lass uns endlich heimfahren.«

Doch für Finn schien das Thema noch nicht erledigt zu sein. »Das war keine Schnapsidee«, widersprach er. »Das ist dein Traum, Hannah! Und jetzt kann er wahr werden. Du darfst nicht für den Rest deines Lebens in diesem drittklassigen Hotel versauern. Du bist Künstlerin mit Leib und Seele – und du musst diese Chance ergreifen!«

Ich war so sauer, dass ich wie ein kleines Mädchen mit dem Fuß auf den Boden stampfte. »Sag du mir nicht, was ich tun muss!«, zischte ich. »Ich gehe nicht! Wie oft soll ich dir das noch sagen? Mein Leben ist hier bei dir. Ich setze das nicht alles wegen eines Hirngespinsts aufs Spiel.«

»Du setzt überhaupt nichts aufs Spiel. Denn ich werde hier auf dich warten.« Mit einem liebevollen Lächeln fasste er mich an den Schultern. »Wir sind schon so lange zusammen, Hannah. Eine Fernbeziehung kann uns beiden nichts anhaben. Außerdem ist es nur für ein paar Jahre. Und ich werde dich so oft wie möglich in Berlin besuchen.«

Störrisch schüttelte ich den Kopf. »Wir würden uns trotzdem auseinanderleben«, beharrte ich. »All die neuen Leute, die Großstadt, das Studium – unzählige fremde Dinge würden auf mich einströmen. Ich würde mich unweigerlich verändern. Mit jeder Woche, die ich weg wäre, würde die Kluft zwischen uns größer werden. Und ich will nichts tun, das unsere Beziehung gefährdet. Das zwischen uns gibt es kein zweites Mal, Finn!« Ich atmete tief durch. »Außerdem würden meine Eltern ausflippen, wenn ich gehen würde. Für meine Mutter ist Künstlerin ja noch nicht mal ein richtiger Beruf.«

Finns Geduld schien langsam erschöpft. Verärgert schüttelte er den Kopf. »Du bist erwachsen und kannst tun und lassen, was du willst! Ist dir schon mal der Gedanke gekommen, dass du deine Eltern nur als Ausrede benutzt? Weil dir in Wahrheit der Mut fehlt, deine Träume in die Tat umzusetzen?«

Getroffen wich ich seinem Blick aus. Womöglich hatte er recht. Im Gegensatz zu ihm hatte ich jedoch nie die Kraft besessen, mich gegen meine Eltern aufzulehnen.

Seit Wochen trug ich die Zusage der Kunstakademie mit mir herum. Anstatt den Brief wegzuwerfen, zog ich ihn mindestens einmal am Tag hervor und hielt ihn voll geheimer Sehnsucht in Händen. Er war wie ein Ticket an einen verheißungsvollen fremden Ort. Weit weg von Liebwitz und seiner dörflichen Beengtheit. An einen Ort der Kunst, der bunten Farben und der Freiheit. Meine Mutter hatte nie verstanden, dass die Kunst für mich so viel mehr war als ein Hobby. Die Malerei war ein Teil meines Ichs, und ich brauchte sie wie die Luft zum Atmen. Fast so sehr wie Finn. Aber eben nur fast. Er war mir viel zu wichtig, um unsere Beziehung aufs Spiel zu setzen. Mittlerweile wünschte ich mir inständig, ich hätte mich niemals beworben. Denn Finn und ich stritten deswegen nicht zum ersten Mal.

Mit bebenden Lippen verschränkte ich die Arme vor der Brust und starrte zu Boden.

»Hannah, bitte nicht weinen!« Zärtlich hob Finn mein Kinn an. »Ich will dich nicht unter Druck setzen. Allerdings bin ich überzeugt, dass das der richtige Weg für dich ist. Für uns beide«, fügte er bedeutungsvoll hinzu. »Du setzt unsere Beziehung nämlich nicht aufs Spiel, wenn du gehst. Du setzt sie aufs Spiel, wenn du in Liebwitz bleibst.«

Mit tränenverschleiertem Blick sah ich ihn an. »Wieso denn das?«

»Ich spüre doch, dass du nicht glücklich bist!«, sagte er. »Früher warst du unbeschwert, tatkräftig und optimistisch. Aber jetzt bist du jeden Morgen, an dem du ins Hotel musst, schlecht gelaunt. Du wirst immer reizbarer. Und manchmal starrst du stundenlang, ohne ein

Wort zu sagen, aus dem Fenster. Als würde die Ostsee deine Träume mit sich nehmen, und du würdest dabei zusehen, wie sie in der Ferne verschwinden. Wenn du hierbleibst, werde ich die Hannah, in die ich mich verliebt habe, über kurz oder lang verlieren.« Er strich mir mit dem Daumen sanft über die Wange. »Geh nach Berlin! Du musst wieder glücklich werden, Hannah. Nicht nur für dich, sondern für uns beide.«

Ich schluckte schwer. Sein Angebot war verlockend. Aber … ich konnte das einfach nicht tun. Es ging nicht.

Abrupt trat ich einen Schritt von ihm zurück. »Ich bleibe hier – bei dir und meiner Familie. Begreif das doch endlich!«, spie ich ihm mit genau der Gereiztheit entgegen, von der er eben noch gesprochen hatte. »Und jetzt lass uns endlich nach Hause fahren, Himmel noch mal!« Damit machte ich auf dem Absatz kehrt und ließ ihn neben der Krupeiche stehen …

*

Mein Magen krampfte sich zusammen. Ich hatte diese Erinnerung so gut in meinem Inneren versteckt, dass ich sie schon fast vergessen hatte. Plötzlich ergab alles einen Sinn – sowohl die Andeutungen, die Finn bei unseren Auseinandersetzungen hatte fallen lassen, als auch sein restliches Verhalten: Er hatte unter unserer Trennung gelitten und gehofft, dass ich zurückkehrte. Er hatte immer daran geglaubt, dass wir im Godewind-Haus zusammen glücklich würden.

Er sah mich erwartungsvoll an. »Na los, sag schon! So schlimm wird es schon nicht sein, was du mit mir besprechen willst.«

Mein Mund war wie ausgetrocknet. Ich konnte einfach nicht über meinen Schatten springen. Denn ich wollte die Worte nicht aus seinem Mund hören, die wie ein quälendes Echo durch meinen Kopf hallten: Es war meine Schuld gewesen. Ich hatte nicht für unsere Beziehung gekämpft, und Finn hatte den Mut aufgebracht, der mir gefehlt hatte. Für uns beide. Ich hatte seine lächerliche Lüge nur zu gern geglaubt, weil es für mich so schön einfach gewesen war, ihn für alles verantwortlich zu machen. Obwohl ich es Ella versprochen hatte, beschloss ich kurzerhand, die Aussprache mit Finn abzublasen. Eigentlich bestand dafür ohnehin keine Notwendigkeit, weil ich Liebwitz schon bald wieder verlassen würde. In wenigen Tagen würde ich in Finns Leben keine Rolle mehr spielen – und er nicht in meinem.

»Ich muss nach Berlin zurück«, erklärte ich, nur um irgendetwas zu sagen. »Ich muss Oliver das Auto zurückbringen und ihm helfen, eine Ausstellung vorzubereiten.«

Das war unter diesen Umständen wohl das Falscheste, was ich hatte sagen können. Sofort legte sich Finns Stirn in Falten. »Und was ist mit meinen Urgroßeltern? Und unserer Mission?«, fragte er mit ungläubiger Miene. »Außerdem dachte ich, der Bürgermeister kauft dir die Gemälde erst nach geglückter Versöhnung ab.«

»Mit Dirk habe ich mich geeinigt«, gestand ich ihm. »Er hat mir die Bilder schon jetzt abgekauft.«

»So ist das also!« Finn kniff die Augen zusammen. »Kaum hast du das Geld eingesackt, ist dir das Glück meiner Urgroßeltern gleichgültig. Das lässt wirklich ganz tief blicken! Früher lag dir das Wohl deiner Mitmenschen noch am Herzen.«

Sein Vorwurf traf mich hart. »Das stimmt doch überhaupt nicht!«, verteidigte ich mich. »Natürlich sind mir Else und Heinz nicht gleichgültig. Aber ich kann mich nun mal nicht zweiteilen! Oliver ist mein bester Freund, und ich habe ihm schon vor Monaten versprochen, ihm bei der Vernissage zu helfen. Er braucht mich. Ich bin nicht nur seine einzige Angestellte, sondern auch seine Freundin. Er hat mir durch schwere Zeiten geholfen, und ich kann ihn nicht hängen lassen.«

Finn atmete scharf ein, und für einen kurzen Moment glaubte ich Eifersucht in seinen Augen aufflackern zu sehen, aber dann winkte er kopfschüttelnd ab. »Ach, mach doch, was du willst! Ich gehe jetzt rein. Komm mit – oder lass es bleiben!«

Er stapfte davon und ließ mich neben der Krupeiche stehen. Es war zum Verrücktwerden! Anscheinend konnten Finn und ich kein normales Gespräch mehr miteinander führen, ohne uns am Ende zu streiten.

29. Kapitel

Ich saß in Elses Campingstuhl und starrte perplex auf die Szene, die sich gerade vor meinen Augen abspielte.

»Hast du damit gerechnet?«, fragte ich Finn, der neben mir in Heinz' Stuhl saß.

»Nö«, brummte er. Finn war offensichtlich noch immer eingeschnappt. Doch in dem Blick, den er seinen Urgroßeltern zuwarf, lag ebenfalls tiefe Rührung.

Denn in diesem Augenblick tanzten Else und Heinz Wange an Wange zu alten Swing-Melodien durch den Speicher. Plötzlich wirkten sie so vertraut miteinander, so verbunden. Zwei Menschen, die fast ihr ganzes Leben Seite an Seite verbracht und jeden noch so heftigen Sturm gemeinsam durchgestanden hatten.

Vor einer Stunde hatte das noch völlig anders ausgesehen. Zu diesem Zeitpunkt hatten Finn und ich ein zerlegtes Pflegebett entdeckt, das mit einer dicken Staubschicht bedeckt gewesen war – und sofort war die Stimmung im Raum angespannt gewesen. Widerstrebend hatte Else uns erzählt, dass sie einst ihre bettlägerige Mutter gepflegt hatte. Ich hatte Heinz' verkniffener Miene sofort angesehen, dass er damit keine guten Erinnerungen verband. Wie sich herausstellte, hatte Else ihre Mutter gegen seinen ausdrücklichen Willen ins Haus geholt. Heinz' Schilderung zufolge war diese Frau eine Horror-Schwiegermutter wie aus dem Bilderbuch gewesen. Vom ersten Tag an hatte sie ihn drangsaliert und ihre volle Verachtung spüren lassen – und dann hatte Else ihn auch noch dazu gezwungen, mit diesem Drachen unter einem Dach zu leben.

Else hatte ihm nicht widersprochen, woraus ich schloss, dass ihre Mutter tatsächlich kein netter Mensch gewesen war. Mit erstickter Stimme hatte sie uns berichtet, dass ihre Mutter im Verlauf ihrer Krankheit immer bösartiger geworden war. Aus reinem Pflichtgefühl hatte Else sie bei sich aufgenommen und aufopferungsvoll gepflegt, aber nie ein Wort der Dankbarkeit gehört. Im Gegenteil: Kurz vor dem Ende hatte sie ihre Tochter sogar mit Dingen beworfen und ihr ins Gesicht gespuckt.

»Von ihr war nichts mehr übrig außer Bösartigkeit und Hass«, hatte Else erzählt. »Es war eine grauenvolle Zeit. Und ich war erleichtert, als sie endlich gestorben ist. Das ist doch schlimm, oder? Wie kann man über den Tod der eigenen Mutter erleichtert sein?«

An Heinz' schockierter Miene konnte ich erkennen, dass er davon nichts gewusst hatte. Schließlich war er auf Else zugegangen und hatte sie wortlos in den Arm genommen. Zwar etwas unbeholfen und ungelenk, aber es war eine Geste der Versöhnung gewesen, die mich sehr gerührt hatte.

Und als wir kurz darauf einen uralten Plattenspieler entdeckt hatten, waren sie plötzlich so aufgeregt wie kleine Kinder gewesen. Heinz meinte, er sei kaputt, doch Finn hatte ihn mit ein paar Handgriffen wieder zum Laufen gebracht. Sofort hatte Else eine der alten Schallplatten gezückt und mit leuchtenden Augen aufgelegt. Seither tanzten sie zusammen und wirkten dabei wie ausgewechselt. Es war zu spüren, dass gerade ein Teil ihrer Vergangenheit lebendig wurde, der sie eng miteinander verband. Eine Erinnerung, die von ausnehmend schönen Gefühlen getragen wurde. Hoffnung keimte in mir auf.

»Wusstet ihr, dass wir uns beim Tanzen kennengelernt haben?«, fragte Heinz uns über die Musik hinweg. »Damals gab es hier in der Gegend für die jungen Leute Tanzabende. Alle haben sich dafür schick gemacht und fein rausgeputzt. Und Else war die Schönste von allen.«

»Gar nicht.« Sie versetzte ihm lächelnd einen Klaps auf die Schulter. »Außerdem hättest du jede im Dorf haben können. Du warst ein schneidiger junger Mann und konntest tanzen wie kein anderer.«

»Genau wie heute«, behauptete Heinz. »Ich bin noch genauso leichtfüßig wie damals bei unserem Hochzeitstanz.«

Ich musste lächeln. Als leichtfüßig konnte man Heinz' Tanzstil leider nicht mehr bezeichnen. Immerhin war er fast hundert.

»Wieso bist du eigentlich mit einem Traktor zur Kirche gefahren worden?«, wollte ich von Else wissen. Diese Frage beschäftigte mich schon seit dem Leuchtturmfest. »War das damals üblich?«

Sie schüttelte den Kopf. »Im Grunde nicht, aber wir hatten kein Geld für etwas anderes«, erzählte sie. »Unsere Eltern waren nicht reich und von unserer Heirat nicht begeistert, doch wir haben uns durchgesetzt. Mir war egal, dass ich kein schönes Hochzeitskleid oder eine Kutsche haben konnte. Ich wollte nur den Mann heiraten, den ich liebe.«

Heinz schaute zärtlich auf sie hinab. »An diesem Tag haben wir uns vorgenommen, für immer zusammen durchs Leben zu tanzen.«

Else lächelte. »Was wir auch getan haben. Wir haben sogar zwei Mal einen Tanzwettbewerb gewonnen«, berichtete sie stolz.

»Jetzt weiß ich immerhin, von wem ich meinen flotten Hüftschwung geerbt habe«, scherzte Finn.

Seine Urgroßmutter musterte ihn skeptisch. »Du hast einen flotten Hüftschwung? Das will ich sehen!«

»Na schön!« Finn erhob sich. »Herausforderung angenommen.«

Er ging zu den beiden und hob die Hand, um abzuklopfen, aber Heinz warf ihm einen mahnenden Blick zu.

»Du musst dir schon eine andere Tanzpartnerin suchen«, meinte er und sah auf Else hinab. »Das hier ist mein Mädchen.«

Elses Wangen röteten sich auf ganz entzückende Weise.

Finn hob übertrieben die Hände und sagte beschwichtigend: »Hey, ich will keinen Stress! Wenn eine Frau in festen Händen ist, lasse ich die Finger von ihr.«

Else kicherte, während Heinz seinem Urenkel mit ernster Miene zunickte. »Das will ich dir auch geraten haben, du halbe Portion.«

Mit einem schalkhaften Grinsen wandte Finn sich zu mir um und hielt mir die Hand hin. »Darf ich bitten, die Dame? Ich muss meine Tanzkünste unter Beweis stellen.«

Für einen Moment zögerte ich. Kurz war ich in Sorge, ob sich ein Tanz nach unserer Auseinandersetzung im Garten seltsam anfühlen würde, doch Finn schien sich voll und ganz auf das unbeschwerte Geplänkel mit seinen Urgroßeltern eingelassen zu haben. »Komm, Hannah, wir zeigen ihnen mal, wie das geht!«

Ich seufzte ergeben. »Na schön.«

Kaum hatte ich meine Hand in seine gelegt, zog Finn mich schwungvoll an sich, und ich flog regelrecht in seine Arme. »Nicht so stürmisch, Schätzchen«, flachste er.

Lachend schüttelte ich den Kopf. »Spinner!«

Seine Hand legte sich warm in meinen Rücken, und er begann, mit mir zur *Moonlight Serenade* von Glenn Miller durchs Zimmer zu tanzen. Sein Duft nach Seife, Holz und Meer hüllte mich ein. Am liebsten hätte ich den Kopf an seine Schulter gelehnt und den Rest des Abends in seinen Armen verbracht. Mit einer gekonnten Drehung tanzten wir an Heinz und Else vorbei.

»Wir können es noch, oder?«, fragte Finn und sah auf mich herab.

»Ich denke, wir halten mit deinen Urgroßeltern ganz gut mit.«

»Och, ich weiß nicht«, meinte Heinz.

»Da ist noch Luft nach oben«, stimmte seine Frau ihm zu.

»Gut, dann legen wir eben noch eins drauf!«, kündigte Finn an. Effektvoll wirbelte er mich herum.

»Stopp!«, verlangte ich nach kurzer Zeit stöhnend. »Mir ist schon ganz schwindlig.«

»Sicher, dass das nicht von meiner Nähe kommt?«, raunte Finn mir ins Ohr, während er das Tempo drosselte.

Nein, da war ich mir tatsächlich nicht sicher! Doch dieses Wechselbad der Gefühle überstieg langsam meine Kräfte. Seit meiner Rückkehr waren Finn und ich wie zwei Magnete, die ständig ihre Pole wechselten. Mal stießen wir uns ab – und schon im nächsten Moment zogen wir uns wieder an. Als könnten wir nicht mit-, aber auch nicht ohneeinander. Es war zum Verrücktwerden!

Im Versuch, wenigstens eine Sache zwischen uns zu klären, sagte ich unvermittelt: »Oliver ist übrigens verheiratet. Und sein Ehemann zählt ebenfalls zu meinen Freunden. Sie sind beide ungeheuer nett. Du würdest sie sicher mögen.«

»Oh.« Finns Augenbrauen wanderten überrascht nach oben. Dann zuckte ein leichtes Schmunzeln um seine Mundwinkel. »Schön, dass du in Berlin so viele Freunde gefunden hast.«

Ich nickte nachdrücklich. »Das will ich meinen.«

Er sah kurz über seine Schulter zu seinen Urgroßeltern und tanzte dann mit mir zur entgegengesetzten Seite des Raums. Als wir außer Hörweite waren, schaute er mich mit ernster Miene an. »Es tut mir leid, dass ich vorhin so gereizt reagiert habe. Du hast natürlich jedes Recht, zurück nach Berlin zu fahren. Vor allem, wenn du ein Versprechen einzulösen hast. Ich weiß auch nicht, was mit mir los war.«

»Danke.« Sofort wurde mir leichter ums Herz, denn ich fühlte mich durchaus nicht wohl dabei, ihn im Stich zu lassen. »Und was ist mit Heinz und Else?«

»Ich denke, ich kriege das auch ohne dich hin«, beruhigte er mich. »Eine Versöhnung kann man nicht erzwingen. Außerdem haben wir schon große Fortschritte gemacht.« Er machte eine bedeutungsvolle Kopfbewegung in Richtung seiner Urgroßeltern. »Oder hättest du dir vor ein paar Tagen vorstellen können, dass die beiden mal zusammen Wange an Wange tanzen?«

»Nie und nimmer.« Ich schüttelte den Kopf. Darauf hätte ich meinen ganzen Besitz verwettet. Ich sah lächelnd zu Finn auf. »Wir sind trotz allem ein gutes Team.«

Er zog mich ein wenig näher an sich. »Das waren wir schon immer, Hannah.«

Melancholie schwang in seinen Worten mit, die ich in diesem Moment ebenfalls empfand. Damit ging unsere gemeinsame Mission nun wohl zu Ende. Ich würde wieder nach Berlin zurückkehren, und in Liebwitz würde das Leben ohne mich weitergehen. Wer wusste schon, was sich bei meinem nächsten Besuch wieder alles verändert hatte?

Längst lief ein anderer Song aus der goldenen Swing-Ära, doch wir hörten nicht auf zu tanzen. Am liebsten hätte ich den Moment für immer festgehalten. Plötzlich lehnte mein Kopf wie von selbst an Finns Schulter. Sein Kinn lag an meiner Schläfe, und sein Atem streifte meinen Hals. Es gab nur noch uns beide und die Musik. Es fühlte sich an, als würden wir miteinander verschmelzen.

Der Song endete viel zu schnell, und da es das letzte Lied auf der Langspielplatte war, verwandelte sich unser selbst ernannter Tanzsaal wieder in einen staubigen, mit Spinnweben verhangenen Speicher. Widerstrebend löste ich mich von Finn. »Danke für den Tanz.«

Mit einem leichten Lächeln strich er mir eine Haarsträhne aus der Stirn. »*Ich* habe zu danken.«

Erst jetzt fiel mir die angespannte Stille im Raum auf. Stirnrunzelnd wandte ich mich zu Finns Urgroßeltern um.

Die unbeschwerte Heiterkeit war aus Elses Miene verschwunden. Sie hatte beide Hände auf Heinz' Brust gelegt und schüttelte immer wieder den Kopf, als müsste sie einen schrecklichen Albtraum loswerden.

»Heinz, ich kann das nicht«, flüsterte sie. »Das war ein Fehler. Es geht einfach nicht.«

Das glückliche Lächeln auf seinem Gesicht erlosch. »Was meinst du damit?«

»Wegen Wolfgang.« Sie trat von ihm zurück und fasste sich mit der flachen Hand an die Kehle, als hätte sie Schwierigkeiten, Luft zu bekommen. »Ich kann doch nicht mit einem Mann tanzen, dem der Tod seines Sohnes gleichgültig ist.«

Es dauerte einen Moment, ehe ich begriff, dass es um ihren Sohn Wolfgang ging – denn im Grunde hatte ich ihn kaum gekannt. Ich war noch ein Kind gewesen, als er starb. Meine Erinnerungen an Finns Großvater waren äußerst vage. Ich wusste nur noch, dass er einem langwierigen Krebsleiden erlegen war.

Meine Augen wanderten zu Heinz, in der Hoffnung, dass er irgendetwas zu Elses Vorwurf sagte. Doch er presste die Lippen zusammen und schwieg.

»Wolfgang … unser einziger Sohn. Erinnerst du dich noch an ihn?« Elses Züge waren verzerrt vor Bitterkeit und Schmerz. »Wir mussten unseren Sohn begraben, Heinz! Aber du hast nicht um ihn getrauert, nicht geweint. Du warst seit der Beerdigung nicht mehr an seinem Grab und hast nie …«, sie rang schluchzend nach Atem, »… nie mehr auch nur ein Wort über ihn verloren. Wie kannst du nur so herzlos sein?«

Die feinen Härchen in meinem Nacken stellten sich auf. War das etwa der Grund, wieso die beiden sich endgültig entzweit hatten? Der Tod ihres Sohnes? Offenbar hatte Finn mit seiner Theorie nicht zu hundert Prozent richtig gelegen: Nicht jedes Geheimnis, nicht jede Erinnerung lagerte im Keller oder im Speicher. Denn von Heinz' und Elses Sohn hatten wir bisher nichts gefunden. Weil er ihnen vermutlich so wichtig war, dass sie seine Sachen in ihrer Nähe haben wollten. Jedenfalls, was Else betraf.

Noch immer reagierte Heinz nicht. Innerlich flehte ich ihn an, endlich etwas zu sagen. Doch seine kalte verschlossene Miene machte deutlich, dass er das nicht vorhatte.

Elses Hände ballten sich zu Fäusten. »Und nicht mal für meine Trauer hattest du Verständnis! Du hast mich weder getröstet noch in den Arm genommen, wenn ich geweint habe. In all der Zeit habe ich mich von dir nie so verraten und im Stich gelassen gefühlt wie nach Wolfgangs Tod.«

Wie eine Statue starrte Heinz regungslos vor sich ins Leere. Als würde alles, was seine Frau ihm an den Kopf warf, einfach an ihm abprallen.

»Sag was!« Else hieb mit den Fäusten auf die Brust ihres Mannes. Da Heinz nicht einmal wankte, schien ihren Hieben jedoch die Kraft zu fehlen. »Jetzt sag endlich was, um Himmels willen! Wenn ich dir in all den Jahren unserer Ehe je etwas bedeutet habe, dann mach endlich den Mund auf und rede mit mir, Heinz! Gibt es denn überhaupt nichts mehr, das dir am Herzen liegt?« Mit einem letzten lauten Aufschluchzen ließ Else die Arme sinken.

Nur einen Augenblick später drehte sich Heinz von ihr weg. Schweigend griff er nach seinem Gehstock und verschwand nach unten.

Else taumelte, und Finn und ich eilten gleichzeitig zu ihr, um sie zu stützen. Wir brachten sie zu einem der Campingstühle, damit sie sich setzen konnte.

Nun war es Else, die blicklos ins Leere starrte. Sie wirkte gefangen in ihren Erinnerungen. Als wäre die schlummernde Trauer um ihren Sohn mit einem gewaltigen Satz in die Gegenwart gesprungen, um ihre Krallen erneut in Elses Herz zu schlagen. Das zeigte mir auf schreckliche Weise, dass man den Tod seines Kindes nie überwand. Niemals.

Ich griff nach ihrer Hand. »Es tut mir so leid für dich.«

Else nickte nur leicht, sagte jedoch nichts. Hilflos schaute ich über die Schulter zu Finn. Er hatte die Hände in die Seiten gestützt, und seine Stirn lag in Falten.

»Was ist?«, fragte ich leise.

»Das passt einfach nicht zusammen«, murmelte er und fuhr sich mit der flachen Hand über die Wange.

Ich konnte ihm nicht recht folgen. »Was passt nicht zusammen?«

Er hob die Hand und zählte auf: »Ein Mann, der seine Existenz als Wirt aufs Spiel setzt, weil er es nicht übers Herz bringt, die Schulden seiner Freunde einzutreiben. Ein Mann, der seine bösartige Schwiegermutter nicht in ein Heim verfrachtet, sondern sie bis zu ihrem Tod bei sich im Haus wohnen lässt. Ein Mann, der am Ende seines Lebens nach jedem Strohhalm greift, um das Versprechen einer Kreuzfahrt-Reise wahr werden zu lassen. Und diesem Mann soll der Tod seines einzigen Sohnes gleichgültig sein?« Er schüttelte den Kopf. »Nein, das passt nicht zusammen.«

Ich nickte. Leider änderte diese Ungereimtheit jedoch nichts an Heinz' herzloser Haltung Else gegenüber. »Hat er denn mit dir mal über deinen Großvater gesprochen?«, fragte ich.

»Nein, nie«, antwortete Finn. »Das ist mir allerdings nicht aufgefallen. Nana hat mich früher natürlich oft mit auf den Friedhof zu Opas Grab genommen. Und ich kenne auch den kleinen Altar, den sie in ihrem Schlafzimmer für ihn aufgebaut hat.«

Den hatte selbst ich schon gesehen. Else und Heinz schliefen schon seit Jahren getrennt, und in ihrem Schlafzimmer hatte Else unter einem Jesuskreuz eine Kerze, Erinnerungsstücke und Fotos ihres Sohnes aufgestellt.

»Aber mir war nie bewusst, dass Nana als Einzige um ihren Sohn zu trauern scheint«, fügte Finn bedrückt hinzu.

Else atmete geräuschvoll aus. »Mit so einem Mann will ich nicht länger verheiratet sein«, stieß sie bitter aus. »Am besten wir bringen die Scheidung so schnell wie möglich hinter uns.«

Dummerweise konnte ich sie verstehen. Selbst wenn Finn recht hatte und Heinz der Tod seines Sohnes nicht gleichgültig war, so hatte er mit seinem Schweigen einen Abgrund zwischen sich und Else entstehen lassen, der sich nicht überwinden ließ.

Ratlos sah ich zu Finn, in der Hoffnung, dass er eine Lösung parat hatte. Er wirkte immer noch unzufrieden und nachdenklich, doch als er meinen Blick auffing, schüttelte er bedauernd den Kopf. Das bedeutete wohl, dass auch er keinen Ausweg sah.

Er ging vor dem Stuhl in die Knie und ergriff die Hand seiner Urgroßmutter. »Wir sollten für heute Schluss machen«, schlug er vor. »Ich bringe dich runter, ja?«

»Und ich mach dir einen schönen Tee. Zur Beruhigung«, bot ich an.

Aber Else schaute zum hinteren Teil des Speichers. »Sollten wir nicht weitermachen? Wir sind doch bald fertig mit dem Entrümpeln.«

»Genau!« Finn fasste sie am Arm und half ihr auf. »Deshalb schaffe ich den Rest auch allein. Hannah muss nämlich nach Berlin zurück.«

Obwohl Else so aufgewühlt war, sah sie mich erschrocken an. »Du reist wieder ab? Aber wieso denn, mien Diern?«

»Tut mir leid, aber ich habe Verpflichtungen in Berlin«, entschuldigte ich mich. »Es war nie geplant, dass ich für immer hierbleibe.«

»Oh«, entfuhr es ihr überrascht. In ihrer Miene lag unübersehbar Enttäuschung, als sie zwischen Finn und mir hin und her sah.

Ich fühlte mich elend. In diesem Moment hätte ich ihr gern die Freude gemacht, indem ich ihr sagte, dass Finn und ich wieder ein Paar seien. Aber das wäre eine Lüge gewesen. Nun war Else sicherlich gleich doppelt niedergeschlagen.

In der Küche setzte Finn sich neben seine Urgroßmutter an den Tisch, während ich das Wasser aufsetzte. Gerade als ich den Tee aufgoss, hörte ich vom Flur schlurfende Schritte. Überrascht sah ich auf. Ich hatte nicht erwartet, Heinz heute Abend noch einmal zu Gesicht zu bekommen.

Er blieb schweigend im Türrahmen stehen und blickte Else lange an. Seine Frau hatte sich im Stuhl zurückgelehnt, die Arme vor der Brust verschränkt und die Augen zusammengekniffen. Anscheinend erwartete sie, dass die Zeit des Waffenstillstands vorbei war und Heinz wieder zum Angriff übergehen würde. Die Luft im Raum war zum Zerreißen gespannt.

Schließlich räusperte sich Heinz. »Du hast mich gefragt, ob mir noch irgendwas am Herzen liegt«, durchbrach er mit unerwartet sanfter Stimme die Stille. »Und die Antwort ist: Ja. Die Frau, die mir einst ihr Lachen geschenkt hat und mit mir durchs Leben getanzt ist, liegt mir noch am Herzen. Sehr sogar. Aber …« Er machte eine Pause. Eine so lange Pause, dass ich schon dachte, er würde überhaupt nicht mehr weitersprechen. Doch dann holte er tief Luft und fuhr fort: »Aber es gibt Dinge, über die ich einfach nicht reden kann. Deshalb möchte ich dir etwas zeigen. Kommst du bitte mit?«

Er streckte Else seine zittrige Hand hin.

Ich hielt die Luft an und ließ die beiden nicht aus den Augen.

In Elses Miene lag immer noch Misstrauen, als sie sich vorbeugte und zaghaft ihre Hand in seine legte. »Na schön«, murmelte sie.

Ohne ein weiteres Wort verließen die beiden die Küche.

»Äh, sollen wir ihnen nicht lieber ihre Privatsphäre …«, hörte ich Finns fragende Stimme hinter mir vom Küchentisch, als ich Else und Heinz auch schon hinterhereilte.

»Gut, okay. Offenbar gehen wir mit«, beendete er sein Selbstgespräch und folgte mir seufzend.

»Wir sind ihre Mediatoren«, informierte ich ihn. »Notfalls müssen wir eingreifen können.«

»Wie gut, dass wir so selbstlos und nicht bis zum Platzen neugierig sind«, erwiderte er trocken.

Wir gingen nach draußen in den Garten direkt zum Schuppen – Heinz' zweitem Zuhause. Zum Glück gab es dort Strom und somit auch Licht, denn inzwischen war es dunkel geworden. Heinz steuerte offenbar den hinteren Teil des Schuppens an – doch das gestaltete sich etwas schwierig, da sich am Eingang ein großer Haufen Gerümpel vom Speicher befand.

Heinz schob sich mühevoll daran vorbei. »Das hättet ihr ruhig ordentlicher machen können«, beschwerte er sich.

Nachdem wir uns einen Weg nach hinten gebahnt hatten, blieb Heinz stehen. An den Balken über uns war eine große Plane genagelt. Ich hatte nicht die geringste Idee, was sich dahinter befand. Mit einer zaghaften Handbewegung schlug Heinz die Plane zur Seite. Dahinter kam ein abgedecktes Auto zum Vorschein. Für heutige SUV-Verhältnisse war der Wagen ausgesprochen klein. Ohne ein Wort zu sagen, zog Heinz das Tuch weg – und Else stieß einen erstickten Laut aus.

Sie fasste sich an die Brust. »Wolfgangs Trabant«, entfuhr es ihr überrascht. »Den hatte ich völlig vergessen.«

Ich hatte keine Ahnung von Autos. Doch dass dieser Trabi etwas Besonderes war, konnte selbst ich erkennen. Er war schwarz lackiert mit zwei stilisierten Flammen an der Seite. Es gab viel mehr blitzende Chromteile, als ich es bei einem normalen Trabant in Erinnerung hatte. Die Scheinwerfer, die Stoßstange, der Kühlergrill, Außenspiegel und Felgen – ich entdeckte immer mehr Kleinigkeiten, die verändert worden waren. Außerdem war der Lack auf Hochglanz poliert.

»Wolfgang war verrückt nach Autos«, erzählte Else und betrachtete den Wagen mit einem wehmütigen Lächeln. »Ein richtiger Autonarr mit Benzin im Blut. Als junger Mann hat er davon geträumt, mal mit einem Porsche oder Ferrari zu fahren. Aber das war zu der Zeit natürlich nicht möglich. Man konnte sich glücklich schätzen, wenn man nach vielen Jahren Wartezeit einen Trabant bekam. Als Wolfgang endlich seinen erhielt, war er überglücklich!« Bei dieser Erinnerung lachte sie unter Tränen auf. »Er hat mit Begeisterung daran herumgeschraubt und allerlei Extras angebracht. Dein Opa hat sogar an Trabi-Rennen teilgenommen, Finn! Und er hat alles am Auto selbst gemacht«, berichtete sie stolz. »In so was war er richtig gut.«

»Das sieht man«, sagte ich anerkennend. »Ich habe selten so einen tollen Trabi gesehen.«

»Nach der Wende hat er sich natürlich ein neues Auto gekauft«, fuhr Else fort. »Den Trabant hat er trotzdem behalten und weiter daran rumgebastelt.«

Finn umrundete den kleinen Wagen mit fachmännischem Blick. »Wie kann es sein, dass er so gut in Schuss ist?«, fragte er ungläubig. »Opa ist vor über fünfundzwanzig Jahren gestorben.«

Heinz atmete tief durch und sah auf seine Fußspitzen hinab. Es fiel ihm offensichtlich schwer, darüber zu reden. »Ich hab mich um das Auto gekümmert«, erklärte er. »So gut es ging jedenfalls. Rostschutz, Lackpflege, Innenraum sauber halten, neue Reifen, Ölwechsel, Ersatzteile …« Er räusperte sich und deutete mit zittrigem Finger auf die Motorhaube. »Aber seit etwa zwanzig Jahren springt der Motor nicht mehr an. Wahrscheinlich, weil ich nie damit gefahren bin. Wolfgang hätte den Fehler bestimmt sofort gefunden. Er war in so was viel besser.«

Else wandte sich ihrem Mann mit verständnisloser Miene zu. »Aber wieso, Heinz? Warum hast du das gemacht?«

Er starrte unverwandt auf seine Fußspitzen und hieb einige Male mit dem Gehstock auf den Boden, als könnte er damit wie ein Fischer seine verlorenen Worte aufspießen.

Schließlich sagte er mit brüchiger Stimme: »Vor der letzten Chemotherapie hat er den Trabant hier abgestellt, und ich habe unserem Sohn versprochen, dass ich mich um das Auto kümmere.« Er zog die Nase hoch und nickte immer wieder. »Und das hab ich getan. Jeden Tag.«

Ich sah ihn gerührt an. Heinz war tatsächlich ein Mann, der seine Versprechen hielt. Selbst über den Tod hinaus. Weil er seinen Sohn über alles geliebt hatte. Weil er ihn vermisste und um ihn trauerte.

Auch Else schien der Moment nahezugehen. Der Blick, mit dem sie ihren Mann betrachtete, war voller Wärme. »Deshalb warst du so oft im Schuppen? Um Wolfgangs Auto instand zu halten?«

»Nicht immer«, räumte Heinz nach kurzem Zögern ein. Er wischte sich fahrig mit dem Handrücken über den Mund. »Manchmal setze ich mich auch eine Weile auf den Fahrersitz, weil ich da …« Seine Stimme brach, und er beendete den Satz nicht.

Weil er in diesem Auto seinem Sohn nahe sein konnte. Näher als auf dem Friedhof an seinem Grab. Hier konnte Heinz allein sein mit seiner Trauer, für die er offensichtlich kein anderes Ventil fand.

Endlich hob er wieder den Kopf und sah Else an. Sie näherte sich ihm vorsichtig, als hätte sie Angst, ihn zu erschrecken.

Direkt vor ihm blieb sie stehen und sah zu ihm auf. »Wieso hast du denn nichts gesagt?«, wisperte sie.

»Ich bin doch ein Mann, Else.« Er sog zitternd die Luft ein. »Ich … ich muss doch stark sein.«

Else griff nach seiner Hand, und Tränen liefen über ihre faltigen Wangen. »Oh, Heinz, du Narr!«, schluchzte sie, sie lächelte gleichzeitig. »Du alter sturer Narr!«

Ich hätte nicht mehr sagen können, von wem die Initiative ausging. Doch plötzlich umarmten sie sich und hielten einander fest. Es war, als würde selbst die Zeit für einen Moment innehalten. Keine Böe vom Meer ließ die Blätter im Garten rascheln, kein Hundebellen war zu hören, und das Dorf schwieg in andächtiger Stille.

Ruckartig atmete ich ein und wischte über meine tränennassen Wangen. Ich konnte meine Augen nicht von den beiden abwenden. Noch nie hatte mich etwas so tief bewegt und gerührt. Als mich Finns Duft einhüllte und ich seine Hand tröstend auf meiner Schulter spürte, verlor ich endgültig die Fassung. Ich drehte mich um und fiel ihm wortlos in die Arme. Wie von selbst krallten sich meine Finger in seinem Shirt fest, und ich drückte meine Stirn an seine Brust.

»Es tut mir leid«, flüsterte ich. »So schrecklich leid.«

Finn strich mit der Hand sanft über mein Haar. »Du musst dich für nichts entschuldigen, Hannah«, sagte er mit rauer Stimme.

»Doch, das muss ich! Ich weiß nämlich inzwischen, dass du unsere Beziehung mir zuliebe beendet hast. Doch ich wollte nicht hören, dass in Wahrheit ich diejenige war, die alles kaputtgemacht hat.« Mit tränenverschleiertem Blick sah ich ihn an. »Weil ich nicht glücklich in Liebwitz war und insgeheim von einem anderen Leben geträumt habe. Aber das konnte ich mir einfach nicht eingestehen. Seit dem ersten Tag unserer Beziehung wolltest du immer nur, dass ich glücklich werde. Und das ist …«, ich pikste ihm schluchzend mit dem Zeigefinger in die Brust, »… so beschissen selbstlos, dass ich fast kotzen könnte.«

Finn lachte auf. Er fing meinen Finger ein und küsste ihn.

»Ich wusste, dass dich das sauer macht. Deshalb hätte ich es auch niemals angesprochen.«

Doch nun hatte *ich* es angesprochen. Endlich. Ich wusste selbst nicht, wieso mir dieser Schritt so große Angst gemacht hatte, denn jetzt fühlte ich mich unendlich erleichtert.

»Aber so selbstlos war das gar nicht«, meinte Finn. »Wir wären auf Dauer beide unglücklich geworden. Ich liebe dich nun mal, Hannah. Und wenn du nicht glücklich bist, kann ich es auch nicht sein.«

Mit dem Daumen wischte er eine letzte Träne von meiner Wange. Sein Finger glitt weiter und strich hauchzart über meine Unterlippe. Finns intensiver Blick jagte mir einen Schauer über den Rücken, und alles um mich herum verblasste.

Ich überließ meinem Herzen die Führung. Und das wollte all die Jahre, die wir verloren hatten, aufholen und vergessen machen! Ich kam Finn entgegen und verschränkte die Hände in seinem Nacken. Seine Lippen näherten sich meinen. In Erwartung seines Kusses spielte mein Herz komplett verrückt und schlug aufgeregt an meine Rippen.

Plötzlich hielt Finn inne. »Wir haben Zuschauer«, hauchte er an meine Lippen. Ein Schmunzeln zuckte um seine Mundwinkel, als er sich von mir zurückzog.

Ich seufzte. Heinz und Else hatte ich völlig vergessen. Ich wandte mich um. Die beiden standen nebeneinander und sahen uns an wie zwei glückliche Enteneltern, deren Kleine gerade flügge geworden waren.

»Stören wir etwa?«, fragte Else grinsend.

»Wenn ihr spontan müde geworden seid, könnt ihr gern in unserem Gästezimmer schlafen«, bot Heinz an und deutete aufs Haus. Dabei ließ er zweideutig die Augenbrauen hüpfen. »Und keine Sorge: Else und ich sind alt und hören so gut wie nichts mehr.«

»Heinz!«, tadelte ihn seine Frau und stieß ihn liebevoll in die Seite.

»Nein, danke«, lehnte Finn ächzend ab, während mir die Hitze in die Wangen stieg. »Hannah und ich würden uns dann verabschieden. Ihr kommt ohne uns klar?«

Heinz und Else sahen sich an und nickten lächelnd. »Mach dir um uns keine Sorgen, und kümmere dich um dein Mädchen!«, meinte Heinz.

Finn streckte mir die Hand hin. »Gehen wir?«

Mit leichten Fingern strich ich über seinen Unterarm und ließ meine Hand in seine gleiten. Genau wie früher. Ich nickte ihm zu. »Ja, wir gehen.«

30. Kapitel

In einem raschen Staccato prasselten die Tropfen auf die Windschutzscheibe und vereinten sich zu einem dichten Wasserfilm. Unser Atem ließ die Fenster beschlagen, sodass die Konturen von Finns Heim, dem Godewind-Haus, in der Dunkelheit bis zur Unkenntlichkeit verschwammen. Im Pick-up roch es nach Holz, Öl, Politur – und nach Finn. Ich kam mir vor wie in einer schützenden Höhle, während die Welt da draußen gerade unterzugehen schien. Als wir den Schuppen seiner Urgroßeltern verlassen hatten, waren schon die ersten Tropfen gefallen – doch jetzt hatte der Himmel seine Schleusen geöffnet, und ein wahrer Wolkenbruch ging auf die Insel nieder. Ich seufzte verstohlen.

»Du wärst jetzt lieber am Strand bei unserem Findling«, erriet Finn meine Gedanken.

Ich lächelte. »Es wäre passend gewesen.«

Es war der Platz, an dem unsere Freundschaft ihren Anfang genommen hatte, an dem wir uns zum ersten Mal geküsst hatten und an dem Finn unsere Beziehung beendet hatte. Ja, ich wäre jetzt gern an diesem für uns so schicksalhaften Ort gewesen, aber das Wetter hatte uns einen Strich durch die Rechnung gemacht. *That's life!*

Finn rieb über das Fenster und sah nach draußen. »Wenn wir jetzt rausgehen, sind wir pitschnass, bis wir an der Haustür ankommen.«

Für einen Moment breitete sich Stille im Wagen aus. Wir wussten wohl beide, dass noch nicht alles zwischen uns geklärt war.

Ich knabberte an meiner Unterlippe und blickte auf meine

Hände hinab. »Du wusstest, dass ich es nach unserer Trennung nicht mehr in Liebwitz aushalten würde. Dass ich die Koffer packen und nach Berlin flüchten würde«, sagte ich leise. »Du hast mich schlimmer manipuliert und mir deinen Willen aufgedrängt, als es meine Mutter je getan hat. Eigentlich sollte ich dich dafür hassen.«

Ich warf ihm einen Seitenblick zu. Finn starrte mit angespanntem Kiefermuskel auf die beschlagene Windschutzscheibe. »Denkst du, das weiß ich nicht? Ich kenne dich lange genug, Hannah. Deshalb habe ich auch nie versucht, mit dir darüber zu reden. Mir war klar, dass du mir das nicht verzeihen wirst.«

Vielleicht täuschte er sich in diesem Punkt. Früher wäre es für mich tatsächlich unverzeihlich gewesen. Und, ja, auch heute reagierte ich auf Einmischungen in mein Leben noch ziemlich gereizt. Doch ich hatte mittlerweile gelernt, die Welt nicht immer nur schwarz-weiß zu sehen. Besonders in diesem Fall war die Sache weitaus vielschichtiger.

»Ich habe dir eigentlich keine Wahl gelassen«, räumte ich nach kurzer Pause ein. »Du hast den Studienplatz als meine Chance erkannt, mein Glück zu finden. Immer wieder hast du mir eine Fernbeziehung vorgeschlagen – und immer wieder habe ich kategorisch abgelehnt.« Ich seufzte und fügte mit brüchiger Stimme hinzu: »Obwohl es mein Traum war, hat mir der Mut gefehlt. Ich war feige. Du hast das damals richtig erkannt.«

Finn wandte mir erstaunt den Kopf zu. Mit dieser Einsicht hatte ich ihn wohl überrascht. Er lächelte nachsichtig. »Weil du selbst nicht so sehr an dein Talent geglaubt hast wie ich.«

Er hatte er schon immer verstanden, wie wichtig mir die Kunst war. Wahrscheinlich, weil Finn eine ähnliche Leidenschaft für Zeesboote hegte.

Ich hob die Hand zur beschlagenen Scheibe und malte mit dem Finger gedankenverloren darauf herum. Nach und nach kamen die Bilder und Erinnerungen aus der Zeit vor unserer Trennung zurück. Es war leicht gewesen, sie zu verdrängen, da es sich nur um winzige Begebenheiten gehandelt hatte: Finn hatte mich gefragt, wie mein Tag gewesen war, und statt einer Antwort hatte ich ihn nur gereizt angefahren. Einmal hatte ich einen üblen Streit provoziert, nur weil er beim Einkaufen eine Kleinigkeit vergessen hatte. Oder er hatte von seinem neuesten Projekt in der Werft geschwärmt, und ich hatte ihn zickig angeschnauzt, dass sich nicht jeder von uns einen tollen Job ohne nennenswertes Einkommen leisten konnte. Ich hatte Finn von mir weggedrängt, ohne es selbst zu bemerken. Weil ich zwei Dinge gleichzeitig gewollt hatte, die nicht miteinander vereinbar waren. Es war schwer, sich das einzugestehen. Mit der unstillbaren Sehnsucht wäre auch die Bitterkeit in meinem Herzen immer weiter angewachsen. Bis ich Finn irgendwann vorgeworfen hätte, seinetwegen auf der Insel versauert zu sein.

Ich ließ die Hand wieder sinken. »Es tut mir leid, dass ich an deiner Seite nicht glücklich gewesen bin. Dass du mir nicht gereicht hast.«

Für einen kurzen Moment blitzte Schmerz in Finns Augen auf. Zum ersten Mal erkannte ich, wie sehr ich ihn damit verletzt hatte.

»Das Problem war, dass du dein Herz zwei Mal vergeben hast«, stellte er ruhig fest. »An mich – und die Kunst. Aber du hattest schon immer Träume von einem anderen Leben. Schillernde und wunderbar bunte Träume. Du hast dich nach der Welt da draußen gesehnt.«

»Die Welt da draußen hat allerdings nicht auf mich gewartet«, erwiderte ich bitter. »Ich kann nicht behaupten, dass ich in Berlin das große Glück gefunden habe.«

»Aber um das zu wissen, musstest du es erst erleben. Deshalb habe ich unsere Beziehung beendet.«

Damit kam er auf einen Punkt zu sprechen, der mich ebenfalls beschäftigte. »Aber wieso ausgerechnet an unserem Jahrestag? Finn, das war grausam!«

Er nickte schuldbewusst und griff nach meiner Hand.

»Dieser Schritt ist mir unfassbar schwergefallen. Es ist nicht leicht, mit der Frau Schluss zu machen, die man liebt.« Er lächelte traurig. »Ich habe es mir immer wieder vorgenommen. Mir ist die Zeit davongelaufen – bis deine Einschreibefrist fast abgelaufen war. Dann ist mir klar geworden, dass unser Jahrestag perfekt ist, um meinen Plan in die Tat umzusetzen. Denn je mehr ich dich enttäuschte und je größer deine Wut auf mich wäre, desto weniger würdest du an meinen Motiven zweifeln. Schließlich war es Sinn der Sache, dass du mich für einen Mistkerl hältst und es nicht mehr erträgst, auch nur in meiner Nähe zu sein.«

Sein Plan war aufgegangen. Bisher war mir nicht klar gewesen, wie schwer ihm dieser Schritt gefallen sein musste. Ich war mir sicher, dass ich nicht dazu in der Lage gewesen wäre.

Mitfühlend strich ich ihm mit der Hand über die Wange. Sein Dreitagebart kratzte auf angenehm männliche Weise. »Das muss hart für dich gewesen sein.«

Er beugte sich zu mir und legte seine Stirn an meine. »Ich habe es nur geschafft, weil ich mir eingeredet habe, dass es vielleicht nicht für immer ist«, sagte er leise, und sein Atem streifte meine Lippen. »Ich hab immer gehofft, dass das nicht das Ende war, Hannah.«

Das Herz schlug mir bis zum Hals. Seine Nähe ließ mich schwindlig werden. »In unserer Beziehung hast du immer mehr gegeben als ich, oder?«

»Das stimmt nicht«, entgegnete er resolut. »Du hast mich zum glücklichsten Mann auf der Insel gemacht und meine Welt zum Strahlen gebracht. Du hast mich genauso unterstützt wie ich dich.«

Ich warf ihm einen skeptischen Blick zu, und er begann aufzuzählen: »Ohne dich hätte ich niemals den Mut gefunden, die Werft zu kaufen und mich selbstständig zu machen. Du hast mir in dieser Zeit unglaublich den Rücken gestärkt. Nur dank deiner Unterstützung konnte mein Traum Wirklichkeit werden. Du hast mich gelehrt, von Abenteuern zu träumen. Durch Ella und dich durfte ich erfahren, was echte Freundschaft bedeutet. Da ich manchmal etwas impulsiv bin und du die Gene deiner Mutter besitzt, hast du mich auch immer in den richtigen Momenten daran erinnert, vernünftig zu sein. Und nicht zu vergessen«, er schmunzelte, »ohne dich hätte ich null Ahnung von Kunst.«

»Ein enorm wichtiger Punkt«, murmelte ich abgelenkt, weil er in diesem Moment mit den Fingern leicht mein Kinn anhob, um mich zu küssen.

Doch ich zögerte, ihm entgegenzukommen.

Leider bemerkte Finn mein kurzes Zaudern. »Hast du wieder Angst? Wie auf dem Steg bei unserem Ausflug?«

»Ein bisschen«, gab ich zu.

Nun wirkte er aufrichtig besorgt. »Wieso? Küsse ich etwa so schlecht?«

»Im Gegenteil«, beruhigte ich ihn lächelnd. »Mit deinen Küssen transportierst du deine Gefühle direkt in mich hinein. Schon bei unserem allerersten Kuss hast du eine andere aus mir gemacht. Ich befürchte, dass das wieder passieren wird. Dass sich meine Seele irgendwie mit deiner verheddert und ich nicht mehr von dir loskomme. Und dieses Mal für immer.«

Er grinste. »Wenn das so ist, bestehe ich darauf, dass wir uns küssen. Sofort. Ich will nämlich unbedingt, dass sich unsere Seelen miteinander verheddern.«

Finn ließ mir keine Zeit zu antworten. Ehe ich reagieren konnte, senkte er den Kopf, und seine weichen Lippen trafen auf meine – in einer perfekten, sinnlichen Berührung, die in meinem ganzen Körper widerhallte. Finns Küsse waren zärtlich und zugleich fordernd, ohne Zweifel und ohne Zögern. Seine Zungenspitze streifte meine Lippen, und ich öffnete den Mund, um ihm Einlass zu gewähren. Jede seiner Berührungen entfachte stärker das Feuer in meinem Inneren, doch Finn kostete den Moment aus. Er setzte hauchzarte Küsse auf meine Mundwinkel, meine Wangen und mein Kinn. Erst dann kehrte er wieder zu meinen Lippen zurück, um mich leidenschaftlich zu küssen. Ohne Worte ließ er mich wissen, dass mich heute noch viele weitere wundervolle Dinge erwarteten. Schon jetzt schmolz ich in seinen Armen dahin wie ein Eiswürfel in der Sonne.

Seine Finger vergruben sich in meinen Haaren, und mein Körper drängte sich, so gut es ging, an seinen. Doch in der Enge des Wagens konnte ich ihm kaum näherkommen. Verflixter Regen!

Kurzerhand umfasste Finn meine Taille und hob mich auf seinen Schoß, sodass ich das Lenkrad im Rücken hatte. »Besser?«

»Besser!«

Ich sah ihm in die Augen. In diese wundervollen aufrichtigen Augen, die so viel Tiefe besaßen. Meine Hände, die locker auf seiner Brust lagen, glitten an seinem Körper nach oben. Meine Fingerspitzen tanzten über seinen Hals und seine Wangen, zeichneten den Schwung seiner Augenbrauen nach und strichen durch sein Haar. Wie oft hatte ich davon geträumt, Finn wieder so nah zu sein? Ich wollte ihn überall berühren, ihn festhalten – den Augenblick festhalten.

»Mach das nie wieder!« Meine Stimme wurde vom Prasseln des Regens fast übertönt. »Triff nie wieder über meinen Kopf hinweg eine Entscheidung, die uns beide angeht.«

»Versprochen! Das muss ich auch nicht. Denn du bist zurückgekommen – und hast dein Herz mitgebracht. Dieses Mal komplett und ungeteilt.«

Ich musste lächeln. »Bist du sicher?«

Er wiegte den Kopf hin und her. »Ich hoffe es«, räumte er ein, »denn ich wollte schon immer die ganze Hannah haben.«

Nicht weniger hatte Finn verdient. Ohne es zu wollen, hatte ich ihm wehgetan – doch das würde nie wieder vorkommen. Finn war alles, was ich wollte.

Erneut fanden sich unsere Lippen. Unsere Küsse wurden intensiver, hungriger. Finns Hände fuhren die Rundungen meines Hinterns nach, und unwillkürlich drückte ich das Becken nach vorn, sodass ich seine Erregung spüren konnte. Ich stöhnte leise an seinen Lippen, denn ich wollte so viel mehr von ihm. Als er mit den Fingerspitzen meine Seiten hinauf zu meinen Brüsten strich, unterbrach ich schweratmend unseren Kuss.

»Wir sollten jetzt ins Haus gehen«, schlug ich vor. »Wenn wir pitschnass werden, müssen wir uns eben sofort ausziehen.«

Finn grinste. »Natürlich nur, damit wir uns nicht erkälten, oder?«

Ich nickte. »Selbstverständlich! Was hast du denn gedacht? Meine Mutter hat mich schließlich zu einer sittsamen Frau erzogen.«

Er küsste mich noch einmal – rau und verheißungsvoll, sodass jeder Nerv in mir vor Verlangen vibrierte.

»Du ahnst gar nicht, wie sehr ich dich vermisst habe!«, raunte er mir ins Ohr, während er mit einer Hand die Autotür öffnete und schwungvoll aufstieß.

Schon platschten die ersten dicken Regentropfen auf unsere Arme. Aber das registrierte ich kaum, denn in Finns Augen lag ein Hunger, der meine Knie weich werden ließ und mein Herz zum Rasen brachte. Ich ging davon aus, dass wir heute Nacht nicht viel Schlaf finden würden.

31. Kapitel

Am nächsten Morgen erwachte ich vom Geschrei der Möwen und dem Rauschen der Brandung. Die Sonne kitzelte mich an der Nasenspitze, und noch ehe ich die Augen öffnete, zauberte die Erinnerung an letzte Nacht mir ein Lächeln ins Gesicht. Obwohl Finn und ich tatsächlich nicht viel geschlafen hatten, fühlte ich mich entspannt und rundherum glücklich. Ich streckte die Arme und rekelte mich. Mein Blick fiel zur Seite. Enttäuscht stellte ich fest, dass Finn nicht neben mir lag. Aber vielleicht war das sogar gut? Denn eine morgendliche Runde Kuscheln hätte höchstwahrscheinlich zu weiteren körperlichen Zuneigungsbezeugungen geführt – und ich hatte wirklich einen Bärenhunger! Außerdem verlangte mein Körper am Morgen immer vehement nach einem Heißgetränk in Form von Kaffee oder Tee.

Ich nahm mir die Freiheit, ein T-Shirt von Finn überzuziehen, und tapste nach unten in die Küche.

Dort traf ich einen halb nackten Mann an – leider handelte es sich dabei nicht um Finn. Mit einer Müslischüssel in der Hand lehnte sein Bruder Noah entspannt am Herd und löffelte sein Frühstück. Ich quiekte erschrocken auf und hielt mir die Hand vor die Augen.

»Himmel, Noah! Läufst du hier immer halb nackt herum?« Ich hatte völlig vergessen, dass er nach der Renovierung ebenfalls hier eingezogen war.

»Guten Morgen, Hannah!«, erwiderte er vergnügt. Es erklangen knusprige Kaugeräusche, aus denen ich schloss, dass Noah einfach weiteraß. »Und ja, zu Hause lehne ich Kleidung weitgehend ab. Ich fühle mich wohl in meinem Körper. Im Übrigen hast du auch nicht sonderlich viel an.« Dem Klang seiner Stimme nach zu urteilen, grinste er gerade süffisant. »Nette Beine, wenn ich das anmerken darf.«

»Darfst du nicht«, gab ich stöhnend zurück. »Du bist für mich wie ein kleiner Bruder. Gräbst du eigentlich alles an, was nicht bei drei auf den Bäumen ist?«

Widerstrebend ließ ich die Hand sinken und zwang meine Augen, in Noahs Gesicht zu blicken. Leider hatte sich das Bild seiner hautengen Shorts, die keinen Raum mehr für Fantasie ließen, unwiderruflich in mein Hirn gebrannt. Es war allerdings nicht schwer, meinen Fokus oberhalb seiner Gürtellinie zu belassen, denn Noahs Gesicht zierte ein auffälliges blaues Veilchen.

»Was ist denn mit dir passiert?« Besorgt trat ich näher, um den Bluterguss zu begutachten. »Hast du Bekanntschaft mit der Faust eines betrogenen Ehemanns gemacht?«

»Wofür hältst du mich denn?« Noah runzelte empört die Stirn. »Ich habe es nicht nötig, in fremden Gewässern zu fischen. Es gibt genügend Single-Frauen, denen ich Liebe, Trost und Aufmerksamkeit schenken kann.«

Der Bluterguss befand sich zum Glück unterhalb des Auges.

»Vielleicht vergisst du manchmal auch, nachzufragen, ob die Frau ungebunden ist«, entgegnete ich. »Schließlich fängt man sich nicht ohne Grund ein blaues Auge ein.«

Noah stellte seine Schüssel beiseite. »Wenn du es genau wissen willst: Das war Finn«, knurrte er.

»Dein Bruder?«, entfuhr es mir ungläubig.

Finn verachtete Gewalt. Er würde niemals jemanden schlagen – schon gar nicht seinen Bruder.

»Das war nicht ich – das war ein Unfall«, sagte Finn, der gerade zur Tür hereinkam. Er legte eine Bäckertüte, Orangensaft und eine wunderschöne langstielige rote Rose auf die Anrichte.

»Für mich fährst du nie extra zum Bäcker«, beschwerte sich Noah. »Und Blumen habe ich auch schon ewig nicht mehr von dir bekommen.«

»Quatschkopf!«, brummte Finn und wandte seine Aufmerksamkeit mir zu. »Guten Morgen, meine Schöne!«

Er schlang seine Arme um meine Taille und zog mich an sich. Ungeachtet der Anwesenheit Noahs küsste er mich so leidenschaftlich und intensiv, dass mir die Knie weich wurden. Als er mich wieder freigab, keuchte ich atemlos.

»Gut geschlafen?«, fragte er lächelnd.

Ich grinste. »Ja, sehr gut!«

Noah gab ein gequältes Stöhnen von sich. Immerhin hatte er sich diskret abgewandt und stellte seine Schüssel in die Spülmaschine. »Zum Glück habe ich heute Nacht nicht hier geschlafen und bin erst vor einer Stunde heimgekommen«, murmelte er.

»Wie hast du denn jetzt dein blaues Auge bekommen?«, hakte ich nach.

Finn lächelte dünn. »Ja, Noah, erzähl Hannah doch mal, wie es dazu gekommen ist!«

Plötzlich wirkte Noah nicht mehr so locker und unbeschwert. Nervös sah er von Finn zu mir.

»Äh, ja …«, setzte er an. »Oh, habt ihr das gehört? Ich glaube, da hat gerade mein Handy geklingelt. Ich schau lieber nach, ob es etwas Wichtiges …«

»Stopp!« Bevor er flüchten konnte, hielt Finn ihn am Arm fest. »Dein Handy hat sicher nicht geklingelt. Los, erzähl es ihr!«

Noah ließ die Schultern hängen und sah zu Boden.

»Na schön!« Er holte tief Luft und blickte mir in die Augen. »Finn hat mir kurz nach dem Leuchtturmfest von den verschwundenen Briefen erzählt. Und er hat überlegt, ob unsere Mutter dahinterstecken könnte. Da habe ich ihm gestanden, dass …« Der Rest des Satzes war leider unverständlich, weil Noah seinen Kopf abgewandt und in rasanter Geschwindigkeit etwas in seinen nicht vorhandenen Bart genuschelt hatte.

»Wie bitte?«, fragte ich irritiert.

Finn seufzte. »Er war der Briefdieb«, übersetzte er das Gemurmel seines Bruders. »Noah hat die Briefe ungeöffnet in den Müll geschmissen, ohne mir etwas davon zu sagen. Damals haben wir zusammen das Godewind-Haus renoviert und beide bei meinen Eltern gewohnt.«

Ich schnappte nach Luft und starrte Noah entgeistert an. »Du?«, entfuhr es mir. »Du hast die Briefe verschwinden lassen?«

Noah hatte ich keine Sekunde verdächtigt. Ich gab mir erst gar keine Mühe, meinen Schock zu verbergen.

Das schlechte Gewissen stand ihm ins Gesicht geschrieben. »Ja, hab ich«, antwortete er kleinlaut. »Aber ich hab's nur gut gemeint, Hannah! Nicht mal mir hat Finn damals verraten, wieso eure Beziehung urplötzlich in die Brüche gegangen ist. Ich sah nur, wie dreckig es ihm ging. Finn hat unter eurer Trennung echt gelitten. Deshalb war für mich klar, dass du die Schuldige sein musst.«

»Ich habe ihn mittlerweile über die wahren Gründe aufgeklärt«, warf Finn ein.

Noah nickte und zeigte ihm entrüstet den Vogel. »Nie und nimmer wäre ich auf die Idee gekommen, dass du so bescheuert bist. Man macht doch nicht aus Liebe mit jemandem Schluss, Menschenskind!«

Das ließ ich lieber unkommentiert. Im Moment interessierte mich vielmehr das Motiv seiner Tat. »Und um deinen Bruder zu schützen, hast du meine Briefe weggeworfen?«, tippte ich. »Damit ich ihm nicht noch mehr wehtun konnte?«

»So in etwa«, antwortete er. »Natürlich hatte ich nichts gegen dich persönlich. Aber du warst damals für mich nun mal die blöde Kuh, die Finn das Herz gebrochen hat. Du hattest kein Recht, ihm zu schreiben und seine Wunden wieder aufzureißen.«

Noah war es also ergangen wie meiner Freundin Ella: Da ihnen niemand die Einzelheiten über die Trennung verraten hatte, hatten sie ihre eigenen Schlüsse gezogen.

»Es tut mir wirklich leid, Hannah«, beteuerte er.

Ich lehnte mich an die Arbeitsplatte und fuhr mir seufzend übers Gesicht. Wäre Charlotte die Schuldige gewesen, hätte ich sie mit Vorwürfen überhäuft – aber bei Noah fiel es mir schwer, denn ich hatte mich immer gut mit ihm verstanden. Deshalb lag für mich auf der Hand, dass er nicht aus Niedertracht oder Bösartigkeit gehandelt hatte. Noah hatte geglaubt, er würde seinem Bruder damit helfen.

Neugierde blitzte in seinen Augen auf. »Was stand denn in den Briefen eigentlich drin?«

»Geht dich nichts an«, antworteten Finn und ich wie aus einem Mund.

Er hob ergeben die Hände. »Schon gut, schon gut!« Mit reuevoller Miene kam er auf mich zu. »Es war wirklich nicht böse gemeint. Verzeihst du mir? Bitte!« Er setzte ein gewinnendes Lächeln auf und machte Anstalten, mich zu umarmen. Halb nackt, wie er war.

Ich hob abwehrend die Hände. »Okay, ich verzeihe dir! Aber eine Umarmung ist echt nicht notwendig.«

Er grinste. »Ach, komm schon, du willst es doch auch!«

»Nein, ganz und gar nicht.« Ich tauchte flink unter seinen ausgebreiteten Armen hindurch und flüchtete mich zu Finn.

Der grinste triumphierend. »Tja, Bruderherz, da scheint tatsächlich eine Frau auf der Insel gegen deinen Charme immun zu sein.«

Noah fasste sich getroffen ans Herz. »Das schmerzt.«

»Deine Entschuldigung ist trotzdem angenommen«, sagte ich versöhnlich.

»Danke!«, erwiderte Noah mit ernster Miene. Schon einen

Moment später blitzte wieder der Schalk in seinen Augen. »Ich ziehe mir jetzt mal was an, bevor Hannah meinem unwiderstehlichen Charme doch noch erliegt. Da können Sekunden entscheidend sein.«

»Dafür wären wir alle dankbar«, sagte Finn trocken. »Und wenn du mal Kinder haben möchtest, würde ich dir empfehlen, nicht mehr so hautenge Shorts zu tragen. Die schnüren die Blutzufuhr ab.«

»Keine Sorge, mit meiner Blutzufuhr da unten ist alles bestens«, erwiderte Noah grinsend. Mit übertrieben wackelnder Hüfte, als würde er gerade seinen Luxuskörper auf einem Laufsteg präsentieren, verließ er die Küche.

Als wir allein waren, fiel mir ein, dass wir eine Sache noch nicht geklärt hatten. »Und wie ist es jetzt zu dem Veilchen gekommen?«

Finn kratzte sich verlegen am Hals. »Als er mir wegen der Briefe die Wahrheit gestanden hat, bin ich … ein bisschen in Rage geraten«, gab er zu. »Eigentlich wollte ich Noah nur kurz in den Schwitzkasten nehmen – wie früher in unserer Kindheit. Um Dampf abzulassen. Aber mein Bruderherz hat es so mit der Angst gekriegt, dass er die Flucht ergriffen hat. Dabei ist er auf einem Damenslip, der auf dem Küchenboden lag, ausgerutscht und mit dem Gesicht voraus auf die Türklinke geknallt.«

Autsch! Das klang wirklich nach einem unglücklichen Unfall. Finn trug keine Schuld an dem Veilchen. Allerdings erregte ein anderes Detail in unangenehmer Weise meine Aufmerksamkeit: der Damenslip. Ellas Erzählung von der »Drachenburg« kam mir wieder in den Sinn. Behauptete man im Dorf nicht, dass in diesem Haus die jungen Frauen scharenweise ein und aus gingen?

Ich öffnete den Mund, doch Finn fuhr schon fort: »Ich weiß, was du sagen willst. Aber ich hatte mit dem Damenslip auf dem Boden nichts zu tun, das schwöre ich! Noah hat mir eigentlich versichert, dass er meine Hausregeln beachtet und die Damen, die ihn besuchen, ausschließlich in seinem Zimmer beglückt.« Er seufzte. »Aber ich habe die Küche danach trotzdem mit Desinfektionsmittel geschrubbt. Wenn der Kerl nicht bald auszieht, drehe ich noch durch! Sein Frauenverschleiß würde selbst Casanova vor Neid erblassen lassen.«

Ich konnte mir ein Schmunzeln nicht verkneifen. Plötzlich kam mir mein nerviger kleiner Bruder gar nicht mehr so schlimm vor.

Finn zog mich an sich und sah mich besorgt an. »Ich hoffe, du bist nicht sauer, weil ich Noah nicht verpfeifen wollte. Er sollte es dir selbst sagen.«

»Das verstehe ich«, versicherte ich ihm. Dennoch konnte ich nicht leugnen, dass mich Noahs Geständnis kalt erwischt hatte. Immer noch ungläubig schüttelte ich den Kopf. »Dabei war ich überzeugt, dass deine Mutter dahintergesteckt hat.«

Ich schmiegte mich an seine Schulter. Es tat so gut, ihm wieder nah zu sein. Als wäre ich endlich wieder ganz.

»Kein Wunder, wenn man bedenkt, wie sie mit dir umgegangen ist«, meinte Finn. »Ich hatte sie auch in Verdacht.«

Er zog mich noch fester in seine Arme. Unwillkürlich musste ich daran denken, wie Heinz und Else sich gestern Abend in den Armen gehalten hatten. »Glaubst du, deine Urgroßeltern bleiben jetzt zusammen? Und hören auf zu streiten?«

»Ich schätze, dass das Thema Scheidung erst mal vom Tisch ist. Aber du kennst die beiden schlecht, wenn du denkst, sie würden deshalb aufhören, sich zu zanken.« Er lachte. »Der Unterschied wird höchstens sein, dass sie sich danach wieder vertragen. Doch das Adrenalin beim Streiten hält sie fit.«

Also würde meiner Familie das Geschrei vom Nachbarhaus wohl weiterhin erhalten bleiben. Trotzdem war ich unendlich erleichtert, dass Heinz und Else sich versöhnt hatten.

»Und was ist mit dir?« Finn legte die Hände an meine Wangen und hob mein Gesicht an. Sein Blick hielt meinen fest. »Kannst du mir wieder vertrauen? Am Leuchtturm hast du gesagt, dass du ein Zeichen brauchst, dass es mir dieses Mal absolut ernst ist.«

Also wirklich! Ich konnte kaum glauben, dass er sich deshalb noch Sorgen machte. »Den Beweis hast du schon längst erbracht. Denn weißt du, was als Liebesbeweis fast so gut ist wie ein Heiratsantrag?«

Er schaute mich fragend an.

»Rosa Fensterläden.«

»Ehrlich?«

Ich stellte mich auf die Zehenspitzen. »Ehrlich!«, hauchte ich an seine Lippen. »Du musst also nicht mit mir an den Strand gehen und mir umgehend einen Antrag machen.«

Finn grinste. »Einen Antrag am Strand? Pah, wie langweilig! So was Unkreatives würde ich niemals in Erwägung ziehen.«

»Damit hast du gerade die Erwartungshaltung in ungeahnte Höhen geschraubt, Liebster«, warnte ich ihn lächelnd.

Wir küssten uns, doch dieses Mal war unser Kuss zärtlich, sanft und genießerisch. Wir kosteten den Moment aus, unsere Zweisamkeit, unsere Liebe. Als wir uns wieder voneinander lösten, sah Finn genauso glücklich aus, wie ich mich fühlte.

»Was hältst du davon, wenn ich draußen im Garten den Frühstückstisch decke?«, schlug er vor. »Nach dem Regen gestern ist es ein herrlicher Morgen. Und du gehst inzwischen nach oben und machst dich fertig. Die Handtücher sind im untersten Schrankfach, falls du duschen möchtest.«

»Mit dieser Arbeitsteilung bin ich auch in Zukunft einverstanden«, neckte ich ihn und wollte mich schon abwenden, aber Finn hielt mich am Saum seines T-Shirts fest und zog mich noch einmal an sich.

»Deinen Slip kannst du übrigens weglassen«, raunte er mir

ins Ohr. »Dann muss ich ihn dir nach dem Frühstück nicht extra ausziehen.«

Dieser Mann hatte mich wirklich fest im Griff: Allein diese Andeutung genügte, um das Verlangen in mir von Neuem zu entfachen. Da ich eine ziemlich genaue Vorstellung davon hatte, was mich nach dem Frühstück erwarten würde, setzte in meiner Mitte ein lustvolles Pulsieren ein, und meine Brustwarzen unter dem T-Shirt wurden hart. Was auch Finn nicht entging. Wieder trat dieser Hunger in seine Augen, der meine Knie weich werden ließ.

»Ich beeile mich«, versprach ich mit heiserer Stimme und hetzte wie der Blitz nach oben.

Ich duschte in Rekordzeit, zog meine Sachen an und ging wieder nach unten. Tatsächlich ohne Slip. Ich fühlte mich trotz meiner schwarzen Leinenhose auf seltsame Weise nackt. Aber auch verrucht. Gerade als ich nach draußen in den Garten gehen wollte, klingelte mein Handy. Ich blieb stehen und warf einen Blick aufs Display. Es war Oliver. Oh weh, bestimmt rief er wegen des Autos an!

»Ich bringe es dir morgen«, versprach ich sofort nach dem Abnehmen. »Spätestens übermorgen.«

»Wie? Wovon redest du?«, entgegnete Oliver verständnislos.

Ich stutzte. »Na, von deinem Auto. Oder rufst du wegen was anderem an?«

»Natürlich rufe ich wegen was anderem an!«, erwiderte er aufgeregt. »Das Auto ist mir gerade total schnuppe. Deine Bleistiftzeichnungen, Hannah …« Er quiekte fast vor Begeisterung. »Sie sind großartig. Absolut großartig. Ich bin hin und weg, Süße! Dabei hab ich bisher nur die Fotos gesehen, die du mir geschickt hast. Ich kann's kaum erwarten, die Originale in Händen zu halten.«

Ich konnte nicht verhindern, dass sich ein breites Strahlen auf meinem Gesicht ausbreitete. Dabei hatte ich geglaubt, dass sich mein persönliches Glücksbarometer dank Finn ohnehin schon am oberen Limit befand. Ich wandte mich von der Terrassentür ab und schlenderte stattdessen in die Küche. »Ehrlich? Die Arbeiten gefallen dir?«

»Gefallen? Das ist das Beste, was ich je von dir gesehen habe. Deine Zeichnungen strahlen eine ganz neue, verspielte Leichtigkeit aus. Das sind Szenen direkt aus dem Leben – und trotzdem erzählen sie dem Betrachter ganze Geschichten. Da läuft sofort ein innerer Film ab«, erklärte er mir – typisch Galerist – meine eigenen Bilder. »Es war absolut richtig, dass du dich gegen Öl und Acryl entschieden hast, Hannah! Gerade die Einfachheit der Bleistiftzeichnungen unterstreicht deine Botschaft – denn das ist die Einfachheit des Glücks. Das ist die Realität. Das ist das Leben!« Bedeutungsvoll fügte er hinzu: »Und nicht nur mir gefallen sie, Süße!«

Moment mal … Er hatte meine Bilder jemandem gezeigt? Ich wusste nicht genau, was ich davon halten sollte.

»Was meinst du damit?«, fragte ich verunsichert.

»Klaus Szukalski war wegen der Ausstellung hier und hat mitbekommen, wie ich mir deine Fotos auf dem Handy angesehen habe. Und er war genauso begeistert wie ich.«

Meine Knie wurden weich. Benommen ließ ich mich auf einen der Küchenstühle sinken. Klaus Szukalski, der berühmte und international gefeierte Künstler, hatte sich Bilder von mir angesehen? Und war von ihnen begeistert?

»Ich … ich …«, stammelte ich überwältigt.

»Genau!«, jubelte Oliver. »Und das Beste kommt erst noch.«

Er holte tief Luft, um die Spannung ein wenig zu steigern. »Szukalski will die Ausstellung mit dir gemeinsam machen«, platzte es aus ihm heraus. Seiner Stimme nach zu urteilen, tanzte er vor Begeisterung gerade auf der Stelle. »Er findet, sie ergänzen seine Werke zur Menschenfeindlichkeit des Kapitalismus ganz hervorragend. Weißt du, was das für eine Chance für dich ist? Zur Vernissage wird alles kommen, was in der Kunstwelt Rang und Namen hat. Du kannst auf einen Schlag den Durchbruch schaffen, Hannah!«

Das musste ich erst mal verdauen. Ich stand wieder auf und tigerte durch die Küche.

»Klaus Szukalski will die Ausstellung mit mir zusammen machen? In deiner Galerie?«, wiederholte ich fassungslos. Wenn lang ersehnte Träume, auf die man jahrelang hingearbeitet hatte, plötzlich Realität wurden, war das menschliche Gehirn offenbar erst mal überfordert.

»Genau! Aber du musst sofort herkommen«, sagte Oliver. »Noch heute! Szukalski will dich umgehend kennenlernen und die Zeichnungen im Original sehen.«

Ich blieb am Fenster stehen und sah nach draußen. Dort saßen Finn und Noah zusammen am Frühstückstisch und unterhielten sich. Finn verdrehte die Augen und warf eine Serviette nach Noah, der sie lachend auffing. Die langstielige Rose, die Finn mir gekauft hatte, stand in einer Vase auf dem Tisch. Ihr Rot wirkte im Sonnenschein noch intensiver und leuchtender. Mein Magen zog sich schmerzhaft zusammen.

»Muss das wirklich gleich heute sein?«, fragte ich mit belegter Stimme.

»Wieso? Ist das etwa ein Problem?«, fragte Oliver irritiert. »Hannah, egal, was dich in diesem Kaff aufhält – das ist jetzt nicht wichtig. Lass sofort alles stehen und liegen! So eine Chance bekommst du nie wieder. Andere Künstler träumen ihr Leben lang vergeblich von so einer einzigartigen Gelegenheit.«

Finn schien meine Blicke zu spüren. Er wandte sich zum Küchenfenster um, entdeckte mich und lächelte mir zu. Dann machte er mir ein Zeichen, dass ich zu ihnen herauskommen sollte. Ich zwang mich ebenfalls zu einem Lächeln und nickte.

»Wenn diese Ausstellung bei den Kritikern gut ankommt, kannst du vielleicht mit Szukalski durch Europa touren! Er könnte dich unter seine Fittiche nehmen. Dann wirst du ständig unterwegs sein, Interviews geben, fremde Städte kennenlernen und die internationale Kunstwelt«, redete Oliver unermüdlich auf mich ein. »Wieso zögerst du denn noch? Genau dafür hast du studiert und so viele Opfer gebracht. Dein Herz gehört der Kunst. Dafür brennst du mit Leib und Seele. Also jetzt sag mir endlich, was ich von dir hören will, Süße!«, bat er eindringlich.

Ich atmete zitternd ein. Wie hypnotisiert starrte ich nach draußen zu Finn – dem Mann, den ich liebte. Er war mein Gegenstück, mein Seelenverwandter, mein Freund und Geliebter. Mein Herz pochte so schwerfällig in meiner Brust, als würde ihm jeden Moment die Kraft ausgehen. Welch eine Ironie des Schicksals, dass ich mich fast in der gleichen Lage befand wie fünf Jahre zuvor. Wieder stand ich vor der Wahl: Dorf oder Großstadt, Heimat oder Fremde, Abenteuer oder friedliche Idylle, Liebe oder Karriere. Aber dieses Mal würde ich Finn nicht in die Rolle zwingen, eine Entscheidung für uns beide treffen zu müssen. Was mir im Leben wichtig war, musste ich selbst entscheiden!

Und Oliver hatte recht: Diese Chance war absolut einmalig. Doch wofür schlug mein Herz nun stärker – für Finn oder die Kunst? Auf welchem Weg würde ich mein Glück finden? Für einen Moment presste ich die Lider zusammen, dann stieß ich die Luft aus.

»Ich mache es, Oliver«, sagte ich leise. »Ich setze mich gleich ins Auto. In ein paar Stunden bin ich bei dir.«

Oliver atmete hörbar auf. »Na bitte, genau das wollte ich hören!«

32. Kapitel

Berlin, zwei Wochen später

Dicke Regentropfen klatschten an die Schaufenster der Galerie. Draußen war es schon dunkel, und das Licht der Straßenlaternen spiegelte sich in den Pfützen auf dem dunklen Asphalt. Ich klammerte mich nervös an meinem Sektglas fest, während ich vorn neben Oliver und Klaus Szukalski stand. Am liebsten wäre ich jetzt anderswo gewesen! Mein Herz sehnte sich weit fort – an die Ostsee, in meine Heimat, nach Liebwitz. Doch stattdessen befand ich mich mitten in Berlin in der hell erleuchteten Galerie, vor all diesen Leuten, in meinem besten schwarzen Kleid. Natürlich in Kombination mit einem knallig bunten Schal, auffälligen Ohrringen und grasgrünen Pumps – für den künstlerischen Touch, den die Leute von einer Malerin erwarteten.

Alle starrten uns an. In der ersten Reihe vor uns sammelten sich Presseleute und Kunstkritiker, dahinter folgten Kunstsammler, Mäzene und weitere Gäste. Oliver hatte schon die Eröffnungsrede gehalten und das Wort an Klaus Szukalski übergeben. Mittlerweile kannte ich den »großen Meister« gut genug, um zu wissen, dass er ein unerschütterliches Selbstbewusstsein besaß. Am liebsten redete er über sich und sein künstlerisches Schaffen. Sein Sachverstand und Kunstwissen beeindruckten mich allerdings zutiefst. Außerdem sprudelte er über vor Kreativität. Ich hatte schon viel von ihm gelernt.

»… wird in meinem Werk die *Dreizehnte Verzweiflung* eindrucksvoll thematisiert«, dozierte er gerade, »in dem ich die Kontroverse der modernen Existenzform Mensch, seiner Versachlichung und ideologischen Verkommenheit, die insbesondere im linken Bildrand kulminiert, versus seiner im Grunde unprätentiösen Provenienz einer Amöbe gleich …«

Viele in der ersten Reihe nickten verständig, als wüssten sie genau, wovon er sprach.

Mir wurde ganz schlecht bei dem Gedanken, dass ich nach Szukalski ebenfalls einige Worte sagen musste. Darauf hatte Oliver leider bestanden. Nie und nimmer konnte ich auf diese Weise über meine Arbeit sprechen – und so lange Schachtelsätze ohne Verb bilden. Mir entfuhr ein Seufzer. Ich fühlte mich unfassbar fehl am Platz. So war es mir schon bei meinem Erfolg mit *Grey Depression* gegangen. Damals hatte ich geglaubt, dass ich mich im Zentrum der Aufmerksamkeit nur deshalb so unbehaglich fühlte, weil ich Linas Tod noch nicht überwunden hatte. Heute musste ich erkennen, dass ich wohl grundsätzlich nicht gern im Mittelpunkt stand. Das waren nicht die besten Voraussetzungen für Interviews und eine Tour durch die wichtigsten Städte Europas …

Aus den Augenwinkeln bemerkte ich, wie die Tür der Galerie aufging und ein Nachzügler zu uns stieß. Er war hochgewachsen, von Kopf bis Fuß in Schwarz gekleidet, hatte Piercings im Gesicht, und seine Augen waren mit schwarzem Eyeliner umrandet. Ich starrte ihn verblüfft an. Was machte Spike denn hier?

Möglichst unbemerkt entfernte ich mich von Oliver und Klaus. Da alle Aufmerksamkeit dem großen Meister galt, fiel mein Fehlen wahrscheinlich niemandem auf.

»Spike, was treibt dich denn hierher?«, fragte ich im Flüsterton und umarmte ihn erfreut.

»Ich hab von deiner Ausstellung gehört und spontan beschlossen, sie mir anzusehen«, erklärte er stolz. »Schließlich bist du meine ehemalige Babysitterin.«

Ich warf ihm einen strengen Blick zu. »Bist du etwa getrampt?«

»Nein, ich bin mit dem Dreirad hergefahren.« Er verdrehte die Augen. »Natürlich bin ich getrampt.«

Selbstverständlich freute ich mich, dass er extra gekommen war – dennoch konnte ich das nicht gutheißen! Ihm hätte sonst was passieren können.

»Jetzt sei mal nicht so verspannt, Hannah!« Er rempelte mich mit der Schulter freundschaftlich an. »Ich bin nicht nach Berlin gekommen, um Alkohol oder Drogen zu konsumieren, sondern um eine *Kunstausstellung* zu besuchen. Außerdem habe ich sogar meine Eltern darüber informiert. Und die Schule habe ich auch nicht geschwänzt. Zufrieden?«

Zugegeben, das hörte sich nicht schlecht an. Und er hatte ja recht: Welcher Jugendliche trampte schon in die Großstadt, weil er eine Vernissage besuchen wollte? Spike war wirklich etwas Besonderes.

Nervös blickte ich nach vorn, wo Oliver mir hektische Zeichen gab. »Es ist schön, dass du da bist!« Ich drückte ihn noch mal an mich. »Wir reden später weiter, ja?«

»Ist gut!« Spike grinste. »Ich nehme mir dann mal ein paar Schnittchen und stell mich zu deiner Familie.«

Ich nickte. »Sie stehen irgendwo dahinten bei dem Betonpfeiler ganz rechts.«

So unauffällig wie möglich pirschte ich mich zurück an meinen Platz und stellte mich neben Klaus. Der kam gerade zum Ende.

»... eine große Freude, Ihnen heute ein Nachwuchstalent vorzustellen, das ich kürzlich in Berlin entdeckt habe«, verkündete er und deutete in großer Geste auf mich. »Ihre Zeichnungen haben mich sofort mitten ins Herz getroffen. Und glauben Sie mir bitte, verehrte Anwesende: Das ist bei einem alten abgebrühten Hasen wie mir nicht leicht!«

Die Menge lachte. Ich versuchte derweil vergeblich, mich unsichtbar zu machen. Das Blut rauschte in meinen Ohren, und meine Knie fühlten sich an wie Wackelpudding. So grässlich fühlte es sich also an, wenn Träume wahr wurden! Hätte ich mich von Oliver doch nur nicht dazu überreden lassen! Ich könnte jetzt in Liebwitz im Godewind-Haus in Finns Armen liegen, mit ihm die Zweisamkeit genießen und wundervoll beglückende Dinge mit ihm tun – stattdessen war ich hier!

Klaus Szukalski warf mir ein gönnerhaftes Lächeln zu. Der Mittsechziger gefiel sich sichtlich in der Rolle des Nachwuchsförderers. »Ich freue mich, diese talentierte junge Dame heute an meiner Seite zu haben. Bitte begrüßen Sie mit mir den neuen aufsteigenden Stern am Kunsthimmel – Hannah Bradhering!«

Blitzlichtgewitter setzte ein und machte mich für einen Moment blind. Ich schluckte schwer. Verflixt, jetzt war ich schon wieder als »aufsteigender Stern am Kunsthimmel« bezeichnet worden! Das war bestimmt kein gutes Omen.

Immerhin hatte ich mittlerweile meinen Künstlernamen »Hannah Hanke« abgelegt. Ich hatte Oliver mit dem Argument überzeugt, dass meine neue Stilrichtung für Einfachheit, Normalität und das echte Leben stand. Dazu passte mein richtiger Nachname perfekt.

Nervös blickte ich in Richtung Betonpfeiler. Mein Vater, meine Mutter und Bastian standen eng beieinander und strahlten mich voller Stolz an. Meine Aufregung steigerte sich noch einmal mehr.

Oliver trat an meine Seite. »Denk an deinen Text«, flüsterte er leise. »Durchatmen und loslegen!«

Seine Nähe tat gut, und das Gefühl der Verlorenheit ließ wieder etwas nach. Ich lächelte ihm dankbar zu. Er hatte recht – schließlich hatten wir meine Rede geprobt.

Ich räusperte mich. »Einen schönen guten Abend«, begann ich mit zittriger Stimme. »Ich freue mich, dass Sie alle so zahlreich erschienen sind. Wie Sie sich vorstellen können, ist es für mich eine große Ehre, mit einem so bedeutenden Künstler wie Klaus Szukalski …«

»Lauter!«, erklang ein Zwischenruf aus Richtung des Betonpfeilers.

Ich warf Spike einen genervten Blick zu, nahm mir aber seinen Einwurf zu Herzen. Augenblicklich hob ich die Stimme und ratterte den einstudierten Begrüßungstext herunter. Darin ging es hauptsächlich darum, wie sehr ich Klaus bewunderte und wie unglaublich dankbar ich ihm für diese Chance war. Dann kam ich auf meine Arbeiten zu sprechen. Anfangs referierte ich über Picassos Bleistiftzeichnungen, die durch ihre scheinbare Einfachheit, den feinen Schwung der Linien und ihre Ausdruckskraft beeindruckten. Auf diese Weise schlug ich einen Bogen zu meinen Zeichnungen, doch als ich dem Publikum meine Werke näherbringen wollte, kam mein Redefluss ins Stocken.

»… habe ich ebenfalls diese Ausdrucksform gewählt, um die Komplexität unseres Daseins gezielt auf … äh …«, ich fuhr mir mit der Zunge über die trockenen Lippen, »diese flüchtigen, aber elementaren Sequenzen im Leben herunterzubrechen, damit dem Betrachter in Erinnerung gerufen wird, dass … äh …«

Mein fahriger Blick glitt durch den Raum und blieb an einem äußerst attraktiven Mann im grauen Hemd hängen. Er hatte markante männliche Gesichtszüge, seine Augen leuchteten in einem geheimnisvollen Dunkelgrün, und sein karamellfarbenes Haar war wie immer etwas zu lang. Finn lächelte mich an. In meinem Herzen schien sich umgehend ein Bündel Wunderkerzen funkensprühend zu entzünden.

Mein innerer Kritiker, der für mein Lampenfieber verantwortlich war, schien unschlüssig, ob mich Finns Anwesenheit nun mehr oder weniger nervös machen sollte. Bei meiner Familie war seine Antwort klar ausgefallen, weil es mir wichtig war, dass sie stolz auf mich waren – besonders meine Mutter. Denn ich wollte ihr unbedingt zeigen, dass dies der richtige Weg für mich war. Nun kam mein innerer Kritiker jedoch zu dem Schluss, dass das bei Finn nicht notwendig war. Ihn musste ich nicht beeindrucken. Selbst wenn ich mir vor versammelter Presse den Sekt über den Kopf schütten, auf der Stelle tanzen und mit der Achsel Furzgeräusche machen würde – Finn würde mich trotzdem lieben und für die tollste Frau der Welt halten. Die Wahrscheinlichkeit war sogar groß, dass er so eine verrückte Aktion ganz fantastisch finden würde. Weil er nun mal der beste Mann der Welt war. Jedenfalls für mich. Ich liebte ihn von ganzem Herzen. Und auf keinen Fall würde ich zulassen, dass uns noch einmal etwas trennte!

Das hatte ich Finn an jenem Morgen, als ich zurück nach Berlin gefahren war, klipp und klar gesagt. Die Situation mochte ähnlich gewesen sein wie vor fünf Jahren, aber seither hatte sich viel verändert: Ich hatte meinen Mut gefunden und meine Stärke. Doch vor allen Dingen hatte ich Vertrauen – in Finn und unsere Beziehung. Obwohl so viel zwischen uns geschehen war, hatte unsere Liebe keinen Schaden genommen. Im Gegenteil, sie schien dadurch sogar noch intensiver geworden zu sein und an Tiefe gewonnen zu haben. Deshalb würden wir es auch überstehen, wenn wir ab und an für ein paar Wochen getrennt wären und eine Fernbeziehung führen mussten. Denn dieser wunderbare Mann würde auf mich warten – in seinem Haus am Meer, das er für uns beide renoviert hatte. Weil wir dort glücklich sein würden.

Finn nickte mir ermutigend zu, und ich wandte meine Aufmerksamkeit wieder nach vorn, um mit meinem Vortrag fortzufahren. Ich hatte das geschwollene Gerede satt! In Gedanken knüllte ich mein mentales Skript zusammen und beschloss, meiner Intuition zu folgen.

Ich holte tief Luft. »Schwarze Linien auf weißem Papier. Gerade dieser minimalistische Stil unterstreicht die Botschaft meiner Bilder«, erklärte ich. »Es sind diese kleinen Momente des Glücks, die oft so unscheinbar sind, dass wir sie nicht einmal wahrnehmen – dabei machen sie unser Leben aus. Wir finden sie in unseren Leidenschaften, der Natur, im Kreis unserer Familie und Freunde. Bei den Menschen, denen unser Herz gehört und die wir lieben.« Mein Blick wanderte mit einem Lächeln zu meinem Bruder, meinen Eltern und zu Finn. »In unserem modernen Alltag strömt so vieles auf uns ein, dass wir genau diese Einfachheit aus den Augen verloren haben. Wir sind gestresst und haben keine Zeit mehr, uns einfach treiben zu lassen. Wir haben keine Zeit mehr *zu leben*. Ist das nicht dramatisch?« Ich atmete tief durch. »Ich möchte Ihnen mit meinen Bildern Geschichten erzählen. Ihnen das wahre Leben zeigen. Doch so sehr wir Künstler uns auch anstrengen, Kunst hat ihre Grenzen. Kunst ist nicht echt. Wir Künstler können Menschen zeichnen, die wir lieben. Und auch Menschen, die wir verloren haben.«

Die Trauer, die bei diesen Worten in meiner Stimme mitschwang, war unüberhörbar. Denn natürlich dachte ich dabei an Lina. Heute Morgen noch hatte ich mit Finn und meiner Familie ihr Grab besucht. »Künstler halten einen flüchtigen Moment mitsamt ihren dazugehörigen Emotionen fest und konservieren ihn für die Ewigkeit. Das ist auf gewisse Weise einzigartig und wertvoll. Doch im Vergleich zur Kunst ist die Realität, das gelebte Glück so viel mehr wert.« Ich sah zu Finn, der mir mit ernster Miene zuhörte. Ich lächelte ihn an, damit er wusste, dass die folgenden Worte allein ihm galten. »Und obwohl die Kunst meine große Leidenschaft ist, würde ich mich immer wieder für das Wahre, das Echte entscheiden – und das ist das Leben und die Liebe.«

Ich musste mich räuspern, ehe ich fortfahren konnte. »Deshalb sollten wir öfter einmal innehalten und uns fragen, wo wir unser ganz persönliches Glück finden können. Ist es das neueste Smartphone? Ein größeres Auto? Ruhm oder Karriere? Oft erwarten wir auch von unserem Partner, dass er uns glücklich macht. Aber in Wahrheit ist jeder selbst für sein Glück verantwortlich. Man kann nur gemeinsam mit seinem Partner auf die Suche danach gehen.«

Ich schaute in die Runde. Die Gäste hingen aufmerksam an meinen Lippen, manche nickten sogar. Trotzdem hatte ich für meinen Geschmack schon zu lange geredet, und es war Zeit, zum Schluss zu kommen.

»Im Gegensatz zu meinen Zeichnungen ist das wahre Leben nicht schwarz-weiß«, sagte ich abschließend. »Es ist bunt, vielschichtig und lässt Raum für wundervolle Träume. Bitte lassen Sie sich von meinen Bildern inspirieren! Und nun bedanke ich mich bei Ihnen für Ihre Aufmerksamkeit und wünsche Ihnen viel Spaß bei der Ausstellung!«

Applaus brandete auf.

Oliver drückte mich schniefend an sich. »Das war eine schöne Rede!«

Ich erwiderte seine Umarmung. »Damit habe ich auch dich gemeint, weißt du das? Ich zähle dich nämlich zu meinen besten Freunden. Und ich bin dankbar für all die schönen Momente, die wir zusammen hatten.«

Er atmete zitternd ein. »Süße, wenn du nicht sofort damit aufhörst, breche ich noch in Tränen aus!«

Ich machte mich lachend von ihm los. Keinen Augenblick später war ich auch schon von Journalisten und Gästen umringt.

Die nächsten zwei Stunden flogen nur so dahin. Immer wieder wollte ich mich loseisen und mir bei Finn den Kuss abholen, den er mir vor der Eröffnung als Belohnung versprochen hatte, aber ich wurde jedes Mal aufgehalten. Die Interviews, die netten Gespräche mit den Gästen und vor allem die vielen positiven Rückmeldungen zu meinen Bildern versetzten mich in eine Art Glücksrausch. Der Favorit vieler Anwesenden war der betagte Decksmann, der mit leuchtenden Augen auf die stürmische See blickte, als wäre das Meer seine Geliebte, deren leidenschaftliche Ausbrüche er insgeheim herbeisehnte. Das war auf meiner Überfahrt nach Hiddensee gewesen.

Als es endlich ruhiger um meine Person wurde, machte ich mich auf die Suche nach Finn. Als Erstes stieß ich allerdings auf meine Eltern. Sie hatten es sich auf der Sitzecke im hinteren Teil der Galerie gemütlich gemacht und ließen sich offenbar den Sekt schmecken. Meine Mutter hatte gerötete Wangen und kicherte gerade über etwas, das mein Vater ihr ins Ohr geflüstert hatte.

Erschöpft ließ ich mich neben ihr aufs Sofa plumpsen. »Wo ist denn Basti?«

»Er ist wohl endlich über die Trennung von Silke hinweggekommen.« Mit dem Sektglas in der Hand deutete mein Vater schmunzelnd nach rechts. Dort entdeckte ich meinen Bruder, der in ein angeregtes Gespräch mit einer gut aussehenden Brünetten vertieft war. Ich grinste. Anscheinend hatte er sein Tief endgültig überwunden.

»Schade, dass Ella nicht hier sein kann«, sagte meine Mutter. »Ihr hätte deine Rede bestimmt gefallen.«

Ich nickte. Es wäre schön gewesen, wenn wir komplett gewesen wären, aber Ellas Vater feierte heute einen runden Geburtstag – und die Familie ging natürlich vor.

»Ich fand deine Rede jedenfalls sehr gut«, meinte meine Mutter lächelnd. »Sie war auch nicht so unverständlich und langweilig wie bei dem anderen Kerl.« Sie beugte sich zu mir. Ihre Miene wurde ernst. »Hannah, es tut mir leid, dass ich bei meinem täglichen Trott und der vielen Arbeit vergessen habe, wie es ist, Träume zu haben. Deshalb habe ich auch nicht gesehen, wie wichtig dein Traum für dich ist. Ich hätte dich mehr unterstützen und ermutigen sollen. Dein Vater und ich sind jedenfalls sehr stolz auf dich.«

Gerührt legte ich meine Hand auf ihre. »Danke, Mama!«

Nun rückte auch mein Vater näher heran, sodass meine Mutter zwischen uns fast eingequetscht wurde. »Und vergiss nie, dass wir dich lieben, wie du bist, Hannah Bradhering! Selbst wenn du mit deinen Zeichnungen keinen langfristigen Erfolg haben solltest, darfst du uns nicht ausschließen. Keine Geheimnisse mehr!«

»Versprochen«, gelobte ich. »Und du hör bitte nicht auf, so gesprächig zu sein! Das gefällt mir nämlich viel besser als dein altes schweigsames Ich.«

Meine Mutter kicherte. »Papa und ich haben ausgemacht, dass er sich jetzt ein bisschen mehr in eure Angelegenheiten einmischt und ich ein bisschen weniger.«

»Das ist ein guter Vorsatz«, lobte ich die beiden. »Sagt mal, habt ihr eigentlich Finn gesehen?«

»Vorhin hat er sich noch mit Olivers Mann unterhalten«, sagte mein Vater. »Ich glaube, das war bei deinen Bildern.«

»Okay, dann sehe ich dort mal nach. Danke!«

Ich flitzte davon. Tatsächlich entdeckte ich Finn vor der Bleistiftzeichnung, die ihn bei der Fahrt auf dem Zeesboot zeigte. Mittlerweile hatte er wieder sein Jackett übergezogen – und sah damit noch besser aus als vorher. Ein Wunder, dass er nicht von Frauen umringt wurde, die ihm verstohlen ihre Telefonnummern zusteckten!

Ich schlang ihm von hinten die Arme um die Hüften und schmiegte den Kopf an seinen breiten Rücken. »Du wirkst so kritisch. Findest du dich nicht gut getroffen?«

Er seufzte. »Wie eine bekannte Künstlerin heute treffend bemerkt hat, kann Kunst dem wahren Leben nicht gerecht werden«, erwiderte er. »Ich finde, die Zeichnung bringt nicht mal annähernd meinen unwiderstehlichen Sex-Appeal rüber.«

»Vielleicht besitzt die Malerin nur zu wenig Talent?«, gab ich amüsiert zu bedenken.

»Ganz bestimmt nicht!« Er wandte sich um und schloss mich in die Arme. »Du hast das heute Abend großartig gemacht, Hannah! Genau wie ich es dir prophezeit habe.«

Ich ließ meine Stirn an seine Brust sinken. »Aber das Lampenfieber war absolut grauenvoll«, jammerte ich. »So was will ich nicht noch mal durchmachen.«

»Musst du aber. Und wirst du auch«, meinte Finn zuversichtlich. »Das ist nur Übungssache. Bei deiner nächsten Rede wird die Aufregung schon nicht mehr so schlimm sein.«

Ich seufzte. »Hoffentlich hast du recht.«

Sanft hob er mein Kinn an. »Außerdem war doch bestimmt nicht alles heute Abend unangenehm, oder?«

»Nein«, räumte ich ein und grinste breit. »Nach der Rede war es traumhaft. Allerdings habe ich von dir noch nicht meine Belohnung bekommen …« Erwartungsvoll sah ich ihn an und spitzte die Lippen.

Was ich von Finn daraufhin bekam, war jedoch nur ein enttäuschend kurzer Schmatz. »Mehr gibt es später!«

»Na toll!«, maulte ich.

In diesem Augenblick fiel mein Blick auf die Bleistiftzeichnung von Finn. Ich kniff die Augen zusammen – und schnappte empört nach Luft.

Das war doch die Höhe! Jemand hatte einen Kaugummi auf mein Bild geklebt. Direkt auf Finns Hand, die die Pinne hielt. Dabei war das mein Lieblingsbild! Natürlich war die Zeichnung eingerahmt und hinter Glas, sodass nicht wirklich ein Schaden entstanden war. Dennoch machte mich diese Respektlosigkeit sprachlos.

»Da … da …«, stammelte ich. Fassungslos deutete ich auf den Kaugummi. Ein solcher Vandalismus in einer Galerie war mir noch nie untergekommen. Noch nie!

»Oha!«, meinte Finn. »Was ist denn das?«

»Eine Schweinerei ist das!«, entfuhr es mir aufgebracht. »Wenn ich denjenigen erwische, der das gemacht hat, drehe ich ihm den Hals um.«

Sofort war ich am Bild und pulte den Kaugummi vom Glas. Dabei stellte ich allerdings fest, dass es kein Kaugummi, sondern weiße Knete war. Außerdem schien sich etwas in der Knete zu befinden.

»Was, um Himmels willen …?«, murmelte ich.

Irritiert bröselte ich die Masse auseinander, und etwas Metallenes kam zum Vorschein. Es war rund, und darauf befand sich ein geschliffener Diamant.

Das … das war ein Verlobungsring!

Verständnislos starrte ich von dem Ring auf Finn und wieder zurück. »Ist der von dir?«

»Ach ja, der gehört mir«, erwiderte Finn beiläufig. »Den habe ich schon seit über fünf Jahren. Aber dann hatte ich keine Gelegenheit mehr, ihn der Frau meines Herzens zu überreichen.«

Meine Knie wurden weich. Bedeutete das etwa …?

Finns Miene wurde ernst, und er nahm meine Hand in seine. »Hannah, ich musste sehr lange auf diesen Moment warten! Deshalb will ich auch nicht vernünftig sein und erst unsere neue alte Beziehung auf ihre Tauglichkeit austesten. Denn ich bin mir absolut sicher, dass ich dich immer lieben werde und den Rest meines Lebens mit dir verbringen will.« Er ging vor mir auf die Knie und schenkte mir dieses jungenhafte Lächeln, das ich so an ihm liebte. »Hannah Bradhering, willst du mich heiraten?«

Ich blinzelte mehrmals hintereinander, doch ich konnte die Tränen nicht mehr zurückhalten.

»Warum hat das denn so lange gedauert, verdammt noch mal?«, schniefte ich und fiel ihm um den Hals. »Ja. Ja, natürlich will ich.«

Unsere Lippen fanden sich, und nun bekam ich von Finn endlich den leidenschaftlichen Kuss, den ich mir vorher gewünscht hatte. Er raubte mir den Atem, während sich in meinem Herzen ein wundervoll warmes Glücksgefühl ausbreitete.

Erst als um uns herum Applaus ertönte, erinnerte ich mich daran, dass wir nicht allein waren. Finn beendete kurzerhand unseren Kuss, hielt mich aber weiterhin fest in seinen Armen. Meine Eltern, Bastian, Spike, Oliver, sein Mann, Klaus Szukalski und auch ein paar Gäste standen um uns herum und sahen uns gerührt an.

»Wart ihr etwa alle eingeweiht?«, fragte ich meine Familie und Freunde.

Das breite Grinsen auf ihren Gesichtern war Antwort genug.

»Überraschung geglückt?«, fragte Finn, während er mir den Ring feierlich über den Finger streifte.

»Ja«, gab ich lächelnd zu. »Mit diesem Heiratsantrag habe ich absolut nicht gerechnet.«

Plötzlich hatte ich ein Sektglas in der Hand, alle gratulierten uns, schlossen uns in ihre Arme und wünschten uns alles Gute. Nun vermisste ich meine Freundin Ella noch ein bisschen mehr! Es wäre so schön gewesen, sie auch dabeizuhaben.

Als es wieder ruhiger wurde, zog Finn mich beiseite. »Wir haben übrigens schon unser erstes Verlobungsgeschenk. Du wirst Augen machen!«, versprach er lächelnd. Er zog einen Umschlag aus der Tasche seines Jacketts und überreichte ihn mir. Aufgeregt öffnete ich ihn.

Ich schluckte schwer. »Ein Gutschein für eine Donau-Kreuzfahrt?«

Nun grinste Finn unverhohlen. »Meine Urgroßeltern haben

sich wirklich sehr über das Geschenk unseres Bürgermeisters gefreut. Besonders mein Uropa war überglücklich«, erzählte er. »Trotzdem waren sie einhellig der Meinung, dass sie für so eine Kreuzfahrt schon zu alt sind. Sie waren nicht davon abzubringen, uns beiden diese wundervolle Reise zur Verlobung zu schenken, weil sie uns ungeheuer dankbar für alles sind, was wir für sie getan haben.«

»Aber diese Kreuzfahrt ist für Senioren, Finn!«

»Das stört mich nicht. Wir lassen uns einfach das Essen auf die Kabine bringen und verlassen bis zur Ankunft nicht das Bett. Ich habe da schon einige Dinge im Kopf, wie wir uns die Zeit vertreiben können.« Er zog mich eng an sich und flüsterte mir ins Ohr: »Ich garantiere dir, dass dir keine Sekunde lang langweilig sein wird, mein Schatz!«

Ich biss mir auf die Unterlippe. Plötzlich klang diese Kreuzfahrt wie ein absolut perfektes Verlobungsgeschenk.

Doch da fiel mir etwas ein. »Ich weiß nur nicht, wann ich dafür Zeit habe, Finn. Klaus Szukalski will mich schließlich zur nächsten Ausstellung nach Paris mitnehmen. Und auf den Malkurs in Ahrenshoop freue ich mich schon riesig. Den möchte ich auf keinen Fall absagen.«

»Und ich muss mich erst mal um die Baustelle in Liebwitz kümmern«, erwiderte Finn und strich mir eine Haarsträhne aus der Stirn. »Aber das ist okay. Wir haben alle Zeit der Welt, Hannah! Wir dürfen uns bei alldem nur nicht aus den Augen verlieren.«

Ich sah ihn an. »Meinst du, wir beide schaffen es dieses Mal?«

»Da bin ich mir sicher«, entgegnete er überzeugt. »Vor fünf Jahren waren wir noch auf der Suche nach uns selbst und mit unseren eigenen Träumen beschäftigt.« Er lächelte. »Aber jetzt sind wir dazu bereit, gemeinsam zu träumen.«

Ja, das waren wir! Wir hatten einen langen und steinigen Weg hinter uns, doch es hatte sich trotz allem gelohnt. Die letzten Jahre hatten mich gelehrt, was mir im Leben wirklich wichtig war.

Vertrauensvoll sah ich in Finns dunkelgrüne Augen, die mit einem einzigen Blick so viele Geschichten erzählen konnten – und sie alle endeten mit Liebe. Und als er sich zu mir beugte und mich küsste, wusste ich, dass ich endlich mein Glück gefunden hatte.

Nachwort

Liebe Leserinnen und Leser, bitte packen Sie nach diesem Roman nicht gleich die Koffer, um zu einem Ausflug nach Liebwitz aufzubrechen! Kenner der Halbinsel Darß-Fischland-Zingst werden es sicherlich schon bemerkt haben: Es gibt dort kein Dorf namens Liebwitz.

Da die fünf vorherigen Romane auf Rügen im real existierenden Glowe angesiedelt waren, mag dieser Wechsel zu einem fiktiven Setting ungewöhnlich erscheinen. Deshalb möchte ich meine Entscheidung an dieser Stelle kurz erklären.

Zum einen gab es schlicht keinen realen Ort, der alle Anforderungen meines Marketingkonzepts »Das Dorf der Liebe« mit passendem Dorfnamen, direkt angrenzendem Leuchtturm und integriertem Standesamt erfüllt hätte. Zum anderen wollte ich dieses Mal etwas tiefer ins Dorfleben eintauchen, ohne dabei jemandem zu nahe zu treten. Der Bürgermeister von Liebwitz ist nun mal ein moralisch fragwürdiger Charakter, und ich wollte nicht in Gefahr laufen, den Amtsträger eines realen Dorfes in ein schlechtes Licht zu rücken. Denn Dirk Jansen wird auch im zweiten Liebwitz-Band eine Rolle spielen und meiner nächsten Protagonistin ebenfalls das Leben schwer machen …

Der Beginn dieses Romans gestaltete sich wegen Corona etwas schwierig, denn aufgrund der Pandemiebeschränkungen fiel meine geplante Rechercheresie leider ins Wasser. So musste ich mit dem Roman anfangen, ohne je vor Ort gewesen zu sein. Zum Glück gibt es das Internet und genügend Reiseliteratur, aber all das kann nun mal keine realen Eindrücke ersetzen. Erst zwei

Monate später war es mir möglich, den Aufenthalt nachzuholen (natürlich habe ich den Text mit meinen dort gewonnenen Erkenntnissen dann noch mal überarbeitet).

Tatsächlich hat mich meine Reise auf die Halbinsel Darß-Fischland-Zingst positiv überrascht. Ich hatte nicht erwartet, wie groß die Unterschiede zu Rügen sein würden. Dörfer wie Wustrow, Ahrenshoop, Born und Zingst wirken mit ihren bunten Holzhäusern, den geschnitzten Haustüren, gepflegten Vorgärten und stattlichen Kapitänshäusern einheitlicher und herausgeputzter. Die Architektur auf Rügen dagegen ist oft ein bunter Stilmix und weniger »touristisch gefällig«. Passend dazu präsentiert sich dort auch die Landschaft in wundervoll breiter Vielfalt. Gerade das Ungeschliffene und Echte auf Rügen hat es mir persönlich immer angetan, aber so etwas ist schließlich Geschmackssache.

Allerdings muss ich auch gestehen: Hatte ich geglaubt, dass der Strand in Glowe nicht zu toppen sei, musste ich am Strand in Prerow erkennen, dass dieser vielleicht sogar eine Winzigkeit schöner ist. Ich stand dort an meinem ersten Tag in der Abenddämmerung auf der Seebrücke und war so hingerissen, dass ich Glowe gegenüber fast schon ein schlechtes Gewissen bekam. Wie bezaubert war ich auch vom Darßwald, der so herrlich ursprünglich und naturbelassen ist. Dieser Moment, wenn man aus diesem »Urwald« auf einen karibisch anmutenden Sandstrand tritt und aufs weite Meer blickt, ist absolut atemberaubend. Somit kann ich Ihnen, liebe Leserinnen und Leser, einen Besuch der Halbinsel auf alle Fälle ans Herz legen – auch ohne das Dorf Liebwitz.

Abschließend möchte ich natürlich allen, die an diesem Roman beteiligt waren, meinen herzlichen Dank aussprechen. Allen voran danke ich meiner Agentin Cristina, meinen beiden Lektorinnen bei Bastei Lübbe und meiner Familie.

Mein besonderer Dank gilt an dieser Stelle meinen Leserinnen und Lesern. Ich freue mich immer riesig über Eure positiven Rückmeldungen und Eure lieben Urlaubsgrüße, wenn meine Romane mit Euch an die Ostseeküste reisen durften. Ihr seid die Besten!

Hoffentlich bis zum nächsten Mal!

Liebe Grüße

Eure Marie Merburg